读
行
者

从阅读走进现实

knowledge-power

knowledge-power

读行者

[法] 让-多米尼克·布里埃——著
文蕴——译

鲍勃·迪伦
诗人之歌

BOB
DYLAN

Bob Dylan, poète de sa vie

CNS PUBLISHING & MEDIA 中南出版传媒
湖南文艺出版社 HUNAN LITERATURE AND ART PUBLISHING HOUSE
博集天卷 CS-BOOKY

鲍勃·迪伦正在阅读一份《美国新闻与世界报道》，
报纸的头版写着大字“宣战”。

[上] 在伍德斯托克的家中，鲍勃·迪伦坐在摇椅上看电视。

[下] 录音棚中的合影，左二为鲍勃·迪伦，中间戴眼镜者为美国“垮掉的一代”领袖诗人艾伦·金斯伯格（1926—1997年）。

[上] 摇滚歌手的现场演出，右二为鲍勃・迪伦。

[下] 鲍勃・迪伦和琼・贝兹在新泽西州州立监狱义演，以表达对有“飓风”之名的美国前拳击手鲁宾・卡特的支持。1966年，卡特被指控在酒吧杀害三个白人而被判无期徒刑。1985年，美国联邦法院对此案进行重新审判，取消之前的判决，将卡特释放。

一个精彩的倒立。

[左] 法国版《像一块滚石》单曲封面。

[右] 未使用的鲍勃·迪伦演唱会门票（密尔沃基东方剧院，1964年）。

伍德斯托克的冬天，雪中的鲍勃·迪伦。

[左] 鲍勃·迪伦与英国摇滚音乐人埃里克·克莱普顿（1945—）。

[右] 1984年7月，鲍勃·迪伦在伦敦温布利体育场的演出。

2012年，鲍勃·迪伦获得总统自由勋章（Presidential Medal of Freedom），时任美国总统奥巴马为其授奖。

我从来都只是一个站在自己的角度看
世界的独行者。这就是我。我或许曾经
让某些人明白，不可能也可以成为可能。
如果我有什么想要与别人分享的，
那就是这一点：不可能也可以成为可能。
一切皆有可能。我只想说这一句。
别的都没什么可说的。

我的歌词里有些什么？有勇敢。
没别的。

我始终只是个民谣歌手而已，
在歌唱的时候热泪盈眶，
歌声在闪光的雾气间浮动。

——鲍勃·迪伦

鲍勃·迪伦：

诗人之歌

前言

PREFACE

我第一次听到鲍勃·迪伦这个名字，是在1963年秋天的一个沉闷的傍晚。和任何平常的一天一样，我放学回家，打开收音机，收听欧洲1台的音乐节目。除了当时法国流行的R&B耶–耶风[①]音乐之外，主持人丹尼尔·菲力帕契也时常播放美国排行榜上的热门单曲。在那个时代，美国发行的唱片要过好几个月才能传播到法国。每一季度，菲力帕契都要远赴大洋彼岸的美国大采购，回到法国时，行李箱满载着全美时下最受欢迎的唱片：迪翁、克里斯·蒙特斯、小爱娃等等。电台播出的歌曲片段很短，从来不超过两分钟，在短短的两分钟里，歌唱了无数喜出望外的故事、朝三暮四的姑娘和少年人的爱情。从音乐的角度来说，这些歌曲有些像是经过改良的黑人音乐。

那一天，我一边喝着热巧克力，一边漫不经心地听着歌曲《盐湖城》。忽然，某种闻所未闻的旋律在我耳边响起，与以往听过的任何一种音乐都不同。没有拖沓的节奏，没有女声合唱，没有响指伴奏，而是一副精致的声线，精致得甚至有几分苍老，人声与吉他和弦巧妙地融为一体，中间点缀着口琴声。这歌声喑哑、忧伤而坚定，就这样在我完全不经意的瞬间彻底击中了我的心灵。这首歌播放的时间比平日里那些歌曲要长一些，在音乐渐近尾声的时候，菲力帕契介绍了这首歌的歌名和表演者。歌曲名叫《别多想，没关系》，歌手是鲍勃·迪伦。从那一天起，我开始不断了解关于这个陌生歌手的一切。我和当时高中的同学们

① 20世纪60年代法国、西班牙和葡萄牙流行的音乐风格，代表人物为法国歌手塞尔日·甘斯布。

谈起这个人，他们已经带领我领略了不少摇滚先锋的魅力，如艾迪·科克伦、巴迪·霍利、查克·贝里等，但没有一个人听说过鲍勃·迪伦。我只好日复一日地等待，盼望广播里再次播放那首歌。但我什么也没等到。

那时的美国完全是另外一个世界，几乎像月球一样遥远，很少有人有机会真正踏上美国的土地。我对美国的所有了解都是通过音乐、电影（尤其是西部片）和电视节目获得的。在我眼中，那是一片新潮而摩登、开放而欢乐的土地，与20世纪60年代戴高乐时期阴沉无趣的法国截然不同。我对美国着了迷。我在书桌前的墙面上挂了一张巨大的美国地图。美利坚合众国五十个州的名字我全都熟稔于心，这些名字令我心驰神往：蒙大拿州、爱达荷州、俄克拉何马州、南达科他州……我在离学校不远的地方发现了一处报刊亭，在那里可以买到美国出版的报纸杂志。在《纽约时报》上，我发现了一篇关于鲍勃·迪伦的短文。配文照片上是一位面色红润的年轻男子，与他的声音给人的印象完全相反，他穿着牛仔裤、格子衬衫和麂皮夹克。那篇短文将他写得好像一位“垮掉”分子，那时我还不太明白这个词的含义。文中还提到了他在几个月前发行的一张专辑：《放任自流的鲍勃·迪伦》。

我完全不知道该去哪里买这张专辑。幸运的是，我的一位表姐正巧在缅因大学读书。我写信拜托她给我寄一张唱片来。几周之后，这张珍贵的黑胶唱片乘船漂洋过海，终于送到了我的手中。在把唱片放上唱机之前，我对着专辑封面的照片仔细看了很久。一个长发女孩挽着迪伦的胳膊靠在他身边，迪伦在寒冷的空气中微微耸肩，穿着靴子走在白雪皑皑的纽约街头。单单这张照片本身，便承载着某种自由的气质。这种自由的理念贯穿了专辑中所有的歌曲。我在这张专辑中再次领略到了第一次在电台里听到那首歌的感觉，那种震撼比当初还要强烈十倍。

在随后的几周甚至几个月里，我每时每刻都在听迪伦的歌：早上起床时，出门上学前，放学回来的晚上。我只能听懂大概四分之一的歌词，不过我可以感觉到，他在歌声里讲述了某种此前任何人都没有向我揭示过的真理。为了理解他的歌词，我开始认真学习英语，甚至成了班级英语课上的第一名。我花了整整好几天时间破译那些歌词，甚至不惜冒着划伤唱片的风险，无数次抬起唱针放在两条纹路之间，不断重复播放某一片段，生怕漏掉一个单词。

与此同时，我也持续关注着美国的报纸杂志，搜寻着那个已经被我奉为偶像的人的讯息。在某篇杂志采访中，迪伦讲述了他漂泊的青春时代，他的赋格曲，他搭便车横穿美国的经历。我也想追随他的脚步，走他走过的路。后来我才知道，这一切都是他信口编造的，他的真名叫作罗伯特·齐默曼，来自美国中西部的一个犹太裔家庭。我喜欢迪伦身上那股子自由和叛逆的劲头，那种笑看一切的气质，那种以旁观者的姿态描述芸芸众生蝇营狗苟的方式，那种精准残酷的幽默感；喜欢他那颠覆性的活力，对当权者的伪善和邪恶的激进批判，以及要将“战争之王”送上断头台的气概。我爱他的抒情方式，还有他对穷人和受压迫者的同情。他并不想改变这个世界，我甚至不知道他是否相信这世界还能有什么改变。他只是不愿意与一个充斥着不公和苦难的世界同流合污。他袖手旁观，他静静等待。我也决定这么做。

从我发现迪伦到他的唱片开始发行法国版，中间隔了整整两年的时间。在这段时间里，他在美国从一位默默无闻的音乐人成为声名远扬的歌手，但对法国人来说，他仍然是一个彻头彻尾的陌生人。当时班上的同学问我爱听什么音乐，我提到了鲍勃·迪伦的名字，我至今还记得同学脸上惊讶的表情。后来，我的表姐回到了法国，我必须找到其他办法去购买大西洋彼岸的唱片。他每年都会推出新的作品。

那时我还在孔多塞高中读书，幸运的是，距离学校不远的巴黎圣拉扎尔车站附近有一家唱片店，就在掷铁饼者标志那里，这家店里出售海外进口的唱片。

只要一从美国报纸上看到迪伦发行新专辑的消息——在那段日子里，他一共出了三张专辑——我便匆匆跑到掷铁饼者那里去下单。我所有的零用钱都花在了这上面。唱片需要两个月才能到货，有时甚至更长，我每周都跑去店里看看唱片来了没有。直到今天，我都记得店家告诉我新唱片刚刚到货时那份激动的心情。我掏出六十法郎——一笔巨款——抱着唱片跑回家听。回到家里，我先是好好欣赏封面，仔细阅读背面的歌曲列表，想象着聆听时的乐趣。迪伦的歌从没让我失望过，每首歌曲都让我如痴如醉。任何音乐都无法像迪伦的歌那样，让我在第一次聆听时感受到那样的情绪触动。第一次独自一人在自己的房间里听《没关系，妈妈》，已是五十年前的事，却依然恍如昨日。

我在青少年时期对迪伦的迷恋还要持续好几年的时间。我不仅为了读懂他的歌词而刻苦学习英语，还为了能够亲自演唱他的歌曲而开始学习吉他。1968年8月，在作为仓库管理员打了一个月的工以后，我终于攒够钱去了纽约。我走在格林尼治村的街道上，寻找迪伦曾和他的女朋友苏西·罗托洛为《放任自流的鲍勃·迪伦》拍摄封面照片的地方。尽管才过了五年，我却觉得那一幕已经成了尘埃落定的昔日时光。鲍勃·迪伦离开这片街区已经有很长一段时间了，1966年摩托车事故发生后，他几乎从公众视线中消失了。我试图寻找那些可能认识他的人，但他们也消失了，除了民谣中心的负责人伊泽·扬，正是此人在七年前筹办了鲍勃·迪伦最初的几场演唱会。伊泽·扬热情地接待了我，因为在他看来，来自法国的我身上带有1968年五月革命的光环。我们聊起了迪伦的事，他向我讲述了这个来自明尼苏达州的少年是如何在1961年冬季的一天来到他家的故事。我还在民谣中心买了把马丁00–18，迪伦在录制《约翰·韦斯利·哈丁》时弹的就是这款吉他。

已经过去了近半个世纪，我一直留着这把吉他，那个看起来一切都充满可能、洋溢着青春朝气的黄金时代却一去不复返。在此后的人生里，我们经历了无数悲欢离合。鲍勃·迪伦不再是为我指引人生方向的灯塔，但是这么多年来，他始终具有里程碑式的意义。他是一面镜子，透过他的音乐，我总是可以看到当年那个刚刚迈进成人世界的自己。有很长一段时间，我不再听迪伦的歌，但他始终在那里，在过往的阴影中，随时准备着昨日重现。我明白，鲍勃·迪伦之于我，绝不仅仅是一段回忆。实际上，从1966年开始，迪伦自己也面临着艰难困境，在他的盛名达到顶峰的那一年，他也差一点意外丧命，他必须向自己和世界证明，他作为艺术家的生命并没有结束，他必须超越自己之前已经创造的传奇。

当鲍勃·迪伦奋力摆脱过去的包袱时，我也开始执笔谋生，成为一名记者兼作家。说来奇怪，我从来没有写过关于迪伦的文章。关于迪伦，总是有太多触及我灵魂隐秘深处的东西。2014年，当我刚刚与我的朋友雅克·瓦萨勒共同出版了一本关于莱昂纳德·科恩的书时，我的编辑建议我再写一本关于迪伦的书。对此，我的第一反应是："还有什么可写的？"我上网查了一下，各种语言加在一起，关于鲍勃·迪伦的书超过了三百本。我大致读了一些，有的非常精彩，有的则寡淡无味。但我没有在任何一本中看到我眼中的那个迪伦。这样看来，也许时机真的到了，我应该写一写这个深刻影响了我的人生的人。

鲍勃·迪伦就像是我的兄弟。在某些时刻，我觉得自己和他是那样相像，就算不认识他本人，至少也了解他的思想。因此，我希望这本书能够让读者感到"发自内心"。所有关于他的事实都已是众所周知，我需要进行梳理和调整，将他内心深处的真实自我展现在读者面前。实现这一目标的最好办法就是抛开传统的传记写法，转而从他的作品以及他本人对作品的评价入手。于是，我重听了他所有的歌曲——自1961年以来，他已经发行了超过五百首歌。我拿着笔，阅读最早几张唱片背后的歌词诗，把它们翻译成法语，此前还从未有人这样做过。与此同时，我还做起了档案整理的工作，重新阅读了迪伦艺术生涯中接受的大量采访，包括乔纳森·科特在《鲍勃·迪伦访谈录》[①]中收录的内容。此外，我还从罗伯特·谢尔顿的著作[②]中汲取了很多资料，谢尔顿是第一个为鲍勃·迪伦写传记的作家，也是他亲近的人之一。我将自己对迪伦的认识与最了解他的那些人进行比对分析，尤其是《滚石》杂志记者格雷尔·马库斯的记述。当然，我还反复研读了鲍勃·迪伦的自传《鲍勃·迪伦回忆录》[③]，这本书的文学性毋庸置疑，但部分事实的可靠性值得商榷。在回忆录中，迪伦谈到了过去的某些片段，也谈到了身为艺术创作者的疑惑。

像拍摄电影一样，经过取景、拍摄和剪辑，所有这些资源最终汇聚成一幅艺术家的肖像，在我看来基本实现了我写作的初衷。与此同时，在写作这本书的过程中，我也理解了一些当初并不明白的事情。20世纪60年代初离开美国中西部

---

① 乔纳森·科特，《鲍勃·迪伦访谈录》，巴蒂雅出版社，2007年。

② 罗伯特·谢尔顿，《鲍勃·迪伦的音乐人生》，阿尔班·米歇尔出版社，1987年。

③ 鲍勃·迪伦，《鲍勃·迪伦回忆录》，法亚尔出版社，2004年。（此处作者参考的是该书的法文版本。该书有多个中文版本，中译书名有《像一块滚石》和《编年史》。——编者注）

乡镇踏上纽约漂流之旅的年轻人，70年代的摇滚明星，80年代的“耶稣怪物”，还有2015年在七十四岁高龄发布整整一张专辑向弗兰克·辛纳屈致敬的睿智老人——这些形象之间究竟有什么共同点呢？2015年10月，我在巴黎体育馆找到了答案，那是鲍勃·迪伦“不散的筵席”巡回演出巴黎站的举办地点。许多几十年前煊赫一时的著名歌手在几十年后的今天举办演唱会时，往往会以怀旧作为基调，大部分乐迷也是这样期待的。我原以为迪伦的演出大概也是如此。然而，那天晚上演奏的二十多首歌曲中，只有三首是迪伦在20世纪60年代到70年代的作品。在那一瞬间，我猛然意识到，直到今天，迪伦从未改变他一贯的那种极具贵族气质的行为准则：他所做的一切都只是为了取悦自己。他从不试图取悦任何人，永远拒绝随大溜，永远以艺术家的眼光选择他认为最好的做法。从一开始，他从来都只追随自己的赤子之心，或许正是这种追求让我们着迷，让我们在他身上看到了自己的影子。

目录

CONTENTS

BOB DYLAN

2

天太冷了，冷得我们根本无法反抗。

（《归乡无路》，2005年）

北国

1

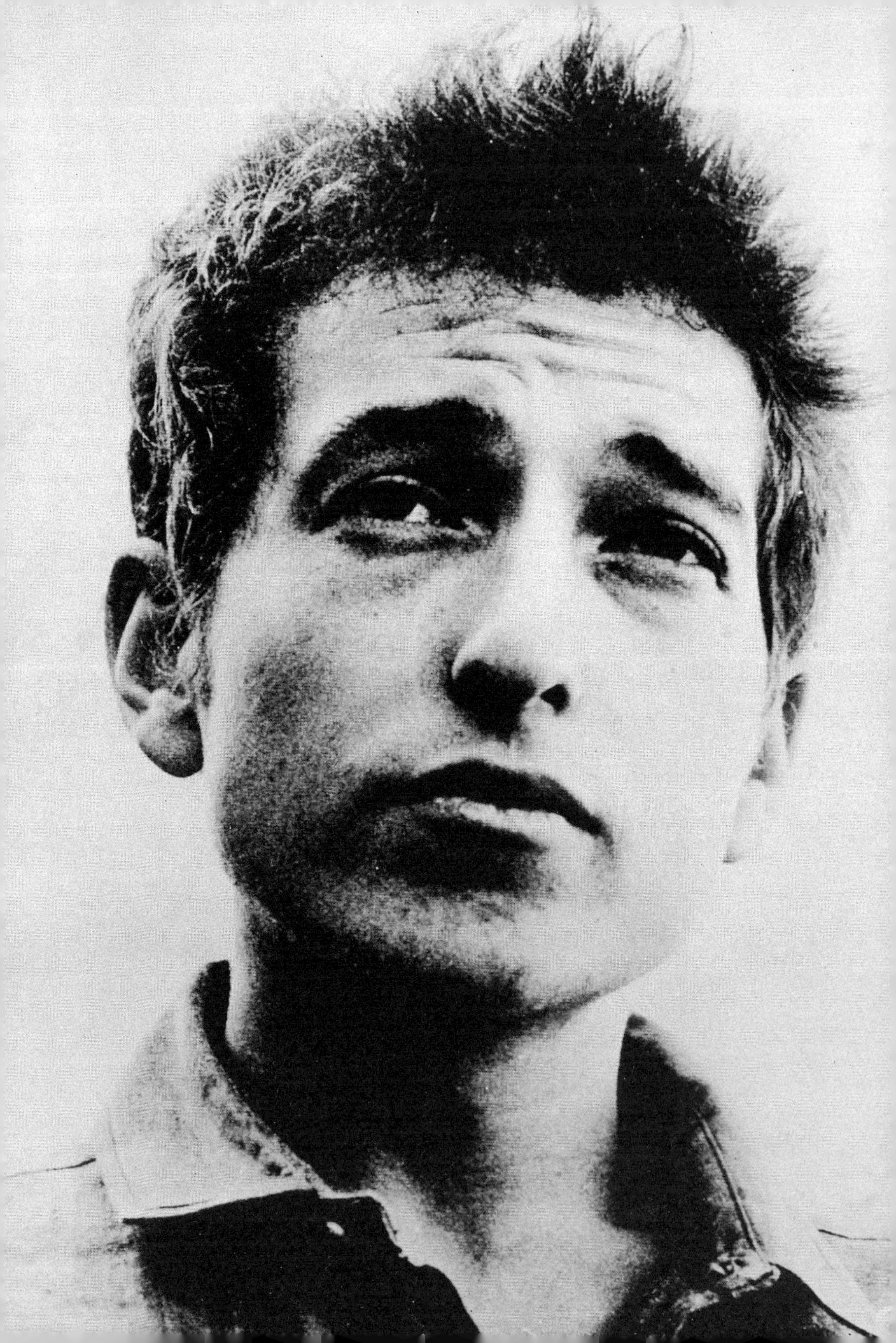

鲍勃·迪伦永远走在背井离乡的路上，他始终在追寻孩童时期的感觉，追寻那时的影像和记忆。1962年，鲍勃·迪伦来到纽约追求他的事业，那段日子里，他写出了第一首叙事歌曲，用音乐讲述自己的初恋与乡愁。歌中不仅有年轻的姑娘，还有故乡的风景，相比之下，那片充满野性的荒蛮土地更像是歌曲的主角：

当你路过那里，如果那里已经大雪纷飞
河流冰封，夏日结束
请看看她穿得暖不暖和
请保护她免受狂风呼啸[①]

鲍勃·迪伦的故乡明尼苏达气候恶劣，地处美国最北端（不算阿拉斯加的话），与加拿大接壤。在后来的日子里，迪伦从不放过任何谈起故乡的机会，

① 《北国姑娘》。除另行说明外，本书中引用的歌词和歌曲均为鲍勃·迪伦作品，由华纳兄弟公司和非常骑士音乐公司发行。

他热衷于讲述那种大部分时间都在极端温度下度过的别样生活。在2004年出版的《鲍勃·迪伦回忆录》中，他这样写道：“冬天气温经常低到零下十五度，刮起风来可以低到零下二十五度，春季冰雪消融，夏天热得像蒸笼——蒸腾的水汽，毒辣的烈日，空气中香气弥漫，温度计的汞柱蹿到四十度……再到冬天，暴风雪能活活冻死人。”①

20世纪60年代初，那时的鲍勃·迪伦还叫作罗伯特·齐默曼（昵称鲍勃或者鲍比）。1941年5月24日，在珍珠港遇袭、美国宣布加入第二次世界大战的几个月前，迪伦出生在德卢斯。这是一座大约有十万人口的小镇，位于美国与加拿大边境五大湖中最大、最靠北的苏必利尔湖最西端。虽然迪伦六岁时就离开了德卢斯，但是这座山坡上的小城承载着迪伦对童年最具象的回忆，它是一座靠海却不见海、距离大海还有数千公里的国际港口：“德卢斯有着铅灰色的天空和雾气弥漫的神秘山峦，猛烈的风暴扑面而来。无情的狂风在深不可测的湖面上尖声呼啸，掀起足足三米高的波浪。”②

1907年，齐格曼·齐默曼率先来到德卢斯，不久之后，他的妻子安娜（出嫁前名叫卡娜·格林斯坦）也从当时还属于沙俄的敖德萨（今属乌克兰）来到这里安家落户。1911年，迪伦的父亲亚伯拉罕出生，后来他回忆道：“当时敖德萨有好些人去了德卢斯，我的父母也跟着来到这里，在当地安顿下来，逐渐和当地人熟悉起来……我的父亲做着当时大家都在做的事：做小买卖。”③作为小商贩，齐格曼可算得上雄心勃勃。1917年，他将自己的名字改成了齐格蒙·齐默曼，摇身一变成了保险公司的律师。几年之后，到了20世纪20年代，他已经当上了销售代表。

在敖德萨的时候，齐格曼的职业是皮鞋销售商，或者是鞋匠，这一点我们并不清楚。他的生意做得很不错，然而当时的沙俄反犹主义盛行，他不得不背井离

---

① 《鲍勃·迪伦回忆录》。

② 同上。

③ 亚伯拉罕和贝蒂·齐默曼（迪伦的母亲）的讲述均出自罗伯特·谢尔顿在1968年5月的访谈。鲍勃·迪伦的父亲在访谈后几个月去世。

乡。1905年的大屠杀中，敖德萨有六百名犹太人惨遭杀害，一千六百户家庭和商铺遭到损毁。迫害给人留下了难以磨灭的伤痕，迪伦曾听他的祖母讲述过当时的惨状，他回忆道：“她的声音和口音令人难忘，她的面容总是凝固在一种近乎绝望的神情里。她这一辈子过得不容易。”①

齐默曼一家很快获得了美国国籍（1916年），与来自旧大陆的所有移民一样，在德卢斯开始了新生活，并且开始逐渐发现美国这座大熔炉的现实。亚伯拉罕说：“当时我们住的地方主要是斯堪的纳维亚人，也有一些犹太家庭，但没有犹太人聚居区。在一个被称为‘山’的街区，波兰人和犹太人各占半壁江山，那个街区规模很小，所有的杂货商差不多都住在那里。和其他人一样，我们在家里还是说意第绪语，我还从没听过有哪个犹太家庭是不说意第绪语的。”②

1928年，亚伯拉罕·齐默曼十七岁。在做过给鞋子打蜡和卖报纸等工作之后，他开始为印第安纳州标准石油公司工作，一开始是快递员，后来成了正式雇员。他在那儿工作了将近二十年。1932年，在一次聚会上，亚伯拉罕遇见了贝雅特丽斯·斯通，一个来自立陶宛的姑娘，人称“贝蒂”。两年后，二人结了婚。1941年，他们的第一个孩子出生，他就是未来的鲍勃·迪伦。他们一家人生活在第三大道东513号。贝蒂说：“那是德卢斯极漂亮的公寓之一，让人眼红的住处。我们住在一幢漆成栗色的双层小楼里，还有一个院子。”③

1946年，夫妇俩迎来了第二个儿子（戴维），当时脊髓灰质炎正在这片地区肆虐，亚伯拉罕不幸感染了这种疾病，甚至落下了终身瘸腿的毛病。整整半年时间里，他不得不完全停工复健，重新学习走路。这样一来，他也丢了饭碗。失去了经济来源，一家人被迫离开德卢斯，搬到了西北一百二十公里之外的希宾。希宾与德卢斯简直有天壤之别。德卢斯是一座真正的城市，而只有一万五千居民的希宾几乎完全是一潭死水。鲍勃·迪伦在《归乡无路》中谈道：“它看上去和20世纪40年代到50年代的任何一座城市没有任何区别。一座小村庄，道路走不通，

---

①《鲍勃·迪伦回忆录》。

② 罗伯特·谢尔顿访谈。

③ 同上。

可能根本都没有地图。两条垂直相交的小路就是主干道，所有像模像样的商铺都集中在这里，还有一家药店……这差不多就是全部了。”①

由于毗邻大湖，德卢斯虽然不靠海，但气候比起明尼苏达州的其他地区明显更加温和湿润。而在大陆性气候的希宾，冬天极其可怕。“我们没有过冬的衣服……严冬时节只能同时穿上两三件衬衫，晚上睡觉也是和衣而眠。”②德卢斯是座港口城市，那里雾气缭绕的角岩在小罗伯特听来十分可怕。希宾的生活则完全围绕着矿山展开：“矿井就在小城外，所有人都在矿上工作。天太冷了，冷得我们根本无法反抗。时间很快把每个人都同化得千篇一律，再也没人会有远走高飞的念头。那里没有哲学，没有秩序，也没有意识形态，没有任何抗争的对象。”③

齐默曼一家无家可归，最初只能寄住在贝蒂的母亲弗洛朗莎家。“我们在外婆家的客厅里一睡就是一两年，我睡在一张折叠床上。我就记得这些。”④为了养家糊口，亚伯拉罕又开始找工作，但是因为瘸腿，工作并不好找。他的兄弟——莫里斯和保罗接受过电工培训，在专业从事电缆布设的米卡电力公司工作。尽管亚伯拉罕有残疾，他们还是设法为他在公司里谋到了一个职位。迪伦说：“他在那里度过了他的余生。后来，他和我的叔叔们一起买下了那家商店，开始销售台灯、闹钟、收音机和各种电气设施，再后来还卖起了电视和家电，不过他们最主要的业务依然是电缆销售。我也要去帮忙，但我并不适合做这个。这座小城不穷也不富，大家的日子过得都差不多。真正有钱的人，即那些拥有矿山的人不会住在这里，他们都居住在数千公里之外。”⑤

---

① 出自鲍勃·迪伦的经纪人杰夫·罗森在2000年的采访，马丁·斯科塞斯在2005年制作的纪录片《归乡无路》（DVD版）中也采用了这段访谈。

② 《归乡无路》。

③ 同上。

④ 《自传》，1985年。

⑤ 同上。

梅萨比铁矿区[①]是一片绵延一百七十七公里、平均高度不超过一百五十米的丘陵地带，希宾正位于这片成矿带的腹地。20世纪初的铁矿石开采促进了希宾当地经济的繁荣，经济发展势头迅猛，1919年，为了保障矿山用地，甚至不得不将整座城市平移了一公里之多。这里有一处长五点五公里、宽二点五公里的矿坑，是当时世界上最大的露天铁矿，归赫拉马洪公司所有，该地区的就业机会几乎全部来自这处铁矿。在好几十年间，成吨的矿石每天通过铁路运往德卢斯，装上被称作“湖人”的货船，然后通过五大湖和陆路网络，一直运抵东海岸的各大港口。

20世纪40年代后期，随着第三世界国家的矿山劳动力成本变得更低，希宾小城的黄金时代开始走向没落。迪伦说：“我亲眼见证了故乡发生的一切，人们真的把行李和矿石放在一起……有那么一段时间，所有人都在矿上工作。事实上，第二次世界大战中使用的铁有九成都来自这些矿山，来自我出生的地方。然而，忙到最后，人们听到的却是这样的话：‘听着，在这里采矿成本太高了，我们要去别处采购矿石了。’”[②]

年轻的罗伯特·齐默曼来到梅萨比矿区时，希宾已经开始走下坡路了。对于当时的情形，他做出了颇具宿命论色彩的评价：“百事萧条时，城市还能做什么？只能溃散成尘埃，消失在风里。就是这样。”[③]这种萧条就像漫长的垂死挣扎，大批失去工作的年轻人游荡在街头，让无数家庭陷入贫困。那段日子给迪伦留下了难以磨灭的记忆，许多年后的1963年，他专门为此创作了一首歌曲，素材无疑来自真实的回忆。在《北国布鲁斯》这首歌中，歌手以一个女人的口吻，歌唱着父亲和兄长如何在矿井中悲惨地死去。她先是回忆了美好的时光，然后突然有一天，工作时间减半，矿井一座座关闭，人们失去了工作，生活陷入痛苦，越来越艰辛。在歌曲的结尾，寒冰笼罩大地，店铺一家家消失，

① “梅萨比”（Mesabi）一词源于当地印第安人奥吉布瓦部落语言中的Misaabe-wajiw，意为“巨人的国度”。

② 《滚石》杂志，1984年6月21日，科特·柯德访谈，收录于《鲍勃·迪伦访谈录》。

③ 《归乡无路》。

歌里这样唱道：

> 孩子们就要离开家
> 他们都已经长大
> 再也没什么能让他们留下①

一座正在死去的城市，与世隔绝，人们疲惫而焦虑，自然条件恶劣。这样的环境似乎并不十分有利于孩子的健康成长。不过，孩子们还没见过什么世面的时候，适应能力往往都很强，他们想方设法让自己不无聊，总是开开心心的。迪伦的童年并不能算不幸，他的日子过得相当自在。在他母亲的关照下，他接受了正常的学校教育（成绩一般），经历了犹太男孩的成年礼，在家庭聚会上唱歌。圣诞节的时候，他和所有孩子一样，沉浸在火树银花的节日氛围里，虽然日子不景气，但小城上下还是装扮一新，让孩子们看得眼花缭乱。“在铁矿区，过节时就像走进了狄更斯的小说。一切都和童话书里一样：树梢装饰着天使，马拉雪橇跑过白雪皑皑的街道，圣诞树上点着灯，窗前挂着花环……我一直以为圣诞节是属于所有人的节日，而且以后也会一直如此。”②

在希宾，人与自然的距离近在咫尺。森林中，土路上，随处皆可听到风声，也能听到运送矿石和旅客的火车发出的轰鸣声和汽笛声。工业的产物与松林融为一体。“我从小看见、听见的就是火车，因此火车的声音和影像总是让我很有安全感……远处传来火车的声音，那就是家的感觉，那里什么都不缺，应有尽有。我们在那里散步，那里没有现实的危机，一切都物以类聚——就像一节节车厢一样。”③

就像他后来在民谣中经常描述的那样，鲍勃和伙伴们以扒火车为乐。有时

---

① 《北国布鲁斯》。
② 《鲍勃·迪伦回忆录》。
③ 同上。

候，火车开得特别慢，这群逃票的旅人就这样四处巡游："我们从运送矿石的车皮上踩着金属扶梯跳下来，火车带我们逛遍了周边地区的许多湖泊……"[①]少年时的迪伦热爱乐队和演出，但他也需要独自一人徜徉在大自然中，沉思冥想，在愤怒与忧伤之间找到平衡点，找到自己存在于世界的意义和位置。

记得年少时
我常跪在婶婶家附近的铁路岔道旁
拔起土中的青草
野蛮地撕扯植物的根茎
数着一片片叶子，任凭时间流逝
手指被汁液染绿
竖着耳朵听
满载矿石的翻斗车
从斜坡滚下的声音[②]

这些瞬间带来的触动是如此强烈，让他流连于遐想，甚至沉溺于幻觉。这个年轻的男孩就像通灵者一样，通过这种方式让自己从现实中抽离，在精神上云游四方。当迪伦在1978年被问起这段经历时，他坦言道："当我还是个孩子的时候，我曾看到过惊人的幻象，之后再也没有过那样的幻觉。那些幻觉无比强烈，一直到今天仍然支撑着我。那是种神奇的感觉。我畅想着自己今后可以做些什么，能够为全人类和我自己创造些什么，改变些什么。我出生和长大的地方是那样遥远，冬天万物沉寂，没有一点生气。什么都不做，只是透过窗户向外看，在这种状态下，可能会体验到令人惊讶的幻觉。那里也有夏天，炎热，

---

① 《鲍勃·迪伦回忆录》。

② 出自鲍勃·迪伦创作于20世纪60年代初的一首无题诗歌的开头部分。这首诗后来被收入《琼·贝兹演唱会唱片》的歌词本中。

沉闷，空气仿佛变成了某种金属，这种气候与印度倒是有几分相似。这是一片不寻常的土地，这里充满了矿石，对人有一种磁石般的吸引力。或许数百万年前，曾有一颗小行星在这里撞击了地球。它高度集中地体现了美国中西部的伟大精神品质，十分微妙，也十分强大。这就是我长大的地方。”①

男孩逐渐长大，慢慢将关于宇宙的浮想联翩抛在了脑后，转而将目光聚焦在自己生活的城市。一座典型的美国内陆腹地小城，商店、建筑和娱乐设施似乎都刚刚迈入现代化，其外观让人想起先锋时代。童年的小镇让迪伦又爱又恨，他在后来的讲述中为之描绘了一幅温柔而残酷的画面：

> 希宾周五的夜晚，引擎咆哮，汽车全速飞驰
> 希宾的酒吧里，波尔卡乐团彻夜欢歌
> 站在希宾主干道的一头
> 就能将小城全貌尽收眼底
> 希宾是一座可爱的老城②

除了当地的娱乐活动之外，也有走南闯北的艺人来这里演出：“我们看过马戏团的演出。他们在战神广场搭起帐篷，就住在帐篷里面。还有叫卖的货郎……那时候，一切都更有乡村气息。那时候，这就算是娱乐活动了。他们中有乔装打扮成乔治·华盛顿和拿破仑的模仿表演者，还有人表演莎士比亚作品中的古怪桥段，还有种种在当时完全没有意义的东西。马戏团里干什么活的都有，我见过一个人给同伴化妆，就在刚刚表演完滚大轮之后，我觉得那很有意思。我当时就想：‘你看，这家伙，他可以做两件不同的事情啊……’”③

遇上赶集的日子，年轻的迪伦会去看最新的吟游诗人秀，演出内容包括歌

---

① 《花花公子》，1978年3月，罗恩·罗森鲍姆访谈，收录于《鲍勃·迪伦访谈录》。

② 《偷得浮生》，创作于1962年的诗歌，1963年在纽约市政厅演唱会上演出。

③ 《归乡无路》。

舞、短小的喜剧，还有对黑人音乐的滑稽模仿。这些表演形式出现在19世纪初，经常采用化装舞会的表现形式，表演经过修饰美化的原创音乐，这可能是迪伦第一次接触到布鲁斯和爵士等黑人音乐风格，对他今后的艺术创作产生了重要的影响。

在家里，迪伦也受到了音乐的启蒙。虽然齐默曼一家没有一个音乐人，但是有收听音乐的设备。“家里有一台巨大的桃花心木收音机，一台七十八转的电唱机。有一天，我打开了它……还有一张乡村音乐唱片，里面有首歌叫作《飘零海岸线》。唱片的声音让我觉得自己仿佛变成了另一个人，让我觉得自己或许应该生在一个与现在完全不同的家庭。”①

《飘零海岸线》是福音作曲家查尔斯·穆迪在1923年创作的一首老歌，小鲍勃在家里的电唱机上听到的很可能是汉克·威廉姆斯翻唱的版本。20世纪50年代初，汉克·威廉姆斯是乡村音乐界最有名的男歌手，这位来自亚拉巴马州的南方白人歌手是当时的巨星级人物，其歌曲广为传唱，极受大众欢迎。在汉克·威廉姆斯短暂的职业生涯中，他共有十二首歌曲高居唱片销量榜的榜首，其中就包括1951年那首著名的《冷冰冰的心》。汉克·威廉姆斯是一位富有浪漫色彩的人物，一位“出色的失败者”，他沉迷于药物，充满神秘色彩，在二十九岁时便以戏剧性的方式结束了生命。他忍受着背部慢性疾病的折磨，为了缓解痛苦，他沉迷于酒精和吗啡。1953年1月1日，他要从田纳西州的诺克斯维尔赶到远在一千公里之外的俄亥俄州的坎顿市。由于天气不好，飞机无法起飞，他便雇了一名十七岁的年轻男子驾车前往。临走时，他请医生注射了混有维生素B_{12}的吗啡。当车在弗吉尼亚州的橡树山服务站停下时，司机发现他已经死在了凯迪拉克的后座上。

汉克·威廉姆斯的英年早逝震惊了整个美国，尤其是十一岁的鲍勃·齐默曼，身在明尼苏达州的他从电台里听到了这则消息：“汉克去世的消息就这样砸在我面前。但我的直觉告诉我，他的声音不会就此消失，他的声音永远不会失去

① 《归乡无路》。

力量——就像一声美妙的法国号。”①

刚刚步入歌坛、成为迪伦那会儿，处于起步阶段的罗伯特·齐默曼一度尝试着效仿伍迪·格思里，有时甚至有些夸张，但他几乎从来没有模仿过汉克·威廉姆斯的风格。不过，他始终在强调后者对他尤其是他的歌词创作的影响，毫不吝啬地表达对《我看到了光明》作者的倾慕之情，甚至称其为自己的“第一个偶像”。但在成名之后，迪伦才明白，推崇到了极点就需要有所收敛，否则难免沦为阿谀奉承。他在青年时期的一首诗中表达了这种思想：

我的第一个偶像是汉克·威廉姆斯
因为他的歌里有铁路的故事
那些无疑都是真实的故事
后来我不再崇拜偶像
因为我终于明白他们终归是凡人
他们做事的理由
与我完全不同
我再也不能依赖他们②

而此时电视还没有入侵美国家庭，收音机是与全国其他地区乃至全世界保持联系的渠道。“为了听到来自国内其他地区和遥远世界的广播，我们会一直熬到深夜……空气中弥漫着五万瓦特的气氛……在北方，我们可以收听到从传统音乐到摇滚的各种电台，可以听到乡村布鲁斯，可以听到吉米·里德。有一个芝加哥广播站播放乡土音乐，还可以听到《大奥普里》。我很早就开始听汉克·威廉姆斯的歌，那时候他还活着。除了这些，在此之前我还听过很多知名乐队的歌：哈利·詹姆斯、拉斯·科伦坡、格伦·米勒等等。”

① 《鲍勃·迪伦回忆录》。

② 《琼·贝兹演唱会唱片》歌词本的附注。

感谢电台，这位年轻人得以从现实的桎梏中解放出来。他可以发着呆，感觉自己进入了另一个世界，一个梦幻的世界。1987年，迪伦向作家山姆·谢泼德坦言："那些年，我一直在做梦。我梦见过艾娃·加德纳[1]和狂野比尔[2]，我梦见他们在打扑克牌，在我的梦里你追我赶，无处不在。而我自己也在梦中。我的梦和收音机不无关系。你知道，当我们还是孩子的时候，经常躺在床上却不睡觉，偷偷听着广播直到进入梦乡。那时候，我总是这样睡着的。而且到了夜深时，电台DJ才会随意播放他们喜欢的歌曲。"[3]

从吉米·罗杰斯到汉克·威廉姆斯，电台里的乡村音乐奠定了迪伦根植于乡村的特色。在他看来，电波里传来的布鲁斯音乐即使来自城市，听起来也非常像是属于被压迫的少数派的音乐。当时为听众提供商业化音乐的歌手占据了大半江山，他们是所谓的主流，虽然没有明确的定义，但最常见的便是对传统音乐风格加以粉饰，让它看上去很美。例如，当时名噪一时的弗兰基·莱恩便利用了当时流行的西部片形式，使得市场上充斥着牛仔式的西部小故事，如《骡车》或《OK畜栏》等。这种媚俗的音乐在现在几乎让人听不下去，在当时却给数百万美国人带来了慰藉。

在这数百万美国人中，鲍勃·齐默曼不仅没有拒绝这种音乐，反而在后来向它表达了敬意。"当我十几岁时，我听过弗兰基·莱恩、罗斯玛丽·克鲁尼、丹尼斯……他姓什么来着？丹尼斯·戴？还有多萝西·柯林斯、米尔斯兄弟等等。当我听这种音乐时，我觉得它比摇滚更打动我。在听摇滚乐的十年前，我就听过《骡车》和约翰尼·雷伊。约翰尼·雷伊对我的影响十分重要，他是第一个真正给我留下深刻印象的歌手。他会在唱歌时念几句咒语，就像巫师那样……有时，我们几乎以为他在哭泣。"

然后，到了20世纪50年代中期，摇滚乐出现了，掀起了一场音乐和社会风气的革命，让整个年青一代热血沸腾："巴迪·霍利、小理查德、查克·贝

---

① 艾娃·加德纳（1922—1990年），美国演员，代表作电影《赤足天使》。

② 狂野比尔（1837—1876年），美国西部的标志性人物。

③《时尚先生》杂志，1987年，山姆·谢泼德访谈，收录于《鲍勃·迪伦访谈录》。

里，他们的音乐风格混合了黑人和白人的特点，沸腾到了极点，你的衣服可能会着火。第一次听到查克·贝里的音乐时，我没有想到他是黑人，我认为是一位白人乡土歌手……”这种全新却又熟悉的音乐总结了之前的一切，加入了暴力和性的元素，它将给予迪伦极大的启示，让他恍然大悟，找到属于自己的路。“听摇滚乐的时候，我意识到我没有其他选择或替代品。摇滚为我指明了未来的方向，就像其他人知道他们以后会成为医生、律师或者纽约人队的球员一样。”①

① 《归乡无路》。

我一边长大，一边等待时机。我始终相信，外面还有更广阔的世界。

（《鲍勃·迪伦回忆录》，2004年）

出发

2

“我不打猎，也不钓鱼。我只会弹弹吉他，唱唱歌，这对我来说就足够了。我的朋友们和我一样：他们踢不好足球中锋，做不成青年商会的领导者，当不来社团发起人，也不会成为车技娴熟的长途运输司机。我对这些一窍不通。我所做的一切就是写和唱，在纸上画些小画，在那些能消弭自身存在感的事物中自我遁形。”[①]罗伯特·谢尔顿在鲍勃·迪伦的传记中如此记录道。这段回忆准确地展现了迪伦从童年结束到成年之初这段时间的精神状态和活动。面对生活，他的选择再明确不过：将艺术（准确地说是音乐）作为职业，甚至作为步入社会迈向“成功”的跳板，而伴随这种选择的，还有他汹涌的决心。迪伦那种让自己成为透明人，或者将自我掩藏起来的欲望明确得让人吃惊，他在整个艺术生涯中始终秉持这样的态度，在一开始尤为强烈。

小鲍勃·齐默曼“亲密接触”的第一件乐器是一架钢琴。那时他十岁出头，大人们让他跟表姐学习钢琴。表姐教授的音乐风格大概不太对他的胃口（很可能

① 《鲍勃·迪伦的音乐人生》。

是古典音乐），他学了一课之后就再也没去过。他更喜欢自己在客厅的钢琴[①]上摸索，这架钢琴本是他的父亲亚伯拉罕买来装饰客厅的。小鲍勃可以像模像样地演奏收音机里听来的音乐，随着时间的推移，他的演奏也愈发专业和自如。尽管如此，孩提时代的迪伦并没有对这台不便于携带、庞大又笨重的乐器一见倾心。他喜欢的是边弹吉他边唱歌，就像他的偶像汉克·威廉姆斯一样。很久之后，他坦言道："我一直想做吉他手和歌手，从我十岁或者十一二岁开始，这就是我全部的兴趣所在。在我看来，弹吉他唱歌是我那时做过的唯一有点意义的事情。"[②]

作为乐器，吉他不仅让人充满梦想，还有另一个优点是可以在房间里演奏而不被父母发现。迪伦从希宾的乐器出租商店里偷偷弄到了一把廉价的古典吉他，音质平平。但这无所谓，重要的是可以给它装上肩带，抱起它在镜子前摆个造型，仿佛自己是个真正的吉他手。自我陶醉的劲头过去了，演奏的欲望占了上风。这位刚刚入门的音乐家始终没有去上课，他只愿意自学，教材是尼克·马诺洛夫1935年编写的《西班牙吉他基础教程（第一册）》。一开始，迪伦对待这把吉他的方式相当感性——用鼻子嗅它，用手指抚摸漆面，把耳朵凑上去听琴弦拨动时的声响——感性得近乎偏执，但他也不得不遵守任何乐器初学者都必须遵守的讨厌规则。几周之后，他学会了基本的和弦，首先是最简单的G大调或a小调和弦，然后是复杂一些的大横按和弦，比如F大调和b小调和弦。

接下来是模仿练习。有一天，做电器生意的父亲带了一台电视回家。从此，只要电视节目里出现吉他手，迪伦就目不转睛地坐在电视前，揣摩乐手的演奏，然后自己模仿。"看他们怎么做，试着观察他们的手指放在什么位置。从学习开始，有样学样……可能要学好些年。就我个人而言，我学得相当快，不过我从来都没有什么奇特的技巧。大家喜欢我并不是因为我炫技，而我自己感兴趣的绝不仅仅是技艺而已……"[③]

---

① 根据谢尔顿的记述，迪伦弹奏的不是钢琴，而是斯皮耐琴（spinet），即大键琴（harpsichord）的前身。这对亚伯拉罕而言有些奇怪，他并不是一个通晓乐器知识的行家。

② 《自传》。

③ 《西木一广播》访谈，1984年，收录于《鲍勃·迪伦访谈录》。

当迪伦的技艺娴熟到可以边弹琴边唱歌时，这位乡村音乐和摇滚乐发烧友开始意识到，这把尼龙弦的西班牙吉他弹出的声音柔弱无力，完全不适合演奏他钟爱的音乐。于是，他用节衣缩食省下的积蓄在西尔斯罗巴克百货公司函购了一把“银调”（Silvertone）吉他，花了三十九美元。这是一把出色的土耳其电吉他，可以与猫王的吉他相媲美。这件乐器具有某种象征意义，令他无比骄傲，不管是上街还是上学，他走到哪儿都带着它——这是他向同龄人显示身份的标志。

时机到了。1956年秋天，他和学校的三名同学组建了“暗影爆破手”乐队，亚伯拉罕不在家的时候，他的车库就成了乐队的排练场。最初的尝试很快发展得有声有色。1957年，新乐队“金色和弦”成立，迪伦担任钢琴手兼主唱，蒙特·艾德华森是吉他手，勒罗伊·霍卡拉是鼓手。经过多次即兴演奏的打磨之后，这支三重奏乐队开始了巡回演出，在许多个周六夜晚，点燃舞会的火热气氛。“金色和弦”的歌曲摇滚范儿十足，精彩片段经常在同一首歌里反复多次，不断重复直到高潮。不过，迪伦偶尔也往里面加点料，重写几句歌词或者改变速度。对此他自有一套方法。他先用录音机录下片段，而后按自己的方式调整改造。“他在钢琴上写歌，”霍卡拉说，“他只需要弹出几个和弦，然后就开始即兴创作。他写上几段，这歌的感觉立刻就对了。”[①]这种旧曲翻新的再创造屡试不爽，尤其适合改编一些民谣歌曲。

迪伦的才气本应使他成为乐队理所当然的领袖，然而并没有。对这个后来揭竿而起，振臂高呼“不要去追捧领袖，小心停车费不够”[②]的人而言，接受领队的位置简直是天方夜谭。他在十六岁时就已经成为坚定的个人主义者，深信自己应当与他人保持距离。霍卡拉后来坦言：“他从未真正亲近过任何人。我觉得他从来不曾有过所谓的‘最好的’朋友。他是个独来独往的人。”[③]不过，虽然迪伦并没有成为乐队的领导者，但站在钢琴后的他仍然是“金色和弦”中最引人注

---

① 《鲍勃·迪伦的音乐人生》。

② 出自歌曲《布鲁斯之隐秘乡愁》（收录于专辑《满载而归》，1965年），后来成为无政府主义者的口号。

③ 拉尔斯·林德访谈，来自网站B-Dylan.com。

目的一个。他是不是拥有某种不同寻常的魔力？或许是他全身心沉浸在音乐中所散发的魅力吧。就是这样的迪伦，在学校才艺大赛上吼了一首小理查德[①]的《珍妮，珍妮》，他那超越年龄的低沉声线令所有人目瞪口呆，相比之下，老师反而更像是他的学生。

随着时间的流逝，迪伦日渐沉迷音乐，起初纯属娱乐的活动最终发展成为一种存在方式，成了他生命的表现形式。音乐就是连接他与整个世界的桥梁。突然有一天，他清楚地意识到，希宾已经不再适合他。他的家人都生活在这里，可他越来越觉得自己是这个家庭里的陌生人。总有一天，他要离开这里，到别处看看。后来，他对罗伯特・谢尔顿说道："我从来不是一个有家可归的小孩，从来没有有家的感觉，没有那种只要坐上公共汽车就能回去的地方。我总是独自一人在路上。"[②]不过，1966年，当他感到自己迫切需要一切归零重新开始的时候，他又决定重返故园。与其将这种远行的渴望视作叛逆的年轻人富有浪漫色彩的空想，迪伦更倾向于将其视为明尼苏达萧条荒漠的必然结果："如果我在纽约或堪萨斯城长大，一切都会不一样，但我生在明尼苏达州，在希宾。在这里，我无法真正地生活，这毫无疑问。在希宾唯一能做的事情就是当矿工，何况连矿工的人数也在逐渐减少。矿山正在死去，就是这样。我们这一代人全都离开了，这完全不是头脑发热的空想，要做这样的决定用不着深思熟虑，也不需要是天才。当然，背井离乡没什么值得骄傲的。我没有逃避，我只是转身背对它。我实在没法再从这座小城得到什么，这里空空如也。离开这里并不难，一点也不难，留下反而比离开更艰难。"[③]

鲍勃・齐默曼没有说走就走，他花了一年半时间来彻底剪断将他与希宾紧密相连的脐带。他一步一步，越走越远。他先是出发去了明尼苏达州的其他城市，随后前往相邻的州，最后才动身去纽约。1958年冬天，年轻的迪伦还是个高中

① 小理查德生于1932年，摇滚乐先驱人物之一，经典作品有《小奶糕》（1955年）、《瘦高萨利》（1956年）等。

② 《鲍勃・迪伦的音乐人生》。

③ 《花花公子》，1966年3月，奈特・亨托夫访谈，收录于《鲍勃・迪伦访谈录》。

生，即将年满十八岁，他在德卢斯逗留了一段时间，那里还有他的家人，尤其是他的外婆。“她一直住在第五大街上一栋联排房屋的顶楼……站在最高处的窗户前可以俯瞰苏必利尔湖，湖上的大型货轮和驳船往来不息，带来一种威胁感，令人忧心忡忡……”[①]迪伦在德卢斯有一个堂兄弟，两个人都喜欢即兴创作，在音乐上口味相同。1959年1月31日，迪伦和这位堂弟一起去看了巴迪·霍利在德卢斯国民警卫队军械库的演出。“太棒了！简直不可思议！巴迪·霍利本人就站在音乐台上。我永远不会忘记这个画面。”[②]

三天后，从2月2日到3日的午夜，巴迪·霍利与同行巡演的另外两名摇滚乐手里奇·瓦伦斯和比格·波普在艾奥瓦州的克利尔莱克登上了前往北达科他州法戈城的飞机。午夜0点50分，飞机卷入暴风雪，不幸失事，机上无人生还。巴迪·霍利死时年仅二十三岁，英年早逝，但他留下了大量音乐遗产。他的音乐风格接近山区乡村摇滚，开创了白人摇滚之先河。后来的披头士和滚石乐队都从他那里得到启发。迪伦也是如此，他坦言，自己在1997年录制专辑《被遗忘的时光》时，巴迪·霍利一直萦绕在他的脑海中挥之不去。

“在我去过的所有地方，巴迪·霍利无处不在，到处都有他的影子。走在走廊上都能听到巴迪·霍利的歌，比如《就是那一天》。我们乘车去录音棚，车上放着《声声不息》。我们走进录音棚，听见有人播放《如此简单》的磁带。就是这样，每一天都是这样。巴迪·霍利的音乐拥塞在每一个角落，无法回避，一听到他的歌，简直要起鸡皮疙瘩。巴迪·霍利的精神大概对我们产生了某种影响，催化了这张专辑的诞生。”[③]1998年，《被遗忘的时光》荣获格莱美年度最佳专辑奖，迪伦在致谢词中又一次提到了这段缘分。在领奖台上，迪伦再次回忆起1959年在德卢斯观看巴迪·霍利演唱会的场景，往昔与今时仿佛构成了首尾衔接的轮回：“那时我十六七岁，他在台上唱着歌，离我大概只有十米。他的目光看向我……后来我总有一种奇特的感觉。不知道怎么回事，也说不清楚为什么，但

---

① 《鲍勃·迪伦回忆录》。

② 《滚石》杂志，1984年6月21日。

③ 《吉他世界》，1999年3月。

我确信的是，我们录制这张专辑的时候，他就与我们同在。”

世事难料，或者说，是“造化弄人”[①]，坠机事故发生几个月后，迪伦来到了巴迪·霍利遇难前本应到达的法戈城。1959年5月24日是迪伦十八岁的生日，几周之后，他拿到了中学毕业文凭。“结束学业的第二天，我就动身出发了，我无法再忍受周围环境的束缚。”[②]法戈城位于希宾以西三百三十公里，十分接近明尼苏达州的边界。这座城市拥有十万居民，是北达科他州人口最多的城市。齐默曼一家在这里有亲戚，他在这里住下来也还算方便。迪伦在法戈城里走街串巷，为自己寻找一份暑期工作——他后来在红苹果咖啡馆做了一段时间服务生学徒——同时也在寻觅能令他耳目一新的摇滚乐队。

法戈城只有一支小有名气的乐队，那就是由四个男孩组成的“魏和影子”乐队，街角的收音机里经常放着他们的《苏西宝贝》。迪伦在他打工的咖啡馆里听到了这首歌。他很欣赏年轻的鲍比·魏，这个年轻男孩唱歌时，会像巴迪·霍利那样制造出类似打嗝的声效。在机缘巧合之下，迪伦得知乐队打算招募一位钢琴手，正在四处寻觅合适的人选。于是，迪伦和他们见了面。当乐队问起迪伦过去的经历时，这位背叛了“金色和弦”的变节者谎称自己曾经和康威·特威提同台演出——康威·特威提是当时十分受欢迎的乡村摇滚歌手。这不是迪伦第一次对自己过往的经历撒谎。不管怎么说，这点小伎俩帮助他跳过试用期，直接成了乐队的一名成员。

两年后，鲍比·魏的单曲《好好照顾我的宝贝》在美国和英国风靡一时，一时间势头无可匹敌，他漫长的流行歌手生涯也从此开始。1992年，他回忆了鲍勃在成为“鲍勃·迪伦”之前与他的短暂合作：“那时他的名字还是鲍勃·齐默曼，不过他一度想用艺名埃尔斯顿·冈纳。我们几个给他买了一件衬衫，这点小心意让他完全成了我们的一分子。从此，我们便把他当作自己人，好像他一直就在这里，和我们一同长大似的。他加入之后，我们在达科他州举办过两次小规模

---

① 出自迪伦的歌曲《造化弄人》，该曲收录于专辑《血与迹》（1975年）。

② 《归乡无路》。

演出，一次是在教堂的地下室，另一次是在一间小亭子里。

“他看起来只是个有点邋遢的小家伙，但在那样的外表下，隐藏的是他真实的自我。他是发自内心地喜爱摇滚。他的演奏水平有限，但一摸到中音谱号的乐谱，他就会焕发出难以抑制的激情。他很喜欢像基恩·文森特和他的海军帽乐队那样击掌。有时，他会凑到我的麦克风旁边击一下掌，然后迅速回到他的乐器旁边。后来，我们渐渐意识到一个问题，那就是他自己没有钢琴，而我们也没法给他买一台，更不可能把钢琴带在身边演出。我们打算回归四人组的模式，于是我们告诉他，乐队最终决定去掉钢琴。他当时有点失望，不久之后便离开了法戈——我们付给他两场演出共计三十美元的报酬，之后他就离开了。

“一年之后，我们去了斯塔滕岛，也可能是长岛[①]，乐队里的一个男孩在一群观众中发现了他，那时的他还是个默默无闻的年轻人。同伴对我说：‘我在第二排看见鲍勃·齐默曼了。’我说：‘开什么玩笑？他怎么可能那么老远一路跑到东部来。’因为在我的印象中，他当时只是个寻找栖身之所的糊涂孩子。又过了一年，我在格林尼治村看到了他第一张专辑的封面。直到那一刻我才知道，当时观众席上的那个小男孩真的是他。”[②]

迪伦后来在《鲍勃·迪伦回忆录》中也提到了这次纽约“重逢”，不过在这本书里，我们读到的完全是另一个版本。在迪伦笔下，他乡遇故知的鲍比·魏看起来非常亲切：“我一直把他当作亲兄弟。不管在哪里，每当我看到他的名字，都会感觉我们好像就在同一间屋里似的。”[③]

人的命运是什么？大概什么也不是。如果鲍勃·齐默曼当初一直留在鲍比·魏的乐队里做一名钢琴手，那么接下来会发生什么？他还会成为一名摇滚音乐人吗？或许会成为千千万万人中的普通一员？抑或反而会成为一名流行歌手，让青少年崇拜得如痴如狂？最后这一种情况或许不太可能——他那张娃娃脸让他吃不了偶像派这碗饭。离开法戈之后，他回到希宾待了几天。他告诉朋友们，鲍

① 曼哈顿附近的两座岛屿。

② 约翰·宝迪，《寻找鲍勃·迪伦》。

③ 《鲍勃·迪伦回忆录》。

比·魏的《苏西宝贝》和《管子》里都有他参与演奏——当然都是假的。在这次成为音乐人的尝试落空之后，迪伦感到自己站到了人生的十字路口。该选择哪一条路？要去哪里？去做什么？亚伯拉罕或许更期望长子接管家族生意，但这就意味着要他放弃音乐，并且留在一座让他窒息的城市。辗转思考之后，他找到了折中的办法：为什么不去读大学呢？[①]这样他既有时间思考，又能让父母安心。在征得父母同意后，他决定不等开学，而是立即动身去明尼苏达州最大的城市——明尼阿波利斯。正是在那里，一切好戏即将上演，他将成为另一个自己。

希宾距离明尼阿波利斯三百一十二公里，坐巴士大约需要四个小时。巴士沿61号高速公路行驶——这是一条具有传奇色彩的公路，人称“布鲁斯之路”，它自北向南贯穿整个美国，从明尼苏达一直通往新奥尔良。对迪伦来说，这条公路具有极其重要的象征意义。1965年，他不仅为这条公路写了一首歌，更用它为自己极负盛名的专辑之一命名。[②]“61号公路，美国的大动脉——布鲁斯诞生在这里，我也在此获得新生……准确地说，我在德卢斯获得新生。密西西比河——流淌着布鲁斯的血脉——它的源头就在距离我们那片穷乡僻壤不远的地方。我觉得自己从未真正远离那里。在整个浩瀚宇宙中，只有那里才是我的港湾。我能感觉到它流淌在我的血液里。”[③]

2004年，迪伦在《鲍勃·迪伦回忆录》中写道：“来到明尼阿波利斯之后，我觉得自由了，轻松了，下定决心再也不回去。我毫无声息地抵达明尼阿波利斯，从一辆灰狗巴士上下来——没有人来接我，没有人知道我是谁，这种感觉太棒了。”迪伦在回忆过去时，经常对事实加以改动，这段描述是否也是对现实的重构？很难说。不过，在马丁·斯科塞斯于同年出品的纪录片《归乡无路》里，

① 关于迪伦在明尼阿波利斯的大学所学的专业，有不同的看法。一些传记中记载，他修读的是音乐学，而另一些传记，如罗伯特·谢尔顿所著，记载他在“一所美术学校”就读。迪伦自己则给出另一种说法，可能造成混淆。如果我们相信他的自传诗歌《偷得浮生》中的说法，他在大学第一年接受的可能是较为宽泛的教育，不同学科均有涉猎：科学、英国文学、西班牙语、艺术史等。

② 《重返61号公路》。

③ 《鲍勃·迪伦回忆录》。

我们可以看到迪伦对“回归”这一概念表达出完全相反的感情。在纪录片中，他对明尼苏达州表现出一种尤利西斯式的英雄还乡的眷恋，回到家乡似乎是他最真挚的愿望。但是，如果仔细观察的话，在某些语焉不详的言辞背后，迪伦想要表达的意味似乎比字面上复杂得多——不客气地说，甚至与字面之意背道而驰。如果说迪伦的规划和追求是“归乡”，那也是一个虚拟的、需要重构的“乡”：“我野心勃勃，打算先出发，大干一场，然后再去找寻某种尤利西斯式的回归……我动身出发，去寻找我在最初的某一时刻在家乡丢弃的东西……我不记得自己如何抵达陌生的土地，但我知道自己已经在路上。我对周围一切的感知都来自在路上遇见的那些人和那些事……我出生的地方距离我命中注定的归宿太过遥远。我正在回归的路上，找寻心灵的故乡。就是这样。”①

① 《归乡无路》。

我噙着泪注视着这间房间，
在这里，我和朋友们度过了许多下午；
在这里，我们唱唱笑笑到天明。

（《鲍勃·迪伦的梦境》，1963年）

明尼阿波利斯

BOB
DYLAN

回忆起离开家来到明尼阿波利斯的这段经历，迪伦始终说这是他第一次来到这座城市，但他语焉不详的语气背后，似乎还藏着什么不为人知的秘密。说实在的，这的确很可能不是迪伦第一次来到明尼阿波利斯。首先，明尼阿波利斯与希宾之间的距离大概相当于法国巴黎到中部城市里昂的距离[①]；其次，迪伦在明尼阿波利斯也有家人，因此我们可以不无道理地猜想，他此前可能曾经多次在明尼阿波利斯小住。不过，现在这一次无疑是他第一次真正在这里生活。这段长住让他体验到了完全陌生的大城市的生活方式。明尼阿波利斯拥有三十万人口，虽然还比不上纽约或洛杉矶那样的国际大都会，但是相较迪伦之前居住的德卢斯或法戈这样的城市，明尼阿波利斯已经算得上海阔天空了。密西西比河对岸就是明尼苏达州的首府圣保罗，人口规模与明尼阿波利斯相当，两座城市雄踞密西西比河两岸，被人们称为“双子城”。这两座城市无论是从种族分布还是从社会分层上来看，居民结构都比迪伦出生和长大的小城要复杂得多。单就明尼阿波利斯来说，城市约五分之一的人口是黑人，也有不少犹太人社区，还有大量的大学生——明尼阿波利斯是全美国大学校园占地面积较大的城市之一。

① 大约相当于北京到石家庄的距离。——译者注

丁基镇是明尼阿波利斯的大学城，那里涌动着永不止息的智慧与激情。在充满艺术气息的环境中，我们这位来自希宾的年轻犹太人如饥似渴地汲取着各种养分，为日后的一飞冲天积蓄能量。不过，他来到这里时正值暑假，街区冷冷清清的，没什么人气。在堂兄恰吉的帮助下，他先是在学院路上一家为犹太学生提供住宿的小旅馆里安顿下来。假期里，旅馆的住客很少。他住在走廊尽头一间破旧的客房里。整个 8 月，他都在丁基镇有着充满维多利亚时代风情的建筑的街头游荡。开学日一天天临近，大街小巷越来越热闹。作为一个从未对学习表现出明显兴趣的人，迪伦真的打算好好学习吗？不管怎么说，在刚开学的一段时间里，他至少还算循规蹈矩，虽然只不过是为了让父母高兴而已。刻苦学习一段时间以后，他开始逃课。六个月之后，他再也不去学校上课了。

1962年，迪伦以极其写实的手法，将他在校园长椅上度过的几个月写进了他的自传诗《偷得浮生》中：

我坐在明尼苏达大学课堂里，假装领着不存在的奖学金
科学课上，我拒绝看解剖兔子，老师因此给了我零分
英语课上，老师把我赶出去，说我在文章里用了粗俗的词语
传播学课程我也没及格，因为我每天都打电话跟老师说不能来上课
西班牙语我倒是学得不错，不过那是因为我之前就学过
其他学生把我留在兄弟会的房间里，拿我寻开心
他们让我待在那里，我照做了，直到他们想要我加入他们

迪伦为什么对大学生活如此抗拒和敌视？因为在他看来，大学，以及更广泛意义上的学校和学院文化，无法解决或解释现实中的种种问题，尤其无法回答“人为什么想要待在阴暗角落”这样的问题。因此，他在1966年的一次采访中控诉道：“大学就像一所养老院，在大学里死去的人比养老院里还多，死在二十岁和八十岁，并没有本质上的区别。‘要想幸福，我们必须低调而隐秘。’……然

而，很少有人能够意识到‘低调’的可贵。家庭和社会总是教育我们要感恩吃饱穿暖的生活，珍惜食物和衣服，但从没让我们对真正使人懂得幸福的黑暗心怀感激。学校里从不教授这些，学校只会把你培养成职业律师，或者逼迫你成为一名反抗者。当然，我并不是在抨击书本上的知识或者学习本身——那就太愚蠢了。但总而言之，学校并不能教会我们什么。”①

在丁基镇的咖啡馆里，迪伦发现了一个与校园生活截然不同的、放荡不羁的平行世界。在日复一日的相处中，他逐渐融入了这群集合了艺术家、作家、无政府主义者和瘾君子的边缘人。他在这样的群体中找到了家的归属感，找到了自我认同的新身份。后来他直言，正是通过与这些边缘人来往，他才得以实现自我定位的过程：“那时我已经认定，这个社会不过是一场虚妄的盛宴而已，我并不想参与其中……但是在那里，在丁基镇的咖啡馆，他们不过是背着吉他、乐器盒或行李箱的流浪者，就像故事里常有的那样，以自由和爱的名义朗诵诗歌，然后一醉方休。那里的所有人都很穷。他们当中有很大一部分是脱离了三点一线生活的诗人、画家、流浪汉，其中不乏博学多识的人才和精通各行各业的专家。他们经常在阁楼或仓库里举行集会，有时也在公园的空地上或者干脆在大街上聚会。这样的场合总是人头攒动，甚至根本无处落脚，挤得人喘不过气来。我们总是在聚会上朗诵各种诗歌，比如‘房间里，人们一边对米开朗琪罗高谈阔论，一边用咖啡勺丈量自己的人生’之类的。”②

这群被杰克·凯鲁亚克称为“达摩流浪者”的边缘人深受“垮掉的一代”影响，试图用自己的方式达到更高的精神境界和意识唯独。他们是毒品、酒精的消费者，沉迷于波普爵士，醉心于法国诗人兰波倡导的“长期、大规模、循序渐进地实现全部感官的错位”。这种过程和精神状态让迪伦一见如故。“我亲眼见证了这个时代最为耀眼的一群人被某种疯狂摧毁的过程，这种疯狂教会我的，比其他任何人灌输给我的东西都多得多。我永远忘不了这帮家伙，这群时常让我联想

---

①《花花公子》，1966年3月，收录于《鲍勃·迪伦访谈录》。

②《自传》。

到某些圣徒的男男女女。这群人从事的职业千奇百怪，他们中有服务生，有酒吧招待，还有灭鼠工，等等。他们总是把工作放在最末位，对他们来说，能填饱肚子就足够了。他们中有很多人看起来像是被从某处驱逐出来的。他们脱离社会，出世而独立，对他们来说，不存在什么规矩的束缚，不需要像上流社会人士那样注意自己的言行举止，也不需要追逐潮流，那一切对他们来说毫无意义。”①

迪伦在明尼阿波利斯待了十六个月，在这段时间里，他在以诗歌为首的多种主要艺术形式上都算是入了门，同时也实现了音乐上的转变。在他时常出入的那些咖啡馆里，最受常客欢迎的音乐并非极度商业化的摇滚，而是更加精致的爵士或民谣。当时迪伦对民谣还知之甚少，除了一年前以一首《汤姆·杜利》②引起轰动、相对商业化的金斯顿三重唱乐队之外，那时的他对民谣的认知大概仅限于两张唱片：一张是约翰·雅各布·奈尔斯③的某张专辑，另一张是他的一个叔叔送给他的“铅肚皮”的专辑。他大概也知道“铅肚皮”令人难以置信的经历——这位黑人曾经是一名囚犯。20世纪30年代，音乐学家约翰·罗麦克斯和亚伦·罗麦克斯父子从监狱中发掘出这位音乐人才，但直到他在1950年去世后，他的歌曲《晚安，伊伦娜》才真正红遍美国。此外，迪伦对西斯科·休斯敦、彼得·西格和伍迪·格思里等20世纪40年代与“铅肚皮”同期的爵士歌手的大名应该并不陌生，但应该没有更深入的了解。

一天，迪伦在丁基镇的唱片店听到了黑人女歌手欧蒂塔的专辑，正是这张《欧蒂塔的民谣布鲁斯》给了他顿悟的契机。这张三年前发行的专辑收录了《圣蒂亚诺》和《钻石杰克》这样的传统美洲白人民谣，也有《自由啊》这样的黑人灵歌，还翻唱了“铅肚皮”的《亚拉巴马的束缚》。打动迪伦的不仅仅是欧蒂塔浑厚的嗓音，还有极富节奏感的吉他：“她总是从低弦向高弦扫弦，任何打击乐器都显得多余。她的音乐风格和墨西哥特哈诺略有些相似。当我听到她的扫弦节

---

① 《自传》。

② 北卡罗来纳民谣，讲述了一起1866年发生的谋杀案，1966年被歌声之友合唱团翻唱为法语。

③ 传统叙事歌手，阿巴拉契亚扬琴是他标志性的伴奏乐器，迪伦在《宝贝，那不是我》中将奈尔斯的歌名“从我的窗前走开”借用为第一句歌词。

奏时，我不禁想到自己可能用它进行多少种尝试。我已经记不清自己有没有买下那张专辑，但里面的每一首歌我都熟记于心。我觉得自己悟性很高，一首歌听上一两遍就学会了。”①

听完这张启蒙专辑后，迪伦又接连听了《错乱的李》《美丽宝丽》和《约翰·亨利》，他在这些歌曲中发现了一个完整的世界。这些歌曲就像是密码，隐藏着背后的故事，而迪伦就这样在恍然间找到了破解密码的钥匙。“我坐在自己家里听着这些歌，却仿佛漫游在神秘的国度。在这片疆域中，呈现在我眼前的更多的是某一类人，而非具体的某一个人，我看见的他们只不过是包裹在皮囊下的抽象人格，拥有与生俱来的才情和深不可测的智慧……我通过他们看到的生活甚至比生活本身更加真实。他们用音乐赞美生活。这就是民谣，它就是这样，它是我生命的寄托。”②“民谣总是能唱出我对生活的感受，甚至可以表达我对制度和思想形态的看法。甚至可以说，民谣向我揭示了一切的真谛。”③

发现民谣这片新大陆，让迪伦正在成长中的思想观念发生了决定性的转变。在这之前，他的榜样是电影《无因的反叛》里的詹姆斯·迪安和“垮掉派”诗人，一直坚持反叛、极具现代性的虚无主义态度。在今天回首往事，虽然这一段已经成为历史，但是那段时间里形成的价值观足以对他的创作产生极大的影响。他后来解释说，是一篇具体的文学作品促成了他的世界观从消极到积极的转变。“格雷高利·科索④的《炸弹》在我看来是最符合现实的诗歌作品。他抓住了我们这个时代的精髓：世界被破坏，被完全机械化，一切都陷入匆忙和混乱中……我意识到我不会加入他们，因此这一题材实属枯燥无味。”⑤

1965年，当人们开始评论和阐释迪伦歌曲背后的深刻含义时，迪伦却返璞

---

① 《归乡无路》。

② 《鲍勃·迪伦回忆录》。

③ 《归乡无路》。

④ 格雷高利·科索（1930—2001年），美国诗人，和杰克·凯鲁亚克及艾伦·金斯伯格同为“垮掉的一代”的代表人物。

⑤ 《鲍勃·迪伦回忆录》。

归真地重新开始了明尼阿波利斯时期的民谣风格创作。究其原因，排在第一位的自然是商业因素，但也存在美学甚至哲学方面的考虑，毕竟他一直对复杂的传统音乐歌词创作抱有某种坚持不懈的情怀。“我之所以对民谣感兴趣，是因为我总得想办法养活自己。我显然不是工作狂，只不过能弹弹吉他而已。因此，在我看来，民谣对我来说再合适不过了……可是最终我发现，民谣这种音乐一点都不简单，完全一点都不简单。民谣是一种古怪的集合体，融合了传说、神话与幻想。我从没写过什么让人看不懂的歌词，连想都没想过，也没写过像过去有些民谣那样怪异的歌词——那些实在是超乎我的想象。”①

在迪伦漫长的职业生涯中，也时不时会有找不到灵感的时候。每当他遇到这类情况时，唯一的方法就是回到最本真的民谣，它就像罗盘一样指引着他。20世纪90年代初，他又回到了最初的状态：独身一人，抱着吉他，吟唱着另一个时代的歌谣。这些被他称为“弥撒书和字典”②的歌谣收录在1992年发行的《还好遇见你》和1993年发行的《疯狂的世界》中，这两张专辑象征着他东山再起，回归本源。在《疯狂的世界》里，他并不满足于仅仅翻唱道格·沃森或盲眼威利这些大师的佳作。为了让这些歌曲展现出跨越时代的另一面，他在专辑内封中对它们做出了令人叹为观止的解读，用当时的歌曲来阐释现今的世界。比如，他是这样解读《漫游者》的：“这首歌最吸引我的地方在于，它揭示了人们在欺骗自我时会疯狂到何种地步。拯救人性和欲望占据了主导地位，当代霸权又卷土重来，‘我的灵魂在屋顶上游荡’。真正真实的反而是虚构的现实，能够抹杀现实的科技已经出现了。”③

这位以摇滚乐手的身份出道的音乐人用实质行动开始转变：他毫不犹豫地将电吉他换成了一把古典吉他，这把马丁00-18是同系列中体形最小的，据他回忆是“一件出色的棕色乐器”④。一年后，他接触到伍迪·格思里的音乐，在格思

① 《积极的梦想》杂志，1965年8月，诺拉·埃夫龙和苏珊·埃德米斯顿访谈。

② 《纽约时报》，1997年9月28日，约翰·帕勒莱斯访谈，收录于《鲍勃·迪伦访谈录》。

③ 《疯狂的世界》唱片歌词本。

④ 《滚石》杂志，1984年。

里的影响下，他开始了一边弹吉他一边吹口琴的表演方式。这件质朴的乐器成了“鲍勃音”的一部分，虽然他并非口琴高手，但口琴作为他的标志，贯穿了他的音乐生涯。那些看似不经意却又精巧地散落在乐段之间或歌曲末尾的口琴音群，在乐曲中起到了休止符或是换气记号的作用。但是，当音乐人两手都忙于弹奏吉他时，他们该如何同时吹奏口琴呢？杰西·富勒的“一人乐团”构想为迪伦提供了解决方案。这位来自科罗拉多州的布鲁斯音乐人能够在演唱的同时演奏吉他、口琴和横笛——后两者固定在一个戴在颈部的古怪器械上。与此同时，他还用脚下的踏板演奏大鼓。从那以后，迪伦像发现了新大陆一样四处寻找可以戴在脖子上的口琴，但这并不是一件容易的事，一开始他只能试着用弯曲的衣架架起口琴。直到1948年，他终于在海尼芬大街上的一家店里找到了合适的工具。

准备停当之后，我们这位装备齐全、脑中储存着一打歌曲的见习民谣歌手开始致力于寻找一位志同道合、最好是能领他入门的合奏者。他在一家名为“十点学者”的咖啡馆里认识了约翰·科纳，一位比他年长五岁的已婚前海军陆战队成员。约翰不仅歌唱得好，弹得一手好吉他，同时也是一位唱片收藏家，收藏了大量民俗唱片公司发行的唱片。迪伦给他唱了几首自己刚学的歌作为自我介绍。“当时我唱了几首歌，阳光山路男孩的《卢比·李》，欧蒂塔的《钻石杰克》之类的。也许是因为我曾经唱过摇滚，所以我无意识地将这两种风格混合在了一起，这样的唱法将我和普通的民谣歌手区别开来，那些人要么是纯粹主义者，要么就是平时都在音乐厅演唱，有机会才唱几首民谣的歌手。约翰·科纳主要演奏了乔希·怀特风格的民谣和布鲁斯。他会的歌比我多得多，例如《小伙子排排队》《约翰·哈迪》《金色的虚荣心》等——这些歌都是他教我的。”[①]

同样，约翰·科纳也清楚地记得两人相遇的情形：“鲍勃来了。我们一起弹吉他。他的嗓音非常温柔，非常悦耳，和后来完全不一样。我不记得他提到过自己在演艺界的成就。我们更在意此时此刻，更感兴趣的是写歌这件事。”[②]科纳

① 《自传》内页。

② 《鲍勃·迪伦的音乐人生》。

也是迪伦所说的那种纯粹主义者，但他表示在鲍勃·迪伦身上看到了无限的潜能和创造力，这让他十分愿意与迪伦合作共事。接下来的几个月中，迪伦和科纳一同在明尼阿波利斯和圣保罗的民谣夜总会里演出。迪伦从科纳这位民谣收藏家那里找到了很多难忘的珍宝：水手歌、爱尔兰和苏格兰歌谣、流浪者之歌以及罗麦克斯父子收集的劳动歌曲……他也从科纳那里第一次接触到了许多主张民谣复兴的优秀歌手的作品：迷失的城市漫步者、佩吉·西格以及戴维·范·容克等。

迪伦还通过科纳结识了哈利·韦伯，这位英国文学教授带他领略了歌谣的魅力："这些歌谣极其浪漫，绝非那些所谓脍炙人口的情歌可比……这些歌曲旋律美妙，主人公的形象都取自现实生活：理发师、服务生、士兵、海军、水手、农民、工人……他们穿梭在歌谣的乐段中，就像穿梭在我的生活中一样。"[①]而在韦伯的印象中，迪伦是个瘦弱、有些呆头呆脑的内向的年轻人："他刚来时像极了外地人。他穿得很普通，手势总是像高中生那样慷慨激昂。他站着的时候像座雕塑，手叉在腰上，双腿分开站着。他虽然不算胖，但也有些发福，我猜他成名后至少重了十到十二公斤。我不觉得他是个很容易沟通的人，应该也没有人会这么觉得吧。即便是他心仪的女孩，和他交流起来都觉得有障碍，当然他自己也觉得和她们交流有障碍。不过，一说到与音乐有关的一切，他立刻就像换了一个人似的！"[②]

在明尼阿波利斯生活了几个月后，昔日的摇滚音乐人已经完美地融入了民谣圈，可见他的适应能力着实非比寻常。他结交的民谣歌手虽然大部分都是和他一样的犹太人，但他们大多都是知识分子，彬彬有礼，乐于介入政治——迪伦在这些方面和他们完全不同。这个来自希宾的电器商的儿子无法用学识武装自己，因而无法融入民谣界的纯粹主义者们关于琐事的彻夜不休的争论。"鲍勃从不为这些传统的政治问题而烦恼，"哈利·韦伯说道，"或许他已经变得足够好，好到这类问题不会让他产生困惑？我认为，他在刚来到明尼阿波利斯时还没有充分

---

① 《鲍勃·迪伦回忆录》。

② 《鲍勃·迪伦的音乐人生》。

意识到自己的才华。他是一位非常优秀的倾听者，不唱歌的时候惜字如金。当他感到焦虑不安时，他就会唱歌。他从不与人争论，也不是一个健谈的人。”[①]对迪伦的这一印象在戴维·莫顿那里也得到了证实，他与迪伦也是在这一时期认识的：“他总是在聆听，可以说是聚精会神地在听。虽然他很少在人前说话，但我们总有办法沟通。对于鲍勃一直坚持做着他当时所做的事情，并最终获得了成功，我一点也不惊讶。他看起来好像在为某件事努力，但我们中的任何一个人都无法与他共同完成这件事。他是他自己的精神领袖……”[②]

这个圈子对“沉默寡言的鲍勃”来说才是真正的大学。这段时间对他来说是人生中最宝贵的学习时期。虽然他的话不多，但他打开了自己所有的感官，他在聆听。他像一块海绵一样汲取着所有信息，并将它们记录下来。他从这家住到那家，整夜倾听他们的谈话。他没有什么政治主张，他只想专注于音乐。“在音乐上，我不过是个外来的无名小卒。我没有真正的过去，也没有人会记得我……我在学校报了名，但从不去上课，因为完全不想去。我们整夜整夜地弹琴唱歌，直到枕着晨曦蒙眬睡去。我没有时间学习。我只对狂热者感兴趣，这些人热爱生命，热爱表达，热切地想要得到救赎。”[③]在这些试图彻底改变世界的夜猫子中，左派战士哈维·艾布拉姆斯是这么描述迪伦的：“我们的生活都挺不规律的，但鲍勃尤其不规律。他觉得凌晨5点半去敲别人家的房门没什么可奇怪的。当他想找什么东西或是做什么事时，他总是认定所有人都是醒着的。对他来说，希宾的生活不过是一段他不愿提起的极其悲伤的回忆。他不想知道来自希宾的任何消息，他把从那里寄来的信都藏了起来。”[④]

每当回忆起生命中的这段时期，迪伦总是不免伤怀，因为即使他始终将自己深深隐藏起来，他还是感受到了友爱的温度。1963年，当他打算以梦境般的笔触为那段时光写一首歌时，他不可能不想起《吕特伯夫怨歌行》中的一句：“我的

---

① 《鲍勃·迪伦的音乐人生》。

② 同上。

③ 《归乡无路》。

④ 《鲍勃·迪伦的音乐人生》。

朋友们如今是什么样？”歌曲最后，这个在开往北方的火车上睡着的人终于醒来了，他悲伤地发现，那个纯真年代早已一去不返：

多少岁月已被虚度
人生又经历了多少起伏
朋友们踏上了不同的路
竟没有一个再回头四顾[①]

① 《鲍勃·迪伦的梦境》。

我迈过这道门槛，阳光已照亮前路，眼前也豁然开朗。
唱着伍迪的歌，我就能安然无恙。

（《鲍勃·迪伦回忆录》，2004年）

伍迪的精神之子

4

迪伦来明尼阿波利斯已经快一年了。在这段时间里，他时常瞒着朋友回到希宾去。有一次，他在老家见到了当时正在参加总统竞选的民主党候选人——约翰·肯尼迪。但是，政治实在不适合他，他脑子里琢磨的是别的东西。回到童年生活的小城，迪伦开始回想自己之前走过的路。他发现，是民谣为他指明了前进的方向。之前的努力使迪伦在双子城一带成了小有名气的歌手，他开始定期在圣保罗的紫洋葱比萨店登台表演，店面楼上一间简陋的房间正是他的住所。正是在这一时期，他经过认真考虑，决定把艺名改成鲍勃·狄龙[①]。的确，鲍勃·齐默曼听起来实在不像一个民谣歌手的响亮名号，而且一听就知道他是个犹太人。当然，相比种族问题上的顾虑，改名更多的是因为他太想摆脱自己固有的形象了。机缘巧合，一位女性朋友的出现为他带来了超越自我的契机。

芙洛·卡斯纳是戏剧学院戏剧艺术系的学生，也是紫洋葱的常客。迪伦表演结束之后，常和她一起吃着比萨谈天说地。一天晚上，在聊到音乐人百谈不厌的话题——音乐时，姑娘问起迪伦有没有听说过伍迪·格思里，这就让迪伦有点不高兴了——只要谈到民谣，他什么时候让人问倒过？迪伦当然知道这个人，他在

① 鲍勃·齐默曼起初改名为狄龙（Dillon），后来才正式改为迪伦（Dylan）。——译者注

年鉴歌手[①]的旧唱片里就听过伍迪和彼得·西格、米拉德·兰佩尔和李·海斯合作演唱的歌曲。不过，迪伦是否听过格思里的个人专辑呢？且不说听没听过，迪伦甚至都不知道伍迪是否发行过个人专辑。他不得不承认自己的无知。年轻的女孩对他说："你一定要听听他的歌，我哥哥有他的唱片。"

女孩的哥哥是一位酷爱民谣的年轻律师，他收集了很多唱片。在家里，鲍勃找到十二张七十八转的老唱片，唱片每面都有一首伍迪·格思里在20世纪40年代录制的歌曲。"我拿起一张唱片，放在电唱机上。当音乐响起时，我整个人完全沉浸其中……一首接着一首，我感到头晕目眩……歌曲具有极其强烈的诗意和张力，牢牢抓住听众的心。粗粝高亢的嗓音像匕首一样有穿透力……歌词掷地有声，拳拳击中人心……无可挑剔的歌词，完美地展现了他的个人风格。他的作品并不能简单地归为具体某一类音乐——他的音乐表现的是全人类共有的气质。"[②]

在格思里创作的所有歌曲中，迪伦听过的二十五首只算是沧海一粟。而且，在迪伦听到这些歌曲的年代，伍迪·格思里的唱片已经很少见了。格思里从1951年起就不再录制唱片，在此之前，亚伦·罗麦克斯1940年在华盛顿为他录制的唱片也早已不知去向，而1945年至1946年间由未来美国民俗唱片公司的创造者莫希·亚申刻制的唱片，已经成了保存在明尼阿波利斯市图书馆的珍品。

正是从此时开始，迪伦创造了一系列作品，诗歌、小说、画作等，当然也少不了歌曲：关于流浪、政治、工会运动、爱情的歌曲，为萨科–万泽蒂案[③]创作的歌曲，描写不法之徒的歌曲和儿歌，等等。拉丁诗人泰伦提乌斯曾说："四海之内皆相识。"伍迪·格思里就是这句话活生生的印证。1912年，伍迪·格思里出生在俄克拉何马州。他在农业过度扩张引发的干旱导致的强沙尘暴中度过了童

---

① 一支非常"左"倾的民谣乐队，活跃于1940年至1943年。

② 《鲍勃·迪伦回忆录》。

③ 美国在20世纪20年代镇压工人运动中制造的一桩假案。1920年4月15日，马萨诸塞州一家鞋厂的出纳及警卫被两名男子抢劫谋杀。三周后，两位意大利移民萨科和万泽蒂被指控杀人，在长达七周的审判后，即使罪证不足，他们仍以谋杀罪被宣判死刑。1927年4月9日，在向马萨诸塞州所有法院申诉失败之后，萨科和万泽蒂最终被判处死刑，并在1927年8月23日被处以电刑。1977年7月17日，马萨诸塞州宣布萨科和万泽蒂无罪，恢复其名誉。——译者注

年，最终在黑色风暴的侵袭下背井离乡。一路上，格思里做过各种各样的工作，在打拼中见识了世间百态：他在加利福尼亚州摘过桃子，在哥伦比亚河目睹了拦河大坝的修建，在纽约见识了文艺界的放荡不羁，也扒火车旅行过……他是一个真正的自由人，一个永远漂泊在路上的“无业游民”。他是个艺术家，是个文人，或者称他为诗人、小说家和民谣歌手也毫不为过。他深爱着美国，深爱着这个国度的美景与人民。当然，他深爱的是属于市井小民和边缘人的美国，而不是亿万富翁的美国。他的歌曲就像街头的宣传单一样，不仅反映了生活的现实，还传达了民众的心声。

“是谁创作了这些美妙的歌曲呢？作者还在世吗？如果他还活着，要去哪里找他呢？”一连串的问题萦绕在年轻的迪伦心头。他在民谣界的朋友们应该可以为他解答这一系列问题。戴维·维特克是个披头士青年，在丁基镇是颇有名气的百事通，他向迪伦讲述了近来发生在格思里身上的事。格思里和他的母亲一样，患有亨廷顿氏舞蹈症，这是一种难以治愈的神经系统变异性病症。从1954年起，格思里就一直在医院接受治疗，起初住在纽约布鲁克林，现在搬到了新泽西州的灰石城。维特克不仅向迪伦介绍了格思里的近况，还借给他一本1943年出版的格思里自传——《荣光之路》。迪伦对这本书爱不释手，很快便用它取代了枕边那本杰克·凯鲁亚克的《在路上》。

这本书让当时迫切寻求自我定位的迪伦读得如饥似渴。在被问到以后将何去何从时，格思里答道：“我要成为自己的主宰。我得有一份工作，只要能养活自己就行。我在旋风卷起的沙尘中走遍大街小巷，寻思着前方有什么等着我，自己将去哪里做些什么。我的一生都是一个大大的问号，而我则是世界上唯一能够做出回答的人。我要去市立图书馆，埋首在书堆里，随便什么书都可以，从图书馆里抱上十几本书，回家接着看。我什么都要学一学，从中可以获取我得以成为‘人’的财富，我要自由自在地为自己工作，也要随心所欲地为大众劳动。”①

格思里在他的自传里也提到了自己的歌曲以及他创作词曲的方式。“我在老

① 《荣光之路》。

歌里填上新词，走到哪里就唱到哪里……当我唱起歌，所有听到的人都会蹦起来和我一起唱……而且，我也可以唱我所想，通过各种各样的方式，不知不觉地把我的故事唱给别人听。在饱受黑色风暴肆虐（20世纪30年代的沙尘暴）的得克萨斯原野上，可以拿来作为歌曲主题的情景实在太多了。我意识到，这些歌曲既是一种音乐，也是一种通用的语言。我没有写过太多关于牲畜养殖或是在自由自在但遥不可及的月亮上的作品。一开始，我的歌里写的都是关于当下的问题，然后会写这些毛病是如何变好或是如何恶化的。后来，我开始大胆一些，在创作中加入自己对不合理现象的解释以及如何改正问题的意见，我也会在一些歌曲中表现这个国家里人民的所思所想。从此以后，我一直保持着这样的创作模式。”①

这种创作模式彻底改变了民谣的格局。在丁基镇的民谣纯洁主义者们的印象中，民谣歌曲只能是在已有歌曲的基础上进行最接近原始风格的翻唱。民谣的歌词是数十年甚至几个世纪以前的无名氏创作的，即使存在这样或那样的变体，也绝不会有谁再对这些神圣的文字加以改动。格思里并没有屈从于这个近乎宗教的习俗。同样，对于传统音乐，他也毫不犹豫地将它们送进自己的“切菜机”进行改造。在他去世后发表的文集《生而为赢》中，有这样一篇文章阐述了他的“创作思路”：“我把现有的乐曲糅合在一起，把它推进我的‘咀嚼机’里。从某两首歌里各切一半，某三首歌里各取三分之一，再从另十首歌里各摘出十分之一，最后拼成一首全新的歌曲。我经常把脑中萦绕的旋律和词句统统堆在一起，然后再仔细搭配，好好嘲笑那些民主党和共和党，还有那些华尔街里无所事事的家伙。”②

格思里的创作方式很快被迪伦借鉴到自己的创作中。但在真正将这套模式运用得得心应手之前，他需要真正领悟这位大师的作品——不仅仅是简单的欣赏，还要弄清它们是如何创作出来的。领悟一首歌的最好方式还是将它演奏出来。“我开始一首接一首地弹唱他的歌。在我演唱这些歌曲的同时，我感受到它们

① 《荣光之路》。

② 伍迪·格思里，《吉他杀死法西斯》。

从各个层面与我产生着共鸣，这些歌简直将浩瀚宇宙中的万千世界全都写了个遍。在此之前，格思里从没见过我，甚至没听说过我的名字，但我相信自己听到他冥冥之中对我说：‘我来日无多，这项工作就交给你了。我知道你是个值得托付的人。’”[①]

就这样，刚刚和民谣歌曲打了一年交道的迪伦又要转变方向了。在听完由欧蒂塔或是乔希·怀特翻唱的格思里的歌曲之后，再想听到格思里的歌，只有等迪伦来唱了。他靠耳朵学会了偶像的所有歌曲：《英俊少年弗洛伊德》《汤姆·乔德》《丰饶牧场》《你的土地》……只要听一两遍，迪伦就能以非凡的速度将歌曲记下来。从伍迪·格思里那里，迪伦还学到了切分乐句和运用声音的诀窍。迪伦的声线从柔和悦耳陡然变得粗糙艰涩，鼻音表明他是土生土长的俄克拉何马人。他卖力地模仿格思里，最后甚至到了有些可笑的地步：他只唱格思里的歌，满脑子都想着格思里，穿衣搭配都模仿格思里的样子，连做梦都会梦到他。

很快，“伍迪·格思里点唱机”这个颇具讽刺意味的绰号在坊间传开了，一直传到在明尼阿波利斯民谣界享有绝对权威的文学教师琼·潘克耳中。在见到这个年轻小伙子时，潘克当面讥讽道：“真是瞎费工夫，你连伍迪·格思里的面都没见过 。”[②]更令迪伦难堪的是，他并不是第一个模仿伍迪·格思里的人。在迪伦之前，一个名叫杰克·艾略特的青年不仅歌唱得比他好，而且还曾在格思里病倒之前陪伴他多年。这话既然是权威人士潘克所说，那肯定不会有错。迪伦静静地听着，听说除了自己之外还有模仿格思里的拥趸，他先是大吃一惊，然后便感觉到沉重的压力。潘克建议迪伦到自己家里亲自体会一下，好证明自己所言不虚。在潘克家中，迪伦从多得数不清的唱片中抽出一张杰克·艾略特在英国录制的唱片。刚听完第一个小节，自诩为“被遗忘的天才的精神传承人”的鲍勃·迪伦不得不承认，自己的竞争对手并不是像他一样只会学舌模仿格思里的小鹦鹉，相反，这位歌手已经抓住了偶像的精髓。一曲终了，唱针抬起，迪伦

① 《鲍勃·迪伦回忆录》。

② 同上。

还要听另一面的歌。然而，他坚持听到的只不过加深了他的沮丧。他木然杵在唱机旁边，努力忍住眼泪。“就像一名医生历经数年艰辛发现了盘尼西林，随后突然得知早已有人捷足先登一样。”[①]多年之后，回首这段经历，迪伦坦言自己当时并没有气馁：“尽管当时我并不知道具体是哪些方面，但我就是知道，我有超过杰克的地方。”[②]

此后，懊恼的迪伦仍然在咖啡馆和聚会上演唱格思里的作品。或许杰克抢了先，但他一直在欧洲发展，只有一小撮行家知道他的名字，谁在乎那帮民谣权威怎么想，随他们去吧。不过，与此同时，迪伦也意识到格思里正在变成一个传说，一个虚构的人物。保险起见，他觉得自己应当去见见这个人，和他谈谈，试着了解他，听他亲口讲述自己的经历。但是，迪伦忘了，病魔已经让格思里丧失了说话的能力。一天晚上，迪伦在庆祝派对的角落里拿起电话，让接线员拨长途线转接到灰石城医院，吞吞吐吐地表达了想和格思里谈话的愿望。很长一段时间后，护士通知他，病人现在的身体状况不允许在电话里聊天。听到这番话，迪伦挂掉电话，又投身到派对里。

迪伦把这次失败的尝试视为命运的安排，他甚至松了口气：如果格思里真的接了电话，自己又该和他说些什么呢？可能什么也说不出来。不行，还是得见他一面。只要条件允许，他一定会去拜访格思里，这也是他必须做的。但凡对未来有长远规划的人都会明白，这样的决定意味着他的生命将迈入新的阶段。“是时候告别双子城了。我又觉得像以前在希宾时一样，这里太过逼仄，我在这里不会有什么作为。毕竟这边的民谣圈子太过封闭，在这里继续待下去就好比深陷泥潭一样……”[③]不过，凛冬已至，要不等来年春天或是天气稍暖些再走？不可能。迪伦说：“这么一合计，第二天早上一起床我就动身离开了，就这样。我已经花了太多工夫去想，不能再这么白白耽搁下去了。管他下不下雪，只要我决定离开，那对我来说就是出发的好天气。我在这边交了不少好朋友，敌人应该也不

---

① 《洛杉矶时报》，2004年4月4日，罗伯特·希尔布访谈。

② 同上。

③ 《鲍勃·迪伦回忆录》。

少，不过这些都尽管忘掉吧，我学到的东西已经足够多了，在这座城市里能走的路都走完了……当初来到明尼阿波利斯时，还觉得这是座大城市，现在，在我离开的时候，才发现这里和当初坐火车经过的穷乡僻壤没什么区别。我站在风雪呼啸的路边，希望有人能大发慈悲捎我一程，一路向东。除了吉他和钱包，当时我身上什么都没有，真正的身无长物。第一个让我搭车的是个开着老爷车、眉宇间神似贝拉·卢戈西[①]的大汉，他把我带到了威斯康星。我搭过很多人的车，现在却只对他有印象。那时人们经常在路边搭顺风车，只需要在下车前竖个大拇指表示感谢。那时候，人们就是这样旅行的，感觉比现在更加自然。现在再也不会这样了，人们不再那么友善，路上的瘾君子也不少。”[②]

1960年秋天，已然改名为鲍勃·迪伦的鲍勃·齐默曼离开了明尼阿波利斯。那时的他或许急切地想要离开这个与他渐行渐远，让他觉得亲切却又压抑的地方，急切地渴望迈入承载着希望的全新天地。不知迪伦是否知道，包括他在内的一众人杰正推动着整个美国迈向一个新时代。同年11月8日，约翰·费茨杰拉德·肯尼迪当选为美国新一届总统，美国历史上从未有过如此年轻、富有魅力，同时又致力于现代艺术发展和实现种族平等的总统。来自二战的老将艾森豪威尔总统属于旧时代，接替他当选的肯尼迪总统则翻开了美国历史上新的一页。伍迪·格思里也是一位英雄，他以自己的方式见证了美国的历史。1980年，迪伦在英国广播公司（BBC）访谈时说道：“如果伍迪·格思里今天就在这儿，我想他不会再有那样强烈的魅力。每个人都属于他所生活的时代，伍迪·格思里是这样的人，是因为他来自那个时代。在我看来，他就是链条中的一环。对别人来说，我和我们也都是整个链条中的一环。伍迪是个单纯的人，这种单纯我从未在别处见过——这恰恰是我一直以来苦苦找寻的气质。他的传奇究竟是真实存在还是不过一场大梦，谁又能说得清楚？他就是代表着一种已经逝去的纯洁。在他之后，再也没有了。”[③]

---

① 美籍匈牙利裔演员，以出演吸血鬼德拉库拉伯爵闻名。

② 《自传》。

③ 向伍迪·格思里致敬的唱片封套上的语句，《共同的愿望》，1980年。

每个人心底都保留着年轻时留下的遗憾，迪伦也一直铭记着这段纯洁的快乐时光在心中留下的遗憾。2012年，七十一岁的鲍勃·迪伦在接受《滚石》杂志采访时说道："至少对我个人来说，50年代是最单纯的年代。和其他大都会或普通城市的同龄人相比，我并没有经历过他们经历的许多事情。我长大的地方离文化中心真的很远……和其他地方不同，除了在城里闲逛，人们没什么丰富的活动。在我看来，那里很安全，没有悲伤，也没有恐惧，眼前所见除了树林就是天空、河流、小溪，还有四季轮回。能跟文化活动搭上边的大概只有马戏团、狂欢节、传道的和玩杂要的、乡下人演出和喜剧表演、巡回乐队之类的。收音机里的节目和音乐倒真是很不错。以上种种都是在超市、商场、多路电话等事物出现之前的景象。那时一切真的很简单。当我在那样的环境下成长起来，这份简单也保留在我身上。尽管我在50年代末就离开了那里，但在那里我见识了很多，感受了很多，我在那里所经历的一切造就了今天的我。"[①]

① 《滚石》杂志，2012年9月27日。

任何一间两扇门的客厅、铺面、两层楼的房子，或者低于街面的地下室，都可以是一家这样的酒吧，它们的墙上满是洞。

（《鲍勃·迪伦回忆录》，2004年）

村里的时光

2011年距离鲍勃·迪伦初到纽约恰好五十年，一家旅游网站抓住这一机会向怀旧的游客们推出了一条全新的文化旅游线路：格林尼治村环游。线路描述如下："短短两小时内，本线路将带您前往包括'哇咖啡'和热尔德民谣城在内的众多景点，重访20世纪60年代纽约最具创造力的反抗分子和垮掉分子活动的场所，探寻桀骜不驯的音乐人和文艺青年们聚会、演出和生活的地方。对全世界的民谣迷而言，这是一趟不容错过的朝圣之旅。"

那些20世纪60年代反正统文化运动的主角无论如何也不会想到，有朝一日他们也会"沦为"旅行社吸引观光客的噱头。回想起格林尼治村的黄金时代，迪伦说道，早在民谣的辉煌时代刚刚宣告终结的那段时期，在大概不到十年的时间里，他就从当时的"社会大舞台"上发现了前卫艺术复兴的种种迹象，换句话说，他在很久之前就意识到先锋艺术会取代民谣的地位。"我想我们是最后一批流浪者，我们生活的那个年代再也不会昨日重现了……60年代中期之后，纽约的生命便已宣告终结。大众传媒的发展使纽约成了一场巨大的狂欢。能让人平静又富有创造性的创作氛围就此消失，这就是我的感受。在发现这个苗头的时候，我选择了离开。”[①]

迪伦在1961年1月到达纽约，那时他还不到二十岁。此时距离他离开明尼阿波利斯已有两个月，他一路上走走停停，先后在麦迪逊、威斯康星和芝加哥等地驻足。这一路上，他结识了好些民谣音乐人。由于天气恶劣，他不得不从芝加哥乘坐汽车，一路奔驰一千二百七十公里直达纽约。在那辆雪佛兰羚羊57轿车里，有四个人轮流开车，包括迪伦和他的好友弗雷德·安德丘。车开到横跨哈得孙河的乔治·华盛顿桥上，寒风刺骨，迪伦和安德丘已经精疲力竭，全身冻僵。前面就是纽约城了。“我来时正好赶上寒流侵袭的隆冬，各大交通线路全都覆盖着冰雪。作为来自北方的年轻人，尽管早已见惯了家乡结满冰霜的树林和道路，眼前这番景象还是给我留下了深刻的印象。”[②]

在此之前，迪伦从未来过纽约，在这里不认识任何人。不过，他很清楚自己要去哪里。“我下了车，坐上地铁，直奔格林尼治村的哇咖啡。那时我已准备就绪，打算在纽约大干一场。刚一到地方，我就开始登台演唱，然后我就知道，我真是来对地方了……”[③]被纽约人称为“村儿”的格林尼治村，是纽约一处与众不同的所在。首先，从地图上可以看出，这里的街道分布真正实现了“无政府主义”，每条街道都有自己的名字，与纽约其他地方规划得四四方方的街区和以数字为名的街道完全不同。随后两年，迪伦的大部分时光都是在这个位于曼哈顿西南的街区度过的。他的身影时常出现在麦克道格街、布里克街、苏利文街、梅萨街等街道上。不过，尽管他在这座大概是全世界最大的城市里生活，但从不迈出这个爵士和民谣乐队聚集的小地方哪怕一步。格林尼治村当时吸引了包括村门、先锋村、苦涩结局和特鲁迪·赫勒在内的一众乐队和歌手。还有当然不能不提的华盛顿广场——每周日，音乐爱好者都聚在广场演出，丁基镇可从来没有这样的盛会。迪伦将在这里找到他真正的家，属于音乐家、诗人和表演者的家。无论是在格林尼治村还是在街头或者咖啡馆里，艺术给人带来的振奋都是其他事物

① 《花花公子》，1978年3月，罗恩·罗森鲍姆访谈，收录于《鲍勃·迪伦访谈录》。

② 《鲍勃·迪伦回忆录》。

③ 《归乡无路》。

无法比拟的。“这儿会有十五支即席演奏的管弦乐队、五支蓝草乐队、一支人数不多但成员岁数都不小的管弦乐队、二十多支爱尔兰乐队，还有几支来自南部山区的乐队……不同种族、不同流派的民谣歌手都会唱那首赞美劳动的《约翰·亨利之歌》。也不知道他们到底想干什么，这些乐队非要挤在这里，恨不得挤破天花板，挤到天上才好。来自各地各民族的蓬戈鼓手和康茄鼓手、萨克斯手、木琴弹奏者、打击乐表演者……诗人在雕像旁高声朗诵，还有人慷慨激昂地怒骂……”①

在村子的核心地带，米涅塔道附近，麦克道格街115号，就是哇咖啡。拖着手提箱和琴盒的迪伦走下楼梯，朝地下室走去，那里有个小小的台子，每天从中午到第二天早上6点，各色艺术家一个接一个上台表演。酒吧的老板弗雷德·尼尔也是台上的主角之一，他既是歌手和主持人，又是这里的“艺术总监”。好脾气、爱交际的尼尔请这个新来的年轻人表演一段。伴着吉他和口琴，迪伦饱含激情地演唱了一首伍迪·格思里的老歌。在哇咖啡的舞台上，会弹吉他的歌手大有人在，可是还会用口琴伴奏的少之又少，这一点引起了尼尔的注意。他登上舞台和迪伦一起表演，用口琴为他伴奏，他们这一唱就是好几个月。“我一直唱到晚上8点，弗雷德把他毕生所学都教给了我。酒吧从中午到晚上永远座无虚席，那时的顾客主要是在这里歇息片刻，顺便吃个午饭的游客，还有附近工作的人。等到晚上8点，其他酒吧都开始营业，就有人在店外招揽顾客了。‘进来瞧瞧吧，这里的东西别地儿可看不到！’酒吧里满地木屑，顾客稍不注意就会踩到陷阱，还有肩膀上有鹦鹉伴唱的诗人出没其中……若不是情势所迫，出过唱片的人是不会在这种酒吧里表演的。”②

后来，在迪伦提到自己在格林尼治村的第一次亮相时，我们依旧能体会到其中的辛酸。他在第一张专辑收录的歌曲《谈论纽约》中这样写道：

---

①《花花公子》，1978年，收录于《鲍勃·迪伦访谈录》。

②《归乡无路》。

我终于找到了个吹口琴的工作
每天为了一美元吹得累死累活①

在同一首歌中，迪伦还讲述了这样一段逸事。由于声线粗哑，最开始在酒吧老板那里试唱时，人们甚至不把他看作一名正经的歌手：

有人对我说："哪天再来吧。
你就像鹦鹉，只知道学舌。②
我们需要真正的民谣歌手。"

民谣纯洁主义者们不愿放过这样异想天开的年轻人，他们批评迪伦只会胡乱搭配，不伦不类地模仿伍迪·格思里……"那些人组成了一个小团体。长期以来，民谣圈被他们僵化严苛的规定束缚得喘不过气来。按他们的规矩，如果你一直演奏南山布鲁斯，那就不能再演奏同样来自南部山区的叙事曲。如果你之前玩的是得克萨斯牛仔音乐，那你就和来自英国的叙事歌曲无缘了。这实在是悲哀。照这么说，如果你一直演唱30年代的歌曲，那蓝草音乐或是南山布鲁斯你就碰都不能碰。这规定实在是死板得很。每个人都有自己的绝活。我从来没把这些规定当回事。不管哪首曲子，只要我觉得好，我就想学会，然后按我自己的方式唱出来……但那些死脑筋肯定受不了这种玩法。我就听到过'这个小屁孩把这首歌糟蹋了'的评论。"③

尽管还要忙着找工作，但是"小屁孩"从没忘记过自己来纽约的另一个目的：和伍迪·格思里见上一面。自从来到格林尼治村，他就一直惦记着格思里。要知道，二十年前，格思里正是在这片街区西十四街的一间公寓里写下了自传

---

① 《谈论纽约》，1962年至1965年公爵夫人音乐公司版权所有，1990年、1993年由MCA公司重新灌制。

② 迪伦的歌词原文是"You sound like a hillbilly（你听起来像个乡土歌手）"。

③ 《自传》。

《荣光之路》，离迪伦现在的住所只隔着一片房屋而已。1940年，还没有参军开赴欧洲前线的伍迪受到了纽约左翼文化界的热情欢迎，这位吟游诗人成了村里的名人。不写书的时候，他会去西十街130号，那是以彼得·西格为核心的年鉴歌手乐队活跃的地方。在那里，格思里常和朋友“铅肚皮”和亚伦·罗麦克斯小聚，参加每周的民谣音乐会。那是一种非正式的音乐聚会，类似于爵士乐的多人即兴演奏。

“纽约对格思里和对我的态度真是天壤之别。”迪伦在随后的一首诗里表达了想要成为另一位格思里的愿望：

假如时光倒流
我真想生活在
饥饿的30年代
可以登门拜访
伍迪在纽约的家
为了几个铜板
在地铁里弹唱
给我五美分，我就知足了
接过礼帽
到第八大道
酒吧里转一转
去工会大厅走一遭
今天，我走进酒吧
价钱已经涨到
十五美分一个人
在这些酒吧
伍迪的吉他

已经锈迹斑驳
都换成了新的
难逃被改造的命运[1]

诗中提到的30年代，迪伦是无缘亲身体验了，他唯一能做的，就是和偶像面对面地谈一谈。

1961年1月底，来到纽约不到一个月，迪伦在四十二街汽车站登上了灰狗巴士。一个半小时后，他来到位于新泽西州莫里斯镇的灰石城医院。大大出乎他意料的是，这家医院阴森昏暗，像个让人等死的精神病院。“在这里和人见面，准确地说，和一个歌声直击这个国家灵魂的人见面，实在感觉怪怪的。在这个令人绝望、剥除灵魂的疯人院的楼道里，能听到阵阵呻吟。大多数病人穿着不合身的病号服，在我调弦时进进出出……从那里出来后，我的内心是灰暗空虚的。”[2]

迪伦在医院见到了饱受病魔折磨的伍迪，后者不停地颤抖、痉挛，无法自控地做出各种动作。格思里已经无法下地行走，口头表达也很困难，无法进行一次持续完整的谈话。更要命的是，他的记忆出现了问题：他甚至不再记得自己创作的歌曲。一个内向的年轻人和一个虚弱的重病患者想进行正常的对话，似乎不太可能。格思里盯着眼前的拜访者，他痉挛了两下，努力挤出一个微笑。这一笑让迪伦愣在那里，感动之余还有些惊慌。他多想亲口告诉这位精神导师，自己对他是多么爱戴，但又不知道该说些什么。像往常一样，每当这种情况发生的时候，吉他和歌唱是最好的救兵。在他看来，和格思里交流最好的办法，就是把格思里写的歌亲口唱给他听。伴着手中的吉他，迪伦唱起了《丰饶牧场》，这也是迪伦最早听到的格思里的歌曲：

---

① 《十一首简略墓志铭》。
② 《鲍勃·迪伦回忆录》。

我可怜的双手刚锄完地，实在辛苦
我可怜的双脚刚走过滚烫的沙路

这首二十年前的歌曲鲜活地再现了那个年代的情景：强沙尘暴，货运列车，属于那个年代的欢乐与痛苦……歌声一响起，尽管格思里不能一起唱，但迪伦可以看出，那一刻的格思里找回了内心的平静。他不再躁动，因痛苦而扭曲的表情渐渐从脸上消失。听完一曲，格思里费力地吐出几个字："谢谢你。能再来一首吗？"

后来，迪伦又来到医院，为格思里充当了好几次"点唱机"，他想听哪首，迪伦就唱哪首。走出医院的时候，尽管疲惫不堪，但迪伦还是为自己能与精神导师沟通而兴奋不已。几次见面下来，两人之间积累起深厚的感情。回到纽约后，迪伦试着"咀嚼"这段经历。他从未像在灰石城医院那样深刻地体会到纵横于格思里歌曲中的世态炎凉。看到昔日的偶像行动扭曲到不能自控，像扯线木偶一样僵硬错位，甚至丧失了表达情感和思想的能力，迪伦心中不禁感慨万千。不管怎样，为了表达感激之情，他决定为精神导师写一首歌。尽管之前练习过写歌，但他一时还没想好该怎么写这样一首歌。直到2月14日坐在布里克街的研磨酒吧里，他突然理清了想要对格思里说的话。

《给伍迪的歌》是对偶像的致敬，因而难免沦为圣人传记式的高大全赞扬。然而，迪伦用自己的灵气与真诚向自己的引路人献上了充满感情的敬意。

我为你唱这首歌
唱多少遍都不够
因为你所做的
少有人能做到[①]

① 《给伍迪的歌》。

在谦逊而饱含尊敬的唱诵之后，迪伦在歌曲结尾谈到了他对未来的设想：

明天我将启程，其实今天就可出发
无论何时动身，都不会改变行程
那时的我，一定不会对你说
自己也曾经，风雨兼程过

歌中提到的“风雨兼程”是指伍迪·格思里广受好评的歌曲之一《风雨兼程》，提到这首歌，目的很明确：自己要成为这位民谣先驱的接班人。迪伦认为自己不仅是格思里的崇拜者，更是他的传承人。模仿他，崇拜他，都是为了更好地摸索自己的风格。同样，在《给伍迪的歌》中，迪伦也提到自己模仿他人的时代即将过去，独立创作的时代已然来临。迪伦还写道：“我一定要向他表达我的感激之情，绝不能略过不提。但我不会再到灰石城医院去了，我必须开始自己的创作。我没有把自己当成作家什么的，我只是需要写出歌词，然后唱出来。这不是单纯的写作，不仅需要创作，还要找到表达的方式。”[①]

为了表现出自己与偶像的传承关系，迪伦在新歌中借用了格思里的旧曲填入自己的新词。旧曲来自《1913大屠杀》，歌词是迪伦的一篇得意之作。创作完毕，只等听众来“验收”。机会很快就来了。迪伦出乎意料地得知，一对住在新泽西州东奥兰治的鲍勃和西塞尔·格里森夫妇非常崇拜格思里，每周日都会驱车三十多公里到灰石城医院，把格思里接到家中参加几位歌手朋友的聚会。迪伦打电话给他们，询问自己能否在某天下午到两人家里参加“音乐会”。几天后，迪伦来到格里森家中，看见格思里躺在沙发上，他的几位老伙计彼得·西格和西斯科·休斯敦在他身边照顾着他。彼得·西格是年鉴歌手乐队和纺织工人乐队[②]的元老，西斯科·休斯敦还出现在《给伍迪的歌》里。这次

① 《归乡无路》。

② 20世纪50年代的民谣乐队，演出曲目囊括世界各地的歌曲。

见面中，西斯科·休斯敦给迪伦留下了深刻的印象："他谦逊有礼又端庄，说起话来就像唱歌一样，见多识广，阅历非凡，他的经历值得大书特书，但他从不拿来炫耀。"[①]除此之外，在场的还有明尼阿波利斯的潘克在迪伦面前大加赞扬的杰克·艾略特。在这位"老对手"的印象中，迪伦是个低调的人。他说："真有意思，那段时间，我每次都能在伍迪这里碰到他。鲍勃就像藏在暗处，除了观察就是倾听。一直以来他都显得很腼腆，但是突然之间，我发现他已经被伍迪同化了。鲍勃可能认为他比我更像伍迪，但我太了解伍迪了，我们无须交谈就能明白彼此的意思。不过，鲍勃也一样，他曾对我说，他感觉自己和伍迪的交流已经超越了文字和语言。我想我明白他的意思。"[②]

迪伦明白，要想自立门户展翅高飞，自己必须——借用精神分析学家的说法——杀死精神上的父亲。现在，眼看着躺在他眼前的英雄是那样虚弱，他觉得无须再做什么了。在回答记者采访时，迪伦说："刚知道伍迪的时候，我正打算彻底改头换面。看望伍迪就像一个人去忏悔。但我并不准备向他忏悔，那也太蠢了。我只是去看看他，能一起聊聊就好——如果他还能聊的话。和他说说话对我很有好处，但我最终意识到，他根本帮不了我。"[③]1964年，当迪伦自己也成了受人崇拜的偶像时，他冷静地在自己第三张专辑后的《十一首简略墓志铭》中写道：

伍迪·格思里是我最后的偶像
最后一个偶像
因为他是我
亲眼见到的
第一个偶像

---

① 《鲍勃·迪伦回忆录》。
② 《鲍勃·迪伦的音乐人生》。
③ 《纽约时报》，1964年10月24日，奈特·亨托夫访谈。

……

遥不可及的偶像让人恐惧

倒下的偶像让人希望尽碎

伍迪从未让我恐惧

即使他倒下，我仍满怀希望

因为我曾读过

他那本名叫《做人》的书

从那里学到最重要的一课[①]

见过格思里后，渐渐地，迪伦就不再翻唱他的歌了。不过，只要有机会，迪伦还是会表达对伍迪的感激之情。1963年4月12日，在纽约市政厅的演唱会接近尾声时，他从兜里掏出一沓发皱的纸片，向听众解释道："一本即将出版的书要我用二十五个词大概写写伍迪，就是'伍迪对你来说意味着什么？'之类的。但只用二十五个词？我根本做不到，我写了整整五页纸……就是我现在手里的这一沓。我今天把它放在兜里，纯粹是无心之举，但既然掏出来了，我就想对你们大声说出来：这几张纸意味着什么？这就是我对伍迪·格思里最后的思念。"紧接着，他激动而快速地朗诵起这首长达两百行的诗。有意思的是，诗里除了题目和最后短短的附注，其他段落只字未提伍迪·格思里，通篇讲的都是迪伦自己的疑惑，我们可以从下面的选段中感受他当时的苦恼：

当你昏昏沉沉，当你精神麻痹

当你认为自己太老，太年轻，太聪明，太愚蠢

当你想要前行，又被落在后面

在生活这场激烈的比赛中，只能慢慢行进[②]

---

① 《时代在变化》专辑背面的诗。

② 《对伍迪·格思里的最后追忆》。

在并不连贯地读了七分钟苦恼沮丧的诗歌之后，临近结尾，抒情的部分终于到来：

你可以去教堂
也可以到布鲁克林医院[①]
在教堂，你会见到上帝
在布鲁克林医院，你会见到伍迪·格思里

1967年10月3日，格思里去世。1968年1月20日，作为最后的致意，迪伦在卡内基音乐厅参加了格思里的追悼音乐会，欧蒂塔、朱迪·柯林斯、汤姆·帕克斯顿、杰克·艾略特和里奇·海文斯都参加了这场音乐会。当时这场表演被大量转播，因为当晚演唱了三首格思里的歌曲（《大古力水坝》《罗斯福夫人》和《无家可归》）的迪伦，已有十八个月没出现在舞台上了。

① 伍迪·格思里从灰石城医院转院至布鲁克林医院，并在此去世。

我追求的不是爱情，也不是金钱。我拥有敏锐的洞察力，有决心，但不太现实，有时甚至想入非非，这些都让我与主流市场渐行渐远。

（《鲍勃·迪伦回忆录》，2004年）

头戴绒帽的合唱团男孩

迪伦在哇咖啡度过了两三个月，每天吹着口琴，唱着伍迪·格思里的歌，钱却没赚几个。迪伦意识到，是该做出改变、扩大视野的时候了。他对前途是否有规划？可以说有，也可以说没有。和其他艺术家一样，他相信自己，当然他更相信自己的价值，但他必须先吃饱饭、有屋住，才能实现宏图大志，总不能一直像现在这样，每晚去这家或那家在沙发上借宿。他面临着两个选择：更改演唱曲目，或者到别的地方演唱。不过还好，无论选择哪条路，他都不必离开格林尼治村。

他首先找到的是“民谣中心”的店主以撒·伊泽·扬①，他也是个民谣爱好者。这家店就像阿里巴巴的藏宝洞一样，有关于民谣的一切——旧书、报纸、旧唱片——还有通常作为收藏品的乐器：吉他、班卓琴、曼陀林和扬琴。“民谣中心”位于麦克道格街110号，是纽约和其他地区的民谣歌手和音乐人切磋技艺的地方，据说只接待圈内人。一天下午，迪伦拿着吉他上楼时，撞到了一个外表朴实的文化人。“他戴着厚厚的玳瑁眼镜，套了条羊绒裤，系根细腰带，穿双工装

① 以撒·伊泽·扬出生于1928年，在1958年至1973年期间是“民谣中心”的店主，1973年后定居瑞典。

鞋……他总在不停地抱怨，但其实他人不错。”[1]

伊泽·扬果然不负外冷内热的盛名，在与迪伦第一次见面时毫不热情。后来，根据伊泽·扬的回忆，“这小子来到店里，看起来普普通通。我觉得没什么意思，他外表倒是挺斯文……一般人而已，没什么存在感。他对我说：‘我有几首歌想请您听听。’我回答说：‘今天就算了，明天再来吧。’其实我跟他说了‘滚吧’，不过他还是坚持要唱给我听。听他唱完，我就把他轰走了。不过，他还是一次又一次地找过来”[2]。

尽管第一次相遇并不愉快，伊泽·扬在后来对这个新人还是挺关照的，他建议迪伦演唱自己可能喜欢的歌曲：乡村绅士的《吧台姑娘》、查理·普尔的《白宫布鲁斯》和大比尔·布伦奇的《总有人要先走》等。迪伦在这里就像在大学里的学生一样，他对民谣音乐的认识更加深入，也熟悉了其他类型的音乐：牛仔音乐、船夫号子、工会歌曲……所有这些让他积累了深厚的音乐素养。

通过自己在民谣圈子里的人脉，伊泽·扬努力让圈内人认识他的这个小学徒。在他的呵护下，迪伦告别了之前小酒馆里的小打小闹，第一次登上纽约的正式舞台。他的演唱会于1961年11月4日在卡内基音乐厅的小厅举办，位于著名的正厅楼上。那时候，迪伦还没有扬名立万，演出票价也只要两美元。节目单上共有七首歌：《漂亮佩吉》《松林间》《格斯帕·普洛》《1913大屠杀》《黑水布鲁斯》《漫长的成长》《择时而亡》。其中的三首收录于迪伦的首张个人专辑。说到专辑，伊泽·扬很早就开始寻找能为他的爱徒发行唱片的公司，但一直没有成功。“我把他带到民谣唱片公司，他们态度很差，甚至都不让他说话。莫伊·亚士[3]和艾文·希贝[4]也拒绝了他，把他轰了出去。为此，迪伦和我都很难受，但我总不能每天跟在唱片公司后面催他们。我打算把他领到先锋唱片公司去见见梅纳德·所罗门，但那一次，迪伦拒绝了。很多年以后，我问他为什么不去

① 《鲍勃·迪伦回忆录》。

② 《归乡无路》。

③ 民谣唱片公司的创始人兼主管。

④ 长期担任专业民谣杂志《放歌》的主编。

先锋唱片公司，他回答说：‘伊泽，先锋唱片公司才不会要怪咖呢。’”

民谣、先锋和伊莱卡在民谣复兴时期发行了当时不少艺术家的作品，但这三家唱片公司像事先串通好了一样，都将迪伦拒之门外。如果他们知道迪伦日后的成就，大概连肠子都要悔青了。迪伦想必最乐意在民谣唱片公司录制专辑，毕竟伍迪·格思里和西斯科·休斯敦都与这家公司合作过。不知是否由于这段被拒之门外的经历，他对那种弥漫着浓烈原教旨主义和宗派主义气息的民谣乐小团体始终有着深深的怨气。“刚出道时很有进取心，总在想如何才会有人肯为我出唱片。怎么能做到这一步呢？俱乐部里有那么多星探，从没有谁和我提过出唱片的事。于是，我明白，我并没有引起他们的兴趣……我跑到民谣公司，有人和我说这家公司其实很热心，可我还是没能见到莫伊·亚士，艾文·希贝甚至不肯同我说句话，他们都对我说‘快走吧’之类的话。之前有人告诉我这家公司能出版《放歌》杂志，就说明这家公司愿意提携后辈，热心友善，而且宽容慷慨，让我觉得这个地方值得一试。去过才知道，就算他们在大门上刻着‘放歌吧’，我也不会再去那个地方了。”①

也正是在“民谣中心”，迪伦见到了对他日后发展起到决定性作用的那个人。“在一个冬日，一个结实的大块头走了进来，看上去就像刚刚从俄罗斯使馆过来。他抖落肩上的雪，摘下手套放在柜台上。这个大个子就是戴维·范·容克。他盯着砖墙上的吉布森，头发乱糟糟的，一脸阴沉，看起来很讨厌那种对什么都不在乎的人，就像个自信的猎人。”②大名鼎鼎的范·容克那时已经为民谣公司出了两张唱片。听过这两张唱片后，迪伦立刻爱上了这种表达音乐的方式。他后来向评论家威廉·鲁曼写道：“其他北部城市里来的白人民谣歌手都是用自己未经修饰的声音演唱那些传统曲目，范·容克则更多地借鉴在他之前的南部黑人乡村歌手的风格，哪种方式适合歌曲，他就用哪种方式去唱。尽管从模仿开始，他却能自成一套风格。”③

---

① 《鲍勃·迪伦的音乐人生》。

② 《鲍勃·迪伦回忆录》。

③ 参见网站www.allmusic.com。

尽管自己不写歌，范·容克却是个地地道道的创作者。他的艺术之路像极了弹奏巴赫钢琴曲的格伦·古尔德：两人都会选用一部现有的作品，在通过自己的演绎使其具有个人风格的同时，还能很好地与作品的内涵相契合。还有一点使得迪伦对范·容克倍加亲近：后者不会封闭在一个风格里。由于受到吉他手、布鲁斯歌手加里·戴维斯牧师及拉格泰姆音乐钢琴家斯科特·乔普林的影响，范·容克可以在各种类型的音乐间游刃有余地切换：民谣、新奥尔良爵士、福音歌曲、摇摆乐（Swing，爵士乐的早期风格）、民谣布鲁斯……有这么一位音乐百科全书式的人物在身边，迪伦收获良多：当然有歌曲创作方面的，他急切地想要创作自己的歌曲，还有弹唱技法的改进——通过强调某些音节或在词与词之间安插一段静默，可以让歌曲更富感染力。

被誉为“麦克道格街的市长”的戴维·范·容克绝对是格林尼治村的明星。2013年，科恩兄弟还拍摄了以他为主题的电影《醉乡民谣》。当迪伦在“民谣中心”见到范·容克时，后者在“煤气灯”酒吧绝对是说一不二的角色，经常在这家位于麦克道格街的酒吧里演唱。不像村子里其他只会把帽子递回给你，让你赚上几分钱的地方，“煤气灯”每周会付给表演者六十美元的报酬。但这里不接受试演，要想跻身其中，需要有人指派推荐。迪伦爹着胆子甚至有些无礼地当面问起范·容克：怎样才能到“煤气灯”表演？需要认识谁？“绝不是想哄他，我就是想知道。然而，他粗暴专断地看着我，还带着点疑问。干吗，难道我要找一个门房的工作吗？”[①]作为回答，迪伦拿出吉他为他弹唱了一首贝西·史密斯的老式布鲁斯。听过之后，颇感惊讶的范·容克让迪伦晚上到“煤气灯”来，甚至可以上台演唱两三首。那一天，这两个人成了好朋友。鲍勃经常在戴维家过夜，他的家位于华富丽广场190号，在一条窄窄的街上，挨着华盛顿广场。迪伦正是在那里认识了戴维的妻子黛丽，后者还当过一段时间的店主。

一提起范·容克，即使是四十年后在他的回忆录中，迪伦仍会滔滔不绝地表达自己对他的赞美：“这个男人上过战场，成熟老练。和他在一起，就像每晚坐

① 《鲍勃·迪伦回忆录》。

在久经沧桑的纪念碑基座上一样……从他身上能感受到一千种最细微的差别：精细过人、充满力量、个人至上、饱经风霜、轻率直接、暗示委婉，反正什么特征都有。”[①]有了范·容克的帮助，迪伦成了“煤气灯”的常客。1961年到1962年期间，他经常光顾这个遍地行家的地方。因为这家店没有酒类经营许可证，人们晚上只能胡乱喝点东西，或是到旁边的咖啡馆嘬几口，直到晚上11点多，隔壁咖啡馆里都挤满了一群行为怪异的家伙。

尽管已能自由出入“煤气灯”，迪伦仍然光顾村子里的其他酒吧，特别是四街的热尔德民谣城。在那里，每周一晚都会举办民谣音乐会，音乐会的主持人是福音歌手约翰·塞勒斯。对参加者来说，竞争十分激烈，每人都想拔得头筹。几周下来，迪伦还是成功引起了人们的注意。“煤气灯”的常客——也是未来迪伦的吉他手——布鲁斯·拉格霍恩说：“他不同凡响，我记住这个人了……一些人就是那么坚定，那么有毅力。他们要做什么事时，一定会坚持到底，这种人值得我们注意。”[②]1961年4月，同样看到这个大男孩身上闪光点的热尔德民谣城老板麦克·波尔克将他聘至麾下，为传奇布鲁斯大师约翰·李·胡克做暖场演出，为期两周。能够到来自密西西比的布鲁斯巨星身边参加演唱，实在是一次宝贵的经历。然而，年轻的迪伦对此并没有太多感激，因为他意识到“我并不想向前走得太远，让一切顺其自然吧”[③]。

一眨眼已过了一个月，实在想家想得不行，迪伦回到明尼阿波利斯待了几天，在那儿的大学里开了场小型音乐会。琼·潘克和保罗·奈尔森跟迪伦很熟，当他们听说那个当初把全市音乐俱乐部逛遍了的小伙子要回来开演唱会时，根本不相信自己的耳朵。一本名叫《小珊迪评论》的发烧友杂志在专栏中写道：“用了大概六个月的时间，鲍勃·迪伦已经能够创作布鲁斯音乐了，合着口琴和吉他，他的布鲁斯扣人心弦，引人入胜。在同格思里的几次见面中，迪伦已尽得真传，不仅仅是丰富多变的句法，还有他那独特的音色、发音及转调。那个春天的

---

① 《鲍勃·迪伦回忆录》。

② 《归乡无路》。

③ 同上。

晚上，迪伦对格思里作品的演绎真是让人激动而又紧张，但他的演唱包含了当前一场成功演唱需要的所有因素，这也使他成为民谣界新兴的原创性歌手。”[①]

同年6月，迪伦前往哈佛大学的所在地——马萨诸塞州的剑桥。也正是哈佛的存在推动了民谣音乐的兴盛。他还去了琼·贝兹出道时的47号俱乐部。在白人布鲁斯歌手埃里克·冯·施密特家里，迪伦认识了得克萨斯的女歌手卡洛琳·海斯特和她的丈夫理查德·法里纳[②]，两人和迪伦也很快结下了深厚的友谊。由于要为著名音乐制作人约翰·哈蒙德的哥伦比亚唱片公司录一张唱片，卡洛琳让迪伦到录音棚用口琴为她伴奏，这没什么不合规矩的。作为口琴伴奏[③]，他还会在哈利·贝拉冯特[④]的专辑《午夜特辑》中小露一手。

1961年9月，迪伦再一次来到热尔德民谣城，这时的他已经来到纽约八个月了。尽管在圈子里开始有些名气，但距离他成为民谣界的大红人还有不少路要走。当他被招来做暖场表演时，也没引起多大的注意。这个月，还是在热尔德民谣城，他要为“绿石南男孩”这支相当有名的蓝草音乐乐队进行暖场表演。9月27日那一天，一位将对迪伦的音乐事业起到举足轻重作用的贵人来到了台下。罗伯特·谢尔顿（真名叫作夏皮罗）1926年出生于芝加哥，父母是来自俄罗斯的犹太人。他从1958年开始在《纽约时报》这一全国闻名的日报上担任“民谣音乐与乡村音乐”这一专栏的主编。他身属左派，也是20世纪50年代麦卡锡主义者的重点关照对象。作为一名激进的知识分子，他认为民谣是推动社会解放的重要手段。那时的他住在戴维·范·容克家的对面，听说过迪伦，但从未看过他的演出。从迪伦的第一首歌开始，这个脸庞尚显稚嫩的小伙子用和自己年龄毫不相符的嗓音征服了他。“这声音时而粗钝，好似生了锈，让人想起了格思里的老唱片，这种声音无论是在摇滚还是在范·容克的歌里都很适用；时而慵懒随意，好

---

① 《纽约客》，1964年10月24日。

② 歌手兼小说家。理查德·法里纳在1963年的第二次婚姻中迎娶琼·贝兹的妹妹米米·贝兹，1966年在摩托车事故中丧生，年仅二十九岁。

③ 迪伦随后还为布鲁斯歌手维多利亚·斯匹维和大乔·威廉进行过口琴伴奏。

④ 牙买加裔歌手、演员，被称为“海神舞之王”，是当时的巨星。

似喁喁私语，又好像艾略特的曲风。然而，这声音说到底又谁也不像，虽不美妙轻快，却能直达你心灵。”[①]整场表演下来，谢尔顿惊得合不拢嘴，他意识到自己将会与这个未来的民谣巨星结下不解之缘。在演出结束后，他赶忙跑回住所，抓紧时间写下专栏评论。

两天后，这篇关于民谣圈内无名小卒的超长乐评发表在《纽约时报》上：“民谣界一颗才华卓越的新星出现在热尔德民谣城。尽管不到二十岁，但这个名叫鲍勃·迪伦的年轻人，已在曼哈顿的一家酒吧演唱了几个月独具风格的原创歌曲。演唱风格介于合唱团儿童和披头士之间的他，有着天使般的脸庞，类似哈克贝利·费恩[②]的灯芯绒帽斜斜地盖在胡乱系住的蓬乱头发上。他的衣服或许得补一补，但当他用一把吉他、一只口琴或一架钢琴就能立刻编出新歌，快到甚至来不及拿笔记下来时，就可以看出他极具天赋。迪伦先生的声音不算很美妙，他刻意模仿在门廊下低唱的南方农场工人。他的音调沙哑沧桑，歌中则自带一种尖刻的冷峻。迪伦既是悲剧演员，也是喜剧演员。像一位乡间巡演的歌舞剧演员一样，歌曲之余，他会配上有趣的独白……在他不苟言笑的外表下，歌曲中的句子已被拉长到不能更长，也就让人觉得他好像是在一部慢动作电影里表演。他的脑袋和身体摇动着，眼睛闭着，好似沉醉在梦中，就像要摸索到一个合适的词或是一种情绪，等找到之后就会放松下来。有时，他会用很难听懂的咆哮或呜咽咕哝出《日升之屋》的歌词，有时则会把盲人布鲁斯歌手柠檬杰夫诗意的辛酸清晰地表达出来……迪伦先生仍沿着民谣个人风格化之路继续前行，并像海绵一样努力吸收各个流派的精髓。不过有时，他描述的故事情节会有些跑题，他在风格上的效仿可能会因为过于矫揉造作而失败。当然，抛开各种各样的喜好看法不谈，他的音乐制作确实很有个性，灵气十足。这么年轻，能做到这些实属不易，值得大家关注。对于自己的过去，迪伦先生语焉不详，但比起之前的经历，他将何去何从才是更重要的。他很可能会选择那条通往顶峰的笔直大道。”[③]

---

① 《鲍勃·迪伦的音乐人生》。

② 马克·吐温作品中的人物。

③ 《鲍勃·迪伦的音乐人生》。

来自著名音乐评论人的“过分”褒奖让村子民谣圈里很多人心生嫉妒。这个刚来没几个月的毛头小子怎能得到国家级报纸的如此赞扬？而他们就算想被《放歌》杂志这种发行量少得都不好意思公之于众的刊物描写上几行字，都难得要命。而对迪伦来说，没用多久他就明白这篇文章给他带来了太多东西。报纸出版当天，他就跑到西十街由诗人奈德·奥格曼借给卡洛琳·海斯特的那间公寓，要同她排练。他也应该这样做，因为卡洛琳也找来了她的音乐制作人——五十岁的约翰·哈蒙德，哥伦比亚唱片公司的金牌制作人，同时也是美国流行音乐史上的重要人物。他曾关照过的成名艺术家数不胜数：弗莱切·亨德森、本尼·卡特、康特·贝西、本尼·古德曼、比莉·哈莉戴，还有布鲁斯歌手桑尼·泰利、大乔·特纳等。此外，他还是发掘科恩、布鲁斯·斯普林斯汀和史蒂维·雷·沃冈的伯乐。

哈蒙德出身于上层社会的豪门，据他说自己祖上是个乘坐“五月花”号来到美洲大陆的清教徒，也算是美国的建国先驱。他家是美国实力雄厚的望族——母亲来自显赫的范德堡家族，而他漂亮的鬈发和剪裁合身的衣装让他看起来更适合在百老汇而不是格林尼治村出没。不过，他对音乐人才有着异乎常人的嗅觉。据迪伦透露，读过谢尔顿的那篇评论后，哈蒙德都没要迪伦演唱就同他签下了唱片合约。这个可信度很高的小插曲后来也得到了哈蒙德的默认，只是细节有点出入。“这戴灯芯绒帽的小子口琴吹得不怎么样，但他身上有些特质让我很欣赏。我问他是否会唱歌，能否作曲，想让他唱歌、作曲都展示一下，试试他的能耐。当时就有这么个念头。后来我想，得赶紧和他谈签约的事。”①

几天之后，两人在哥伦比亚唱片公司的录音棚里录歌。由于怯场的缘故，迪伦的身体有点僵，以至于录第一首歌时，声音甚至微微发颤。不管怎样，哈蒙德马上就确定了自己当初的判断是正确的，尽管他也意识到，和诸如金斯顿三重唱、四兄弟演唱组这样的商业化民谣组合相比，就凭这粗琢简陋的歌曲，基本没有能在广播里播放的可能。“‘我要跟你说点事。你很年轻，也挺有才，如果你

① 安迪·吉尔，《鲍勃·迪伦：1962—1969》，1999年。

有本事将才华都发挥出来，那就不要浪费，你也会就此走得很远。今天我把你叫来，给你录歌，我们看看以后会怎样。'……他把一份很正规的模板合同摆在我面前，我当下就签了，里面的条款连看都没看，不用听什么建议，也不需要律师、顾问或任何人站在背后给予指点。我很高兴签下了他递给我的这生平第一份合同。"[①]

这份为期一年的合同到期后默认延期四年，其实是没有法律效力的，因为那时的迪伦还是未成年人[②]。这一细节也直接导致了日后的司法纠纷，不过当时迪伦并没放在心上。来纽约仅仅九个月，尽管遭到部分同行排斥，但毕竟才二十岁的他几天之内就获得了国家级别的双重认可：先是得到美国最负盛名报刊的长篇赞扬，然后又和国内最顶尖的音乐制作人签订了合同。回击同行的快感实在妙不可言。而这也给他带来了难以忘怀的惬意。"我还是不敢相信。从录音棚离开来到外面，一路上就好像踩在云上一样。走到第七大道时，恰巧路过一家唱片店，透过橱窗能看到摆放在里面的唱片，有弗兰克·莱恩、弗兰克·辛纳屈、帕蒂·佩吉、米奇·米勒的，还有托尼·贝乃特的。然后，我居然看到了我的唱片！这真可以算得上人生中最开心的时刻了！我的唱片竟然能和他们的一起被放在橱窗里！现在想想，那时还是年轻，觉得录一张唱片放在橱窗里就是人生巅峰了……穿着那身平常总披在身上的破衣服，我那会儿真想进去跟店主撂下这句话：'你现在还不认识我，不过你很快就会认识我了。'"[③]

① 《鲍勃·迪伦回忆录》。

② 当时法律规定，年满二十一岁才为成年人。

③ 《自传》。

我所见过的所有伟大的演唱者，那些我想要效仿的人，他们都有一个共同点。
他们眼中的某些东西说道：
“我知道你所不了解的事情。”
我想成为这样的歌手。

（《归乡无路》，2005年）

鲍勃·迪伦的艺术

迪伦在两个月后才走进录音室。两个月的焦躁急切，两个月的心潮澎湃，迪伦在此期间对他的唱片录制计划三缄其口。“一开始，我什么都没说，因为我不确定这是否真的会实现。在录音完成前，我不想告诉任何人。我习惯了在路上。这对我很奏效，我不会谈起它。”[①]1961年11月，天气阴沉的某一天，迪伦来到了哥伦比亚唱片公司位于第七大道的A录音室。他身着一件宽大的羊毛外套，戴着那顶从不离身的灯芯绒鸭舌帽，女友苏西陪伴在他身旁。哈蒙德独自一人，只有一名录音师给他做助手。开始的时候试了几个音。在录音方面，迪伦还是个新手，他有时离话筒太近了，导致某些辅音出现爆破音或咝咝声，有时又离得太远了，根本听不清他的声音。这些缺点很快都被克服了。无论如何，这种缺乏经验的表现并没有令制作人感到担忧，他将赌注押在了迪伦的天分上。对迪伦加以管束是行不通的，他决定让其自由行动，释放出内心的本性。“当时我整个人都有一种狂躁和愤怒的情绪，”迪伦谈及第一次录音时说道，“哈蒙德问我是否要重唱其中的某些歌，我说不用了。我不能忍受自己重复唱同一首歌，那太可

① 《自传》。

怕了。”[①]

事实上，根据制作人的说法，每首歌录上两到三遍还是十分必要的，专辑最终用了不到三天便录制完成。这在当时算不上什么新鲜事。“当时我们没有那么多时间录音，”迪伦回忆道，“花六个月时间去制作专辑……简直不可想象。我前几张唱片的录制，直至20世纪70年代末，都只用了几个小时的工夫。有时候，可能就是几天。从20世纪60年代末开始，应当说从《佩珀军士孤独心俱乐部》专辑开始，人们在录音室待的时间越来越长。事实上，他们是在那儿写歌和编曲。我偶尔也会这样做，但我更喜欢拿着写好的歌去录音室。这种方式更适合我。”[②]

第一次录音时，约翰·哈蒙德以为能够听到和试唱时一样的曲目。然而，很多事情总是难以预料，迪伦更喜欢追寻瞬间的灵感。“当我录第一张唱片时，我用了我所熟悉的但从未在舞台上演唱过的歌曲。我希望录制这些东西，因为它们出现在我脑海里，我想要看看结果如何。录音室的奥秘令我印象深刻，这些歌是自己冒出来的。”[③]制作人根据自己的行事原则让歌手自由随意地将乐曲串联在一起。若照迪伦所说，制作人的角色仅限于选歌。“我试唱了一到两首，然后他对我说：‘哦，选这首吧。’然后，我又唱了一首别的，他又说：‘这首也行。’我不得不给他唱了好几首歌，他把留下的都放到唱片里了。”[④]

奇怪的是，专辑中保留下来的曲目近一半都是翻唱自戴维·范·容克的老歌。“我之前没打算这么做，但事情就这么发生了，就是这样。不知不觉中，相较我自己的歌单，我更信赖他的。”[⑤]其中的一首歌《日升之屋》或许算是整张唱片的巅峰之作，讲述了一位新奥尔良妓女的故事。迪伦令人心碎的嗓音在整首乐曲中逐渐增强，展现出了杰出的演唱才华。但这是他第一次演唱这首歌曲。“我之前从没唱过《日升之屋》这首歌，但我每晚都听戴维唱。在我看来，他从

---

① 《鲍勃·迪伦：1962—1969》。

② 《自传》。

③ 《归乡无路》。

④ 《自传》。

⑤ 《鲍勃·迪伦回忆录》。

这首歌中感悟到了某些东西。于是，我录制了这首歌。”[①]这首悲伤的民谣老歌诞生于20世纪30年代，许多歌手都曾演唱过，尤其是伍迪·格思里。范·容克没有修改旋律和歌词，而是通过和弦的变化赋予了歌曲新的生命。歌曲起初是偏线性的，他通过上行音阶的和弦——降la、do、re、fa、mi–降la、do、mi，创造出一种前所未有的强烈情感。鲍勃将这一决定性的新想法占为己有，收录到唱片中，戴维当时也正准备录制这一版本，却被人捷足先登了。这次不光彩的手段令两位朋友之间产生了隔阂，不和一直持续了几个月之久。

首张专辑被命名为《鲍勃·迪伦》，无论是从音乐还是所表达的情感来看，黑色都是它的主色调。演唱伊始，这位年轻的歌手翻唱了知名黑人歌手的作品，如乔希·怀特、布卡·怀特或盲眼柠檬杰夫，他完全领会了布鲁斯音乐的精髓。许多白人唱起布鲁斯的时候，最好的也只是苍白无力的模仿者，最差的只能说是地地道道的冒牌货。迪伦则与他们截然不同，他完全理解布鲁斯音乐所要表达的意图。他还在第二张专辑的封套说明文字中做出了明确的阐释：“布鲁斯不只是在内心深处静静梳理的某些东西。真正的布鲁斯歌手之所以如此出色，是因为他们能够将遇到的所有难题宣之于口，但同时又能超脱其外，淡然视之。他们以这种方式战胜困难。而如今令人沮丧的是，许多年轻歌手试图走进布鲁斯，而忘记了那些老牌歌手是怎样利用布鲁斯来摆脱他们的烦恼的。”[②]

某些评论家惊讶于一个二十岁的年轻人时常提及死亡。的确如此，这张唱片中有两首歌的歌名都包含“死亡” 之意（《当我弥留之际》和《择时而亡》），还另有一首歌包含“坟墓”一词（《把我的坟墓打扫干净》）。然而，是否就能因此断定，这是一种病态或是对死亡的执念呢？这就有些言过其实了。我们更倾向于将其视为一种姿态。或许是出于天真无知，或许是担心被视作孩童，迪伦在歌曲中增添了成人的一面，阅历丰富的男性嗓音以及严肃甚至悲伤的主题便因此而来。唱片中穿插着不少幽默元素，所以它的风格也很难用沉郁来定义。

---

① 《归乡无路》。

② 《放任自流的鲍勃·迪伦》的封套文字。

约翰·哈蒙德之所以和迪伦签约，看中的并不是他词曲创作的能力，而是他的演唱才能。如今回头看来，这一点十分可笑。因为即便他知道这位年轻歌手的歌单里有几首歌是原创的，对他而言也并不重要。所以，迪伦写的两首歌几乎是偷偷摸摸塞进专辑中的。“他没问过我写了什么，没写什么。不管怎样，当时我只唱过几首我自己写的歌曲，数量很少。在那个时候，人们很少唱自己写的歌。如果唱的话，人们会不露声色地将它们一笔带过。对于最初写的几首歌，我从没说过自己是歌曲的作者，当时的人们不会这么说。”①

同样令人感到意外的是，唱片中没有伍迪·格思里的任何一首歌。这标志着一次十分重大的转变：就在不久前，伍迪·格思里还是迪伦狂热推崇的歌手。然而，这张专辑中依旧能感受到格思里的存在，他的影响体现在迪伦创作的两首歌中，一首是向其致敬的《给伍迪的歌》，另一首是《谈论纽约》。首先是它们说唱布鲁斯的音乐形式，这种音乐类型曾被格思里大量使用，歌词通常幽默诙谐，更倾向于“说”出来而非“唱”出来；其次是迪伦在歌词的最后明确提及了他从前的偶像，用以评论他从酒吧老板和腐败的工会领袖处受到的欺骗：

> 一个大人物说过
> 有些人动动笔就能榨干你
> 我没花多久
> 就明白了他的意思②

暗示的意味十分明显。这里提到的大人物指的就是《英俊少年弗洛伊德》的作者格思里，他在这首歌中将拦路抢劫的强盗和白领罪犯做比较，写下了这样的句子：“有些人掏出左轮手枪打劫你，有些人却只需用一支自来水笔。”

专辑《鲍勃·迪伦》直到1963年3月才正式面市，距离录制完成已经过去了

---

① 《自传》。

② 《谈论纽约》，收录于《歌词：1962—2001》。

四个月。对一个不断变化、进步的年轻人而言，这段时间实在太长了。事实上，当唱片发行时，他已经不是录制唱片时的鲍勃了。“当我拿到唱片听过之后，它让我感到十分苦恼。我只想忘记它，然后重新录一张。我觉得我录了糟糕的歌……我已经写了一些歌，我觉得我本应该继续下去。我本来已经远离了这张唱片。一部分的我认为我不愿意录制这张唱片，我这么做是不想拿我最珍视的东西去冒险。”①

1962年春天，划过迪伦脑海的念头颇具神秘色彩，类似于一种强烈的自我意识、对世界的认知以及人生何为的思考。从此以后，他洞悉了这一切。他本人将此称为“召唤”：“所有人都受到了召唤。对一些人来说，召唤来自十分高远的地方，而对另一些人而言，召唤则来自较低的地方。许多人接到了召唤，但被选中之人则少之又少。对我的召唤与对其他人的别无二致。某些人接受召唤，成为优秀的水手；某些人接受召唤，成为优秀的农民；某些人接受召唤，彼此成为伙伴。无论我们受到了何种召唤，都应当成为最优秀的；无论我们做什么，都应当有足够的能力胜任。应当满怀自信地去尝试，而非抱着傲慢自大的心态。我们应当知道自己是最优秀的，无论其他人是否告诉过我们。每个人在内心深处的某个地方，都应当相信这一点。”②

迪伦的计划既简单又狂妄：创作和演唱自己的歌曲，并成为其中的佼佼者。当时很少有人会这么做，这意味着一种范式的改变。他将通过民谣，把从孕育于过往的神话中汲取的东西运用于当下，创作描写“此时此地”所发生之事的歌曲。然而，他周遭的世界恰巧处在移动和变化中，这一演变进程正是他所要关注的。“美国在改变。我感觉到命运的齿轮在转动，我正驾驭着这些变化。我的想法也发生着改变，我的意识变得愈加开放。有一件事是确定无疑的：如果我想创作民谣歌曲，我就需要找到某种新的样式，让我可以在上面美化点缀。这是一种能够延续下去的哲学认同。外在世界向我揭示了这一切。”③

---

① 《归乡无路》。

② 《滚石》杂志，2012年9月。

③ 《鲍勃·迪伦回忆录》。

为了寻找灵感，迪伦同时关注着内心世界和周遭环境。他会和其他人分享什么？他首先想到的便是恐惧。这是一种十分特殊的、具有时代性的恐惧，是他幼时在明尼苏达州就已经体会过的，那便是原子弹带来的恐惧："现实（在那里）是悲哀凄凉的。不知什么时候黑云就会爆炸，死亡将降临到每个人身上，这种恐惧便是现实。我们在学校里学习如何躲到桌子下保护自己，我们在恐惧中长大，也养成了一种偏执妄想的意识。"①

当迪伦开始创作歌词时，冷战即将达到顶点。对美国而言，共产主义威胁从未如此迫近。前一年4月，受美国中央情报局训练的古巴流亡分子在猪湾登陆，试图推翻卡斯特罗政权，但最后以失败告终。两个月后，1961年6月12日至13日夜间，德意志民主共和国政府在柏林竖起一堵墙，阻止东柏林和西柏林之间的人员往来。建立在核威慑基础上的恐怖平衡随时可能被打破。迪伦准备将他的种子首先播撒在这块土地上。他从乡村歌手罗伊·阿卡夫的一首民谣中找到灵感，写下了《让我死在自己的足迹里》。他在《鲍勃·迪伦回忆录》中提及了这首歌，并暗示了有关他某些歌曲的误解从一开始就存在。他只是试图在小调中语调轻松地嘲弄那些防原子弹掩蔽室的流行，但人们因此将他视作政治歌手。这是谁的错？他自己也有一部分责任。只要仔细听听《让我死在自己的足迹里》这首歌，便知一二。如果说歌曲在开头的确简单扼要地表述了不愿死在地底的愿望，那么随着抒情乐段的推进，它最终变成了一首真正的和平主义之歌：

如果我有宝石、财富和冠冕
我会买下整个世界，并改变一些事情
我会把所有枪和坦克扔进大海
因为它们是历史的错误
让我死在自己的足迹里

① 《归乡无路》。

在我走入地底前[1]

迪伦从1962年4月开始录制《让我死在自己的足迹里》，筹备他的第二张专辑。这首歌最终没有收录到《放任自流的鲍勃·迪伦》专辑中，因为这张专辑一年后才能发行，迪伦在这段时间里又创作出了许多更好的新歌。然而，这份草稿可以令我们对迪伦的创作风格有一个概括的了解，那时他在创作方面还是个新手。这些诗句充满与自然相关的隐喻，揭示了迪伦的诗歌世界：

让我饮山涧涌出的湍流之水
让我嗅沁人心脾的野花之香
让我睡在我的草地上，与青青绿草为伍[2]

迪伦朝着既定的目标前进，沉醉于创作的狂热中。他随身带着一个小本子，无论何时何地，无论白天黑夜，笔耕不辍。“我人在哪里，就在哪里创作。在地铁上，在咖啡馆，无论什么地方。即便是正和人说话，我也会在本子上草草写些歌词。”[3]1962年4月的某个下午，迪伦正坐在米涅塔大街的“普通人”咖啡馆里。他刚刚和几位朋友讨论了近期的政治形势：种族隔离、东西方关系以及日益凸显的美国对越南的军事介入。像平时一样，迪伦很少开口说话，他总是喜欢倾听。他难以做出什么判断。真相在哪里？他扪心自问。他用形象化的比喻将听到的想法和当时产生的疑问表达出来。在一刻钟的时间里，他写完了一首歌，只有三段，每段都包含三个不同的问题，以及一个相同的叠句：

答案，我的朋友，在风中飘荡

---

① 《让我死在自己的足迹里》。
② 同上。
③ 《归乡无路》。

在风中飘荡

迪伦未曾料想到，《答案在风中飘荡》这首歌此后被几十位歌手翻唱，从猫王到史迪威·旺德尔，不仅令迪伦为大众所熟知，还成为美国民权运动之歌。“我不知道这首歌是好是坏……它出现得正是时候。但我不知道它还具备这种赞歌的品质。我写歌是为了在舞台上演唱，我需要唱出这种语言，一种我从前没有听过的语言。”①

《答案在风中飘荡》令每个人都能从中找到共鸣，它的力量体现在它丰富的内涵中。迪伦没有提及任何一个具体事件和个人，他优雅地运用换喻的手法，以划过天空的炮弹指代战争，他更喜欢用“男人”而非“黑人”或“受压迫者”。一切都以一种诗意的语言写就，大自然在歌词中无处不在：大海、山川、沙滩和风。即便不久后这首歌被用来颂扬政治运动，准确地说，它本身并没有介入政治的意图，因为它没有传达出任何明确的信息，尽管许多黑人民权运动人士认为能从其中看出对种族隔离的控诉。歌手马维斯·史泰博说：“他是如何写出这样的歌词的呢？‘一个男人要走过多少条路，才能被称为一个男人？’我的父亲有过亲身经历，他曾遭受过非人的对待。那么，这一切因何而起？白人从没遇到过这样的困难。当我还是一个小女孩的时候，我就开始思考这个问题。迪伦的歌词影响了我，这些歌曲启发了我，宛如福音歌曲一般。他写出了真相。”②

在许多采访中，人们要求迪伦解释歌词所要表达的意义，他赋予了这一主题深刻的悲观主义。对于叠句的含义，他对《放歌》杂志说道：“对这首歌，我没什么好说的，只想说答案在风中飘荡。答案不在书籍、电影、电视或是政治讨论中。那些紧追潮流的人想要告诉我真相在哪里，但我并不相信。我总是说答案在风中飘荡，就像扔向空中的一张纸，总有一天它还会落回地面……但事实上，问题在于，当答案从空中落回地面时，没有人去抓住它，以至于没有很多人去关注

① 《归乡无路》。

② 同上。

它、了解它……于是，它再次飞到了空中。我确信某些恶行累累的罪犯在目击坏事时会掉过头去，他们知道这是坏事。”①

即使迪伦开始真正对写作本身产生兴趣，他也没有忘记他笔下写出的歌词是用来演唱的。同所有词曲作者一样，他也遇到了如何将歌词与音乐衔接起来的难题。两者哪个先出现？最常见的情况是先有歌词，但有时候两者也会同时出现，当歌手拨弄着吉他哼唱歌词的时候，旋律便突然涌现出来。无论如何，确切来说是歌词引出了音乐，而非反之。这一点足以说明，与其说迪伦是位音乐家，不如说他是位诗人。而且，他的音乐偶尔或多或少有意借鉴了已有的音乐，这更加印证了人们对他的印象。

他从伍迪·格思里那里获得作曲方式的灵感，或者也可以说从民谣传统中汲取灵感，他曾经详细地描述了这种作曲方式：“只要对这首歌的旋律稍做改变，你就能写出二十首甚至更多的歌曲。我可以穿插几句从老的灵歌或是布鲁斯中来的歌词。这没什么不好的，别人总是这么干。这不需要费多大心思。我常常做的就是，冲着一些有名的句子下手，把它和另一句一起改变——让它比原先多出点什么来。我没受过太多的训练就能做到这一点，这也不需要大费脑筋。”②《答案在风中飘荡》的音乐便是这么诞生的。1978年，他向记者马克·罗兰德解释道：“《答案在风中飘荡》始终是一首灵歌。我是从《不想再上拍卖台》这首歌中找到的灵感，它是一首灵歌，而《答案在风中飘荡》也有着一样的同情心。”

迪伦的第一张专辑只用了三天录制，而第二张则是在一年内分成几次录好的。这段时间里，迪伦十分高产，每次能写出十几首歌曲，而且他对艺术的把握也取得了长足的进步。第二张唱片曾险些被扼杀在摇篮中……第一张专辑《鲍勃·迪伦》的销量十分糟糕，只卖出去五千张，哥伦比亚唱片公司的某些商务人员建议不要再继续尝试了。为了再给年轻人一个机会，约翰·哈蒙德使出浑身解数，全力游说。他将销量不佳的原因归结于微薄的制作经费（第一张专辑的录制

---

① 《放歌》杂志，1962年6月。

② 《鲍勃·迪伦回忆录》。

花费了四百零二美元），同时他也受到了强烈的施压，压力一方面来自哥伦比亚唱片公司的主席戈达尔·利伯森，另一方面来自公司的艺术总监们，如米奇·米勒。米勒曾这样说："约翰给我在哥伦比亚唱片公司的办公室打电话，他跟我说：'来听听这个。'他没说他是谁，也没说去听什么。我过去了。我见到一个小家伙，打扮得很精神，穿着靴子和麂皮外套。他拿着一只口琴，用沙哑的嗓音唱着歌。说实话，我没看出他有什么过人之处。我通常见到的都是托尼·贝乃特、维克·达蒙或约翰尼·马西斯[①]那类人。他嗓音一般，唱出的声音不好听。但如果约翰·哈蒙德认定一个人有才华，我们会尊重他，因为他有丰富的经验和敏锐的洞察力，就这么简单。"[②]

"艺术家遇到的难题不在于做什么，"布里斯·维昂说道，"而在于如何做得与众不同。"这正是真正的创造者与模仿者之间的区别。这让人联想起马塞尔·普鲁斯特曾说过的一句话：作家在属于他自己的语言内部创造出一种外语。这或许就是被我们称为"风格"的东西。迪伦的艺术设想完全遵循着这一逻辑。像手工艺人一样，他先是学着复制已有的语言，一旦学会，这种语言便为他所用，继而创造出一种独有的却能被大众理解的语言。这项计划虽然看上去野心不小，但他相信自己有能力做好。"我知道我想做一些和别人不一样的事情。一切其他人没做过也做不到的事，我想比任何人都做得更好。"[③]

以旧创新是奠定迪伦创作方式的悖论，我们也可以将这种悖论视为一种矛盾。例如，在一次采访中，他说："我从没想过我能发现某些新东西，我总想着用一种已经存在的风格去创作。我没有发明任何新东西，还是老一套。"[④]但他马上又说："我在很短的时间里写了很多歌，我当时知道应该怎么做，因为这种方法对我而言是全新的，我觉得自己发现了别人从来没发现过的东西。我仿佛

---

① 20世纪50年代的知名抒情歌手。

② 《归乡无路》。

③ 《洛杉矶时报》，1997年，罗伯特·希尔本访谈。

④ 《归乡无路》。

身在一个艺术的竞技场中，直到那个时候，还没有人曾经进去过。”[①]1962年至1963年间，迪伦的艺术风格发生了转变，他游走于传统和创新之间，在经典范例和实验音乐之间摇摆，这种变化贯穿于他的第二张和第三张专辑。

在进入未知的领域前，迪伦仔细观察了周遭的环境。与法国不同的是，美国没有诗人歌手的文化传统，在这里也找不到类似雅克·布雷尔、里奥·费雷或乔治·布拉森那样的歌手。美国的歌曲都是“锡盘巷”里一大群卖苦力的人在流水线上生产出来的，与其说是艺术，还不如说是工业制造。“锡盘巷”位于第五大道和第六大道间的第28街，云集着纽约所有的音乐出版商。年轻的唱作人很快便意识到，在这种音乐工厂里没有他的一席之地，盖里·格芬、卡罗·金、巴里·曼恩、波姆斯和舒曼、莱贝尔和斯托勒，这些曲作者或词作者用流水线的方式生产歌曲，这种对待歌曲的方式与格林尼治村的民谣舞台大相径庭。

格林尼治村的某些民谣歌手拒绝了工业制造的歌曲，开始选择演唱自己的作品。作为左翼分子，他们将歌曲视为揭露美国种种社会缺陷的武器：种族主义、不公正待遇、物质主义、因循守旧、黩武主义和帝国主义等。但是，他们更喜欢取材自己讲述或偶尔评论的时事新闻，而非空谈大道理。伍迪·格思里的追随者们将自己视为专栏作家和记者歌手，他们不愿意创作诗歌，不论它是否与当代问题有关。于是，20世纪60年代初出现了一类新的歌曲，它们颇具社会与政治内涵，被统称为“时政歌曲”或“抗议歌曲”。

迪伦来到纽约后，在格林尼治村的咖啡馆结识了许多其他类型的歌手，其中某些人成了他的朋友，如汤姆·帕克斯顿和莱恩·钱德勒，他们都在时政新闻中寻找灵感。当时，迪伦本人正为自己的歌曲搜集素材，于是他也尝试了一番。但因为他不参与政治，他的尝试主要在技术层面展开，而非意识形态方面。

他开始有意识地搜罗报纸上的社会新闻，寻找可以用来写歌的素材。他在《先驱论坛报》上偶然读到了一则有关哈得孙河上沉船灾难的新闻，于是，他惟妙惟肖地模仿了伍迪·格思里急速、活泼的句法，以船难为蓝本创作了《熊山野

---

① 《归乡无路》。

餐大屠杀说唱布鲁斯》。随后，他受到周围人的影响，开始尝试赋予歌曲更多的“介入”态度。然而，由于他缺乏政治意识，探讨时事问题时有些冒险。于是，为了练手，他将目光投向了过去发生的事件。在第42街的大图书馆里，他找到了关于一宗种族主义犯罪的信息。罪行发生在1955年的密西西比，黑人青年埃米特·蒂尔被三K党成员殴打致死。迪伦把歌词和他的朋友莱恩·钱德勒所作的旋律结合起来，将事件谱成歌曲。这是一首经典的抗议歌曲，它有些朴实天真，以一种说教般又略显浮夸的韵律娓娓道来：

你们没有揭露这些罪行
这些如此不公的罪行
你们的眼中布满死尸的腐土
你们的灵魂布满尘埃①

他渐渐觉得自己走错了路。这一切过于随波逐流，过于无关痛痒了。为了摆脱这种境地，他应当站到更高的地方。《答案在风中飘荡》是他的一个转折时期。创作一首不包含任何具体事件和人物的抗议歌曲，在他之前很少有人会这么做，除了格思里的某些歌曲，如那首最著名的《你的土地》。

① 《埃米特·蒂尔之死》。

我在大海上乘风破浪，
在尽情放歌之前，
心中已涌动着歌唱的欲望。
（《大雨将至》，1963年）

大洪水

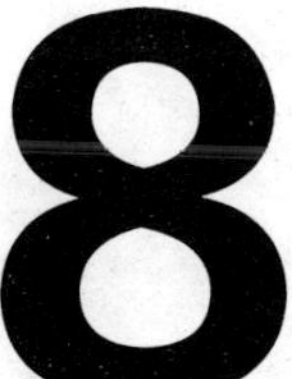

人们有时会将迪伦与年轻的法国诗人兰波相提并论。这种比较或许并不恰当，甚至可以说有些夸大其词，但二人确实存在某些相似之处。两者都是出生在小地方，去大城市搏前程的年轻人。他们在各自的艺术领域都极具创新精神，超越了自身所处时代的限制，推动了各自领域的发展，年纪轻轻就取得了同行望尘莫及的成就。

哲学家齐奥兰写道："兰波的诗歌在一个多世纪的时间里无人能够超越，这就是天才，让后来之人难以望其项背。"迪伦在他所处的时代和领域，也实现了同样的辉煌。短短四年时间——从1960年年初到1963年年底——他就完成了发现民谣、掌握民谣和超越民谣的历程，完全颠覆了人们对民谣这种音乐形式和民谣歌手的认识。从1962年2月开始，在他的首张专辑发行前一个月，他开始接受电台采访，那时他对民谣的认识似乎已经开始升华和抽象，甚至对"民谣"这个词本身产生了不认同感。所以，当我们向他表示，难得看到民谣歌手像他这样进步神速时，他回答说："是的，但我并不认为自己是一个真正意义上的民谣歌手……你知道，我不是那种吟游诗人。我不走任何一种套路，我不算是正儿八经的民谣歌手，所以……我只是玩音乐而已，时不时玩玩民谣，但我也喜欢其他东西。我的歌并不局限于民谣这一种形式，反正不是大多数人称为‘民谣’的那种形式。”[①]后来，有人请他谈谈他创作的歌曲，他坚持说：“这些歌……反正我肯定不会说它们是民谣歌曲，我想我只会说它们是当代歌曲。许多人画画，画的是自己心里想说的话，还有人写剧本、写歌曲……都是一样的道理。”[②]

抓住了民谣的精髓之后，迪伦又吸收了多种多样的音乐形式，对其进行丰富，将它改造成了一种全新的表达方式，既有鲜明的个人特色，又充分反映了时代潮流。“我收集了所有我知道的，能够在尽可能广泛的范围内表达时代精神的手法。我想我摸到了门道。我意识到，我需要向前进，大踏步地向前进。”[③]迪伦始终十分清楚自己的独特性：歌词创作的独特性和音乐的独特性——根据他的说法，二者是紧密相连的。“我刚开始写这种歌的时候，没人做同样的事情。伍迪·格思里曾经做过类似的事情，但并不针对这种类型的音乐。现在，时过境迁，很多事情都变了。伍迪对我找到自己的风格起到了很大作用，无论是旋律上还是节奏上，但我的音乐经历毕竟与他不同。在我的音乐生涯中，一开始是摇滚和R&B发挥了至关重要的作用。事实上，我的风格更多关注的是精神而不是技术，而这一点正是民谣运动所缺失的关键。换句话说，我用摇滚精神诠释民谣，这就是让我与众不同的奥秘，正是这一点不同，让我从混乱的现状中挣扎出一条活路，让我的音乐为大家所知。”[④]

为了创造自己的风格，迪伦正如美国这座大熔炉一样，凭直觉将手头可用的不同成分融会贯通，杂糅在一起。他结识各种各样的人，每个人都以自己的方式为他提供了创作的素材，对他今后的职业生涯和情感生活起到了奠基性的作用。他生命中的第一个过客正是约翰·哈蒙德。据迪伦自己讲述，在与哥伦比亚唱片公司签订了合同之后，制作人给了他两张很老的布鲁斯唱片，打算再版发行。其中一张唱片标题为《三角洲布鲁斯之王》，歌手是罗伯特·约翰逊，迪伦从来

---

① 1962年2月，辛西娅·古丁为纽约WBAI电台所做的访谈。

② 同上。

③ 《归乡无路》。

④ 《自传》注释。

没有听说过这个名字。这也难怪，这位来自密西西比的吉他手和歌手在1938年去世，年仅二十七岁，在短暂的职业生涯中只录制了二十九首歌曲。迪伦揣着唱片来到戴维·范·容克家中，把唱片放在唱机上，放下唱针。那种震惊与他第一次听到伍迪·格思里的音乐时的感觉何其相似。

“具有冲击力的吉他声简直可以打碎窗玻璃。约翰逊的声音传来，听上去他就像从宙斯头部出生的神明一样，全身披挂着铠甲。”[①]作为熟悉布鲁斯的行家，迪伦很快找到了罗伯特·约翰逊对之后音乐人的影响，尤其是桑·豪斯和查理·巴顿[②]。真正让迪伦目瞪口呆的是他的歌词：“透过约翰逊的音乐，我们可以从中感觉到二十多个不同的人格。他完全不管其他布鲁斯歌手创作歌曲的无聊规矩。当他唱到树上挂着钟乳石的时候，我激动得直起鸡皮疙瘩，头晕目眩……甚至觉得恶心。他究竟是怎么做到的？”[③]

迪伦会把一首歌反复听上几十遍，就像精细的木工匠人一样，把家具反复拆开装上，只为弄清楚它的内部结构。就这样，迪伦发现了歌曲创作的秘密：“编曲经过深思熟虑的精心设计。我研究了歌词的结构，与伍迪完全不同。要将一首歌的歌词拆分成多个部分，我感觉十分困难，甚至几乎不可能，因为歌词里有太多言浅意深和一语双关的地方。”[④]

这些歌曲中，有一首让迪伦特别着迷：《老爷车布鲁斯》。歌手将自己的老爷车写进了歌里。为了研究歌词的结构，迪伦把整首歌词都抄了下来，标出传统和创新的地方，完全沉浸在充满隐喻的世界里。“这些梦境和想法对我来说是陌生的，但我要掌握它们。”[⑤]

初到纽约，迪伦所受的教育主要来自音乐和美国流行文化。在格林尼治村的喧哗与骚动中，在各种集会上，迪伦如饥似渴地学习，填补着自己的空白。他接

---

① 《鲍勃·迪伦回忆录》。

② 两位来自密西西比的布鲁斯歌手。

③ 《鲍勃·迪伦回忆录》。

④ 同上。

⑤ 同上。

触到了上个世纪和当代欧洲艺术家的作品，极大地开阔了眼界。这一次，他的领路人是当时与他同居的苏西·罗托洛。罗托洛在话剧圈工作，1963年春天，她在谢里登广场剧院担任制片助理和舞台设计，当时剧院正在筹备格奥尔格·塔博利以德国作家布莱希特为原型创作的《布莱希特谈布莱希特》。罗托洛在回忆录中写道："我很希望鲍勃能和我一样欣赏布莱希特，尤其是他艺术生活所面临的窘境，这非常有意思。毫无疑问，鲍勃肯定听说过布莱希特，布莱希特那时候很有名，但他可能从来没有读过任何布莱希特的作品，也没有看过他的话剧。我让他比平时早一些来剧院接我，那样他就可以看我们排练。我真的很想让他看看这部话剧，尤其是女演员米基·格兰特演唱的《海盗珍妮》的片段。这首歌讲述了一个充满辛劳的故事：一个酒店女服务员不得不忍受所有人的指手画脚，后来她登上一艘黑船，成了海盗珍妮，唱起了复仇之歌。她把所有折磨过她的人都关进了监牢，一个接一个将他们处死，直到自己的海盗船赶到。这是一首关于不可阻挡的复仇的歌曲，由黑人女演员米基·格兰特演唱，更赋予了这首歌别样的内涵。那段时间，民权运动正处在风口浪尖，听她唱这首歌，本身就是一个活生生的、极具戏剧张力的场景。我知道，鲍勃不可能不为之动容。他安静地坐在一旁，一动不动，甚至连腿都没有挪一下。从那时起，布莱希特就成了他创作的一部分，就像海盗珍妮是米基·格兰特的一部分一样。"①

苏西说得没错，迪伦立刻就被海盗珍妮向利用她的人们宣泄仇恨的方式迷住了。曲作者库尔特·威尔和词作者布莱希特将他带到了一个他完全不了解的遥远国度，在那里，阶级之间的暴力不是政治学概念，而是触手可及的现实。"这首歌萦绕在我心里，过耳不忘。伍迪从未写过这样的东西。这不是一首关注现实生活的歌曲，它不关注时事，歌里面也没有爱。一切都那么明显，人们只是视而不见。"②

就像研究伍迪·格思里和罗伯特·约翰逊的歌一样，迪伦将《海盗珍妮》也

---

① 苏西·罗托洛，《放任自流的时光：格林尼治村的60年代》，奥伦出版社，2009年。
② 《鲍勃·迪伦回忆录》。

纳入了学习清单，在一点点将其解构之后，他终于搞清楚了其中的关窍："我最终解开了其中的奥秘——它的穿透力来自形式，来自不规则的歌词，歌词并没有严格按照旋律押韵，但副歌完全符合规矩。我想掌握这种结构，这种形式真的很特别，正是它让《海盗珍妮》拥有了可怕的力量，听起来极具张力。"①

直到2004年，迪伦才在《鲍勃·迪伦回忆录》中承认，他最负盛名的几首歌曲都受到了布莱希特和三文钱剧院的影响，包括《没关系，妈妈》《手鼓先生》和《大雨将至》，令许多"迪伦学家"大跌眼镜。此外，他后来也承认，罗伯特·约翰逊对他在1964年至1965年创作的歌曲起到了决定性的作用。迪伦甚至坦言，如果没有听过约翰逊的唱片，他在那个时期绝对没有创作某些歌曲所需要的境界和眼界。

到目前为止，迪伦的创作拼图上还缺最后一块：法国诗歌。迪伦一直不是个爱读书的人，直到在雷·古奇和克洛伊·基尔家中寄住的那段时间里，他才在他们位于小礼拜堂街的公寓里开始阅读各种书籍。迪伦开始自学，整天泡在书房里。他随意抽出一本书，打开就读，虽然前几页总是读得津津有味，但很少有整本读完的书。就这样，他走马观花地读了修昔底德、福克纳、果戈理和狄更斯的作品。当他开始写歌时，诗歌还是给他最多灵感的文学形式。"有人给了我一本法国诗人弗朗索瓦·维庸的诗集，用韵诗讲述坏男孩的故事。这太让人惊讶了，我立刻就开始思考，能不能这样来写歌？我在维庸的一首诗里读到过他逛妓院的故事，我写了一个相反的版本。我不是要去召妓，而是要拯救她。我要反其道而行之，'在罪恶中发现荣耀，在美德中看到废墟'。"②

苏西终于说服他去读魏尔伦和兰波等法国象征主义作家的作品。沙勒维尔的远见让他看到自由的大道通向远方，为他提供了全新的、隐喻丰富的表达法，让他的调色板更加丰富，让他明白语言可以比思想更出彩。最重要的是，对于始终困扰着迪伦的身份认同的问题，他将在兰波的作品中发现充满诗意的解决办法。

---

① 《鲍勃·迪伦回忆录》。

② 《洛杉矶时报》，1997年。这句话出自马基雅弗利的一首韵文诗。

“我在兰波的一封信中偶然读到这样一句话：‘我就是别人。’简直感觉醍醐灌顶，一切都清楚了。我希望早点知道这个人的存在。”[①]

1963年，迪伦写了一首诗，阐释了他的诗歌艺术，以及他对于美的概念和他的灵感来源。在这首宣言般的诗歌中，我们依稀可以听出兰波的代表作《地狱一季》[②]的遥远回响：

唯一的美人只存在于缝隙里和道路边
裹着灰尘和污垢的裙袍
我在每一处坑洞里寻找美
我抚摸她的头颅和胸部
在她耳边轻轻哼唱
我亲吻她的嘴唇，将她紧紧拥住
盲眼的爱人无畏地飞行
我在伤口最深处呐喊
我听见自己的声音
听见阴沟里粗糙肮脏的声响
这是我唯一能触碰到的事物
这是我唯一能感受到的美丽[③]

1963年5月24日，鲍勃·迪伦庆祝了他的二十二岁生日。三天后，《放任自流的鲍勃·迪伦》发行问世。从第一张专辑（录制于一年半之前）到今天，他跨越的历程是难以估量的。首先，这张专辑的十三首歌中，有十一首的词曲都署上

---

① 《鲍勃·迪伦回忆录》。

② 尤其是《地狱一季》序言的开头部分：“一天夜里，我让美神坐在膝头。我发现她哭丧着脸，我狠狠训斥了她。”

③ 《琼·贝兹演唱会唱片》封套背面的诗歌。

了鲍勃·迪伦的名字。这意味着他不再是一个普通的演唱民谣的歌手，他也成了写歌的作者，而且是一个消化吸收了无数元素之后，让人耳目一新的音乐唱作人。这张专辑最神奇的一点在于，无论歌里写的是爱情、友谊、个人自由、种族隔离还是战争，每一首歌都是时代的见证。作者是怎样做到如此敏感地捕捉这个国家的脉动，并且将其完美呈现在歌曲中的呢？迪伦总是说，他之所以开始写歌，是因为再也找不到想唱的歌了。考虑到这一点，他的工作理念十分简单："创造新的形式，试图理解现实，从而创作出超越信息、人物和情节本身的歌曲。"①

为了超越单纯的叙事，迪伦开始使用省略和隐喻。歌曲《牛津城》完美展现了这种技巧，这首歌的灵感来自当时一起真实的社会新闻。这首歌里的牛津是密西西比州的一个小镇，那里的种族隔离现象十分严重，尤其是在白人大学。1962年10月20日，黑人学生詹姆斯·梅雷迪思试图在一所白人大学注册，结果遭到拒绝，随之引发的骚乱造成两人死亡。对于此类事件，传统的抗议型歌手为了达到声讨的效果，不会漏掉每一处细节，但迪伦偏不，他没有提到任何一个名字，也没有提到事件发生的城市。没有慈悲，没有道德，只是用几乎诙谐的口吻狠狠抨击事实，使整首歌具有强烈的感染力：

> 两个男人在密西西比的月色里死去
> 人们立刻开始调查②

而在《战争之王》中，迪伦采用了另一种手法：训诫体。歌词的腔调中充满了控诉：

> 来吧，战争之王
> 是你们造出枪炮

---

① 《鲍勃·迪伦回忆录》。

② 《牛津城》。

造出死神的飞机
造出毁灭性的炸药
我只想让你们知道
我能看到你们面具下的真面貌[①]

歌词一句一句反复，将控诉的口吻烘托得愈发强烈，直到歌曲最后揭示了被控诉者的命运：

我希望你们死掉
希望你们死期不远
我会跟在棺材后面
在苍白的下午
我站在坟前
直到确信你们真的命丧黄泉[②]

《战争之王》这首歌的主题并不是抗议和控诉，它其实与布莱希特的《海盗珍妮》一脉相承，是一首关于愤怒和仇恨的歌，这样的歌曲此前从来没有在美国出现过。正因如此，它在和平主义者中引起了轩然大波，比如歌手朱迪·柯林斯，尽管她将这首歌列入了自己的歌单，但她拒绝演唱最后一节。这首歌问世时，肯尼迪总统刚刚将东南亚驻军的人数增加了十倍，有些人认为这首歌表达了反对越南战争的立场。不过，迪伦本人始终对此表示否认："这不是一首反战歌曲，它针对的是艾森豪威尔总统离任时提到的工业军事化的苗头。当时确实存在这种思想，我捕捉到了它。"[③]

---

① 《战争之王》。
② 同上。
③ 《今日美国》访谈，2001年10月9日。

冷战时期人们经历的核恐慌，想必不需要再强调。在《放任自流的鲍勃·迪伦》中，两首歌以不同的方式写到了这一主题：一首更像是漫画，另一首更像是预言。

《第三次世界大战布鲁斯》讲述了一场梦，梦中的迪伦是纽约原子弹爆炸后为数不多的幸存者之一。歌里描述了各种荒诞的情形：

我和小情人躺在水沟里
透过格栅向外望去
心里还纳闷，是谁开了灯①

爆炸之后，幸存的迪伦在城市中游荡，寻找其他还活着的灵魂。最后，他终于找到了一个女孩，他邀请她一起成为废墟中的亚当和夏娃。在这样的时刻，迪伦的愤世嫉俗表现得淋漓尽致：

我牵着她的手，心跳个不停
可她开口说："臭小子，你疯了吗？
人类给自己招来什么下场，难道你这就忘了吗？"②

第二首启示录般的歌曲是《大雨将至》，这首歌的风格就完全不同。迪伦在唱片手册中写道："这是一首绝望的歌。事实上，这里的每一句诗都可以展开写出一首全新的歌。但在写歌时，我想我大概不会有足够的时间和活力去写完所有那些歌曲，所以我把一切都写进了这一首歌。"如果我们知道这场幻想中的第三次世界大战在几个月前的导弹危机期间险些成为现实，那么这首歌的隐喻意味就再明确不过了。1962年10月14日，一架美国侦察机拍下了苏联在古巴海岸安置

① 《第三次世界大战布鲁斯》，收录于《歌词：1962—2001》。
② 同上。

核弹头的画面，距离佛罗里达不到二百公里。肯尼迪与赫鲁晓夫之间的铁腕对峙持续了两周，东西方两个大国滑向冲突的边缘。迪伦笔下的“大雨”被认为是在影射当时随时可能降临的原子弹。这种看法其实并没有道理，因为这首歌其实是在古巴导弹危机之前写成的。事实上，在危机爆发前三周，迪伦在9月22日由彼得・西格在卡内基音乐厅主办的乡间音乐会上就唱过这首歌。彼得・西格还记得自己对在座的人说：“朋友们，咱们每个人最多只能唱三首歌，因为每个人只有十分钟的表演时间。”话音刚落，迪伦就举手问道：“那我呢，我怎么办啊？我单是一首歌就有十分钟啊。”

这首歌的实际长度是6分55秒，这种形式不同寻常，不适合在电台播放。《大雨将至》奠定了迪伦作为诗人的地位。尽管美国和苏联之间的关系高度紧张，但除了这两首歌之外，这张专辑中的其他“时事”歌曲基本无法明确分析出迪伦在说些什么。此外，在唱片发行时，迪伦接受了芝加哥电台的采访，他似乎在尽力避免谈论《大雨将至》这首歌的准确含义。不过，从这段访谈对话中，我们或许可以窥见他的真实意图：

斯塔德・特克尔（采访记者）：据说《大雨将至》这首歌源自你对原子雨的看法……

鲍勃・迪伦：不，不，虽然很多人都这么想，但这首歌讲述的并不是原子雨的故事。

特克尔：真的吗？

迪伦：只是大雨而已，和原子弹没关系，只是一场大雨……

特克尔：你的歌曲虽然以时事为灵感，但表达的内容超越了事件本身。你知道我的意思……

迪伦：我写的又不是时事歌曲。

特克尔：你写的不是关于时事的歌吗？

迪伦：不，我不喜欢时事这个词。

特克尔：所以说，你的歌写的并不是重大事件。

迪伦：确实不是，远远不止于此。

许多年以后，人们向他指出，他说《大雨将至》创作于古巴导弹危机期间是在撒谎。对此，迪伦不无狡黠地反唇相讥："好歌不问出处，能将听众引向何方才是真正重要的。"①迪伦总喜欢保持神秘感，因此他也是歌曲的内涵引发最多争论的歌手。1984年，安东尼·德·考尼在法国电视节目《摇滚之子》中采访了迪伦，他试探性地提出了这样的问题："1963年，你写下了《大雨将至》。你觉得这场大雨真的会落下来吗？"迪伦语焉不详地回应道："已经落下了。也该落下了。"②

评论家和学者们将在关于《大雨将至》深层含义的猜测中迷失方向，他们的种种努力很可能会徒劳无果，而且完全是白费力气，因为作者自己对此可能都不清楚。因为，与大家通常习惯的看法相反，迪伦并不是一个以传递信息为目的的歌手。事实上，从《放任自流的鲍勃·迪伦》开始，他就逐渐放弃了表达具体主旨的尝试。后来，他甚至像莱昂纳德·科恩和里奥·费雷等伟大的诗人歌手一样，开始假装自己并不是真正的歌曲作者，而是在某种外力的授意下记录了这些歌。他在电台访谈时讲道："我不认为自己写了这些歌，哪怕歌写完了，我都不觉得是我创作的，而是我在梦里听到或者在别的什么地方偶然发现的。这首歌早就在那里，我所做的只是将它白纸黑字地记录下来……"③

与诗人接触的过程中，迪伦很快就发现，诗与学术其实毫无关系。诗人探寻的并不是意义，而是感觉；诗人需要加工的创作素材不是思想或概念，而是文字和意象；诗人要写的并不是心中所想，恰恰相反，诗人必须超越自我，才能自由发挥，实现诗意的自然流露。没有限制与突破限制的过程，就不可能找到真正的

① 《洛杉矶时报》，2004年。

② 《摇滚之子》，1984年6月30日。

③ 《鲍勃·迪伦：1962—1969》。

自由。这也是为什么年轻的兰波在写下最初几首诗歌时，也严格遵循着十四行诗的框架要求。

迪伦在《大雨将至》中或多或少有意识地采用了同样的方式。他的歌曲诞生于两种实体几乎奇遇的碰撞：拥有数百年历史的盎格鲁—苏格兰民谣，以及与当下威胁息息相关的难以捉摸的感觉。他甚至不理解这种威胁的本质，在这种情况下，怎么可能传达具体的信息呢？这位拥有兰波气质的预言家就像地震探测器一样，他擅长的只是敏感地捕捉空气中感觉的变化，将难以觉察的震颤转化为文字，却不知道这些文字会产生怎样的影响。

叙事曲，迪伦通过苏格兰歌手伊万·麦克科尔的演唱版本接触到了这种形式，那是一首叫作《兰德尔爵爷》的歌曲。这首歌采用了母亲与儿子对话的形式，歌曲的开头是这样的：

兰德尔爵爷，我的孩子，你去了哪里？
我亲爱的好孩子啊，你去了哪里？
我去了绿树成荫的森林里
母亲啊，我在树林里打了个盹
打猎让我筋疲力尽

接着，歌里又唱道："你遇见了什么人？你做了些什么事？"每一节的开头都是母亲提出的问题，接着是年轻爵爷的回答。迪伦参照了这种传统的问答游戏的框架，在此基础上构建自己的歌曲。结构就这样轻松确定下来，接下来只需要填进词语了。

威胁，不论何种形式的威胁，都是对潜在危险的感知。不确定的未来总是会让我们提出各种各样的问题。比如："我的丈夫上战场去了，他能活着回来吗？"或者"两个敌对的国家都拥有原子弹，他们会炸毁地球吗？"。这种对未来感到担忧的问题在所有先知身上都有体现，他们总是在预言即将降临的灾难。

《大雨将至》就是这样一首预言歌曲，年轻人对自己所看到的一切感到疑惑，他描述了这个世界，随后预言了即将发生的事：一场“大雨”。而在《圣经》中，这场雨被叫作大洪水。

“蓝眼睛男孩”[①]走遍世界，在讲述他的旅程时，描述了无处不在的混乱。为了表达混乱无处不在的意象，他开始详细描述一路看到的场景。歌中提到的每个地方前面都有一个数字，后面都有一个关于“荒凉”的形容词：“十二座缥缈的山丘”“六条扭曲的公路”“七座悲伤的森林”“十二片死去的海洋”。在接下来的唱段中，我们看到灾难蔓延的范围之广，陌生的土地上，无辜的人们都是暴力的传递者或受害者：“被野狼包围的新生婴儿”“手持枪矛的小孩”“熊熊燃烧的手中举着一百架手鼓”“小溪里死去的诗人”“小巷里哭泣的小丑”。然后，每一节结尾，叙事者——我们有理由相信那就是迪伦本人——总会说起在等待大雨降临时要做些什么：让尽可能多的人听到他的预言之歌。

如果没有读过《圣经》和象征主义诗歌的话，迪伦大概无法将这种野蛮世界的末世论自如地转化成文字，因为这是一首纯粹的诗歌。在《大雨将至》之后，迪伦第一次毫无疑问地被人们视作一位诗人，在他之前，美国音乐界还从未出现过一位诗人。作为诗人，他将得到同行的认可。“垮掉派”的重要诗人艾伦·金斯伯格[②]便对迪伦赞赏有加，1963年从东方长途旅行归来后，金斯伯格对迪伦做出了这样的评价：“当我从印度回到西海岸时，听说那里有一个名叫查理·普利梅尔的诗人……有一次，在博利纳斯的派对上，普利梅尔让我听听这位民谣新手的唱片，我听到了《大雨将至》。我流下了眼泪，那一刻，我感到后继有人了。最初的波希米亚‘披头族’，他们的才情和个体的力量都传承到了下一代……藏传佛教里说：‘学生不能超过老师，否则那就是老师的失败。’我真的被这首歌击中了。比如‘在尽情放歌之前，心中已涌动着歌唱的欲望’，‘所有的灵魂都

---

① “蓝眼睛男孩”可能就是迪伦本人，正如大家所知，他的眼睛就是蓝色的。

② 艾伦·金斯伯格（1926—1997年），美国诗人，“垮掉派”运动的奠基人之一，代表作有《号叫》（1956年）和《颂祷词》（1961年）。

会反光’，或‘站在山巅之上，所有人都能听到我的歌声’，这简直是《圣经》中的预言。诗歌是极具力量的文字，让人头发倒竖。我们能从中听到主观真理，以及客观现实。这种歌词，后来我们称为诗歌。”

伪装

我们每个人都带着伪装，
隐藏面具背后的目光，
但我不能掩盖我的真实，
我只能追随孩子们的方向。

（《被遗弃的爱》，1975年）

“必要的时候，我就是迪伦。”
“其他时候呢？”
“我是我自己。”

（新闻发布会，1986年）

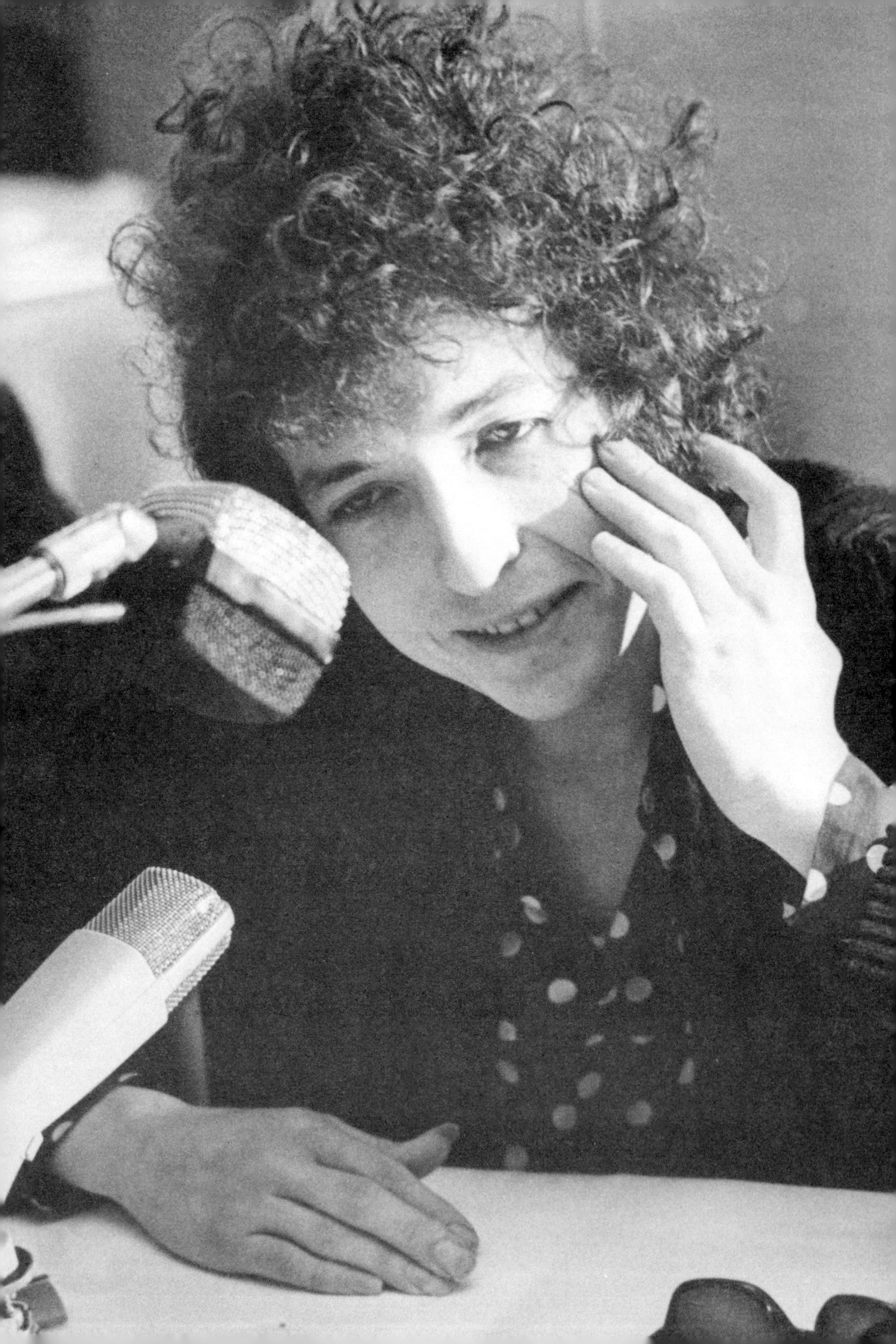

“迪伦心里有许多秘密，让人总是想探索他的心灵和思想。但我敢肯定的是，如果他有秘密，那一定是关系到他个人的秘密而不是商业秘密。因为迪伦是一个神经质的人。我们可以花好几个小时与他相处，但他和我们仍然有沟通方面的困难。”[①]戴维·范·容克曾经是迪伦最亲密的朋友，他在纪录片中的这段回忆让人们可以想象迪伦的个性是多么难以捉摸。可以说，迪伦的个性也是他作为艺术家的力量源泉，让所有最初接近他的人都感到意外。在迪伦职业生涯早期与之合作过的布鲁斯歌手埃里克·冯·施密特讲述道：“他经常改变自己的造型、身材和外表，善变得不可思议。但他又永远穿着同样类型的衣服……牛仔裤、鸭舌帽。他有时能让人觉得他人高马大，有时又像个小矮子；有时一下子给人非常阳刚的印象，过两天又看起来像个十三岁的小男孩。真的奇怪。”[②]克兰西兄弟乐队的爱尔兰歌手利亚姆·克兰西也注意到了这只变色龙，克兰西兄弟乐队在20世纪60年代是格林尼治村大名鼎鼎的组合，“我看着鲍勃·迪伦走上舞台。我在他身上看到了卓别林，看到迪伦·托马斯。他说起话来像是伍迪·格思里，他来

① 《归乡无路》。

② 《鲍勃·迪伦访谈录》。

回走动，一刻不停。在爱尔兰神话中，有变形术的传说。他可以改变声音，改变形象。他不需要被别人定义。他随机应变，随心所欲”[①]。

1962年8月2日，罗伯特·齐默曼正式更名为鲍勃·迪伦。两年半之前，当他离开希宾的父母家，为了成为歌手前往明尼阿波利斯奔前程的时候，他就做出了更名改姓的决定。毫无疑问，对他而言，这是告别过去的一种方式。后来，他对记者乔纳森·科特提到：“我的童年是那么遥远，事实上，我甚至不记得自己曾经是个孩子。童年时的那个家伙是别的什么人，而不是我。你有没有过这样的想法？我不知道过去发生的一切对我来说究竟是不是真的。”[②]将整个童年所使用的名字抛在脑后，这对罗伯特·齐默曼而言是一次重生。抹去原先的名字，也就是象征性地抛却了自己作为犹太人的身份和自己那个小资产阶级的家庭。在明尼阿波利斯和后来的纽约，迪伦从未向任何人提过自己的犹太血统，即使当他的大多数朋友也是犹太人时，他也不曾提过，等他开始声名鹊起时，就更是只字不提。直到一名记者在明尼苏达采访迪伦时，我们才知道他是电子产品零售商亚伯拉罕·齐默曼的儿子。

相传，罗伯特·齐默曼在选择艺名时借鉴了威尔士诗人迪伦·托马斯（1914—1953年）的名字，甚至有可能是在向这位诗人致敬。不过，迪伦本人从未明确承认过这种传承关系。1966年，迪伦对正在为他撰写传记的罗伯特·谢尔顿提过一句：“你要在书里写清楚啊，我的名字可不是从迪伦·托马斯那里抄来的。”在同一时期，他还像个自大狂一样对另一名记者宣称，迪伦·托马斯是沾了鲍勃·迪伦的光才这么出名，而不是相反。没有任何证据表明迪伦是这位威尔士诗人的崇拜者，我们甚至不知道他是否读过他的诗歌。1965年，他对芝加哥的一家报纸说：“我读过一点点迪伦·托马斯的诗，完全是另一回事。我和他不一样。”[③]在明确说明自己的名字与迪伦·托马斯无关之前，他还说：“我选择迪伦这个名字，是因为我有个叔叔名叫狄龙，我只是凭感觉改了改拼写而已。”[④]

---

① 《归乡无路》。

② 《滚石》杂志，1978年1月26日。

③ 《芝加哥每日新闻》，1965年11月27日，约瑟夫·哈斯访谈。

④ 同上。

2004年，在迪伦的编年史自传《鲍勃·迪伦回忆录》中，他又提到了这个话题，并详细解释鲍勃·迪伦这个名字的来龙去脉。他首先想到的是罗伯特·亚伦，这是他的真名。接着，为了写出来好看，他想把亚伦改成亚林，这是一位西海岸爵士乐萨克斯手的名字。后来，他偶然翻到了迪伦·托马斯的一本诗集，他发现迪伦这个名字读起来很顺口，于是决定把亚林改成迪伦，因为“加了D听起来更顺耳”。加上从来没有人喊他罗伯特，总是喊他鲍比或者鲍勃，所以他最终选择了鲍勃·迪伦——当他来到明尼阿波利斯俱乐部，别人问起他的名字时，他随口说出了这个名字。

这段说明很清楚，也很引人入胜，也许引人入胜得有点不像真的。这是不是又一个为了掩饰更多的逸事而在时过境迁后编造的故事？不管怎样，看到迪伦再次提起迪伦·托马斯，确实让人吃惊。我们是否可以据此推断这位诗人确实对迪伦产生了某些影响？的确存在这种可能，但仅此而已。两位诗人在抒情方面的确存在几分相似。因此，在迪伦的一首歌中，人们或许可以发现威尔士诗人的影子：

> 月色中，一英里开外，我们颤抖着
> 倾听大海的声音
> 波涛仿佛伤口涌出的鲜血
> 盐板在风暴的高唱中折断
> 所有溺水身亡的人在风中呼唤[①]

罗伯特·谢尔顿在调查鲍勃·迪伦名字缘起的过程中，提出了一个比较平淡无奇的假设版本。这位传记作家指出，根据在明尼阿波利斯认识迪伦的人所说，罗伯特·齐默曼那时给自己起的名字是狄龙，后来才改成迪伦。但这个名字并不是来自他那位不存在的叔叔，而是来自1955年和1975年间流行的西部电视剧《荒野大镖客》的男主角马特·狄龙。这种说法似乎更可信。实际上，在迪伦离

---

① 《不要温和地走入那良夜：诗集》。

开希宾的时候，他对流行文化的了解远远超过文学，而且我们也知道，他的青春期是在肥皂剧人物的陪伴中度过的，其中一些后来还被他写进了歌里，比如《鲍勃·迪伦的布鲁斯》中提到的“独行侠”和唐托。

由此看来，迪伦对兰波的诗句“我就是别人”产生如此强烈的认同感就毫不奇怪了。改名之后，自然而然地，他还要编造自己的生活经历。通过这种方式，他试图掩盖自己不愿承认的童年，那个在美国中西部一个普通中产家庭长大的犹太男孩，另一方面也是为了创造一个更加符合他自恋形象的故事，一个他希望成为的自己。1961年年初，刚到纽约的他仍然是伍迪·格思里的拥趸。受到格思里自传《荣光之路》的影响，迪伦在与纽约的初次接触时，为自己塑造了一个小流浪汉的形象。伊泽·扬就是这样说的。当初，伊泽·扬准备把他记录在“民谣中心”日志里的时候，曾让他说说自己的故事。迪伦编造了一个浪迹天涯的故事，其中有真实的成分，也有虚构的冒险：“1941年，我出生在明尼苏达州的德卢斯。后来，我搬到新墨西哥，然后到艾奥瓦、南达科他、堪萨斯，还在北达科他待过一阵子。十四岁起，我就开始在嘉年华上表演吉他和钢琴。四五年前，来自芝加哥的盲人歌手阿维拉·格雷让我接触到了布鲁斯。后来，我认识了一个叫曼斯·里普斯科姆的家伙，他来自得克萨斯的纳瓦索塔。我听了很多他的歌。他孙子是玩摇滚的，通过那小子，我和曼斯·里普斯科姆见了面。”出人意料的是，凭着这份看起来可信度不高的简历，年轻的迪伦不仅说服了伊泽·扬，还成功地糊弄了很多人，没有露出一点破绽。“嗯，在芝加哥听阿维拉·格雷唱歌，在得克萨斯遇见曼斯·里普斯科姆……我早该想到他是在胡扯。我被他当傻子涮了。”①

第二年，迪伦接受电台的采访，当人们问起他与伍迪·格思里的关系时，他毫不客气地说，自己十岁在加州时就知道伍迪·格思里。几个月后，哥伦比亚的新闻官为了准备迪伦首张专辑发行的素材，与迪伦见了一面。“他手里拿着笔记本和铅笔，问我在哪里，我说我在伊利诺伊，他就记了下来。他问起我的家庭，

① 《归乡无路》。

问我的家人在哪里。我说我不知道，他们早就消失了。”[①]

迪伦早年的言论中经常流露出这种希望摆脱父母家人的意愿。同样，在他的胡编乱造中，他说自己为了逃避熟悉的家庭环境，从很小的时候起就经常离家出走。1964年，已经声名鹊起的迪伦对《纽约客》说了这样一番话：“我总是离家出走，因为我觉得不自由。我总是小心翼翼。父母为我规划好了人生道路，希望我按照他们的意愿按部就班。所以，我从十岁起就开始离家出走。不过，我总是会被找到，又被送回家。十三岁那年，我跟着赶集的班子去了北明尼苏达和达科他，南下，北上，但还是被送了回去。我一次又一次离开，直到年满十八岁，我终于彻底一走了之。刚到纽约时，我总是到处溜达，跑来跑去。但仅仅来去自由还不算是真正的自由。后来，我走向了更远的远方，和过去一刀两断。”[②]

成名之后，编造过去的经历变得越来越困难，新闻媒体从他身边的人那里搜集的证据揭穿了他的谎言。几年后，迪伦有说谎的癖好这个事实已经尽人皆知。1969年，《滚石》杂志直截了当地请他对自己的编造和谎言做出解释。于是就有了下面这段带有迪伦式的恶趣味的、耐人寻味的对话：

> 《滚石》杂志：我们阅读了目前所有的报道，包括之前那些和哥伦比亚唱片公司的传记，传记里采信了你在十一岁、十二岁和十三岁半离家出走的故事……你为什么要这么说？
>
> 迪伦：我什么都没有说！
>
> 《滚石》杂志：好吧，但这确实是鲍勃·迪伦的传记啊！
>
> 迪伦：得了吧，你知道是怎么回事……我记得是有一次在市政厅表演的时候，制作人有了出一本传记的念头。你知道，我是个写歌的，又不是传记作家，写这种东西，我需要一些帮助。于是，我就说：“来吧，我需要一些帮助：给我写本传记。”有那么三四个人主动跳出来，写出了这么一本传

---

① 《鲍勃·迪伦回忆录》。

② 《纽约客》，1964年10月24日，奈特·亨托夫访谈。

记。我们把书放在桌子上，打开看看，读起来不错，制作人很满意……但说实在的，我们也没想到会有成千上万的人来读这本书……这就是个游戏，谁想玩都可以。就是这么回事，就是一场商业秀。①

逐渐站在聚光灯下的迪伦越来越感到自己有必要对公众和媒体避而远之。他无法掩饰已经公布于光天化日之下的真相，于是，他选择用各种各样的面具伪装自己，也就是心理学家荣格所说的“人格面具”：“在与世界接触时，创造出另一个完全不同的自我，将这个自我当作自己的真实身份，不再知道自己究竟是谁”。谎言的时代结束了，迪伦的“人格分裂”将日益清晰地显露出来。

“今天是万圣节，我戴上了我的鲍勃·迪伦面具。”1964年10月31日，迪伦在纽约爱乐音乐厅的舞台上这样对听众说道。在纪录片《别回头》（1965年）中，迪伦一边翻着报纸，一边打趣说：“我真希望我不是我。”为了将迪伦这种一人千面的特质搬上银幕，2007年，托德·海恩斯在拍摄传记电影《我不在那儿》时，选择了六位不同的演员来扮演迪伦，其中包括女演员凯特·布兰切特和一位年轻的黑人演员。与此同时，可能并非巧合的是，迪伦出镜的最后一部电影（他也是编剧之一），恰好叫作《蒙面与匿名》。

面具背后的人究竟是谁？从他的诗里看来，大概是个敏感得近乎神经质的年轻人，而敏感往往与脆弱相伴而行。根据熟悉迪伦的人的讲述，他是一个受着折磨的人，他从没有顺其自然地放手过。杰克·艾略特说：“从本质上讲，鲍勃面对所有人和事都心存戒备，有所保留。从一开始就是这样。他所说的每一句话都要事先在心里过一遍才会说出口。”②他的心病也体现在沟通困难上。彼得、保罗和玛丽乐队的成员彼得·亚罗回忆道：“鲍比和我，我们在一起度过了很多时间，但我们很少说话。说实话，对于他不爱说话这件事，我一点也不惊讶。我很

① 《滚石》杂志，1969年11月29日，杰恩·温拿访谈。

② 同上。

喜欢他，说不说话都一样。他总是防着别人，有点自闭。”[①]在沉默中保持距离的习惯，即使在与爱人相处时也是根深蒂固的。在回顾他与琼·贝兹的关系时，迪伦向罗伯特·谢尔顿坦言：“我永远不知道该和琼说些什么。我们在一起，我们举行巡回演唱会，但我不和她说话。”

作为一个真正的人，迪伦与他人沟通十分困难，但当他通过文字与抽象的他人也就是公众交流起来，却可以侃侃而谈，妙语连珠。他总能找到最准确、最令人回味的词语。他似乎无法通过艺术之外的方式表达自己的内心。他的文字是否反映了他真实的情绪？对于这个问题，他向谢尔顿坦白说：“我有一个毛病。当我感觉很好的时候，我不会写歌。如果感觉很好，我就去弹琴。只有感觉不好的时候，才写歌。但我不想把坏情绪传递给任何人。没有人知道我是怎么了，我也不想解释。”[②]由于一些歌曲清醒而冷硬，迪伦有时会被称为悲观主义者，然而他本人拒绝被贴上这样的标签：“我不是悲观，只是感到忧伤，感觉没有什么希望。”[③]当时，在迪伦的第三张专辑背后，记录了他和某个叫阿尔的人（可能是作家阿尔·阿罗诺维茨）的妻子之间关于诗歌与幸福的对话，或许下面这番言论就是对批评者最好的回应：

问：你在什么时候、什么情况下才会觉得幸福？

答：我现在就很幸福。

问：为什么？

答：因为我静静看着窗外，看到夜幕席卷一切。

问：“席卷一切”是什么意思？

答：意思是说，感觉它没有尽头，大得无边无际。每一次看到它，都像是第一次。

---

① 《滚石》杂志，1969年11月29日，杰恩·温拿访谈。
② 同上。
③ 《芝加哥每日新闻》。

问：所以呢？
答：所以，没有尽头的东西，总是有一种诗意。
问：是啊，可是……
答：诗让我感觉很好。
问：可是……
答：诗让我觉得幸福。
问：我知道，可是……
答：找不到更好的词了。
问：可是，你在台上演唱的那些歌，它们又算什么呢？
答：它们什么都不是，只是我内心幸福的影子。[①]

除了伍迪·格思里之外，卓别林无疑也是迪伦创作人物的另一个主要灵感来源。对于这一点，迪伦从不试图营造神秘感："卓别林甚至影响了我的歌唱方式。他的电影真的对我影响很大，我很高兴看到这世界上还有幽默。人们真的很缺乏幽默感。我永远记得卓别林经典的流浪汉形象。"[②]和格思里一样，卓别林也曾经是个流浪者，身无分文，无家可归，但是自由自在。迪伦在一首以自己名字命名的小歌里，也让自己享受到了这种无牵无挂的自由。

《鲍勃·迪伦的布鲁斯》阐述了一种生活方式，迪伦在歌曲中给自己塑造的形象简直与电影中的卓别林如出一辙：

大风刮个不停
从街头刮到街尾
我手里拿着帽子
脚上穿着靴子

① 《十一首简略墓志铭》。
② 《鲍勃·迪伦的音乐与生活》。

小心别被风刮跑[1]

自由自在的流浪汉，没有过去，没有家人，处在社会的边缘，迪伦将用两年时间来完善这个形象，在采访中采取更加谨慎的态度，不再试图将自己塑造成一个神话。在这件事情上，可以毫不夸张地说，迪伦将媒体玩得团团转。直到有一天，被他玩弄于股掌的媒体将展开残酷的报复。

1963年11月4日，《新闻周刊》杂志上出现了一篇署名为“安德莉亚·斯文德堡”的言辞犀利的文章。这名记者受够了迪伦在采访中的花言巧语，她亲自前往明尼苏达，寻找“真正”的迪伦。她在那里发现的真相是毁灭性的：“他的演唱会总是人满为患，大部分听众是将迪伦奉为神明的中学生和大学生。据迪伦自己所说，他曾经受过苦，他选择了逃离，没有钱，没有女朋友，只有让他自我封闭的纠结念头。他的听众分享着他的痛苦，甚至似乎嫉妒他的痛苦，因为他们在传统的家庭和学校中长大，与经历丰富的偶像完全不同。但具有讽刺意味的是，迪伦自己也是在传统的家庭和学校里出生长大的。”随后，这篇文章披露了迪伦详细的简历：真实姓名、父亲的职业、就读学校等。至于他那早已消失的父母，人们这才知道他们最近刚刚观看了儿子在爱乐音乐厅举办的演唱会。安德莉亚·斯文德堡接着写道：“迪伦为什么这么想否认自己的过去，这始终是一个谜。也许他觉得平凡的过去有损他苦苦打造的光辉形象——他的穿着、谈吐，他在歌曲中刻意营造的、充满痛苦的发音和表达方式？他口口声声宣称痛恨民谣的商业化，但他自己就有两个经纪人伺候着，设计他的言谈举止，为他签下赚得盆满钵满的合同。他鄙视媒体对他的关注，却在意写他的文章篇幅够不够长，还要知道会不会配上他的照片。”

这篇文章泄了迪伦的老底，揭了他的伤疤，暴跳如雷的迪伦毫不迟疑地做出了回应。为此，他选择了自己最擅长的领域作为战场：音乐和诗歌。当时他刚刚完成第三张专辑《时代在变化》的制作，他立刻回到录音室，专门录制了一首《伤离别》，在歌曲的最后一节对《新闻周刊》刊登的这篇文章表达了无尽的嘲

---

① 《鲍勃·迪伦的布鲁斯》。

讽和鄙夷：

八卦的泥水溅在我的脸上

谣言的尘土呛得我透不过气

但我不会乱了阵脚

我始终还是我

我才不管这些

我不在乎①

为了趁热打铁，在《十一首简略墓志铭》里，迪伦再次狠狠咬了那名挖掘他私人生活里的鸡毛蒜皮的记者一口：

我不喜欢做印刷品的俘虏

他们没有灵魂，空无一物

他们啃着巧克力，窥探我早餐吃了什么

研究我喜欢穿什么衣服，有什么爱好

我从不吃饭

一有机会就裸奔

我唯一的爱好是收集飞机用的胶带②

不久之后，或许是为了报复，迪伦再次接受了安德莉亚·斯文德堡的采访。斯文德堡在文章中提到了一则传闻，据说迪伦并不是《答案在风中飘荡》的作者。双方再次对话，迪伦拒绝回答记者的问题，声称自己遭到了对方的威胁和敲诈：

---

①《伤离别》，收录于《歌词：1962—2001》。

②《十一首简略墓志铭》。

记者：好吧，迪伦先生，我们的读者只是想知道真相。您最好回答我的问题……

迪伦：我怎么听着是在威胁我呢？不回答会有什么惩罚？

记者：会有关于您的谣言！

迪伦：什么样的谣言？

记者：您会看到的，迪伦先生，您等着看吧……[①]

迪伦写下充满报复意味的文字，和记者算账，把自己塑造成受害者。按照他迫害妄想症的逻辑，他还打算证明自己受到了多么大的伤害。但是，这一回公众没有买他的账。公众从中只记住了一点：迪伦对自己的过去说了谎。这让大众感觉受到了侮辱。迪伦很快意识到自己的形象受到了多大的损害，所以他试图重新取得主动权，他没有为自己辩解，而是为自己的出身打造了一个更加正能量的传奇。因此，在1963年12月13日写给紧急公民自由委员会的信中，他罕见地描述了自己的童年："我的故乡是一片横跨明尼苏达州和北达科他州的土地。我在那里出生，在那里学会走路，在那里长大，在那里上学……我在白雪皑皑的山峦和清澈如蓝天的湖水间度过了充满野性的青春，那里有成片的柳树和废弃的露天矿井。与谣言相反，我为我的故乡而自豪，那里是我的根。"

迪伦始终坚信，是媒体在说谎。从他发行第一张唱片开始，媒体就对他在《谈论纽约》中表现出的幽默风格指手画脚。这首歌讲述了迪伦在寒冷的1月抵达纽约的经历。在一节歌词里，迪伦笔锋一转：

《纽约时报》说，这是十七年来最寒冷的冬天
难怪我会觉得这么冷[②]

---

① 《十一首简略墓志铭》。

② 《谈论纽约》。

后来，评论开始关注迪伦音乐中的隐喻，例如《大雨将至》这首歌，虽然迪伦不愿说明歌曲的内涵，但他在接受电台采访时给出了一条关键线索：“当我唱到‘毒药丸淹没我们’的时候，我指的是所有的谎言。你们知道，所有的电台和报纸都在向人们播送各种各样的谎言。只要想一分钟就能明白。有人想要蒙蔽我们的认知，也许已经成功了。想到他们可能已经成功了，我觉得真恐怖。所有谎言对我来说都是毒药。”①

《新闻周刊》事件让事态变得更糟。迪伦对媒体的迫害妄想症发展到了不可收拾的地步，只要面对记者就绝不会有好脸色。《别回头》正是从这一视角出发拍摄的，在这部片子中，我们可以看到迪伦猛烈攻击《时代》杂志记者的场景：

迪伦：关于我的歌，我没有什么可说的，要说的全都写在歌里了。写歌的时候也没有具体的目标，没有深邃的内涵。如果你想这样写给大家看，那就写吧。但我不会做出回应的。人们会想：“《时代》杂志写的都是些什么？”反正你们也不在乎，你们不了解你们的读者。我的照片从来没有被刊登在《时代》杂志上。我只知道我演唱会的票都卖完了。我并不需要《时代》杂志的肯定，这你们很清楚。（沉默）和你们写的恰好相反，我不是民谣歌手，你们爱怎么写就怎么写，但大家很清楚我不是。买我唱片的人大概不会读《时代》杂志吧。你知道《时代》杂志的订阅者是些什么人吗？想要知道世界上每一周发生了什么事情的人，愿意辛辛苦苦读小字的人，就这些，顺便看看图。只有这类人会把杂志当真。当然，我坐飞机的时候也会翻翻杂志，但不把它当回事。如果我想要知道什么消息，我也不会去读《时代》杂志或者《新闻周刊》。印刷品吞掉了太多真相。你心里清楚得很。

记者：吞掉了什么真相？

① WFMT电台（芝加哥）节目，斯塔德·特克尔访谈，1963年5月。

迪伦：各种，甚至是世界级的真相。说真话的人都被封口了。

记者：什么才是真话？

迪伦：简单的图像，仅此而已，简单的图像……比如说，在阴沟里呕吐的流浪汉，旁边站着洛克菲勒先生，或者坐地铁上下班的琼斯先生。这样的图像，杂志里完全没有。《时代》杂志从没有这样的想法，然而这些都是事实。再说你们写的那些文章，看看它们是怎么写出来的，就知道不会是什么好文章。因为这些文章都是由一个从来没有离开过纽约办公室的家伙，参考着十几个记者发给他的笔记写出来的。[①]

迪伦很少公开表现出这样的敌意，他也很清楚这样做对他自己也没有什么好处，所以他将采取另一种更加有效、更加微妙的策略，躲开记者的好奇心：采取荒诞不经的中立态度。他回避在他看来太过冒昧或愚蠢的问题，让对手哑口无言，接不了话。熟练掌握了这种方法之后，迪伦让自己的每一场新闻发布会都成了一个达达主义的表演秀。

1965年12月9日在旧金山召开的新闻发布会至今都还很有名。节选如下：

问：你认为自己主要是歌手还是诗人？

答：要我自己说，我就是个唱歌跳舞的人。

问：你最喜欢的诗人都有谁？

答：我觉得是兰波，还有菲尔兹[②]，还有空中飞人马戏团那一家子，还有斯摩奇·罗宾逊[③]、艾伦·金斯伯格，还有查理·瑞奇[④]——他是个真正的诗人。

问：你的上一张专辑是在说什么？

---

① 《别回头》，潘恩贝克执导的纪录片，1967年。

② 演员、杂耍艺人，以黑色幽默著称。他的名言是：“不喜欢孩子和动物的人不是真正的坏人。”

③ R&B和灵歌音乐人，组建过奇迹乐队。

④ 乡村音乐和山区摇滚歌手。

答：呃……什么都说了一点吧，耗子啊，气球什么的。我现在只能想到这些主题。

问：除了你的歌之外，你对歌迷和听众有什么要说的吗？

答：祝大家好运。

问：这种话你在歌里可没说过啊……

答：我说过啊！我所有的歌结尾都是“祝大家好运，心想事成”啊。

第二年，在澳大利亚举行的一场新闻发布会上，迪伦仍然是这样的风格：

问：你最大的野心是什么？

答：做一台绞肉机。

问：可以具体解释一下吗？

答：把肉切成长条的那种。

问：你对越南战争怎么看？

答：没什么看法，那是澳大利亚自己的战争。

问：可是美国也派兵了啊？

答：还不是为了帮澳大利亚人嘛。

后来，人们有时会责备迪伦，认为他不该对所有人冷嘲热讽。支持他的人则会说，他只是不知道该怎么回答向他提出的那些问题。“我搞不清楚状况……他们说我写的是超现实主义歌曲，但这种说法本身就挺超现实的。媒体认为歌手可以回答社会的所有问题……但我们怎么可能答得上来呢？这实在有点荒唐。”[①]

① 《归乡无路》。

站在斗争者的一方，并不意味着要选择政治立场。

（《归乡无路》，2005年）

熊与反叛者

琼·贝兹在回忆录[1]里有这样一段记录："一回到大苏尔，我在东海岸的朋友就告诉我，大艾伯曾联系过鲍勃，鲍勃就要当大明星了。当时我还挺怀疑的。他们跟我说，是'比猫王还大的明星'，想想那个带着鼻音哼唱歌曲的家伙，我当时就说，'你们都疯了吧'。'真的，没错。'我的一个朋友说，'你知道吗，他们开始谈钱的时候，迪伦做了些什么？他独自跑到角落里，开始列一张好友名单，因为如果他有钱了，他得记住哪些是他的真朋友。'我笑了笑，但我实在没法想象那个总穿着紧得不合身的夹克，看什么都不顺眼的坏小子会对钱感兴趣。"毫无疑问，这里的大艾伯就是亚伯特·格罗斯曼，他将在1962年至1970年间打理迪伦的一切。

得知商人格罗斯曼欣赏他的门生，约翰·哈蒙德并不十分热情。事实上，格罗斯曼的业界名声并不好，在格林尼治村尤其糟糕，迪伦的传记作者迈克尔·格雷对格罗斯曼的评价就是有力的例证："他是个神色狡猾的矮胖男人。他在热尔德民谣城有固定的座位，他就坐在那里一言不发地观看演出，他让很多人都感到厌恶。在那些为更美好的世界而奋斗的左派和理想主义者眼中，亚伯特·格罗斯

---

① 琼·贝兹，《歌唱人生》，文艺复兴出版社，1988年。

曼是个贪心、冷漠、爱算计的人，满脑子盘算的都是怎么占小便宜钓大鱼。”[1]与此同时，迪伦用更微妙的语言描述了他的经纪人：“格罗斯曼看起来像电影《马耳他之鹰》里的西德尼・格林斯垂特，他是个大个子，穿着传统的西装，打着领带。他总是坐在角落里的位置。他还是个大嗓门，说起话来声如洪钟，不过打嗝的时候，他的话就少一点。”[2]

当初，没有任何迹象表明亚伯特・格罗斯曼注定要从事音乐领域的工作。1926年5月21日，格罗斯曼出生于芝加哥，他的父母都是从俄罗斯移民来美国的犹太裔裁缝。格罗斯曼在罗斯福大学主修经济学。毕业之后，他在城市住房管理部门工作。1956年，他在当地一家叫作“另类之家”的俱乐部听到了鲍勃・吉布森的音乐，吉布森是一位民谣歌手，师从彼得・西格，和老师一样会弹十二弦吉他和班卓琴。这让格罗斯曼萌生了自己开一家俱乐部的想法，他真的做到了——他的俱乐部名叫“号角门”，开在里斯酒店的地下室，位于芝加哥北部郊区。格罗斯曼有经商的天赋，他敏感地捕捉到了尚在萌芽中的新潮流，那就是复兴民谣。号角门不仅欢迎乔希・怀特、格伦・亚伯勒和欧蒂塔这样的知名艺术家，也为新一代民谣音乐人提供舞台。在号角门酒吧，不仅有鲍勃・吉布森的演出，琼・贝兹和朱迪・柯林斯等女歌手也都曾在那里登台献唱。1959年，格罗斯曼与新港爵士音乐节（罗得岛）的创始人乔治・维恩合作，组织创立了第一次新港民谣音乐节。主角当然是鲍勃・吉布森，其他神秘嘉宾还有琼・贝兹，那一年她刚满十八岁。首届新港民谣音乐节的成功证实了格罗斯曼的直觉，他对《纽约时报》的记者罗伯特・谢尔顿说：“美国公众就像睡美人，等待着民谣王子的吻。”当时没有人知道，这位王子的名字叫作鲍勃・迪伦。

1960年，亚伯特・格罗斯曼扩展业务范围，开始做艺术家经纪人。他很务实地意识到民谣可能带来的财富。在纽约，他发现格林尼治村的歌手都没有真正意义上的经纪人，负责管理他们的代理人的唯一目标就是找到常驻演出的场所：

---

① 《鲍勃・迪伦的歌舞艺术》，1972年。

② 《鲍勃・迪伦回忆录》。

大学、俱乐部，等等。格罗斯曼深信，大众接受民谣的条件已经成熟，他给自己制定的目标是要让民谣走出这片贫民窟。这时候，他在大学里学到的本领派上了大用场，尤其是市场营销。他以企业家和艺术总监的双重身份，无中生有地创造出包装和内容都很有料的“产品”。随后，他产生了组建一个女孩和两个男孩的三人组的想法。作为公关，格罗斯曼构想出了组合的形象：女孩应该是金发，皮肤白皙；两个男孩身着西装领带，留着胡子。在寻找合适人选时，格罗斯曼泡遍了格林尼治村所有的俱乐部。在“煤气灯”酒吧，他遇见了戴维·范·容克，他建议后者成为三人组中的一员。然而，戴维·范·容克对挣钱并不敏感，只想自己单干，所以他拒绝了。最终，三人组由另外三个村里的常客——玛丽·特拉弗斯、彼得·亚罗和后来改名为保罗的诺爱·斯图基组成，这就是彼得、保罗和玛丽三人组。1961年年底，他们开始在“苦涩结局”酒吧演出。

彼得、保罗和玛丽组合组建才几个月，格罗斯曼就设法让他们在美国唱片业巨头华纳兄弟公司录制了首张专辑。他又一次押对了宝，三人精致的和声，玛丽温暖的声线，彼得和保罗优美的吉他立刻征服了广大听众的心。这张专辑登上了热门榜单的榜首，击败了两大劲敌：《柠檬树》和《假如我有锤子》。可以说，彼得、保罗和玛丽组合给整个乐坛带来了一阵新风，但他们的局限在于仅仅是固定传统曲目的演绎者。很快，格罗斯曼发觉了这点不足，他知道，要想让这个金发姑娘和两个大胡子继续火下去，他们必须演唱更现代的歌曲。他们也正是这样做的。在他们的第三张专辑中，除了传统曲目之外，他们演唱了三首鲍勃·迪伦的歌，其中包括即将发行四十五转唱片版本的《答案在风中飘荡》，这张唱片的全球销量达到了两百万。

《答案在风中飘荡》的成功为作者带来了大笔金钱，也让格罗斯曼赚得一笔，因为当时的唱片发行体制让他也能获得部分收入。在词曲作者的权益还没有规范化的时代，音乐发行商在商业演出中发挥着决定性的作用，从某种程度上说，他们甚至可以从词曲作者那里收购歌曲储备起来，然后由他们负责将这些歌曲推向市场。

迪伦录制第一张专辑的时候，参考了约翰·哈蒙德的建议，与利兹音乐出版公司的子公司、由卢·列维经营的公爵夫人音乐公司签订了合同。1962年1月，年轻的歌手录制了十几首歌，为后来的歌集奠定了雏形，卢·列维为这十几首歌向迪伦支付了上千美元的预付款，这对迪伦来说是一笔巨款。八个月后，亚伯特·格罗斯曼接管迪伦的事业，打算让与他关系密切的华纳兄弟公司来包装迪伦。迪伦此前已经撕毁了与哥伦比亚公司签订的合同，因为在格罗斯曼看来，那是一份无效合同，因为迪伦签字时尚未成年。迪伦的代理人要求他去和公司谈谈，准备撤销双方的协议，迪伦拒绝了他的要求。“就算给我一大笔钱也无济于事。哈蒙德曾信任我，用实际行动支持我。他为我打开了走向世界的大门，没有人能对此指手画脚，就算是格罗斯曼也不行，我不在乎多管闲事的人们怎么说。就算再过一千年，我也不会背叛哈蒙德。”①

迪伦对哥伦比亚公司的忠诚让格罗斯曼感到懊恼，但迪伦同意与公爵夫人音乐公司解除合同。

迪伦重获自由，格罗斯曼很快就让他与威特马克公司签订了合同，这是一家非常古老的、被华纳兄弟公司收购的发行机构。这次交易纯粹是为了格罗斯曼的个人利益。事实上，格罗斯曼与华纳公司签署了一份关于复制权共享机制的协议，当时的规定要求，如果发行商拥有一首歌的所有权，那么在含有这首歌的唱片发售时，发行商可以获得每张唱片两美分的额外收入②。然后，这笔钱会一分为二，由发行商和作者分配。但是，格罗斯曼作为业务出资人，设法从华纳公司那里取得了分配权，每为公司签约一名艺人，就可以获得发行商一半的分红。当这名艺人是迪伦时，格罗斯曼获得的收入尤为丰厚。特别是根据1962年8月20日签订的协议，歌手包括版权在内的全部收入的四分之一都被瓜分，这为两人日后的芥蒂埋下了种子。

在威特马克，迪伦见到了汤米·多尔西乐团的前成员亚蒂·莫谷尔。后来，在被问及二人第一次见面的情形时，莫谷尔毫不犹豫地对自己在迪伦的职业生涯

---

① 《鲍勃·迪伦回忆录》。

② 当时是两美分，现在是九美分。

中所起到的关键性推动作用夸大其词。“亚伯特告诉我，他会给我们介绍一个叫作鲍勃·迪伦的家伙。他有一把吉他，脖子上套着一只口琴。相信我，百老汇还从来没有人见过这样把口琴套在脖子上的。他开始唱歌。让我有点小骄傲的是，我是当时音乐圈子里少数几个，也许是唯一仔细听他歌词的人。当我听到‘一个人要经历多少年才能听到别人哭泣？’时，我真的很感动。我不记得他那天唱了哪些歌，但我对他说：‘好了，我要你了。’音乐市场是由音乐出版商做主的。当时，一首歌造价不菲，必须精心选择，仔细打造包装。从历史上看，我们说是约翰·哈蒙德发现了迪伦。如果可以这么说的话，我想真正让迪伦扬名立万的人其实是我，是我让他的歌红遍大街小巷。公司内部从来没有任何阻力，我的老板赫尔曼·斯塔尔一下就意识到了他的价值。为什么呢？他嗅到了钱味。就这么简单。”①

为了找到适合的歌手来演唱他们拥有管理权的歌曲，音乐出版商会请歌曲原作者录制一部分小样作为示范。为此，从1962年7月12日开始到1964年年中，迪伦往位于第五十一街和麦迪逊大道交叉路口的威特马克公司录音室跑了十几趟，他在那里录制了三十九首歌曲，其中一些再也没有出现在他的歌单中。当时磁带还没有商业化普及，为了节省这种材料，小样都用比在专业演播室慢两倍的速度录制。在小样磁带的基础上，抄写员将转录旋律和歌词，之后将它们分别打印出来，发送给唱片公司。如果旋律和歌词中的某一个引起了公司的兴趣，这首歌就会被刻录在软盘里，以供未来的演唱者参考。如果演唱者对小样满意，就可以正式录歌。威特马克正是这样推出了迪伦的部分单曲，尤其是朱迪·柯林斯演绎的《明天会很长》和《妈妈，我一直想着你》等歌曲。

作为一个有天赋的商人，格罗斯曼是第一个发现民谣可以赚钱的人。他在所有人之前第一个意识到，迪伦将成为一只下金蛋的鸡。他很明智地没有试图将迪伦的形象打造得更加乖顺、“更加像样”，反而突出了他不修边幅的披头士形象。将反抗精神作为商业推广的噱头，把反抗行为包装成一种商品，这就是格

---

① 《归乡无路》。

罗斯曼的战术。迪伦立即抓住了经纪人提供的机会，有些人因此说他是个投机分子。苏西・罗托洛说："我不知道鲍勃是不是在投机取巧，但他知道他想要什么，他不会因为别的事情分心。他很聪明，他能认出那些音乐圈的大人物，而且他知道该怎么处理。"[①]然而，也有很多人立场相反，他们怀疑格罗斯曼恰恰利用了迪伦的天真和好脾气。新迷失之城漫步者乐队的前成员约翰・科恩表示："我不认为亚伯特在操纵鲍勃，因为鲍勃比亚伯特的性子还要古怪，亚伯特没法操纵他。我所说的古怪，意思是他有足够多的花花肠子。鲍勃是一个精明的机会主义者，他会利用一切机会达到自己的目的。"[②]

琼・贝兹在1964年夏天给母亲的信中写道："鲍比是一个很好的商人，他给我介绍了一个洛杉矶的顾问，可以帮我和律师谈谈。鲍比在这方面做得很好，他真的很厉害。"[③]以上种种证据表明，迪伦很有生意头脑，也懂得玩弄权术。格罗斯曼不仅仅是他的经纪人，还将是他信任的朋友和合作伙伴，甚至可以说是精神上的父亲。格罗斯曼负责处理烦琐麻烦的工作，负责签订协议、协调纠纷。他的绰号是"熊"，因为在捍卫客户利益的时候，他会表现出强烈的侵略性。一天，他在一次谈话中说道："和我说话智商可以提高10%。所以我要多收10%的钱，不过低能儿不收费。"在谈判中，他最喜欢的技巧是沉默。曾与之共事的经理人查理・罗斯柴尔德回忆道："他只是盯着你，一句话也不说，他不会透露任何信息，简直能把人逼疯。对方只好说点什么，填补沉默的空白。他非常善于让形势向有利于他的方向发展。"[④]

亚伯特・格罗斯曼的父母也来自敖德萨，他对待鲍勃・迪伦的态度有时就像和孩子生气的犹太母亲。他唯一在意的事情就是希望看到自己的艺人出人头地，如果可能的话，最好再为自己谋取一些利润。他鼓励迪伦唱抗议歌曲绝对不是出

---

① 《归乡无路》。

② 同上。

③ 《歌唱人生》。

④ 戴维・海吉，《第四大街：琼・贝兹、鲍勃・迪伦、米米・贝兹・法里纳和理查德・法里纳的幸福时光》，北点出版社，2001年。

于意识形态的追求，而是因为当时流行这种歌。格罗斯曼做事客观务实，与迪伦身边的人相反，他没有任何政治倾向。迪伦所有的朋友，特别是戴维·范·容克和女友苏西，都是左派人物，苏西是意大利共产党工人的女儿，而且是种族平等大会的活跃分子，一直为黑人在教育体制中实现平等而积极奋斗。在他们住在一起的两年中，她对迪伦进行了政治教育。事后，她回忆道："那是一段非同寻常的日子。只要电话铃一响，就是'我的天哪……谁又受伤了，谁又住进了医院'。真的非常折磨人。我觉得当时的一切都有些疯狂……一切都很疯狂。事情为什么会这样？我敢肯定，鲍勃当时的感受和我是一样的。我们过不了这一关。我们可以只关心自己的利益和自己的小世界，但是我们不可能不受外界的干扰。"①

迪伦周围与他同时代的其他来自格林尼治村的歌手——菲尔·奥克斯、汤姆·帕克斯顿等——都有左派倾向，表示要离开，这大概也是迪伦本人并非左派的原因之一，他不愿随大溜。但左派中也有他尊敬的长辈，他欣赏的人，比如曾写出《吉他杀死法西斯》的伍迪·格思里，还有20世纪60年代初期非常活跃，被他奉为圣人的彼得·西格。迪伦在给《吃水线》杂志的信中写道："当我听彼得唱歌时，就好像进入了恍惚的幻境。他的歌声充满了人情味，让我想要流泪。听他歌唱，我感觉很舒服。"②

有些人认为迪伦是个玩世不恭的犬儒主义者，投身于民权事业纯属投机取巧。这无疑是将迪伦妖魔化的说法。琼·贝兹认为："我觉得，如果没有压迫感，他是写不出那些歌的。"③事实上，在迪伦的第二张专辑《放任自流的鲍勃·迪伦》和第三张专辑《时代在变化》中间间隔的八个月里，也就是1963年5月至1964年1月，事态已经发生了巨大的变化，美国历史的进程骤然加速且出现了混乱，而迪伦则毫无预料地发现自己赶上了历史潮流的列车。

在这段短暂的时间里，民权运动发展到了前所未有的规模。从理论上说，

---

① 《归乡无路》。

② 给《吃水线》杂志的信，1964年1月。

③ 《归乡无路》。

黑人在美国早已获得了和白人同样的权利，但在美国联邦制度下，地方机构享受相当的决策权，包括密西西比州和亚拉巴马州在内的南部各州仍然实行着种族隔离政策，不允许黑人与白人打交道，尤其不允许他们进入白人的学校、医院和餐厅，乘坐白人的交通工具。针对黑人的暴力行为就更不用说了，有时甚至存在滥用私刑的现象，种族主义三K党也对黑人实施迫害。

面对南部各州蔓延的种族隔离政策，为了落实宪法中明确规定的黑人民权，四个主要组织掀起了民权运动。其中，资历最老的是成立于1909年的全国有色人种进步协会。南方基督教领导会议则更具宗教倾向，将马丁·路德·金奉为精神领袖。种族平等大会和学生非暴力协调委员会则在学生中和艺术界具有重要影响力。这四大组织均主张进行以非暴力不合作为基础的抗议运动。一开始，迪伦距离这场运动非常遥远，他承认自己很久之后才对这类运动有所了解："说起学生非暴力协调委员会是个什么组织，我只能说得出几个名字，但也只知道那么几个人而已，而且只是私交，我不知道他们是怎样一个团体的成员。在遇到他们之前，我从来没有听说过民权运动。嗯，我倒是知道有很多人不喜欢黑人。但我必须承认，就算我更早一点认识这些人，我还是会以为马丁·路德·金只是一个为穷人奔走呼号的斗士。"①

1963年6月11日，肯尼迪总统在白宫的椭圆形办公室里发表电视和广播讲话，宣布将结束种族隔离制度。他在讲话中说："从林肯总统解放黑奴到现在，一百年过去了，但黑人的后代仍然没有完全获得自由。他们仍然没能完全摆脱不公正的枷锁。只有当所有美国公民都实现自由的时候，我们的国家才能获得完全的自由。现在，国家兑现承诺的时候已经到来。"几个小时后的6月12日凌晨，在密西西比州的杰克逊市，全国有色人种进步协会的黑人活动家梅德加·埃弗斯被枪杀，凶手是与三K党有密切接触的拜伦·德拉贝克威思。这场暴行一时引发群情激愤，埃弗斯获得了国葬待遇，并且作为为美国奋斗的阵亡英雄埋葬在了弗吉尼亚州的阿灵顿军人陵园。

① 《花花公子》，1966年，收录于《鲍勃·迪伦访谈录》。

为平等民权而奋斗长期以来就是充满反抗精神的民谣歌手的主要创作题材之一，此番埃弗斯遇刺对他们来说更是提供了不容错过的话题。好几位歌手都抓住了机会，其中就包括菲尔·奥克斯，他根据这一事件创作了《埃弗斯叙事曲》，副歌部分像是祷告：

太多殉道者，太多的死亡
太多的谎言，太多的空话
已经说了太多次，太多愤怒的人
哦，愿这样的事永远不再发生

在这件事情上，迪伦的反应也不慢。7月6日，距离埃弗斯遇害不到一个月，他动身前往密西西比州的格林伍德，那里是拜伦·德拉贝克威思的老家。与他同行的还有彼得·西格、他的演员和歌手朋友西奥多·比凯尔，以及与伍迪·格思里相熟的演唱会组织者哈罗德·列文萨尔。他们此行是去参加一场由学生非暴力协调委员会组织的南方黑人义演。迪伦在这群人中年纪最小，还不习惯这种激进的抗议形式。此外，如果他是自己一个人，如果列文萨尔没有告诉他西格和比凯尔也会一起去，他可能都不会想到要参加这种活动。列文萨尔说："我鼓励他去，这对他很有教育意义。"①

"演出"在一家叫作西拉斯·麦吉的农场举行，后来迪伦写下了《麦吉的农场》纪念这段经历。观众大约有二百五十人到三百人，大部分都是黑人。四名来自北方的摄影师拍下了当时的场景，在纪录片《别回头》中剪辑了一段简短的片段。唱完抨击种族主义和不宽容的《花花公子和花花公主》之后，迪伦用愤怒的口吻唱起了《游戏中的棋子》，这是他刚刚写成的歌，歌里明确提到了埃弗斯遇刺事件。出人意料的是，这似乎应该是一首时事歌曲，目的性明确而局限，迪伦在歌里对受害人的名字和他死亡的具体情况都做出了准确的描述，无疑是一首纯

① 《归乡无路》。

粹的主题性歌曲。然而，如果仔细推敲，《游戏中的棋子》并不是一首普通的抗议歌曲。他不像菲尔·奥克斯那样仅仅满足于表达愤怒和控诉，他在歌中对罪行进行了解构和政治分析，旨在揭示真正的凶手——警察、军人、政客，是他们操纵着白人，就像摆弄着“手中的棋子”。这种创新很快引起了注意。彼得·西格指出：“鲍勃的歌总是迫使人们去思考。他谈到杀死埃弗斯的家伙时说：‘别以为只有那个人才是凶手，想想整个局面吧。’”也许正是这种透过表象看到本质的能力让戴维·范·容克在谈起迪伦的贡献时说出这样的话：“鲍比并没有真正的政治立场。人们总认为他有政治倾向，是个左派分子。从某种程度上说，他是有一点‘左’倾。但是，他对苏联什么的并没有真正的兴趣。从政治的角度看，他天真得无可救药。但是，现在回想起来，他当时的做法也许比我们更深思熟虑。”①

作为一首以时事为主题的歌曲，《游戏中的棋子》在迪伦的歌单里保留了好几个月。7月26日，他在新港音乐节上演唱了这首歌，这是他第一次参加新港民谣音乐节，由琼·贝兹邀请。他回忆道：“所有民谣歌手都在那里，年轻人和老前辈。最年轻的也在那里。我可能是唯一对着写好的歌词唱歌的人。”②8月28日，迪伦与琼·贝兹以及彼得、保罗和玛丽乐队，还有马龙·白兰度和保罗·纽曼等好莱坞明星一起，参加了在华盛顿举行的“劳动和自由大游行”，为第二年取缔种族隔离的民权法案公投宣传造势。这场活动由民权运动的几大主要组织举行，游行规模近三百万人，其中百分之八十都是黑人。游行队伍走过华盛顿纪念碑和林肯纪念堂，在那里举行音乐演出和演讲。

尽管天性腼腆，但迪伦也意识到自己正在经历一场历史性的事件，在演唱《游戏中的棋子》时表现得格外斗志昂扬。他首先向埃弗斯表达了敬意，然后又唱起了《船来时》，歌中以预言的口吻，讲述了善良终将战胜邪恶的结局，其中多次引用了《圣经·旧约》中的典故：

---

① 《归乡无路》。

② 同上。

恶人站起身

睡眼惺忪

他们跳下床，以为还在做梦

……

他们将被洪水吞没

就像巨人歌利亚，他们终将被打垮[①]

斗争仍在继续。五年后，马丁·路德·金被暗杀。这位出身教会的出色演说家用他的宣传讲述了奴隶制废除百年后美国黑人的生存条件：“一百年后的今天，在种族隔离的镣铐和种族歧视的枷锁下，黑人的生活备受压榨。一百年后的今天，黑人仍生活在物质充裕的海洋中一座穷困的孤岛上。一百年后的今天，黑人仍然蜷缩在美国社会的角落里，并且意识到自己是故土家园中的流亡者。”随后，马丁·路德·金在呼吁斗争的同时，重申非暴力运动的信仰：“我们不要为了满足对自由的渴望而抱着敌对和仇恨之杯痛饮。我们斗争时必须永远举止得体，纪律严明。我们不能容许我们的具有崭新内容的抗议蜕变为暴力行动。”

最后，马丁·路德·金掀起了至今仍然掷地有声的高潮：“今天，我有一个梦想。我梦想有一天，亚拉巴马州能够有所转变……有朝一日，那里的黑人男孩和女孩将能与白人男孩和女孩情同骨肉，携手并进。今天，我有一个梦想。我梦想有一天，幽谷上升，高山下降，坎坷曲折之路成坦途，圣光披露，满照人间……让自由之声从科罗拉多州冰雪覆盖的落基山响起来！让自由之声从加利福尼亚州蜿蜒的群峰响起来！不仅如此，还要让自由之声从佐治亚州的石岭响起来！让自由之声从田纳西州的瞭望山响起来！让自由之声从密西西比州的每一座丘陵响起来！让自由之声从每一片山坡响起来！”[②]就在马丁·路德·金慷慨陈

① 《船来时》，收录于《歌词：1962—2001》。

② 马丁·路德·金，《我有一个梦想》。

词，呼吁建立一个更加公正和谐的社会时，迪伦正在不远的地方聆听伍迪·格思里对美好美国的赞歌。他永远记得那一天的场景："那段演讲直到今天仍然感动着我。我看着讲台上的马丁·路德·金，然后看看人群，我心想，我从来没有见过这样大规模的人群。"[①]从华盛顿回来后，迪伦在新闻上读到马里兰州正在举行一场审判，他觉得那就是日常生活中种族主义的象征。在巴尔的摩的一家酒店里，富裕的烟草庄园主的儿子威廉·赞琴格用手杖杀死了黑人服务员哈迪·卡罗尔。迪伦毫不迟疑，以记者写作社论的方式，将哈迪·卡罗尔案写进了他最具影响力的抗议歌曲中。描述了案发现场后，迪伦开始勾勒人物，但没有说明他们的肤色，其中的意味不言而喻：年轻的赞琴格，二十四岁，酩酊大醉，戾气十足，充满仇恨，仅仅为了施虐的快感，就杀死了哈迪·卡罗尔，一个谨慎勤劳的青年，母亲五十一岁，有九个兄弟姐妹。

但是，迪伦告诉我们，关键还不在这里。正如《游戏中的棋子》一样，他将这起事件升华到了新高度。必须听到歌曲的最后一节，才能明白《哈迪·卡罗尔的孤独之死》的真正主题不是谋杀，而是司法审判的滑稽戏：

法官看了看没有动机就杀人的凶手
手里捧着演讲稿，深邃又高大
他强烈要求严惩凶手，因此
威廉·赞琴格被判六个月的监禁[②]

现在我们知道，为了让歌曲更有冲击力，迪伦对这场看起来有些过于宽容的审判背后的真相做出了自己的修改。真实的情况是，尸检报告表明哈迪·卡罗尔长期患有动脉硬化，手杖的敲击本身并不致死，由此引发的脑出血才是真正的死因，赞琴格的人身攻击只是间接原因。赞琴格一方以过失杀人辩护胜诉，因此才

① 《归乡无路》。
② 《哈迪·卡罗尔的孤独之死》。

会从轻量刑。

赞琴格被判六个月的监禁，但他所犯下的罪行让他成了美国20世纪60年代种族主义的残忍象征，直到2009年去世。赞琴格在2001年接受了《沿着公路直行：鲍勃·迪伦传记》作者霍华德·桑恩斯的采访，他始终坚持自己的立场，认为《哈迪·卡罗尔的孤独之死》是一个彻头彻尾的谎言，这首歌的作者才是应当被判诽谤入狱的浑蛋。

《哈迪·卡罗尔的孤独之死》可以说是一首反种族歧视的歌曲，但它首先是对司法机构的无情鞭挞，而司法的象征无疑就是法官。迪伦眼中的法官是个无比可恶的形象，我们甚至数不清他的歌里有多少针对法官的攻击。就像《哈迪·卡罗尔的孤独之死》中所唱的那样，法官不但不公正，而且极度苛刻无情，不知变通，所以才会对在交通事故中导致四人死亡的肇事者判处九十九年有期徒刑（《珀西的歌》，1964年）。他们还贪污受贿："刽子手法官悄悄进来，我们可以搞定他"（《莉莉、罗斯玛丽和杰克的心》，1974年）。他们还是虚伪的清教徒，让别人为他们的无能买单：

老法官看着周围的夫妇
眼馋又得不到，只好
扮演卫道士，鞭打，侮辱，窥视[①]

在迪伦笔下，法官就是怪诞变形的木偶，只配让人鄙视：

法官压抑着仇恨
从你家门前经过
但他踩着高跷

---

① 《没关系，妈妈》，收录于《歌词：1962—2001》，1965年华纳兄弟公司版权所有，1993年由非常骑士音乐公司重新灌制。

站都站不稳

小心他摔在你身上[①]

迪伦对法官和虚假正义的仇恨永远不会消失。《飓风》再次表达了这种痛恨，歌中强烈谴责了1975年对拳击手鲁宾·卡特不公正的审判，而那时迪伦已经很久没有创作过抗议歌曲了。

1963年11月22日，迪伦录制《哈迪·卡罗尔的孤独之死》后整整一个月，肯尼迪总统在得克萨斯州达拉斯城被前海军士兵李·哈维·奥斯瓦尔德刺杀，在全国上下造成了轰动。矛盾的是，美国总统遇刺反而将美国人民再次团结在了一起。迪伦也受到了这起事件的震撼，他试着想弄明白事态的影响范围。美国最有权势的人竟然可以被自由的敌人这么轻易地除掉，不管敌人是谁，都让迪伦所认识的那些和平主义者的斗争显得徒劳无功。这件事让迪伦有意识地开始与民权运动的活跃分子们保持距离，他们不断鼓动迪伦参与其中，主要是因为他们越来越觉得迪伦不只是他们当中的一员，而且是一位为他们发声的代言人。迪伦不想接受这个角色，但他必须为此负责。左派激进分子发现迪伦很适合为他们代言，因为迪伦本来就有这种天赋：他能够捕捉到缥缈无迹的思想，将其写进歌里。正如伊泽·扬所说："他能抓住人们的注意力，向人们灌输他的种种想法。虽然他不认为自己是一个反叛者，但他的确是。他看得见自己周围发生的事情。所有人都能看到自己身边发生的事情，但只有他能够说清楚究竟是怎么回事。"[②]

这就是命运的讽刺，正是他的写作天赋和表达能力将他推上舆论引导者的位置，一个他一点也不喜欢的位置。"他们试图让我成为一个忧国忧民的歌手。但是，从一开始，我就从来都不是那种忧国忧民的歌手。不管他们这样做是出于什么理由，都不关我的事。我是一个边缘人……我刚入这一行时就是边缘人，现在

① 《各走各的路》。

② 《归乡无路》。

比以前还要边缘化。他们希望得到我，利用我。但我真不适合做这个。”[①]他需要不受任何党派或政治运动左右的言论自由。1963年年底，迪伦以戏剧化而极具争议的方式实现了这种自由，从此结束了他的“忧国忧民”时代，这段时间前前后后只持续了一年。12月12日，迪伦来到曼哈顿的亚美利卡娜酒店参加汤姆·佩因[②]奖颁奖晚宴，这是成立于1951年的国家紧急民权委员会每年颁发的奖项，以表彰为推进民权，特别是对言论、集会、宗教和旅行自由做出贡献的人。麦卡锡时代，国家紧急民权委员会的“反美”倾向让它获得了合法地位，并且赢得了左派组织的尊重。

晚会临近结束时，迪伦已经有了几分醉意。和平常一样，他穿得随随便便。他站起身来，面对一群年纪已经不小、衣冠楚楚、有头有脸的宾客，发表了一通即兴的感谢致辞。这番话将导致丑闻。致辞一开始，他就对在座的与他称兄道弟的人们开炮：“我没有带吉他，但我还可以说话。我要感谢在座各位，感谢去过古巴的人授予我汤姆·佩因奖。主要是因为大家还年轻，而我花了很长时间才让自己变得年轻，现在我觉得自己确实是年轻的。我很自豪。我希望今晚在座的所有人都不在这里……你们应该去海边，去游泳，或者就在该放松的时间好好放松。世界不属于老头子。头发掉光的时候，人也应该入土了。我看着眼前，我看见的是统治我的人，为我制定规则的人——他们头上没有头发——这让我觉得真不爽。”[③]

之后，他对当前的政治进行了严厉的批判：“对我来说，没有黑人，没有白人，没有左派，没有右派，只有高和低，低的就低到尘埃里。我试着往高处爬上去，完全没有考虑到政治这种微不足道的事物。我参加了三月份的华盛顿大游行，我就站在演讲台上，看着身边的人群，所有的黑人都在那里，我没有看到任何一个看起来像我的朋友们的黑人。我的朋友们不穿西装，我的朋友们不需要佩

① 《归乡无路》。

② 汤姆·佩因（1737—1809年），英国激进知识分子，后移居新英格兰，积极投身于美国独立运动。他也曾参加法国大革命，1792年入选法国国民公会。

③ 《鲍勃·迪伦的音乐人生》。

戴任何珠宝首饰来证明他们是可敬的黑人。”

现场尴尬的笑声之后，迪伦谈到了达拉斯的袭击事件，当他表达了自己对凶手的看法时，笑声变成了嘘声和口哨：“我不得不承认，对于枪杀肯尼迪总统的人，在这个奥斯瓦尔德身上，我看到了一部分的自己。我没有他那么极端，但是，我必须说，我在自己身上找到了某些和他有共同之处的东西——只不过我不会走上杀人的道路。你们可以起哄，但起哄不能改变任何事情……”现场的反应极其激烈，迪伦甚至没完成他的演讲就不得不下台，在一片质疑和嘲笑声中离开了现场。谈起这场不平静的晚会，那个月刚刚认识迪伦的诗人艾伦·金斯伯格后来说：“他纯粹是在挑衅。他想让人明白，他不是一个诗人政治家，而是独立自由的吟游诗人。对于他不是一个纯粹而坚定的左翼分子这件事，所有人都感到震惊和不安。”①

第二天，迪伦不得不给国家紧急民权委员会的领导人写了一封很长的说明信，信中不但没有道歉，反而进一步阐述清楚了前一天的观点：“当我提到奥斯瓦尔德的时候，我说的不是他的行为。行为本身没有什么可说的，一切不言自明。但是，让我再也忍受不了，真的受够了的一点就是听到大家都在说‘我们都有责任’，每当有教堂被炸毁，发生枪击、矿难、贫穷和总统谋杀时，总是在说这句话。说一句‘我们’，然后一起低头悼念，这实在太容易了。我认为我们应该说的是‘我’，然后再低下头，因为每个人的生活都是自己过，自己负责。我有很好的朋友，但他们不吃我的，也不睡我的。如果我的言行让某些人觉得‘我的天哪，我觉得总统可能是他杀的！’，那我不会为此做任何道歉。我写歌，我唱我写的歌，我不是演说家，也不是政客。我的歌表达了我是个什么样的人，因为这些歌都是我在自己内心深处的密闭空间里写成的，这些歌不对任何人负责，除了我自己。不，我不会为自己道歉，也不会为我的任何一部分道歉……”

这是对艺术家的自由以及更广义上的个人自由的毫不妥协，这番宣誓达到目的了吗？值得怀疑。几天后，国家紧急民权委员会的领导者之一科利斯·拉蒙

---

①《归乡无路》。

特将迪伦的信转发给了所有出席晚宴的客人。他可不担心迪伦在信中表达的意思会引起众怒，反而要借此机会，重新审视这名红极一时的歌手在他所处的时代的地位："我们有许多朋友都不赞成将汤姆·佩因奖颁给鲍勃·迪伦。在这里，我不想指责他的致谢演讲，我只想让大家知道为什么将这个奖项颁给他。不管各位愿意与否，鲍勃·迪伦已经成为进步青年的偶像，包括各种不同政治倾向的进步青年。他用广大青年能够理解并欣赏的语言，鼓动他们进行抗争。国家紧急民权委员会认为，今天我们的当务之急是要认可青年人的抗议和斗争，让老一代人更好地理解他们。鲍勃·迪伦在文化领域的先驱者是沃尔特·惠特曼[①]和伍迪·格思里，他们在自己所处的社会里也没有人赏识，因为他们超前于时代。我们认为，现在，我们应该努力理解鲍勃·迪伦对青年人所说的话。诚然，鲍勃·迪伦并不像去年获得该奖项的伯特兰·罗素[②]那样令我们肃然起敬，但汤姆·佩因奖表彰的并不是尊敬，真正重要的信息在他们所处的时代往往得不到应有的尊敬和重视，这就是历史。"

① 沃尔特·惠特曼（1819—1892年），美国著名诗人，代表作《草叶集》。

② 伯特兰·罗素（1872—1970年），英国哲学家，和平主义者，1950年诺贝尔文学奖获得者。

人生非黑即白的谎言，
在我的脑海中回荡……
噢，昔日我曾那样苍老，
而今却这般风华正茂。

（《昔日回忆》，1964年）

失而复得的青春

11

1964年1月初，鲍勃·迪伦给《抨击》杂志写了一封长诗形式的公开信。这本薄薄的印刷刊物虽然发行量小，但在民谣界有着不可撼动的地位。杂志主编戈登·弗里森和西斯·冈宁汉姆夫妇充满激情，他们致力于向大众推广民谣复兴运动中的先锋人物，像菲尔·奥克斯、汤姆·帕克斯顿以及迪伦，都是最早受邀在杂志上发表作品的音乐人。夫妇俩极富才能，且有着好奇而开放的心，他们对包括迪伦在内的所有人都很尊重，因此迪伦也将他们视为挚友。在这封公开信中，迪伦真诚地向他们敞开内心，谈及各种萦绕在他心头的话题。那几个月里，他一直活在怀疑与混乱中，因为两年前还默默无闻的他突然成了全美洲极受关注的歌手之一，这完全打乱了他的生活。媒体窥探着他的生活，他走在街上也总会被人认出来。人们都很喜爱他，总期待他为众人指明前路的方向。

“现在我成了名人，”他写道，“从成名的标准来看，我已经是名人了，它悄无声息地降临在我头上，却把我搞得筋疲力尽。我自始至终都不清楚到底发生了什么。我很难再像过去那样走在熟悉的街头，因为我完全不知道是不是有谁在路上等着要我签名。我不知道自己是不是喜欢给别人签名，当然有些时候，我还挺高兴的。但有些时候，我的脑子里会有一个声音和我说，这样太不诚实了，因为我不过是在他面前为这个谎言添油加醋，以证明我写的字比他写的更珍贵。这对我来说太复杂了，它也让我意识到我正生活在矛盾中……按弗洛伊德先生的说法，我大概是得了妄想症，我知道这样不好，这种生活态度太不积极健康了。”

默默无闻、一贫如洗的幸福时光一去不复返。如今他已享有盛名，收入颇丰，但这些只能让他感到愈发不安。“我觉得自己应当受到谴责，上帝知道我无法摆脱这种负罪感。我整天在鲍威利街①闲逛，给各种人捐钱，即便这样，我依旧无法摆脱我的负罪感，因为我知道我不可能永远有这么多钱捐给他们。而且，周围人总和我说：‘迪伦，想想你自己，总有一天你也会需要这些钱的。’我附和着他们，但这个想法不会在我脑中停留超过一秒，随后恶心的负罪感又占据了我这酒鬼的脑袋，我又将这些令人生厌的钱从口袋深处掏出来，四处散发出去……然后，我自言自语道：‘啊，这的确没什么用。’你看，那么多人有那么多不同的需要，而我该扮演什么样的角色？四处闲逛的救世主吗？该死！事情当然不该是这样的。”

除了这些在金钱方面自省的内心独白，迪伦还将话题延伸至了对富人的利己主义和向体制妥协者的懦弱的思考：“我自忖为什么那些拥有较多资源的人不愿意把其中的一部分分给其他人，不用想也知道，他们想要有安全感，这样可以让他们觉得自己受到保护……可他们为什么需要保护自己？我猜可能是要保护自己不饿肚子，保护自己免受权力的侵害，同时一旦自己没钱了，需要保护自己免受其他力量的侵占。但为什么需要这么做？你说，他们为什么要在自己周围筑起高墙？是什么力量让他们如此恐惧？……一个孤独的人，即便再有钱也还是个孤独的人。就像过去我没什么钱，因此钱对我来说是个很简单的东西，我把它们花完，然后就忘到脑后。我相信很多人也不那么把钱放在心上，当然我说的不是那些财力雄厚的百万富翁，而是那些‘负债流亡’的人……我不理解他们，我也不明白那些站在对立面上的人怎么相互将就。放心，我说的不仅仅是歌手，还包括经纪人、代理人、消费者和经销商。他们都并非正直的人，因为我们从来看不到

① 纽约街区，当时因脏乱和充斥着流浪汉而著名。

他们，而他们总是左右摇摆、相互攻击，同时希望所有人都尊敬他们。”

结束忏悔后，迪伦又聊回了他自己，说起了他乱成一团的公寓以及写作和生活上的困难：“我写作的地方实在太脏乱了，我的衣服全都铺在地上，大多数时候，我都从地上随便捡起一件穿……房间里那该死的暖气每晚10点就停了，第二天上午10点后才会再来……墙上的石灰不断地往下掉，地板也已经倾斜腐烂……我写的小说简直是一团糟，太糟糕了，我甚至连故事都讲不清楚。这篇小说大概有一百万个场景，得写个十亿多页吧。当然，不管我最终写成什么样，我都不会把它印出来的……我的夜晚重新降临，我也很快进入梦乡。在梦里，我爬上了丝绒般的夜幕上的一颗颗星星，在上面看到了燃烧着的《新闻周刊》杂志、精疲力竭且失望的人们、烈焰中令人生厌的舌头，以及走在烧红的炭上的心生妒意的杂种狗，而我则始终带着无害的微笑看着这一切。（天哪，这种恐怖的噩梦！）直到第二天早上，我从梦中醒来，尝试着重新开始热爱这个世界。”

迪伦在这个作品中对自己的描述毫无保留，这实在很少见。他这样坦露心迹绝非一时兴起，而且其中也充分展现出了他身上的矛盾之处：既清醒又迷糊，既脆弱又勇敢，既容易陷入绝望又常常信心十足。他还不到二十三岁，但似乎他已经觉得自己老了。他迷茫、不知所措，始终在寻找真正的自我，不知道自己究竟该何去何从。似乎全世界都在向他表示善意，但他并不满足。他觉得他离现实、离他自身都越来越远。他也十分厌恶自己在别人眼中的印象。虽然他给了其他人这样的印象，但是这种印象和他本身并不相符。

他刚刚发行的新专辑的内页读起来让人感觉他是一个呐喊着“时代在变化”的、愤怒的年轻人。的确，这张专辑里收录了他最关乎政治与社会问题的作品，比如《哈迪·卡罗尔的孤独之死》和《游戏中的棋子》，以及一首青年运动的赞歌。正如他当时对汤姆·佩因奖的评委会所说的，他认为目前并不该是左派向右派抗争或者黑人向白人抗争，而应该是年轻人向年长者抗争。“我感觉这种状况在整个美洲大陆上蔓延，”后来，他这样说道，“似乎到处都以一种庄严的方式在发生着什么。此外，家长们也不再能控制他们的孩子了。”①

专辑同名主打歌，同时也是他后来每次演唱会的开场曲目《时代在变化》不仅唱出了阶级间的抗争，也唱出了代际的冲突。他像预言家一样承受着威胁，他冒着被埋没的危险指责所有年长者的代表：家长们、作家们、评论家们、议员们以及所有嘲笑那些希望接手建立一个新世界的年轻人的人。有些成年人指责他哗众取宠，批评他所持的善恶二元论的观点，而年轻人无论什么年龄、无论什么社会阶层都追随着他，视他为代言人。可他似乎并不能胜任这一角色，一年后，他也曾向一位问他如何看待自己作为“年轻一代的声音”的英国学生解释道：“说真的，我什么都不知道……我今年已经二十四岁了，怎么还能为十七八岁的年轻人发声？再说了，我也不能成为别人的声音。他们能够认同我当然是好事，但我肯定不可能代替别人发声。”②

自从成了这类表达抗争的歌曲的唱颂者后，迪伦发现自己陷入了艺术创作上的僵局。他自知如果在这条道路上继续走下去，很可能会止步不前或是成为自己讥讽的对象。但这又正是人们对他的期待。但无论如何，他心意已决：要继续他的音乐生涯，他必须转型才能摆脱现在束缚着他的人们的刻板印象，即便这样做会背叛那些信赖他的人。“艺术家必须小心，千万别觉得自己已经功成名就，千万不要忘了成为艺术家始终是一个过程而并非结果。只要你谨记这一点，一切都会很顺利。正如我不能分析我自己的音乐作品，我也不会迎合大众的口味。因为我知道有一部分人喜欢，就一定有一部分人不喜欢。我入行时并没有人关注，但当我走到今天这个位置时，以后就再没有人能改变我什么了。”③

当我们发现自己遗忘了自己原本的生活方式时，如何才能重新找回它呢？这正是1964年年初，刚满二十三岁的迪伦正在思考的问题。既想被认可又拒绝成为名人，既想支持弱者又害怕被政客们打压，这些矛盾情绪困扰着迪伦，但他含混地意识到自己或许需要换个角度看世界才能解开这些矛盾。为了学习如何“成为

---

① 《归乡无路》。

② 《谢菲尔德大学学报》，1965年4月30日，杰尼·德·扬与彼得·罗奇访谈。

③ 《归乡无路》。

他自己”，重新接受尼采的这一观点，他必须远行，去看看不一样的风景，认识更多的人，尝试不同的生活。美国人深信能够在旅途中获得启示，因此迪伦也希望能够追随流浪者伍迪·格思里和“垮掉的一代”的代表诗人杰克·凯鲁亚克的脚步，通过旅行寻找关于自己的存在问题的答案。

此外，他也想起了兰波，这位行者为了追寻纯粹，不惜徒步走过几百公里。然而，美国太大，要徒步走遍对他来说完全是不可能的事。而且，汽车这种美国人惯用的交通工具似乎更适合他，因为它既比走路来得快，相对其他长途交通工具来说又比较慢。选定了交通工具，接下来他只要等待合适的时机就能出发了。正巧，他的经纪人格罗斯曼为了推广《时代在变化》这张专辑，正在为他筹划2月在美国的不同城市开四场巡回演唱会。迪伦向他的经纪人提出了自己的要求，他不想乘飞机参加巡回演唱会，而是希望将这四场演唱会穿插在自驾穿行美国的长途旅行中。

要他独自踏上这段冒险旅途实在是太不可思议了。虽然人人都知道他很擅长这一点，但是他有太多狂热的粉丝，也有太多的敌人了。因此，最好能有几个值得信赖的朋友陪伴他踏上旅途，他们既能帮他安排旅程的具体细节，又能保护他的安全，同时还能保证他创作时所需的孤独环境。他第一个想到的人就是维克多·梅穆兹。三年前，迪伦刚到纽约时，他在“煤气灯”酒吧认识了梅穆兹。梅穆兹是位诗人，闲暇时也扮演歌手的角色。他为了生计混迹在民谣圈，四处举办演唱会，还为杰克·艾略特等歌手朋友担任经纪人。自迪伦出名起，梅穆兹就在他身边扮演着知己和勤杂人员的角色。而当他四处巡演时，梅穆兹就会担任他的巡回演出经理人。

此外，迪伦还联系了《纽约镜报》的记者彼得·卡曼，他是迪伦当时的女友苏西·罗托洛的朋友。“我想离开这里出去逛逛，”迪伦对他说，“我不想再天天泡在酒吧或是桌球室里了，我想出去和现实世界的人们打打交道，和农民、矿工聊聊天。那里才是有故事的地方，那里才是真实的世界。”[①]卡曼完全能够理

① 《鲍勃·迪伦：1962—1969》。

解迪伦的这些想法，毕竟他的父母都是来自南斯拉夫的共产党人，曾在麦卡锡主义时期受过监禁。迪伦邀请他加入旅行，并将旅途中的故事记录下来，回来后写成报道发表。

2月2日，迪伦和卡曼以及梅穆兹一同踏上了旅程，他们离开了纽约，由梅穆兹驾车前往弗吉尼亚州的夏洛茨维尔，接他们的第四位旅伴保罗·克莱顿。这辆宽敞的蓝色福特旅行车的后备厢里塞满了吉他，还有一台打字机以及为肯塔基州罢工的矿工们准备的几包衣服。克莱顿也是迪伦的老相识了，他比迪伦年长十岁，已经录制了超过十五张专辑，大多是由民谣唱片公司发行的。他既是歌手、吉他手，也是扬琴演奏家。此外，他还通晓民谣史，从事音乐研究，十分博学。他和亚伦·罗麦克斯一样热衷于收集工作，即录制民谣现场，以使其代代相传。他也是迪伦在民谣上的老师之一，无论是在演绎方法方面还是在曲目方面，迪伦都从他身上学到了很多。迪伦的那首《别多想，没关系》就是从克莱顿的一首歌中获取的灵感。这两个人彼此都十分欣赏，或许克莱顿对迪伦的感情更为深重，因为他的性取向始终是个谜。

这趟旅程的氛围在极大程度上受到了他们所吸食的大量毒品的影响。一上路，大麻烟卷就在他们之间传递，疯狂的笑声和荒谬的念头充满了整个车厢。车上只有卡曼不抽大麻，他在这点上和他们没什么共同语言。他在一边静静地观察着其他人，后来他形容当时车上的氛围十分疯癫，其中克莱顿显得尤为古怪，大概是因为他在吸食大麻的间隙还吞下了一些神秘的小药丸。而迪伦吸食它们大多是为了文学创作。他渴望摆脱创作抗争歌曲的角色，因此希望在这趟旅程中体验兰波在《“通灵人”书信》中提到的“通过广泛的、理智思考的过程打乱所有感官”。正如兰波吸食印度大麻和鸦片那样，迪伦也希望在大麻的帮助下记录下通过感官而非理智感知到的现实世界。迪伦以自己的方式踏上了一条和兰波的诗歌创作相类似的道路，而创造一门新语言便成了他的必经之路。正如兰波描述的那样，“这种语言综合了芳香、声音、色彩，概括一切，可以把思想和思想联结起来，又引出思想，这种语言将使心灵与心灵呼应相通”[①]。

除了将旅途中的大部分时间用于创作和测试他在诗歌创作上的新发现，迪伦还将像他在出发前和卡曼说的那样，试着与一些“现实世界的人”接触，以丰富他的创作灵感。然而，这一计划大部分时候只会令他失望，因为他名人的身份会让他与其他人之间的关系变质。但相反地，一旦别人没有认出他来，他又会表现得很生气，这也说明他还远不能解决自己的自我认知问题。

对迪伦来说，旅途中最糟糕的事莫过于常常被冷落，他们在第一站前往肯塔基州的哈泽德时就遇到了这样的情况。20世纪20年代起，当地采矿业兴起，也不断有社会运动发生。[②]迪伦一行人到达时正好碰上了矿工罢工，他们要求每天工作八小时能够拿到二十四美元二十五美分的最低工资，同时每开采一吨就抽成二十五美分存入工会的社保基金中。此次运动的领导人哈密什·辛克莱礼貌地接待了迪伦一行，他以前曾在赞助活动中见过迪伦几次，可他一直忙着保释被捕的罢工工人，几乎没有时间再理会迪伦他们。总而言之，所有人都觉得他们这四个“垮掉的一代”的成员出现在美洲深处这样一个略有些落后的地区，实在有些不合适。这群不满现状的年轻人没能顺利地与无产阶级对话，因此，他们留下了后备厢里的旧衣服，和工人们握了握手，然后回到车上，卷上烟，又重新上路了。下一站，北卡罗来纳州。

当克莱顿用博学的口吻讲述着沿途阿巴拉契亚山脉附近城市的故事时，迪伦坐在后排卸下旧衣服后空出的位置上，激动地敲着打字机。不过，迪伦在他的诗歌创作上又有了新计划：他要去拜访住在附近的诗人卡尔·桑德伯格。1878年出生的卡尔·桑德伯格也曾像伍迪·格思里那样四处流浪，尝试过各种不同的职业：送奶工、邮差、旅馆里跑腿的服务员、煤炭卸货工，还有记者。他既是一位连续创作五十年的著名诗人，同时也是民谣歌曲集《美国歌集（1927）》的作者。在一些诗人的集会上，他也曾在吉他伴奏下以自己的方式诠释过这些歌曲。

---

① 《“通灵人”书信》，1871年5月15日。

② 关于该地区的具体情况，可以参考芭芭拉·科波尔于1976年拍摄的纪录片《美国哈兰县》。

1945年，他退隐后，居住在北卡罗来纳州的平石城附近一处一百多公顷的庄园里，但他同时也是美国黑人民权运动中支持全国有色人种协进会的一名斗士。这些是迪伦想去见他的原因。

就像当年兰波去见魏尔伦前一样，迪伦也十分期待能够和桑德伯格面对面平等地讨论诗歌。然而，事情并不像预期中那样美好，最让他沮丧的就是桑德伯格从来没听说过他。为了填补这一空白，迪伦做了自我介绍，告诉他自己和伍迪认识，并为他演唱了一段《时代在变化》。这位八十六岁高龄的老人礼貌地对他表示了赞赏和感谢，但看起来十分心不在焉。一个多小时后，桑德伯格借着一阵困意告退，留下了一脸失望的迪伦。

四个人继续向南部前进。迪伦一直坐在后排，沉默地敲着打字机。“那时我们成天都在做这些，”他后来回忆道，“除了窝在车后座上写作，就是坐在街角或公寓门前的台阶上写歌，每天都在寻找生命的活力……”①他沉浸在自己的世界里，集中精力完成几周前便开始创作的一首歌。这首歌采用了全新的创作方式，将一系列画面无目的地组合在一起。放弃了创作抗争歌曲后，诗人迪伦也步了兰波的后尘，不再寻求他人对自己作品的理解了。作为过渡，他必须放开自己对感官的束缚，从而使他的想象力和主观性重获自由。

在他们翻越佐治亚州的山丘时，迪伦从打字机前抬起了头，向他的旅伴们朗诵了这么几句：

> 太阳早已落山，子夜的钟声还未敲响
>
> 雷声轰隆，我们低身进门
>
> 巨响犹若洪钟交织着闪电划破黑暗的夜空
>
> 就像那自由的钟声闪耀着夺目的光芒……②

---

① 《花花公子》，1978年3月，收录于《鲍勃·迪伦访谈录》。

② 《自由的钟声》。

卡曼对这类迷幻的景象不太敏感，他更偏爱过去类似《哈迪·卡罗尔的孤独之死》那样纯粹而沉重的抵抗歌曲。因此，他听完后，直截了当地问迪伦：“你为什么非要写这种连你自己都看不明白的东西？你一定是精神恍惚了才会写出这种作品。”可迪伦一句话都没说，又一头埋进了打字机中。车里的气氛突然变得有些僵持。

终于，他们到达了马丁·路德·金的出生地亚特兰大，迪伦2月7日要在那里开唱。演唱会在埃默里大学举行，观众大多是贝尼斯·约翰森、柯乃尔·里根夫妇以及自由歌者组合等黑人民权运动斗士的歌迷，都十分喜爱迪伦过去创作的抗争歌曲。这多少给了迪伦一些安慰，即便他心里清楚这些歌早已过时了。第二天，克莱顿从邮局取回了一位朋友寄给他们的大麻后，福特旅行车又重新上路，穿过密西西比河三角洲及其河湾地区，向新奥尔良前进。中途休息时，他们发现这一地区的种族歧视情结根深蒂固。一直沉默着的迪伦在这儿完成了《自由的钟声》的最后部分，这首歌中的主角很明显是那些被压迫者。

有些人会拿这首歌与《马太福音》中的“山上宝训”做比较。基督向“贫穷的、痛改前非的、谦卑的和渴望正义的人”承诺会有天国，而迪伦则是面向世上所有不幸的人——逃亡者、倒霉鬼、被遗弃的人、无依无靠的人、聋人、盲人、哑巴、未成年妈妈、妓女、毫无还手之力的人、痛苦的人，以及世界上所有被限制言论自由的人——用那“自由的钟声”告诉他们解脱已经不远了。

据戴维·范·容克说，迪伦写这首《自由的钟声》的灵感来源于一首自己教他唱的爱尔兰民歌。“鲍勃·迪伦曾经听过我唱这首祖母最爱的《圣三一教堂的钟声》自娱自乐。这是一首关于圣三一教堂的充满感情的叙事曲，歌里是这样唱的：‘为流浪汉而鸣，为同性恋而鸣。为（某样东西）而鸣，虽然它早已离我们而去。我们为了消磨时间，沿着旧百老汇大街一直往下走。我们的耳边回荡着圣三一教堂的钟声……’他让我为他唱了好几遍这首歌，直到他抓住了这首歌的精髓，然后他又对它进行了加工，最终创作出了《自由的钟声》。”①

① 戴维·范·容克、埃利加·沃尔德，《曼哈顿民谣故事》，罗伯特·拉封出版社，2013年。

容克又补充道："我还是觉得我祖母唱的那个版本更好听。"这一评价似乎略有失公允，因为他完全忽略了迪伦在重新创作时融入的新意。人们常常觉得，如果一首歌改编自另一首现成的歌，那么它就得从歌词起保留其原汁原味。

举个例子，在描述自由的钟声时，即便迪伦保留了原歌词中的动词"鸣（to roll）"以呈现一种末日般的、几乎是超自然的（暴风雨中的）场景，他也改变了笔调，打了一个新的比方。当他决定在每一段的最后都重复这句"我们凝望着这自由的钟声闪耀光芒……"时，他已经不仅仅是一个歌手，同时也是一位诗人了。为了将钟声同时与视觉和听觉联系起来，迪伦使用了象征主义诗歌中常用的通感手法。这一手法既为波德莱尔在《应和》中所用（"芳香与声音在相互应和"），兰波也曾在十四行诗《元音》中用这种手法为每个元音配上了一种颜色。

《自由的钟声》这首歌不仅在形式上有所创新，在内涵上也毫不逊色。迪伦之前创作的《时代在变化》等歌曲通常都建立在冲突的基础上，例如善与恶的冲突（《船来时》）、种族主义的白人和黑人受害者之间的冲突（《游戏中的棋子》）以及年轻人和年长者之间的冲突（《时代在变化》）。《自由的钟声》可能是迪伦最具怜悯心的歌曲了，这首歌完全从受压迫者的角度出发，只字不提那些压迫他们的人。有些人希望他从此放弃创作政治歌曲，但显然事与愿违。（不然，后来就不会有像《没关系，妈妈》和《瘦人叙事曲》之类的优秀作品了。）迪伦只是简单地从这首歌起转换了创作模式。他意识到歌曲并不能改变世界，因此决定不再用歌词去感染别人。不过，他绝不会放弃，因为只有诗歌才能像兰波年轻时说的那样"改变人生"。

这场漫无目的的、穿越美国的旅程，在他们遇上了一年一度的新奥尔良的忏悔星期二狂欢节时达到了顶峰。当迪伦一行人到达新奥尔良时，这一爵士乐和布鲁斯的诞生地已经完全沸腾了。城里遍地都有演出：运河街在铜管乐团的伴奏下上演着花车巡游，所有花车都涂上了狂欢节的绿色与紫色，法国角酒吧街上的每家店里，活动也精彩纷呈。作为大斋期前最后的狂欢，忏悔星期二的宗教性已经不再那么强了，它更容易让人联想起古代的酒神节。这种持续的疯狂、隐秘又毫无节制的气氛非常适合此时正在寻找强烈情感的迪伦。他一手拿着酒，一手拿着烟，恍惚着在路上游荡至天明。他观察着路上穿着盛装跳舞的市民和水手们，沉浸在此刻的声音和景象中。后来，他将它们写入了旅途之初就开始创作的《手鼓先生》《荒街》以及《约翰娜的幻觉》等歌曲中。

狂欢节的第二天，迪伦一清醒就赶往向北三个小时车程的密西西比州首府杰克逊的图加卢中学演出。“1964年时，”维克多·梅穆兹回忆道，“密西西比州对我们来说完全是陌生的。我们途经一座教堂时，听见里面在唱赞美诗，教堂外停满了小型卡车，而教堂内挤满了愁眉不展的白人。我们只是在外面看了看，因为我们的着装和举止……每当我重新思考我们的行为举止时，我都很庆幸我们坚持将这段旅程走了下去。”①

2月15日，在科罗拉多州丹佛的演唱会上，迪伦第一次现场演唱了《自由的钟声》。前一天晚上，当他在得克萨斯州的达拉斯向路人询问四个月前总统被刺杀的地方在哪里时，得到了这样的回答：“你是说那个浑蛋肯尼迪吗？”

他们的下一个目的地是加利福尼亚州，但途中必须穿过刚被暴风雪扫荡过的落基山脉。“我们穿过了科罗拉多州后，”迪伦回忆道，“车上的收音机被打开了。前十首最流行的歌曲里，有八首都是披头士乐队的歌，包括《我想牵着你的手》以及他们的其他一些初期作品。他们做了很多其他人不会去做的事情。他们的和弦很奇怪，非常奇怪，但这些古怪的和弦在他们的作品中反而十分和谐。我认为他们引领了音乐未来发展的方向。”②2月22日，在他们离开纽约三周后，迪伦在旧金山湾伯克利大学城的社区剧院举办演出，那里是美国抗议活动频发的地区之一。这场演唱会的门票早就被抢购一空，然而，即便和迪伦的关系不断恶化，卡曼仍然开口帮自己的朋友向迪伦索要免费的门票。迪伦的回答非常冷漠：“你想得美！”

“彼得犯规了，”梅穆兹说，“在这一点上，我和鲍勃达成了共识。他是

---

① 维克多·梅穆兹，《鲍勃·迪伦的另一面》，圣马丁出版社，2014年。

② 这番言论发表于1971年。

时候离开我们了。我给他订了一张回纽约的机票，他第二天就走了。在他离开后，我们去找了俄亥俄州亚克朗市的作曲家鲍比·纽沃斯来接替我担任巡回演出经理人。他是唯一能够参与到我和鲍勃的对话中，并且能适应我们的语言习惯的人……很多人都希望接近鲍勃，和他进行更深层的交流。尤其是那些在演艺界有些权势的人，他们总是咄咄逼人地想要侵入他的内心。然而，他们都失败了。”①

1964年，迪伦第二次踏上欧洲的土地。他第一次去欧洲是在1962年去参与英国电视情景剧《城堡街疯人院》的拍摄，但遗憾的是，这部剧的拷贝已经被英国广播公司销毁了。但当时由于他在伦敦除了歌手马丁·卡西等寥寥几个圈内人外，并没有认识的人，他只能在城里四处游荡，没能好好欣赏这座城市，因此离开时，他像大多数人一样只记得伦敦很冷，甚至觉得这座城市对他带有敌意。一年半后再踏上欧洲的土地时，他已经是尽人皆知了，即便他在欧洲并不如在美洲有名。②他这次来英国是要在皇家节日音乐厅开一场演唱会，这个音乐厅能容纳两千七百名观众，演出多为古典音乐会。不过，第一次来访时的糟糕印象很快被英国粉丝的热情迎接掩盖了，虽然还不至于万人空巷，但还是有大量从各地乘车甚至搭便车赶来的歌迷和学生。重新认识了伦敦后，迪伦又去巴黎待了几天，见了他在格林尼治村穷困潦倒时期的旧相识休格·奥弗里。他也没忘记自己还在准备新专辑，因此他在雅典附近的一个小村庄里写完了新专辑的最后一首歌。③

6月9日，迪伦一回到纽约就扎进了录音室，录制自己自年初起创作的一系列作品。他仅仅和团队开了一场从晚上7点持续到深夜1点的会议，便开始录制专辑中的十四首歌。这一举动看起来很仓促，毕竟录制前两张专辑都耗时好几个月，开了许多会议，《放任自流的鲍勃·迪伦》这张专辑甚至耗时整整一年。

---

① 《鲍勃·迪伦的另一面》。

② 即便迪伦在美国已然是明星，但他的专辑直到1965年才首次在法国发行。

③ 据罗伯特·谢尔顿回忆，那个村庄叫维尼拉。遗憾的是，他没能在任何一张地图上找到这个地名。在另一个当事人维克多·梅穆兹的印象里，那个村庄叫乌利亚梅尼，他在《鲍勃·迪伦的另一面》中也是这样称呼它的。

那为何这次如此匆忙？因为他的东家哥伦比亚唱片公司打算在秋季召开一场销售会，公司希望在会议上推介旗下一位最受欢迎的艺人的最新作品。多亏了制作人约翰·哈蒙德常常在公司经理耳边吹风，他才真正意识到迪伦身上潜在的商业价值，因此给了他完全的创作自由。每次在迪伦到达录音室之前，即便是他当时的制作人汤姆·威尔森，也不知道他今天要录制哪一首歌。

实际上，当时迪伦更像是自己的音乐总监，因为威尔森在音乐上相比民谣更偏爱爵士乐，因此他仅仅负责一些技术细节以及让迪伦保持心情愉悦。为了让录音活动不失社交性，迪伦邀请了自己的一干好友携妻带子出席，他们也带来了不少博若莱红酒。杰克·艾略特也戴着他标志性的牛仔帽出现在了现场，而作家兼记者奈特·亨托夫的出席和记录则让后人有机会重见这一“历史性”的场面。

很多人都惊讶迪伦竟然会邀请一名记者参加这次录音，毕竟他和媒体间的关系一直很糟糕。不过，亨托夫是一位自由的思想者，他除了为赫赫有名的文化周刊《纽约客》撰稿外，还是一位捍卫言论自由的斗士，这一点也恰恰是迪伦非常欣赏的。或许迪伦也希望能有一个人有能力向公众清楚地解释他的艺术尝试和他转变的原因吧？因此，迪伦这次也向亨托夫倾吐了自己创作这张专辑的心路历程。“迪伦面带微笑地走进录音室。虽然他在舞台上常常在各方面控诉这个社会，但他本人还是十分彬彬有礼的。他虽然语速比较快，但说话还是很温柔的，而且十分关心别人是否真正理解了他的意思。‘今晚会是很棒的一夜，’鲍勃对威尔森说，‘我向你们保证。’他随即又对我说：‘这张专辑里不再有那些表达抗争的歌曲了，以后也不会有了。不过，我还是会为我以前做的那些专辑辩护。虽然其中有些歌是为了吸引大众的眼球，但大部分时间我创作这类歌曲的原因是并没有其他人在进行这类创作。但是现在，创作抗争歌曲的人越来越多。你也知道，他们中的大部分都是为了吸引那些对社会不满的人，而我并不想再为那些人创作或是为他们发声了……从现在起，我只想做我心中所想，因此我必须回到十岁左右的童年时期，那个时候我做什么都毫不费力。我最喜欢的是如同走路和说话那样自然的创作。’”①

迪伦重新将创作中心转回自己身上的最有力证据就是在这张专辑中，大部分歌曲都是以他与女性之间的关系为题创作的，比如《致拉莫娜》《西班牙后宫》《我心所向》《D平原叙事曲》《宝贝，那不是我》以及《我不相信你》等一系列歌曲。这些歌曲并不是写给广大女性的，而是写给那些与他有过爱恨情仇的、现实中的女性。而当亨托夫在两首歌的录制间隙和他提及已经录完的几首歌都好像是在说现实生活中的人时，迪伦也毫不避讳地承认了：“的确是这样。所以，这些歌才令人心生畏惧。如果这些歌并非我的亲身经历，那它们也就毫无价值了。”

至于歌曲中的社会因素，它们虽然不至于完全消失，但也已经完全沦为背景了。比如在《机车梦魇》这首满是政治讽喻的古怪歌曲中，迪伦大概是受到了之前的南部之行的影响，所以让自己化身为一个拥护卡斯特罗的聪明的小丑，与一个将他看作“共产主义鼠辈”的南部乡巴佬不断抗争。这张专辑中，政治寓意最为明确的大概就是《我将成为10号自由人》这首歌了。迪伦在这首伍迪·格思里式的、滑稽的叙事布鲁斯歌曲中，反面地提及了1964年美国大选中的共和党候选人巴里·戈德华特。

然而，这两首专辑中最具政治色彩的歌曲又恰恰是其中最个人的两首。首先，《自由的钟声》这首歌的主旨更偏重普适性的人们的生存条件而并非特定的历史事件。在这首略带神秘气息的恢宏作品中，迪伦试着用一种富有诗意的闪现的手法超越过去那种与全世界对抗的情绪。显然，他意识到这首作品可能即将成为自己伟大的作品之一，同时也感受到了其带来的巨大挑战，因此这首歌他反复录制了七遍才满意。

6月9日，专辑中的最后一首歌《黑暗往事》（原名《昔日回忆》）终于完成了录制，迪伦在这首歌中尖刻地回顾了过去创作“抗争歌曲”的时期。这一刻薄的忏悔意在揭示由战斗精神造成的异化。迪伦在歌曲中描绘了一类思想被禁锢

---

① 奈特·亨托夫，《纽约客》，1964年10月24日，收录于《鲍勃·迪伦访谈录》。

的、只会空想的理想主义者，他们最终冲破了枷锁。这首歌每一段的结尾都铿锵有力地重复着这一句："昔日我曾那样苍老，而今却这般风华正茂。"换句话说，他创作这些具有政治意义的歌曲，不过是因为外人坚持加上他也力所能及罢了。但他险些在上面迷失了自我。他既有自知之明又有些厚脸皮地解释道："我实在不是一个愿意涉足时事的歌手。我知道要谈论些什么，也知道怎么表达，仅此而已。我创作的这些抗争歌曲都只是写给一小部分人的，我将它们视为额外的工作，为了创作它们，我必须打断原本的思路。再者，在我过去的创作中，只有那些和现在我所创作的相类似的作品才是真正源自我内心深处的。无论过去还是现在，我都是我，但我不想再继续做过去那个我了，我必须活在当下。而现在的我面向着更为广阔的受众。"①

这张专辑的名称《鲍勃·迪伦的另一面》也暗含着他同时拥有一个内心深处真诚的自我和随外部环境不断变化的第二人格的双重性。这一由制作人汤姆·威尔森想出的专辑名向人们解释了迪伦至今不为人知的一面，要是没有这不为人知的一面，也就没有他如今的新形象了。迪伦担心这一巧妙的寓意无法为大众和乐评人所理解，这一担心也不无道理。"我恳求汤姆·威尔森不要把它用作专辑名，"他后来表示，"我觉得他夸大了某些显而易见的事实。我可以预想到像这样一个名字可能给我带来多大的困扰，我也觉得在《时代在变化》后接着推出一张这样名字的专辑不是个好主意。虽然事实并非如此，但它听起来实在太像是对过去的否定了。我知道汤姆本意也并非如此，但我猜想人们会这样理解它。不过，因为这件事汤姆说了算，所以它就被保留了下来。从长远上来说，我觉得他可能还是有道理的。不过，现在这已经不重要了。"②

录完这张专辑一周后，迪伦和亨托夫在格林尼治村的中东餐厅凯奈莱共进晚餐，同时继续那天在录音室未聊完的话题。迪伦一开始就重新说起了出名对他的生活产生了多大的干扰，还分析了一些现象，并预测了自己的结局："出名让我改变

① 《鲍勃·迪伦：1962—1969》。

② 《自传》内页。

了很多。在这里还算好，人们不太注意我，但在其他地方，总有些你不认识的人觉得自己和你很熟，想到这一点就觉得很古怪……出名对我来说是很大的负担。因此，我只能常常玩失踪，只去一些没有人会注意我的地方。不过，我做到了……我知道这阵出名的风潮总有一天会过去，毫无疑问。我之所以有如此高的知名度，是因为人们会在他们参与的活动中以及唱片店的货架上看见我。但总有一天，这一切都会停止，到那个时候，我也就不再知名了。”[①]

下一个问题自然是艺术家对自己的听众所承担的责任。“我总是会收到很多人的来信，其中大部分都是年轻人……他们大部分都只是想向我倾诉，有时会具体地跟我说一些个人问题。也有些人会给我寄自己写的诗。我很喜欢收到他们的信件，我会把每一封都读一遍，然后回复其中的几封。但我从来不回答任何人在信中向我提出的问题……我能做的只是告诉他们我是如何生活的，以及做好我自己。我从不会告诉别人如何去改变什么，因为改变的唯一方法就是自己挣脱所有枷锁。”从这段极具自由主义色彩的话语中，我们可以理解他与黑人民权运动保持一定距离并不是因为懦弱或冷漠，而是因为老实且不愿被任何一方拉拢。“我同意一切正在发生的事情，”他坚持解释道，“我从不参加任何运动。除此之外，我什么都做不了。我无法忍受眼睁睁地看着别人用规则束缚我。”

最终，迪伦严肃地将话题转到了六个月前汤姆·佩因公民权利奖颁奖典礼的闹剧上，这大概也是他坚持要再和亨托夫见面的主要原因：“我觉得自己落入了圈套……我当时一到现场就觉得很紧张……我在那个宴会厅里感到无比压抑，于是我开始喝酒。我坐在自己的位子上，看到了很多与我的政治观点毫不相关的人……他们跟我说，因为觉得有负罪感，所以他们要做慈善。我站起身准备离开，他们也跟着起身，并拦下了我。他们说我必须去领奖。可即便我想要参与，我也完全不知道自己该说些什么……我似乎应该评论一下李·奥斯瓦尔德……于是，我对他们说，我觉得我在奥斯瓦尔德身上找到了不少自己的影子，同时发现我们的生活环境也十分类似。这时，他们就开始在下面喝倒彩了。他们像看动物

---

① 《纽约客》，收录于《鲍勃·迪伦访谈录》。下文亦节选自同一来源。

一样看着台上的我……我似乎应该说：‘我很荣幸获得这个奖项。我是个伟大的左派歌手，买我的专辑吧，我会支持你们的事业。’但我做了完全相反的事，因此那晚他们拒绝给我颁奖。我刚刚叙述的这一系列事件，都是人们希望被接受，不希望孤身一人而造成的。但说到底，什么是孤独呢？有时，我站在舞台上，面对着三千多名观众，却感觉自己孤身一人。而那天晚上，我也同样感觉自己孤立无援。”

7月底，迪伦在纽波特民谣音乐节上，以特邀嘉宾的身份演唱了好几首新歌。他没有让他的忠实粉丝们失望。他们并没有因为他背弃了过去的风格而大呼小叫，而是努力尝试去理解他歌曲中一系列画面背后潜藏的信息。终日背着吉他和口琴、孤身一人的迪伦在他们心里既是民谣歌手也是诗人，绝非艺术的叛徒。只有那些守旧的、难以接受新鲜事物的民谣捍卫者对此持完全不同的看法。当年秋天，民谣音乐的重要奠基人之一艾文·希贝在《放歌》杂志上撰文警告迪伦这个“民谣的叛徒”，众所周知，在迪伦的事业刚起步时，他也曾拒绝帮助迪伦：“亲爱的鲍勃，在纽波特的时候，我察觉到您好像和大家都不联系了。我记得在您成名的道路上，大家可都帮了您不少忙，您现在却总和一群谄媚的、花天酒地的，把您像温室里的花朵一样护在手心，不让您直面现实世界的忠实朋友一同四处旅行……您说您不再创作抗争歌曲，只想创作一些简简单单的作品。好吧，随您怎么叫它都可以。可是，所有试图公正地解决这世界上的现实问题的创作者都会选择这类‘抗争歌曲’。他们怎么可能停止创作？……您的新歌似乎都是您内心的自省，大概偶尔会让听的人觉得有些残酷或有些触动。您在台上的表现也是这样，看起来像是在对幕后的某些好哥们儿演唱，而并非广大听众。鲍勃，如果这些都是您的本意，那您完成得很不错。但您已经变成了另一个鲍勃·迪伦，不再是我们认识的那个了。原来的那个您绝不会浪费我们宝贵的时间。”①

---

① 《放歌》杂志，1964年11月。最后一句影射了迪伦的《别多想，没关系》中的一句歌词“你不过是浪费了我宝贵的时间”。

我认为世界是由女人支配的，
没有女人的允许，或是没有她们的帮助，
任何男人都只会一事无成。

（《滚石》杂志，1984年）

女子群像

12

那是一张拍摄于1963年2月一个寒冷的下午的照片，拍摄地点在格林尼治村连接西四街和布里克街的琼恩街上。照片上，一对情侣走在被雪覆盖的行车道正中央。女孩穿着厚重的大棉袄，虽然冻得发抖，但脸上仍洋溢着笑容。她挽着男生的手臂，而男生则耸着肩。即便天气很冷，男生还是只穿了一条牛仔裤，一件轻薄的麂皮夹克里套着一件蓝衬衫。这张照片出现在《放任自流的鲍勃·迪伦》这张专辑的封面上，它也是很多人认识迪伦的第一张照片。这张照片活灵活现，却又能引起人们的无限遐想。法国歌手阿兰·苏雄回忆起他当时第一次看见这张照片的反应时说："这张照片上的迪伦集牛仔、反抗者、掉队者和居无定所的流浪者的形象于一身。在当时戴高乐主义时期的法国，这就是自由的象征……这让我无比震惊。我心里想着：好吧，活在世上并不是非要不断存钱或是倾其所有买一辆宝马。比起这些，我更想和他一起出现在照片里，或者是成为他那样的人……"①

五十年后，照片的拍摄者唐·亨斯坦仍没能忘却当时的场景："我第一次见鲍勃是在他位于第四街的公寓里。公寓位于二楼，没有电梯，房间里很暗。我

① 《和声》杂志第51期，2005年春季刊。

在那里帮他拍了一系列照片，其中有一些是他和女朋友苏西的合照。迪伦当时已经意识到了自己形象的重要性。他十分自信，也知道如何在镜头前表现自己。随后，我们决定去街上拍几张试试。但是，由于天色暗得太快，我只拍完了一圈彩色胶卷，再拍了几张黑白照片就收工了。”①

年轻的迪伦之所以坚持要让他的恋人和他一同出现在这张让大众认识他的专辑封面上，是因为她在他的生活中和艺术创作上都占据着重要的地位。仅在1963到1964年间，迪伦就有十几首歌是写给她或是关于她的。况且人们常常忽略了迪伦的大部分作品不是情歌，就是以爱情为主题的歌曲。

这些歌曲大多是自传式的，因此有时人们很难分辨出它们是写给谁的。比如，在《北国姑娘》这首略带思乡情怀的歌曲中，迪伦就回忆起了一位明尼苏达女孩。这首歌里唱的是在明尼阿波利斯时曾与他有过一段感情，在他到纽约后，两个人还常常见面的那个见习戏剧演员邦尼·比彻吗？有一定的可能，不过更有可能的是，迪伦在这首歌中回忆的是更早之前他刚刚开始在希宾玩摇滚时的女朋友“北国姑娘”爱可儿·海斯托姆。“我不知道是不是因为我在城里演奏，所以女孩子们才喜欢我。”他自嘲地说，“第一个对我一见钟情的女生叫格劳丽雅·斯托里，这真的是她的真名。②我第二个女朋友叫爱可儿，这名字也挺奇怪的。后来，我再也没认识过任何一个叫爱可儿的人。我以前总爬到她窗户下的梯子上唱小夜曲给她听。这两个女孩让我展露出了诗人的一面。”③

1957年冬天，鲍勃十六岁，爱可儿十五岁。“我最开始对自己说，”1968年时，爱可儿·海斯托姆对罗伯特·谢尔顿回忆道，“他可能只是像朋友一样喜欢我。的确一直是这样的：即便是在一起之后，我们也仍然像朋友一样。我们第一次见面时，我就问他是不是犹太人。他非常迅速地转移了话题……最让我惊讶的是，无论我们之间到底是什么关系，鲍勃和我之间竟然有了交集……他出身于富人家庭，而我家里很穷……他是犹太人，而我家是德国、瑞典、俄罗斯和爱尔兰

① 参见网站www.snapgalleries.com。

② 斯托里的英文为Story（意为“故事”），很少见于人名，因此迪伦这么说。——编者注

③ 《归乡无路》。

的混杂血统。”[①]在迪伦的弟弟戴维看来，父母是因为迪伦与她之间血统和社会地位的差异而反对这段感情的：“她不是犹太人，而且她家里很穷。在希宾的时候，鲍勃总是和矿工、农场主以及工人的女儿们出去玩，因为他觉得她们有趣多了。”[②]

1950年年末，美洲还延续着清教徒式的风俗，离开放还很遥远，青少年的性行为也仅限于在汽车后座上调情。没过多久，迪伦在明尼阿波利斯过上了放荡不羁的生活后，毫无疑问，也很快就偷尝了禁果。他对这一启蒙事件始终三缄其口，而人们也猜测那可能是一次偶然的艳遇，而并非真正的爱情故事。接下来的一段时间里，他忙着追寻自我、发现世界，沉浸在音乐和诗歌中，努力塑造着自己的人格，因此没能向任何女性敞开自己的心扉。

他真正的“情感教育”开始于他到达纽约半年后，发生在他与十七岁的苏西·罗托洛之间。1961年7月他们相遇时的情境已无从确知，可能是在谢里登广场1号迪伦暂住的公寓里，他的楼上就住着苏西的妈妈玛丽·罗托洛。或者像苏西自己在书中写到的那样，他们是在格林尼治村的热尔德民谣城酒吧认识的。[③]而根据迪伦的说法，他们是在河滨教堂举办的一次广播音乐会的后台认识的，当时迪伦正要上台演出。那天，亚伦·罗麦克斯的合伙人卡拉·罗托洛向迪伦介绍了自己的妹妹苏西。迪伦说：“我没法将目光从她身上移开。她是我在这世上见过的最性感的尤物，她有金黄的秀发、白皙的皮肤和热情的意大利人的血统。空气中突然充满了芭蕉叶的芬芳。我们开始谈天，而我的头一直晕晕乎乎的。我听见了丘比特张弓搭箭的声音，他的箭正中了我的心，并带走了它。”[④]

无论他们到底是在哪里初遇的，至少有一点很确定：鲍勃对苏西完全是一见钟情，之后他的脑子里除了再见到这位仅有一面之缘的迷人女子之外，再无其他念头。即便苏西的母亲对自己的女儿和这样一个饥一顿饱一顿、居无定所的“垮

---

① 《鲍勃·迪伦的音乐人生》。

② 同上。

③ 《放任自流的时光》。

④ 《鲍勃·迪伦回忆录》。

掉的一代”的典型来往非常恼火，他还是希望再见她一面。从与苏西陷入热恋的那一天起，接下来的三年中，迪伦都不得不面对苏西母亲谴责的目光：“她是个敏感又咄咄逼人的小个子妇女，脾气古怪，一双黑色的眼睛可以像滚烫的木炭一样穿透你的皮肤。”①

不过，迪伦毕竟以善于打动别人著称，因此他费尽心思想要讨好苏西的母亲玛丽·罗托洛。然而，他没能成功。苏西的姐姐卡拉也曾这样描述迪伦和他的“岳母”之间充满冲突的紧张关系：“1961年夏天，妈妈不知道怎么发现了他其实姓‘齐默曼’……她总有办法搞清楚她想知道的事情。她觉得迪伦为了自己的发展在利用周围的人，还说他就是一块长着眼睛的吸水海绵。倒不是因为她是苏西的母亲，迪伦才束手无策，而是因为她总好像能看穿他的心思。这可不是所有人都能做到的，这一点让迪伦有些害怕。他比任何人都更尊敬我们的母亲，但他也一直厌恶她。这么多年来，他一直在讨好她，想要获得她的认同，但从未奏效过。”②

与苏西之间的恋情，再加上苏西母亲对他的怒意，这些因素迫使迪伦必须尽快拥有属于自己的一片天地，同时也必须舍弃过去的生活方式。他知道他接下来要做的会违背自己内心的意愿，因为他不再有在各家轮流留宿的自由了。1962年年初，迪伦和苏西一同搬进了西四街161号一间狭小的两室公寓里，租金是每月六十美元，几乎可以算得上免费了。迪伦第一次生活在属于自己的房子里，自己装修、自己打扫、自己生火，同时这也是他第一次和别人一同生活。和想象中无异，充斥着爱情、分享与交流的生活让他目眩神迷。

“一对恋人就应当融为一体。可是，应该谁融入谁呢？”王尔德曾这样问道，挑衅却又不无道理。这一问题同样困扰着迪伦和苏西，直到他们分手时都没能找到答案。苏西虽然年龄小，但个性很强，她从来不会在迪伦面前表现出崇拜得五体投地的样子。和她这个年轻时髦的纽约姑娘相比，很多时候，反而是迪伦

① 《鲍勃·迪伦回忆录》。

② 《鲍勃·迪伦的音乐人生》。

看起来像一个没见过世面的外地小伙子。然而，他那令人难以抵挡的孩子气完美地弥补了这一缺点。“鲍勃调皮可爱，这一点十分吸引年长的女性，虽然我母亲对此无动于衷。”苏西在自传中这样写道，“他自己也意识到了这一点，必要时也会刻意这么做。不过，他在人多的时候一般都很腼腆。他通常会通过腿上的动作来表现自己的烦躁，就好像在原地散步一样。不管站着还是坐着，他的腿总是停不下来。在舞台上演出时，他的腿还会随着音乐节奏而动。虽然他的衣着看起来不太自信，但他身上总有一种风度翩翩的气质。他天生就有一种能让其他人注意到他的魅力。”①

虽然他们两个人都出身于移民家庭，一个是德裔犹太人，一个是意大利裔，但他们的成长经历完全不同。苏西出生于纽约市皇后区，父亲杰克·罗托洛和母亲玛丽·罗托洛既是工会干部，也是美国共产党成员，因此她自幼就受到行动主义思想的熏陶。这一社会和政治维度是希宾电器商店店主的儿子完全陌生的。即使生活条件不是很好，苏西还是从她的父母身上继承了极具特点的艺术品位。她既会画素描，也会画油画，同时对现代戏剧和法国诗歌都很感兴趣。在这方面，她是迪伦的启蒙老师，她带他认识了兰波和布莱希特等文人，这些人对他后来的创作都产生了深远的影响。在有些传记中，苏西被描述成像皮格梅隆爱上自己雕塑的少女像那样成就了迪伦并深深恋慕着他，但她极力反驳这一观点：“人们总说是我影响了他，可我们之间的影响始终是相互的。我们的爱好也总是相互渗透，比如他会试着去读我的藏书……他总是很真诚。他有一双发现的眼睛，一种不可思议的洞察力和像海绵一样汲取信息的能力。他在这方面是天才。这种能力让他能根据世间万物进行创作，概括它们的共性，并将其转化为文字和音乐。”②

因此，苏西·罗托洛有幸见证了迪伦一天天成长为艺术家的过程。更为珍贵的是，她也见证了他追寻自我的过程：“最初几年，鲍勃就像一个在调色板上寻找颜色的画家。他很清楚自己要画什么，只需要找到合适的方法调出他想要的颜

① 《放任自流的时光》。

② 罗比·沃立维，《哈！格林尼治村二十五年音乐史》，2012年。

色就可以了。他尝试了别人告诉他的各种方法，这里涂涂，那里画画，不断地试验，刮去旧的，涂上新的，直到获得他想要的效果为止。他深入地研究了各种想法，反复不断地纠结并衡量它们的可行性。最让人担心的是，他总是会把简单的事情复杂化，把平凡的事情神圣化，这一点跟那些诗人一模一样。”①

作为迪伦的恋人，苏西倾听着他的心声，帮助他艰难地创作着。但同时，她也需要塑造自我，找到一条适合自己的发展道路，因此她并不像迪伦希望中的那样总是随叫随到。苏西的个性十分独立，因此她有时也会觉得被这种形影不离的恋爱关系束缚得喘不过气来。第四街的公寓里的气压越来越低。在每次激烈的争吵中，鲍勃总是表现出极强的占有欲。“我们两个人都极度敏感，”苏西后来这样评价道，“这一点既维系着我们之间的感情，同时也让它变得愈发艰难。”②

在公众面前，苏西总是默默地站在迪伦身后。“她和迪伦在一起的时候，”多次与他们共同出席活动的罗伯特·谢尔顿这样形容，“总给人一种活在他阴影下的感觉。即使我能够感觉到她敏锐的艺术洞察力，她也几乎从不表现出来……在感情上，迪伦是个很难相处的男伴，他对那些恋爱经验丰富的女人来说都是一种挑战，更别说是一个刚刚十八岁的年轻姑娘……我知道她对迪伦还是有一定影响力的，所以我常常告诉她要多向迪伦提提自己的需求，即便她还是会因此愁眉不展。我不知道她是否认为自己能够在迪伦铺天盖地的需求中找到自己的身份。”③

从他们开始共同生活到最终分手的两年半时间里，苏西·罗托洛占据了迪伦的心，以及他的思想和他的作品。在他的作品中，苏西曾被描述为欲望的对象，常常被比作森林中的小兽，有时被形容为女神，也曾被称为“唯一能看穿我灵魂的通灵者”以及痛苦的源泉，可以看出她在迪伦心中的重要性与日俱增。事实上，迪伦在与这个他第一次真正爱上的姑娘相处时，意识到了爱情、快乐与愉悦的背后往往隐藏着自我的内心斗争。爱情这场他还没弄清楚规则的游戏是那么残

---

① 《放任自流的时光》。

② 《纽约时报》，2008年5月11日。

③ 《鲍勃·迪伦的音乐人生》。

忍而又具有破坏性，一下就击碎了他心中的所有确信。每天清晨，当他从他深爱的人身边离开时，一种恍惚而充满负罪感的情绪时常会攫取他的心：

走下门口的台阶，站在路口
我的双眼开始模糊
于是，我回头看着房间
那是爱人和我曾熟睡的地方
这种永不休止的饥饿感
对任何人都不再有意义
我们不过是那周而复始已似多余的清晨
只是彼此已相隔千里①

而玛丽·罗托洛始终未曾心软，她觉得自己的女儿和这个默默无闻的年轻歌手之间并没有未来。因此，她建议苏西去意大利继续学习艺术。对苏西来说，这个提议极具诱惑力：这既能让她好好认识一下祖辈生活的国度，也能让她短暂地离开迪伦一段时间，好好地审视一下他们之间的关系。鲍勃自然不会同意，他想尽办法劝说她打消这个念头。苏西最终厌倦了鲍勃的指责和两人之间的争吵，于1962年6月8日和她的母亲一同踏上了前往欧洲的旅途。迪伦曾问过她打算在欧洲待多长时间，得到的回答却很含糊：不会太久，也许只是去过个夏天。对迪伦来说，整个世界都崩塌了。这是他第一次因爱情而悲伤。他没办法继续住在第四街的公寓里了，因为那里的一切都会让他回想起苏西。他逃离了纽约，去明尼阿波利斯待了几周，重新回到了当地的民谣圈。在他的朋友托尼·格拉夫录制的一张录音带上，迪伦在两首歌的间隙中吐露了他悲伤的心事："我的女朋友，她现在身在欧洲。她是坐船去的。她9月1号就会回来，直到她回来之前，我都不会住回我们的家。一个人在那里度过的每一分钟都太煎熬了。"

---

①《多余的清晨》。

苏西并没有如约在9月初回来。她在佩鲁贾大学注册入学了，要在意大利一直待到1962年年底。迪伦极度消沉，只能通过创作来逃避现实，他将深陷爱情中的男子焦急等待的心情写进了歌里，这在美国乐坛还实属少见。正如他在《明天太漫长》中唱的那样，与苏西分开的每一秒钟对他来说都像永恒那样漫长：

只有当我听见她温柔的心跳声
只有当她躺在我的身侧时
我才愿重新回到我的床上安睡①

听闻苏西再次推迟了回纽约的时间，迪伦陷入了更深的痛苦中，这一状态与后来罗兰·巴特在《恋人絮语》中描述的如出一辙。他饱受猜疑的折磨，总是细细地分析他的恋人的一举一动来折磨自己。他觉得苏西之所以推迟了回纽约的时间，是因为她并没有像自己思念她那样思念自己。或者说，她对自己的爱不如自己对她的爱深。也许甚至她已经打算跟自己分手了，只是不敢承认。这一切都成了《西班牙皮靴》这首歌的素材，虽然歌曲背景被搬到了西班牙，但歌中男女对白形式的灵感显然来源于他和苏西的书信往来。而迪伦只是简单地解释说："这是一个女孩离男孩而去的故事。"

在贯穿整首歌的九段歌词中，一对恋人轮流发声，展现出了恋爱中的各种不如意：从相互误解、心怀负罪感、满心苦楚到最终放手。在一艘即将起航的船上，女孩给他的爱人写了一封信，信上说，为了缓解他的相思之苦，她会给他寄一件美丽的礼物。男孩则气愤地回复说，他唯一想要的就是她轻柔的一个吻。然而，由于女孩一直坚持，男孩最终同意接受礼物，但要求她给他寄一双"西班牙皮靴"。

靴子（或者普遍意义上的鞋子）是常在迪伦作品中出现的意象，对他来说，它们象征着变化。因此，他也选择了靴子作为联系他与他的恋人的物品。和苏西

① 《明天太漫长》。

分离几个月后，迪伦吸取了一个教训：分手时，留下的那个人总是比离开的那个人更痛苦。《西班牙皮靴》中的一句歌词也证明了这一点："我确信你的心已经不在我这里，而是飞向了你前往的国度。"同时，为了减少自己的痛苦，或者仅仅是因为真爱，迪伦越来越多地在自己的歌里提起这个离他而去的女子。

其中最具代表性的作品是《别多想，没关系》。歌曲的一开头，迪伦就向自己的爱人表示：

当鸡鸣裹挟着破晓
你看向窗外时，我早已不在
因为你，我又重新踏上旅途[①]

在这一作品中，两人不仅互换了角色，而且迪伦还以一种高傲的姿态在离开前对她说："别多想了，这样就好。"他似乎是要向她表示，他只能退却，因此这件事在他心里已经翻篇了。这显然是一种表面上的漠不关心，因为在歌曲的结尾，他还是无比痛苦地给了她致命一击：

我并不是说你对我不好
你本可以做得更好，但我已经不在乎了
只不过你消磨了我宝贵的时光
别多想了，这样就好[②]

迪伦以这首歌为代表创造了一类"恨情歌"，他不再诉苦，也不再悲痛，而是通过创作进行反击。自从他与苏西分开后，这类创作就层出不穷。在此之前，他已经被这段极具毁灭性的感情折磨得精疲力竭了。然而，可笑的是，这段感情

① 《别多想，没关系》。
② 同上。

又因为阴差阳错而延续了一段时间。1962年12月底，苏西回到纽约时，惊讶地发现迪伦并不在那里。他去了欧洲，先是在伦敦参演英国广播公司的剧，而后又前往意大利，希望能在那里碰到苏西，而当时苏西已踏上了回国的旅途。这次错过也从侧面说明这对恋人已经不再心意相通了。经历过这次分离后，他们之间的一切都不再如前了，他们两个人也都变了。迪伦在经纪人亚伯特·格罗斯曼的引导下，事业蒸蒸日上，却丢失了当初孩童般的天真。而日渐成熟并拥有了自主权的苏西也羽翼渐丰，希望走上自己的发展道路，而不是永远活在“鲍勃·迪伦的女朋友”这一身份下。

他们又重新开始在第四街的公寓里共同生活，但往昔已不再。当迪伦在创作时，他不再保持沉默，反而常常指责苏西对他不够关心。“他需要一个能够指引他的人，”苏西后来这样说道，“在当时，这个人不可能是我，因为我自己也需要这样一个人，我也还在追寻自我。但和他不同的是，我并没有什么具体的任务或是抱负。这大概是男女之间的差异以及时代背景使然吧。我知道自己是个艺术家，但我热爱诗歌、热爱戏剧，我热爱的东西太多了。但鲍勃不一样，他清楚地知道自己想要什么，该往哪个方向不断努力。”①

1963年5月，迪伦发行了专辑《放任自流的鲍勃·迪伦》，封面上正是那张苏西挽着他的照片。除了被定格在照片上的这对热恋中的情侣外，一切都糟糕透了。刚刚成名的迪伦陷入了众人对他的不信任中，几近偏执。而在纽波特民谣音乐节之后，他与当时和他走得很近的女歌手琼·贝兹之间的流言传得满天飞。而当他在“华盛顿大游行”上演出完回来后，苏西告诉他，她搬去B大街她姐姐卡拉的公寓里住了。他立刻追去那里找她。那年年底，《新闻周刊》揭露了迪伦的真实身份，同时发生了汤姆·佩因公民权利奖颁奖礼上的丑闻。迪伦无比苦恼，包括苏西在内的任何人都无法让他重新振作起来。1964年3月中旬，就在他的横穿美国之旅结束后两周，他和苏西的姐姐卡拉大吵了一架。这次争吵比之前的任何一次都要激烈，卡拉也因为担心自己的妹妹而就此将迪伦赶出了家门。这件事

① 《纽约时报》，2008年5月11日。

成了他们最终分手的导火索。

迪伦把这致使他和苏西的爱情故事终结的一幕写进了他两个月后录制的一首歌词很长且十分伤人的叙事歌曲中。这首《D平原叙事曲》不仅仅是迪伦的作品，更是他的报复。他将罗托洛家的故事搬上了舞台。令人惊讶的是，这首歌从头至尾没有一句是在指责苏西，也许是迪伦还希冀于能和她重修旧好。他在歌词中将矛头指向玛丽和卡拉，指责她们导致了他和苏西的感情破裂：

在初夏的微风中，我偷走了她
即便她的母亲和姐姐寸步不离地守着她
她们都因自己失败的人生而痛苦着
却还试图用一系列负罪感来操纵我们①

失望的迪伦攻击的主要目标是卡拉，她被描述为苏西的坏姐姐，一个小心眼、神经兮兮的寄生虫。相反，在这部悲伤但又顾影自怜的作品中，他不断地强调自己是个可怜的受害者。不过，无论他再怎么强调这一点，即便是写下了“至于我，对于我所做的一切，我无可辩驳”这样的歌词，他的自我批评听起来也还是有些虚伪，也不足以掩饰他的痛苦以及复仇的心理。

很快，迪伦就开始后悔自己在悲愤的驱使下写了这首表达不满的歌曲。“我真是个该死的傻瓜，竟然写了这么一首歌。”他自己承认道，“事后回想时，我觉得在我创作的所有歌曲中，这首歌大概是最应该被丢弃的一首了。”②随着时间的推移，苏西也有了足够的时间来原谅他：“许多人问我对他饱受痛苦时创作的《D平原叙事曲》等一系列歌曲有何感受。说实话，我从来没有被它们伤害到，我也完全能理解他这么做的原因。毕竟当时我们的感情走到了尽头，我们两个人都很受伤、很痛苦……创作是他发泄的出口，可以让他不再忧愁。这没有什

① 《D平原叙事曲》。
② 比尔·弗拉纳冈，《写入灵魂：与伟大摇滚乐作者的对话》，公共汽车出版社，1991年。

么不对的。而且，这也是他记录自己生活的方式。”[①]

1964年8月发行的《鲍勃·迪伦的另一面》这张专辑中，除了收录了《D平原叙事曲》，还收录了一系列显然是写给苏西的歌。这次，他没有再把她的家庭成员当作替罪羊，而是选择了一些看起来和他们的感情没有太大关系的主题。这次，他显然又不厚道地把一切事情的责任都归到了苏西身上。在《宝贝，那不是我》这首歌中，他再次使用了“孩子气的女人”这一曾在《别多想，没关系》中出现过的主题。在这首极度厚颜无耻的歌里，“铁石心肠”的男孩劝说幼稚的女孩别再来扰他清净：“离开我的窗边吧”“消失在夜色里吧”。在为他离开恋人的行为披上了令人满意的外衣后，他开始试图解释他们恋爱关系中的一些误会。她一直想找一个为她服务的完美骑士，能够时刻保护她，无论对错都坚定地站在她这一边，在她摔倒时会第一时间扶她起来。然而，他并不能满足她的需要，因此他们也就没必要再坚持下去了。现实生活中的情况完全相反且更为可笑，发生了卡拉家中的那一幕后，一直是迪伦苦苦地想尽办法要和苏西重修旧好。

1963年7月26日至28日，迪伦在琼·贝兹的邀请下第一次参加了纽波特民谣音乐节，还和她一同完成了人生中的第一次合唱。周日晚上，在迪伦的演唱会上，与彼得、保罗和玛丽组合同为音乐节主打明星的贝兹演唱了《别多想，没关系》，演唱前进行了这样的简单介绍：“下一首同样是鲍比的歌，这首歌讲述了一段旷日持久的恋爱故事。”这一阴险的暗示让苏西意识到，现在琼已经是迪伦感情生活的一部分了，即便他们之间的关系暂时看来仍仅限于工作上的交流。但这种情况也不会维持太久了。

接下来的几个月里，即便迪伦依旧和苏西在一起，在纽约苦苦等待她归来，另一方面，他也不会再离开琼·贝兹。有人说，最主要的原因是他知道贝兹会对他的职业生涯有所帮助。“1963年时，”戴维·范·容克说道，“他十分需要琼，因为他非常想成功。当时琼红极一时，而迪伦却仍默默无闻。她希望能有一

① 伊丽莎白·汤姆森，《迪伦的伴侣》，纸麦克出版社，1991年。

颗耀眼的新星来重振和平运动，然而迪伦对此漠不关心。”[①]

传记作家罗伯特·谢尔顿是这样看的：“我确信他们是相互需要的，而且不仅仅是为了在工作上获得更多机会……对琼来说，迪伦可以同时成为她的宠儿和保护者，而她觉得自己可以教会迪伦一些成功的诀窍。一开始，迪伦觉得用自己的思想来取悦别人太过阿谀奉承，但这的确也是一次接触更多听众的机会。而在这一过程中，他们慢慢陷入了恋爱中。”[②]迪伦在1966年曾对谢尔顿说：“琼和我？……她使我成长。我的确利用了她，但我并不觉得自己亏欠她什么。”[③]

虽然彼得、保罗和玛丽组合唱红了迪伦创作的《答案在风中飘荡》，使得迪伦开始对成名满怀希望，但他在当时仍不太为大众所知。而琼·贝兹虽然和他年龄相仿，却已经是一名广受认可的艺人了。十八岁时，她在鲍勃·吉布森的举荐下出道，已经相继发行了四张专辑，其中有一张还是1961年的金唱片。她纯粹干净的女高音让她被一些媒体誉为“民谣女王”。直到她遇见迪伦之前，她都只演唱美国、英国、巴西甚至法国的民谣歌曲。她发现迪伦是一个与她完全不同的当代民谣音乐人，他能够在他的作品中同时实现打动人心、讲述故事和传递思想这三点。这一特质对她这类热衷于参与时政的歌手来说非常重要。除了演唱他的部分作品外，她还将它们收录进自己的唱片中，并致力于让大众认识这些作品的缔造者。纽波特音乐节之后，她并没有止步，而是带着迪伦继续演出，并将他介绍给自己的听众。

“1963年8月，”琼在她的自传[④]中写道，“我踏上了巡演的旅途，同时也邀请了鲍比和我一起去，就像四年前鲍勃·吉布森为我做的那样。当时，可以容纳近万人的演出现场座无虚席，而我拽着我的小流浪汉一起上台表演，这既是一次独特的体验，也是一次我很确定我们会双赢的赌注。当他出场打断了世上最温柔的旋律，并用他那粗野、暴力而古怪的一系列画面取而代之时，那些从没听说过

① 《鲍勃·迪伦的音乐人生》。

② 同上。

③ 同上。

④ 《歌唱人生》。

他的听众都很愤怒，甚至向他发出嘘声。我像小学生一样竖起手指让他们安静地听听歌曲的内容，因为他是个天才。然后，他们就照做了。”

秋天，琼邀请她的“天才”去旧金山向南一百五十公里，她位于加利福尼亚州卡梅尔的家中小住。“在那里，你在创作的时候可以享有绝对的宁静。”她当时这样说服了迪伦。的确，在纽约，他和苏西之间的关系日益恶化，这种低气压的气氛的确不利于创作。迪伦意识到，这样下去，事情可能只会越来越糟，因此他决定去一趟加利福尼亚。在卡梅尔的时候，琼和迪伦就待在距离太平洋几百米的一栋孤零零的房子里。这段时光也使得他们之间的关系愈发亲密。相比和苏西之间因激情而产生的爱情，迪伦和琼之间的关系更偏向由友情升华而成的爱情。远离了纽约的情感风暴，迪伦终于能够专心地将自己所有清醒的时间都用在创作上。他在卡梅尔创作出了《放下你疲惫的曲调》，这首歌显然表现出了他的疲惫，但同时也体现了大自然的美给他带来的宽慰：

狂野的海洋像一架演奏中的管风琴
海藻们编织着自己的发辫
海浪撞击着岩石和沙滩
好像乐团中演奏钹的乐手[①]

我们很难定义迪伦和琼之间的关系，对他来说，琼是同事？对手？爱人？姐姐？朋友？像母亲一样的角色？或者以上皆是？虽然他对这个话题三缄其口，但琼还是讲述了她是怎么迷上迪伦的：“鲍勃就像个难搞的小孩，但这也是我觉得他最有魅力的地方。他能够激发女性的母性本能……他的嘴让人难以抗拒，它温柔性感，既孩子气又敏感紧张……他的目光沧桑，却又像秋叶般脆弱。”[②]对迪伦来说，与苏西之间关系的破裂给他带来了无尽的痛苦和悲伤，因此他不愿那么

---

① 《放下你疲惫的曲调》。

② 《归乡无路》，《歌唱人生》。

快向爱情屈服，情愿与琼矜持地保持着相互欣赏、相互爱慕的关系。“他很少表现出温情，”琼这样描述道，“也不太会优先考虑别人的需求……他毛病不少，是个复杂又不太好相处的人。在我心里，鲍比就像一颗表面上微微有些划痕但瑕不掩瑜的钻石……他比大多数人都要脆弱。当我坐在那里看着他演奏的时候，我发现他常常会突然因为一句评论或一样东西而慌了神。但因为他很会掩饰，所以几乎没有人发觉。不知为何他总想摆脱一切责任，无论是对谁的什么责任都一样。所以，他总是在一得到别人提供给他的东西后就匆匆逃离。”①

迪伦与琼的关系无疑在艺术上比在感情上对他更为重要。因此，琼和他之间最终不过是一段过渡式的感情，和他之前与苏西或之后与萨拉之间的生命中最重要的两段感情相比，他在这段感情中并没有许下任何承诺。此外，在工作上，他们之间的隔阂也越来越深。一是因为接下来的两年，迪伦一直沉浸在对名誉的追逐中，二是因为他在艺术上和思想上都发生了极大的转变。“我非常喜欢和鲍勃相处的感觉，”琼写道，“但是很快，我们之间本质上的区别显现了出来，它一点一点毁灭了我们的感情。有一次，我问他是怎么写出《战争之王》这首歌的，他说他觉得这样写能卖得很好。我一直把这当作一句玩笑话。我觉得他对政治的积极参与仅限于创作中，我从没见他真正参加过任何一次游行……而且，我也始终觉得他并不想参与其中。”②

几个月后，他们之间的鸿沟越来越深。琼出身于一个贵格会家庭，是纯粹的理想主义者，常常带着些童子军的观点看这个世界，她最终实在无法忍受迪伦的那虚无主义的“新形式”。“我只是觉得鲍比希望摆脱一切义务，仅此而已。他想摆脱一切重要的东西，或者说我觉得他常常表示这个世界上没有什么是重要的。这让我和他站在了完全对立的两方……我不相信会有人觉得这世上没有什么是重要的。但鲍比这么才华横溢，他完全能在这一点上说服我。”③

1964年3月，迪伦和苏西分手后，并没有逃去琼身边寻求庇护。虽然他依旧

---

①《歌唱人生》。

② 同上。

③《鲍勃·迪伦的音乐人生》。

常常和她见面，在她的陪伴下度过了许多愉快的时光，还一起去亚伯特·格罗斯曼在纽约州伍德斯托克的一栋乡野别墅住了一段时间，但有一点变了：迪伦不再需要她了。他有时甚至会觉得她的关心令他十分尴尬。迪伦当时的名气已经超过了她，并开始往国际化的道路上发展。1965年春天，迪伦踏上了英国巡演的旅途，不过，他并非孤身一人。他带上了琼·贝兹，同时也带上了一群阿谀奉承他的人。贝兹认为，这群人的出现阻碍了她和迪伦之间的真诚交流。“鲍勃有一种令人难以亲近的魅力。所有人都试图激怒他或是要点小聪明把他逗笑……即便我和他这么亲近，而且和他与日俱增的粉丝们相比，实属近水楼台先得月，同样也无可幸免。他和我们所有人都保持着一定距离，除了极少数我们都不经意的瞬间。”①

他们在英国度过的几周中，琼被淹没在一群卑躬屈膝的马屁精的傻笑声中，她感觉迪伦已经离她越来越远了。她满心苦恼，却仍期待着迪伦会回心转意，可她发现迪伦甚至完全没有打算邀请她上台和他一起表演。“我还很年轻，我对未来还有很多期望，”她说，“我应当身处那些不安和骚动正在发酵的地方，而并非这里。这里的所有人都在房间里玩乐，将其他一切都抛在脑后，而我并不想与他们同流合污。我对这些人的行为颇有微词，但至少我对鲍勃还有所期望，毕竟他是我的朋友。可他已经变了。这一点让我感到很害怕，也让我觉得很难过。我觉得他会像我当初在美国所做的那样，在这里邀请我上台和他一起演出，但他似乎并无此意。他希望舞台只属于他一个人，至少我这么觉得，他不愿有人和他竞争。”②

琼十分失望，她感觉受到了嘲笑和羞辱，因此离开了迪伦的巡演团队，转而去巴黎找她的父母。之后很长一段时间内，她都仍对迪伦心怀希望。她后来将自己当时痛苦的心情写进了一封真诚的公开信里，收录在她的自传中：“鲍勃，我在巡演途中并不是因为爱情而感到无比受伤（即便你当时完全没意识到我有多

---

① 《歌唱人生》。

② 《归乡无路》。

么悲惨），而是因为失望。在我短暂却光彩熠熠的职业生涯中，第一次有人从我的眼皮底下偷走了我的荣耀。我当时虽然仍跟随着你，但心底一直感到无比厌恶。”[①]2000年，马丁·斯科塞斯为拍摄纪录片《归乡无路》采访迪伦时，曾问起他当初到底做了什么，以至于琼有这样的反应，迪伦局促地回答了寥寥几句：“我当时没有邀请她上台可能是有些愚蠢，但谁也不可能既做圣人又做爱人。我希望她终有一天可以理解。”[②]

在迪伦的眼中，苏西始终是女神，因此他在许多歌曲中从各个角度对她表达了爱意。毫无疑问，无论是《别多想，没关系》《宝贝，那不是我》还是《D平原叙事曲》，她都是其中的主角。然而，想找出迪伦哪些歌曲中的女主角是琼·贝兹，就要困难得多。首先，迪伦对她似乎并没有那么迷恋，因此也没有那么多想要向她表达爱意的欲望。其次，也是最为重要的原因是，他们在一起的那段时间里，迪伦已经慢慢开始不再创作有所指的作品了。不过，还是有种种迹象表明，迪伦有些歌曲或是某些歌曲中的一部分还是为琼所作的。

其中，《她属于我》这首提到了一位戴着埃及戒指的女子的歌曲正是迪伦送给琼的礼物。他描述了一个与琼极为相似的女子，她总是期望被称赞，热爱收集别人觉得不过是“会走动的古董”的东西。这一形象影射了迪伦眼中琼想要将其占为己有的那段时期。琼可能也是同年发行的歌曲《简女王》中的简女王，或者至少是她的一部分原型。虽然歌名听起来很光鲜，但歌里描写的是一个厌倦了世事又有些迷茫的女子，被一群劝告她、唆使她走向极端的人（可能是指琼身边的那群理想主义者）包围。迪伦似乎是在这首歌里挖苦作为活动分子的琼，但他当初也正是拉住了这样的琼的手，并邀请她来看自己的演出。

1965年9月29日，迪伦接受了《芝加哥每日新闻》的采访。聊完了音乐和政治问题后，记者将话题转向了家庭，问道：“您有没有想过要开始过普通人的生活，结婚生子？”迪伦的回答好像很决绝，却又有些模棱两可：“我希望自己永

① 《歌唱人生》。

② 《归乡无路》。

远不要像普通大众那样。结婚然后生一群小孩并不是我想要的。当然，如果这一切真的发生了，那就顺其自然吧。毕竟我希望的事情总不会发生。我相信这世上没有人可以预知未来。”[①]然而，与他这一番言论相悖的是，他在几天前已经偷偷地和萨拉·朗兹举办了婚礼，而萨拉当时也已经怀上了他们四个孩子中的老大杰西。萨拉1939年10月28日出生于特拉华州，本名雪莉·诺辛斯基（她的祖辈和迪伦家一样，也是从敖德萨移民而来）。她的少年时代十分悲惨，她的父亲在她还不满十七岁时被一个醉汉杀害，五年后，她的母亲也去世了，二十一岁的她成了孤女。而正是她忧郁的眼神深深地打动了迪伦，让他决定以此给自己最动人的一首情歌[②]命名。

1960年，年轻貌美、皮肤白皙、有着一头褐色秀发的萨拉来到了纽约，她的第一份工作是花花公子俱乐部的兔女郎[③]。随后，她成了福特公司的一名模特，遇到了年长她二十岁的时尚摄影师汉斯·朗兹，并在1960年年底嫁给了他。第二年，他们就有了女儿玛利亚，这个小女孩后来成了迪伦的养女。女儿出生后不久，他们的婚姻就出现了裂痕，最后以离婚告终。萨拉在格林尼治村的一家酒吧里认识了女服务员莎莉，她们后来成了很好的朋友。1964年11月，莎莉嫁给了亚伯特·格罗斯曼，萨拉也受邀参加了婚礼。在婚礼上，她第一次见到了鲍勃·迪伦。

迪伦一见到她，就被她的美貌和举止吸引了。萨拉朴素、稳重，笑容亲和，善解人意却又神秘，既对东方哲学中的智慧充满兴趣，同时也极富幽默感，和迪伦认识的所有女性都截然不同。她虽然看起来比她的年龄更为成熟，却既非不断探寻自我的艺术家，也不是渴望改变世界的活跃分子。自成名以来就被巡演和接踵而至的活动缠得透不过气来的迪伦，只要一和她待在一起，就能保持内心平静、心态平和。人们只消听到迪伦在他们相遇后不久创作的《零下一度的爱》

---

① 《芝加哥每日新闻》，1965年11月29日，约瑟夫·哈斯访谈。

② 这里指迪伦1996年发行的歌曲《低地怨女》。

③ 兔女郎是《花花公子》杂志集团开设的花花公子俱乐部里的性感女服务生，因制服会让人联想到兔子而得名。

的前几句歌词就会明白了，他在短短几句中描述了他对自己这位未来的妻子的印象：

我的爱人说话寂静如无声
既非理想主义也不过分激烈
她不必用言语表达对爱的忠诚
她是如此真诚，像寒冰，像烈火①

直到20世纪70年代初，极不情愿地被推至反正统文化运动核心的迪伦与萨拉过上了平常得不能再平常，但还算小资的家庭生活。他们一开始住在纽约的切尔西旅馆，之后搬去了伍德斯托克的家中，后来又辗转美国各地：格林尼治村、长岛、加利福尼亚……迪伦为萨拉创作了许多首真正的情歌以吐露心迹，他觉得和萨拉在一起是人生中最幸福的时光。显然，在《低地怨女》这首歌中，萨拉被描述为难以接近的女神，所有男性都会拜倒在她的裙下。迪伦也是如此，在很长一段时间里，他都将萨拉奉为自己的女神。萨拉对迪伦来说象征着混乱无序的世界中一则坚定的信念。在他心里，她也扮演着能够安慰他、保护他的母性角色。她一直都在，无论发生什么都陪伴在他身边。他也曾向自己的朋友维克多·梅穆兹吐露心迹：“琼从不会在我需要她的时候待在我身边。我越希望她做什么，她就越不愿意做。而萨拉就不同，当我希望她能待在家里的时候，她就会待在家里。”②这些知心话如果是发自内心的，那它一定违背了最不保守的女性的观念。

这段幸福的婚姻生活并没有造就迪伦创作的高峰。相反，1968年至1973年间，他第一次经历了灵感的枯竭。当时他是否意识到，要想恢复创作，就必须离开虽然保护了他但也束缚了他的灵感的温暖巢穴？1974年春天，为了寻找新的创

① 《零下一度的爱》。
② 《鲍勃·迪伦的另一面》。

作灵感，他开始跟着著名的意第绪语作家所罗门·阿莱幸之子、画家诺曼·拉本学习绘画。这位老画家（于1978年过世）并非仅仅教授他绘画技巧，同时也向他传递了许多艺术与日常生活中的观念。迪伦将拉本传授给他的绘画技巧运用到了自己的创作中，这也为他接下来的创作输送了新鲜的血液。他自称这一改变是受到了拉本的影响："他教会了我如何将我的思想、我的手和我的眼睛聚合在一起，这使得我能够将自己无意识的感觉有意识地表达出来。"①然而，虽然艺术上的觉醒给迪伦的职业生涯带来了转机，但他在无形之中疏远了他的太太，她后来也表示，从那时起，她就不再能理解他了。对迪伦来说，要想同时当好一个灵感充沛的艺术家和一个好丈夫，几乎是不可能的事情。

同一年，自1966年起就几乎没有再出现在舞台上的迪伦带着"乐队"重新踏上了一场全美巡演之旅。这也是他重新觉醒的方式之一。几乎是同时，他和萨拉之间的感情也开始出现裂痕。据流言所传，迪伦因为重新开始自由地四处活动，绯闻和不忠的传言也层出不穷。然而，迪伦当时似乎在倾尽全力拯救自己的婚姻，他创作了这首《婚礼之歌》向妻子示爱：

爱你胜过疯癫，胜过海上的波涛
爱你胜过爱生命，你对我而言就是那么重要②

然而，这一切都收效甚微，他们之间的关系仍在不断恶化。自他们1965年结婚起，萨拉第一次决定要和他分开一段时间。虽然萨拉并没有决心要和他离婚，但这还是让迪伦伤透了心。在他1975年1月发行的专辑《血与迹》中，大部分的歌曲中都出现了一个失控的男人的形象。这张专辑受到乐评人的大肆吹捧，他们残忍地指出，迪伦只有身处不幸中才能创作出这样绝佳的作品，这张专辑显然是1967年发行的《约翰·韦斯利·哈丁》之后最好的一张专辑了。

---

① 《滚石》杂志，1978年。
② 《婚礼之歌》。

在《血与迹》这张专辑中，迪伦重新找回了他1960年前后的诗人才气。他的歌词重新变得杂乱而繁复。即便这些文字有些难以理解，但人们还是能够很明显地从中读出一对相互伤害的恋人的故事。每一首歌中都带着同样的面对爱人离去时的痛苦、同样的糟糕感觉以及同样的悔恨。在《如果你见到她，请代我问好》中，他这样写道：

我们经常会像其他情侣一样争吵
但这一次她在那个夜晚离开了我，这让我痛不欲生
虽然肉体上的分离就像一把刀刺穿了我的心脏
但她还是一直在我心中，我们的灵魂从未分开过①

1975年7月，迪伦在纽约录制他的新专辑《欲望》，其中一部分歌曲是他和戏剧导演雅克·列维共同创作的。而萨拉彼时正在墨西哥度假，她希望能在旅途中理清她和迪伦之间的关系。她扪心自问这段感情是否还有未来，最终还是对修补它抱有一丝希望。7月31日，她突然出现在迪伦的录音室里，希望和他谈谈。正在休息的迪伦一看到他的妻子，立刻召回了乐手们。他抱着吉他，唱起了他刚刚为她写的新歌《萨拉》。“这种感觉太奇妙了，”雅克·列维说，“录音室里静得能听见苍蝇飞过的声音。她就在那儿，隔着录音室的玻璃看着这一切，一脸震惊。当时我就想，这应该会是一个转折点……的确成了，他们又重归于好了。”

这首《萨拉》与迪伦这一时期的其他歌曲完全不同，它很直白，没有什么晦涩难懂的地方。这首歌毫无疑问是迪伦献给他的妻子的，没有一丝含混，甚至连歌名都直接用了她的名字。这首歌既是要向她致敬，也是要请求她的原谅。迪伦抛去了他一贯的骄傲，难得地毫不羞怯地在歌词中承认了自己的错误：

---

①《如果你见到她，请代我问好》。

请你原谅我的无知与浅薄
迷茫时，你总给予我支持
你指引我走向你的天堂
萨拉，噢，萨拉
请别再轻言离别，永远别再离开我①

暴风骤雨后的平静总是短暂的。迪伦终日对自己感到不满，因此一直用酒精、药物和一夜情来麻木自己。1977年2月的那个早晨，在他们位于加利福利亚马里布的家中，萨拉走进餐厅时，发现她的丈夫带着刚和他共度完良宵的女子和孩子们一起坐在桌边吃早餐。他们大吵了一架，迪伦甚至还动了手。3月，萨拉·朗兹·迪伦因以下原因提交了离婚申请："因为担心自己的安全，我每天不得不提心吊胆地回家。他打了我的脸，打伤了我的颌骨……我的五个孩子因为我丈夫的行为和奇怪的生活方式受到了严重的惊吓和干扰。"

① 《萨拉》。

我竭尽所能，
要做我自己，
但所有人都想要别人和他们一样。
（《麦吉的农场》，1965年）

电音自由主义者

BOB DYLAN

13

迪伦名声大噪之后，越来越需要躲避仰慕者们冒昧的目光。在村庄的街道上漫不经心地散步，或者坐在一家咖啡馆露台一角的桌子前写歌都成了问题。于是，他只能躲到距纽约两小时车程的伍德斯托克。在拥有那里的房子之前，他习惯去住在近郊的经纪人亚伯特·格罗斯曼那里享受自然。1964年8月，他和琼·贝兹在那里度过了整整一个月的时光。尽管他的新专辑《鲍勃·迪伦的另一面》发布后，受到民谣大佬们的猛烈抨击，这位年轻的诗人歌手还是踏入了他艺术生涯的新阶段。在这段寓居期间，迪伦展现出非凡的创造力。琼·贝兹回忆说："我们在那儿的大部分时候，鲍勃都坐在他房间角落里的打字机前，喝着红酒，点上一支烟，不停地打字，一打就是几个小时。夜深人静的时候，他还会醒来，低声抱怨着，夹起一根烟，再次瘫坐在他的打字机前。"①

1964年夏天，在纽约州这个平静的角落，在亚伯特·格罗斯曼父亲般的保护和琼·贝兹温柔的关照下，迪伦脑海中不断闪现最近几个月发生的一连串事件：与苏西的分手，新奥尔良音乐节，《放歌》杂志指责他离经叛道。他开始思考自己的方向。自我怀疑最严重的时候，他甚至想就此告别乐坛。但他已卷入了这个

① 《歌唱人生》。

旋涡，他知道自己无法脱身。为了找到出路，他应当冒着与所有人对立的风险坚持己见。带着一种近乎狂妄的自信，他在一条为人诟病的路上走得更远：发掘内心的真我。为了自省，他阅读兰波和垮掉派诗人的作品，他要试着抛弃思想的世界，专注于感官和图像的世界，冒险一试。从此，诗对他而言不再是文学创作，而是变成了一种存在体验。

此前一个月，他在新港音乐节期间创作的《手鼓先生》折射出这种通过语言寻找自我的状态。这首歌里，迪伦第一次完全摆脱了意义，不再传达一致的信息。而这给他带来了诸多误解。自《手鼓先生》开始，评论家中就掀起了狂风暴雨，各种阐释争锋交错，人人都使尽浑身解数，向平庸之辈揭示迪伦想传达的真实意图。然而，迪伦没“想”说明任何东西，在这一点上，他没有意识地要表达一个清晰的想法。因此，想在他的歌词里找到一个清楚、准确的意义是徒劳的。就像他对琼·贝兹所说的：“当我死了，人们会说上一堆关于我的歌的蠢话。他们恨不得把一个逗号的意义都解释出来。他们不懂我的歌想说什么……甚至我自己也不知道它们要说什么。”①

尽管如此，仍然有些人试图找出这首歌里鼓手的原型。最缺乏诗意的人会认为是布鲁斯·拉格霍恩，有一天，这位音乐家参与了迪伦歌曲的录制，敲着一只巨型的鼓。另一些人声称这个神秘人物其实是一个毒贩，他敲开歌手的门，给他送毒品。如此多的投机之语全无任何具体依据。然而，我们也不能说迪伦的歌没有一点意义。实际上，这些歌有多重意义，这正是诗的伟大之处。迪伦在1965年的一次访谈中解释他的新歌与以往歌曲的不同之处，就提到它们的多义性：“不同之处在于，我以前写的歌，比如《D平原叙事曲》，可以说是单维度的。我的新歌建立在一个三维的空间，您明白吗？象征主义在这里的分量更重了，阅读角度并非只有一个。”②

每个人都能自行理解他听到的《手鼓先生》。然而，这首歌尽管有多重意

---

① 《歌唱人生》。

② 《谢菲尔德大学学报》，1965年4月30日。

义，似乎还是有一个贯穿始终的主题：神灵的感应。当时，这个问题始终萦绕在诗人脑海中。表面上看，《手鼓先生》和兰波的《醉舟》一样，都包含着解缆起航的意愿。“这空荡的老街死气沉沉，不适合做梦”，可能影射的是格林尼治村的街道。手鼓先生就像给诗人以慰藉的情人，诗人向他坦露想同他远航到未知彼岸的愿望：

带我登上你那神奇的魔船去远航吧
我保证紧紧跟随

《手鼓先生》写于1964年2月迪伦离开新奥尔良之际，这首歌明显带着他在音乐节期间无节制地服用致幻药物的痕迹。大麻产生的兴奋感使人忘却自我，如获新生。这种兴奋感在这几句歌词中展露无遗：

让我消失在精神的烟圈中
在时间雾蒙蒙的废墟里
远离那些扭曲伸展的疯狂忧伤

然而，尽管被称为“嗑药歌手”，迪伦一直努力把药物对艺术的影响降到最低，只承认药物使他的意识状态更加敏锐。

内省并不一定意味着自我迷恋。与批评者对他的指责相反，迪伦对政治从来不是漠不关心。他仅仅是改变了处理方式。他不再像介入社会的歌手那样揭露现实，义愤填膺，而是开始展示他的世界观。他充满诗意的想象力往往使他的世界观看起来宛如噩梦。他感到失望，不再相信人能介入事物的发展过程——但他相信过吗？似乎只能把人们带回他们各自的苦难面前，给他们一面看似变形但比现实情况更加现实的镜子。要好好完成这项“任务”，他需要再一次拓展他的写作，从象征主义走向超现实主义。

同年写成的《伊甸园之门》就代表了这种观点。这首歌的灵感来源于威廉·布莱克的诗作，令时人感到费解。迪伦似乎确实竭尽所能要挫败评论家们的勇气。因为在他看来，真相不能被阐释。至少在最后一段里，这段沉浸在爱河中的女人的呼唤就是如此：

黎明时分，我的爱人向我走来
对我讲述她的梦境
并不试图将那惊鸿一瞥
埋葬在各自想法的深沟[①]

这或许是整首歌的核心。在《伊甸园之门》中，为了描述世界的机制，迪伦描写了一个梦境。没有意识形态，甚至没有观点，没有叙述，只有一连串画面，首尾相连，像拼图一般重建真实。出现在这巨大旋流之上的是最荒诞失礼的人物：牛仔天使、骑机车穿黑衣的圣母玛利亚、穿灰色法兰绒的侏儒、王子和公主、乌托邦式的隐修僧侣。在堕落和腐化大行其道的背景下，一切都有关“占有关系”，所有人都渴望到达“伊甸园之门”，筋疲力尽。在迪伦这里，伊甸园不再是天堂，而更像某种虚无之地，没有真相，没有权力，没有法律，没有罪孽，在那里，希望是徒劳的。

同样的虚无主义也出现在《没关系，妈妈》中，这首作品是迪伦在亚伯特·格罗斯曼家暂住时写成的。这首歌没有《伊甸园之门》那样晦涩难懂，这段长达七分多钟的咒语以类似说唱的方式节奏顿挫地吟诵，是对美国资本主义社会的猛烈控诉。三十年后，迪伦在谈到这首歌时说：“重新看一些歌的时候，我感觉到恐惧。没有什么比《没关系，妈妈》里的叠韵更让我心惊胆战的了。但当我回顾以往的歌时，也能知道我在哪里玩了花样，而哪里又真的幸运地闪烁着诗的

① 《伊甸园之门》。

火光。”[①]

《没关系，妈妈》集中体现了迪伦1964年后的写作方法。我们再一次看到，即使他脑海中有一个亟待探索的主题，引导这种探索的也不是思想，而是音色和词的韵律。这段歌词就是字母f、w和o摩擦碰撞的结果：

Temptation's page flies out the door
You follow, find yourself at war
Watch waterfalls of pity roar
（欲望的纸页飞出门外
你追随而去，却发现置身战场
看可怜的咆哮卷起阵阵洪流）[②]

这种写作技巧接近超现实主义自动写作和詹姆斯·乔伊斯的意识流派，让迪伦得以从意义的问题中脱身。正因如此，当人们要他对一首歌的一段做出评论或解释时，他咄咄逼人地回答：“我不在某一句歌词上逗留。如果我深入去想，可能就弃之不用了，因为我也会自问，我到底要说什么。很长时间以来，我都相信我的直觉。”[③]他乐于运用这个悖论，在电影《蒙面与匿名》（2003年）中，他甚至说出了这句揭示他诗歌理念的哲言：“有时，只了解事物的意义远远不够，有时，也要了解事物不要表达的东西。”

《没关系，妈妈》显然是一首自由主义的作品，将一个面对美式生活的弊病的个体呈现得淋漓尽致。与一上来就充满火药味的《没必要尝试》不同，这首歌是一种异化的抵抗。尽管个体不能改变世界，但至少可以尝试不被主流意识形态吞噬。但这需要以艰难的意识觉醒为代价，要付出巨大的努力才不至于忘却：

---

① 《纽约时报》，1997年9月28日，约翰·帕若莱斯访谈。

② 《没关系，妈妈》。

③ 《洛杉矶时报》，1997年9月28日。

希望你

不要属于他，属于她，属于他们，属于它[①]

《没关系，妈妈》以列举的形式呈现，乍一看毫无条理，其实有诸如 “不忙着出生的人忙着死”或者“美国总统有时也得全身赤裸地站着”的形式。下面这句或许最能概括诗人的反叛特点：

如果我的梦想和思想能够相见

他们可能会把我送上断头台[②]

尽管迪伦毫无疑问是一名诗人，但他的诗不是用来静静赏读的。这些诗作不能单纯印刷在纸上，只有依靠声音、旋律和音乐伴奏的承载，才能达到其真正的维度。迪伦在写作中逐渐放开形式上的束缚，同时也开始意识到，纯粹的原声民谣音乐不再是承载他的语言的最佳方式。迪伦需要给乐器组合改头换面，他的专辑《鲍勃·迪伦的另一面》的制作人威尔森也这样认为。“我从来没有对民谣音乐有特别的偏爱。我曾经录过桑拉和科崔恩的歌，我觉得民谣是给傻瓜唱的。这家伙弹得像个傻瓜一样，但是之后开始唱歌词了。我惊呆了。我对在录音室里的格罗斯曼说：‘如果在后面加一个乐队，就是一个白人版的雷伊·查尔斯了，能传达一个信息。’但这个想法直到一年后才得到所有人的同意。这个乐队需要我去找。这是一个巨大的进展。”[③]

迪伦一次次重复他的想法，他最初进入音乐圈就不是独唱，而是在一个乐队里。他选择只用吉他伴唱，首先是因为方便，为了省掉寻找合作伙伴、购买设备

---

① 《没关系，妈妈》，收录于《歌词：1962—2001》。

② 同上。

③ 《自传》。

的麻烦，这个过程既复杂又昂贵。尽管原声民谣的柔和感使迪伦在这三年里崭露头角，但也确实让他厌倦。他在1965年曾向诺拉·埃夫隆和苏珊·艾米斯顿祖露这一点：“我边唱歌边弹吉他的时候效果不错，你们知道的，一切正常。但是，我实在厌烦透了。我不能再这样演下去，我想停下来。表面上看都很好，公众要做什么，他们会如何反应，我心里一清二楚。这是个自动的过程。如果不能让精神靠岸，回归原位，那么它就会陷入迷途。要努力奋斗才不会被遗忘。真让人筋疲力尽。”①

如何战胜常规惯例？发展实际上只是回归根源的过程。现在有办法了，迪伦要自然而然地回到他最初的音乐。“当我演出的时候，”那时，他说，“我问自己：‘内心的我今晚会来看我的演出吗？’我承认，答案是：‘不，我不会来。我宁愿去做别的事，真的。’而这件事，就是摇滚。在我看来，那才是意义所在。画面是我的语言，摇滚能给画面的色彩增添素材。”②

1964年6月，在发布最后一张完全的原声民谣专辑后不久，迪伦参与了布鲁斯歌手小约翰·哈蒙德的新唱片《许多路》的几场录制，后者的父亲正是迪伦音乐生涯中的伯乐和第一位艺术指导。小约翰·哈蒙德吸纳了来自保罗·巴特菲尔德布鲁斯乐队的芝加哥吉他手迈克尔·布隆菲尔德作为乐队伴奏，此外还有在多伦多遇到的加拿大飞隼乐队的三名成员——鼓手列文·海姆、风琴手加斯·哈德森和吉他手罗比·罗伯特森，他们曾为山地摇滚歌手罗尼·霍金斯伴奏。迪伦深受震动，他笃信自己应当选择同一方向。就这样，他走出了不断自我质疑的时期。这年夏天，在“披头士热”③铺天盖地的英国，一支纽卡斯尔的布鲁斯摇滚“动物”乐队用一首电音版《日升之屋》登顶了流行音乐榜。迪伦曾在首张专辑里改编翻唱了这首由戴维·范·容克原唱的歌曲，而“动物”乐队的电音版本就以他的改编为基础。民谣、布鲁斯和摇滚的结合最终完成。现在，迪伦只需要走上在他面前展开的康庄大道。

---

① 《积极的梦想》，1965年8月。

② 《鲍勃·迪伦：1962—1969》。

③ 1964年8月28日，迪伦和披头士在纽约首次相遇，当时这支英国乐队正在美国巡演。

1964年秋天的大部分时间里，鲍勃都待在伍德斯托克，格罗斯曼在家里为鲍勃准备了一间有独立出入口的房间。不写歌的时候，鲍勃就到他的法国朋友贝纳德·帕图尔经营的浓缩咖啡馆下国际象棋。10月31日万圣节，他回到纽约爱乐厅举办音乐会，这个场地能够容纳约三千名观众。在此，他首次公开演唱了当时尚未正式发行的《伊甸园之门》和《没关系，妈妈》。他还演绎了一首名为《给杰拉丁的忠告》的长诗，诗中展现了他偏爱的主题，即个人无论出名与否，在社会压力面前都难以保持自身完整性。和几个月后录制的《布鲁斯之隐秘乡愁》一样，这一主题都以实用性建议的形式呈现。这些建议的受众或许是年轻人，他们即使不能反抗，至少也能逃离这种状态。他们是唯一可能这样做的群体。

经媒体怂恿后的迪伦在这份指南中给年轻人提出诸多岔开话题和干扰判断的策略，这一连串建议体现了他典型的偏执倾向：

当人们要求你给自己下个准确定义时
就说你是个货真价实的数学家
不要说也不要做
任何站在你面前看着你的这个人
不能理解的事情
他会认为你知道一些他不懂的东西
不要创造任何东西
它会被错误解读
它不会改变，它会跟随你一生
当人们问你靠什么维持生计时
就说你对维持生计感到可笑
别信那些说如果你对他们不好
他们就去自杀的人

当人们问你是否关心世界的问题时
深深地看着问这话的人的眼睛
他就不会再问你
当人们问你是否蹲过监狱时
就骄傲地说，你最好的朋友里
也有人问过这个问题
小心墙上空无一字的厕所
当人们叫你看看你自己时
永远别看
当人们问起你的真名时，永远别说[1]

1965年1月13日，迪伦来到哥伦比亚公司的A工作室，开始准备他的新专辑《满载而归》。他的素材就是过去十一个月里写的十八首歌。这天，他独自录制了十几首歌，由吉他或钢琴伴奏，其中包括很久之后收录于《私藏系列》中的《我会留着它》和《别了，安吉丽娜》，以及一首原声版《布鲁斯之隐秘乡愁》。听过之后，第一场录制便告结束。第二天，汤姆·威尔森召集了工作室的音乐家们：吉他手艾尔·乔格尼、肯尼·兰金和布鲁斯·拉格霍恩、钢琴手保罗·格里芬、贝斯手小约瑟夫·马可和威廉·李、鼓手鲍比·格雷格。

迪伦脑海中酝酿着一个想法，想听听前一天试录的歌配上电声伴奏会产生怎样的效果，尤其是那首节奏感最强的《布鲁斯之隐秘乡愁》。“我想，如果我有一支小的伴奏乐队会更好。乐器是插电的，但这并不一定意味着更加现代。乡村音乐也可以插电。”[2]

然而，迪伦没有和这些音乐家反复排练，没有经历任何摸索阶段，因为迪伦清楚地知道他想要什么。“在《满载而归》里，我一直听到的都是声音。之后，

① 《给杰拉丁的忠告》。
② 《归乡无路》。

歌曲的轮廓更加清晰，但这并不能使歌曲本身更丰满有力。声音就是那时的一切。我要回归声音，回归能带给我一切的声音。”[①]“迪伦像一个画家，”曾在《满载而归》录制现场的摄影师丹尼尔·克拉默说道，“他把不同音乐家提供给他的颜料涂在一张巨幅画布上，然后给最终作品增加深度，使它变得立体。音乐家们都热情饱满。一旦遇到问题，他们就积极商议。迪伦在他们中间穿梭，跟每个人解释他的想法，经常弹钢琴告诉他们他的需求，直到每个部分都完美契合，画面成为统一的整体，就像完成一张巨大的拼图。大部分歌录得很容易，只要三到四次。有时候，第一次听上去跟最后一次差别很大，因为二者节奏不同，或者使用了另一种和弦。独唱部分偶尔也会重新调整。他的工作方式和他对所期待的效果的清晰掌握大大加快了工作速度。”[②]

众所周知，独唱对迪伦来说有些困难，或许是因为曾经做摇滚乐手的经历，在管弦乐队的伴奏下演唱对他来说则惊人地容易，以至于《布鲁斯之隐秘乡愁》只录了一遍，即大功告成。这是专辑中最有摇滚色彩的一首歌，迪伦借鉴了查克·贝里的《没完没了地要猴戏》和40年代的scat音乐[③]。和其他歌曲一样，这首歌更多的是音步切分而非音乐旋律，类似于后来说唱歌手所称的语流，其承载的歌词更像是一种语言上的狂热，而不是条理清晰的话语。无论如何，这种声音都是迪伦信马由缰的写作内容的载体，其中混杂着诙谐、搞笑、社会评论甚至哲学思考。

《布鲁斯之隐秘乡愁》的名字或许源于杰克·凯鲁亚克的小说《隐秘地下人》，像一段先于文字而存在的侦探短片，做非法生意的小贩、便衣警察和法官一齐出镜。但这段电影剧本背后无疑蕴含着政治性的意图，比如这句著名的建议：“不要跟着领袖到处跑，停车时间快要到了。”叙述者（迪伦）只出现了一次，“走在人行道上，思考政府的事”，费心提醒一个少年小心体制的陷阱，告诉他该如何对抗。运用的策略始终相同：转弯抹角，迂回周旋，扰

---

① 《花花公子》，1978年。

② 丹尼尔·克拉默，《鲍勃·迪伦：艺术家早期肖像》，丛书出版社，1991年。

③ 爵士乐中的一种音乐风格，其特点主要为轻快、即兴，以人声模仿各种乐器。——译者注

乱路线，在表象上做文章，使自己被忘却。他就像一个卓别林，站在一边以免被捉住：

当心，孩子
他们对你隐藏一切
你最好跳进一个洞里[①]

和《没关系，妈妈》一样，《布鲁斯之隐秘乡愁》像一首宣扬个人反抗精神的自由主义赞歌，质疑一切权力——司法、警察、政治、意识形态——包括最危险的专家的权力。迪伦对此做了精彩的总结，后来无政府主义组织“天气预报员”[②]的名字正是源于这句歌词：“你不需要一个天气预报员来报道风吹来的方向。”

在同一天和同样的音乐家录制的《麦吉的农场》也是一首摇滚节奏的歌，这首歌也涉及个人与社会的关系，不过呈现的是一种剥削形式。叙述者所说的不再去干活的“麦吉的农场”究竟是哪里？很可能是密西西比州格林伍德的希拉·麦吉的农场，1963年，迪伦曾受争取公民权利的组织“学生非暴力协调委员会”之邀，到那里演出。这首歌要传达的信息显而易见：人们不要再指望他支持任何斗争事业。他不会去麦吉的农场干活了。但这首歌远远超出了自传的范围，这个农场似乎隐喻了整个社会，这使得《麦吉的农场》成为一首彻头彻尾的政治歌曲。因为，除了字里行间蕴含的人对人进行经济剥削的意义之外，统治者也是通过意识形态控制来对被统治者执行其权力。因此，这里再次提出个体逃避被格式化，拒绝循规蹈矩的必要性。“不，我不会再去麦吉的农场了，”迪伦向我们重复着，并且还说：

---

① 《布鲁斯之隐秘乡愁》。

② 1969年在芝加哥成立的一个极端地下组织。

我竭尽所能
要做我自己
但所有人都想要
别人和他们一样[①]

通过将他从小最喜欢的布鲁斯音乐——像在芝加哥演奏的城市布鲁斯——与电池和电吉他相结合，迪伦似乎找回了上一张专辑里所缺少的活力。他就像一个滑稽的男孩，对着活动家和记者这些严肃的人做鬼脸，他比以往任何时候都更加离经叛道，一个毫不妥协的现代版杰西·詹姆斯，不留任何回到正轨的可能，就像他在《法外布鲁斯》里预告的那样：

不要问我关于任何事的任何话
我可能会告诉你们真相

这种重新获得的自由明显使他感到异常欢欣，也促使他开始尝试一种尚未接触过的类型，这种类型在他此后的作品中越发常见，即怪诞和超现实主义叙事。《再次上路》就是一个例子。这首歌是对布鲁斯的滑稽模仿，开头是一句传统的“早上醒来一睁眼”，从第二句开始，就讲述一个没头没尾的故事：青蛙在袜子里，妈妈藏进冰箱，爸爸戴着拿破仑的面具到处炫耀。

另一首荒诞的歌就是《鲍勃·迪伦的第一百一十五个梦》。继《鲍勃·迪伦的梦境》和《鲍勃·迪伦的布鲁斯》（均收录于专辑《放任自流的鲍勃·迪伦》）之后，他第三次将自己的名字放进歌名里，制造一种狂妄、讽刺的效果。通过第一个梦的感性怀旧与第一百一十五个梦的无意义之间的鸿沟，可以窥见迪伦两年来的变化历程。始终忠实于其卓别林式形象的迪伦，这次傲然成为“五月花”号的水手，船上载着朝圣的神父们。但是，我们看到船长叫亚拉伯，与麦尔

① 《麦吉的农场》，收录于《歌词：1962—2001》。

维尔的小说《白鲸》中的主人公亚哈的名字相近。一下船，水手和同伴们就开始探索一片未知的土地，即当代的美国。随后，他们遇到一系列不可能的角色、事件、张冠李戴和年代上的错误，最后因为“携带鱼叉”而被捕入狱。

歌曲的末尾，在他们即将离开之际，水手看到三艘小帆船驶入海湾：

我问船长他的名字叫什么
为什么他不开一辆卡车
他说他名叫哥伦布
我只能说“祝你好运”①

很显然，迪伦在这里开了个玩笑。但玩笑并非无意而作。这种诉诸荒诞、幻想的行为，这种混合不同时代的乐趣，对他而言同样是一种打破真实，从而突出其离经叛道的方式。

《满载而归》的标题或许蕴含着把当时西方世界汹涌如潮的英国摇滚带回美国寻根的意味。在录制的第三天，也即最后一天，迪伦录制了整张专辑中几乎最接近原声的几首歌（用简单的原声吉他伴奏，有时用电吉他或电贝斯加一个不明显的复调），这几首歌收录在专辑的第二面：《手鼓先生》《伊甸园之门》《没关系，妈妈》和《一切都结束了，蓝色宝贝》。《满载而归》的确是迪伦众多唱片中的转型之作，是他曾经为人熟知的民谣音乐和后来成为他代表风格的摇滚之间的转折点。不过，这位始终提防把自己局限在一个维度的歌手不会做出这种区分。1965年8月，他感到需要明确这一点：“我们不玩摇滚，这不是一种坚硬的声音。人们称其为民谣摇滚——如果他们喜欢，就这么叫吧……至于其确切的性质是什么，我也不知道。这是一种做事的方式……这是某种感觉，在我所有的专辑里都能找到。它没有变，我知道它没有变。至于我自己完全是怎样的，也许我

① 《鲍勃·迪伦的第一百一十五个梦》。

以前有所夸张，现在不会了。”[①]

这种“做事的方式”包括什么？迪伦自己认为，就是用摇滚的能量和精神演绎民谣，并且反之，在摇滚里融入民谣的模式，歌词即便没有诗意，至少也要引人联想。尽管《满载而归》是两种风格的混合，但从音乐和画面来看，它仍然是一张与过往截然不同的专辑。就像他在专辑中的最后一首歌《一切都结束了，蓝色宝贝》中所唱的，迪伦向近在咫尺的过去告别，向他的抗议歌曲告别，向他唱民谣的朋友和他不能爱的女人告别。然而，尽管他的悲伤如此沉痛，这首歌的结尾仍闪烁着重生的希望：“擦亮另一根火柴，让一切从头开始，现在全都结束了，蓝色宝贝。”

《满载而归》发行于1965年3月。从见到封面的那一刹那起，听众就知道自己将听到的是一个全新的迪伦。他不再是第一张专辑里那个合唱团的男孩，他是《放任自流的鲍勃·迪伦》里格林尼治村的垮掉分子，是《时代在变化》里愤怒的年轻人，是《鲍勃·迪伦的另一面》里被忽视的不羁一族。出现在丹尼尔·克拉默镜头下的是一个花花公子般的迪伦，穿着朴素的黑色外套，露出优雅的白色条纹衬衫和袖扣（来自琼·贝兹的礼物）。画面中似乎没有任何元素是偶然出现的，每个细节都自有其意义。首先，背景中一个穿着精致的陌生女人就令人好奇。这是艺术家的新伴侣吗？后来人们会知道并非如此，因为这个全身红衣的棕色皮肤女人是亚伯特的妻子莎莉·格罗斯曼。她出现在封面上算是受人之托。莎莉当然是迪伦的经纪人的妻子，但她还是萨拉的朋友。此时的迪伦已经与萨拉建立了感情关系，但不想让她曝光在公众视野之内。另外一个意味丰富的角色就是一只趴在迪伦膝盖上的暹罗猫（名叫“滚石”），很可能象征着诗人桀骜不驯的个性。

场景中还有许多物品，随意散布在小资情调的客厅里。长沙发上堆着三十三本杂志作为装饰，每本都代表着歌手受到的某种影响：具有历史性意义的布鲁斯歌手罗伯特·约翰逊、洛特·莱尼亚，布莱希特和科特·威尔的德语翻译，塔拉

---

① 《积极的梦想》。

莫城的R&B诱惑乐队，以及迪伦的老朋友埃里克·冯·施密特，迪伦曾经翻唱过他的《宝贝，就让我去吧》。

壁炉上摆放着各种先锋派的物品，有迪伦为贝纳德·帕图尔所做的彩色玻璃拼贴作品《小丑》、小酒馆嬉皮士巴克利爵士精选集，旁边是一期关注驱邪音乐和垮掉派诗歌的《格纳瓦》杂志。下方被莎莉的手臂挡住半面的是一张《鲍勃·迪伦的另一面》，与当前这张专辑有所关联。一张小矮桌上放着一只口琴和曾遭迪伦羞辱的《时代》杂志，杂志封面上印着林登·约翰逊总统的肖像。最后，在画面左下角，是一张极具时代标志的“辐射避难所”的海报。

专辑的背面同样意味丰富。一些黑白照片里是迪伦和他当时的好友：琼·贝兹、彼得·亚罗（彼得、保罗和玛丽乐队的成员）、后来成为迪伦至交的诗人艾伦·金斯伯格，以及电影人芭芭拉·鲁宾，照片中她正按摩着艺术家的头。除此之外，还有几首迪伦习惯性地回顾他的艺术和美国社会的诗作，作为全部内容的升华：

> 写歌的时候，我脑海中有一架定音鼓
> 触碰焦虑不安的色彩，它难以描述，显而易见
> 或许人们喜欢温柔的巴西歌手
> 我放弃了任何追求完美的尝试
> 我接受混乱，但我不确定它能接受我[①]

1965年4月，迪伦赴英国开始为期两周的巡回演出，这次巡演在很久前便已确定下来。他在英国比在美国还要受追捧。刚抵达伦敦机场，他就被一个年轻人缠住问道：“您为什么会有这次的转变？您现在如此当红的原因是什么？您对此怎么看？”迪伦揶揄道：“我真的一点想法也没有。我什么也不知道。我感觉我

① 节选自鲍勃·迪伦的专辑《满载而归》封套背面文字。

在做我一直以来都做的事情……”[①]不过，此次巡演有些特别，因为这是迪伦最后一次在舞台上独自演出。他不得不重拾一些老歌——《时代在变化》《别多想，没关系》《哈迪·卡罗尔的孤独之死》——与他近来的转变毫无关联。这种差距以及来自追随者和记者们的纠缠虽然没有使他变得目空一切、咄咄逼人，却也让他沉默寡言。实际上，尽管成了明星，迪伦仍感到厌倦，这种厌倦甚至可能正因此而产生。“每场演唱会都那么雷同：第一部分，第二部分，两次返场，紧接着，我就逃掉。然后，一整夜我都要自己与自己为伴。我完全不理解，观众起立为我喝彩，但这对我来说再也没有什么意义。我第一次丝毫不为此感到羞愧。在这之后，我就只走我自己的路，原先那样太按部就班了。”[②]

5月回到美国后，迪伦陷入了前所未有的消沉。他甚至打算不再唱歌。“我感到精疲力竭，”后来，他对奈特·亨托夫这样说，“不管怎么说，我唱了太多我不再喜欢的东西。”[③]然而，如同每次跌落谷底时一样，他在写作中找到了慰藉。“我开始写这长达二十页连篇累牍的废话，然后从中提炼出《像一块滚石》，它随后成了一支单曲。我以前从来没写过这种东西。突然，我明白了这就是我要做的事。在这之后，我再也没有写小说或剧本的想法。我想仅仅从写歌中获得满足。《像一块滚石》吸引了一批新听众。从来没有哪个电台放过这样的歌，我自己以前也从没听过。正因为有了此前的经历，我写起这首歌来才轻而易举。”[④]

1965年6月15日，距离上一张专辑发行仅仅三个月之后，迪伦就走进录音棚录制了《像一块滚石》。迪伦知道这首歌将具有里程碑式的意义，他花了整整两个下午，至少录了十一遍。这首歌的初稿收录在《私藏系列》中，是一曲3/4拍的华尔兹，钢琴伴奏轻盈游移。第二天，迪伦把它改成了一首二段体4/4拍的真正的摇滚乐，和音乐家们重新录制。这其中有制作《满载而归》时没能

---

① 见纪录片《别回头》开头，1967年。

② 《星期六晚邮报》，1966年，于勒·西格尔访谈。

③ 《花花公子》，1966年3月。

④ 加拿大广播公司电台（CBC），蒙特利尔。纪录片《归乡无路》中再现的无线电电话采访。

在场的迈克尔·布隆菲尔德，迪伦后来对他有如下评价："他曾经和我说过，要向我展示怎样演奏布鲁斯。他的水平无人能及，直到现在也依然如此。我的专辑需要一名吉他手，除了他，再也没有更合适的人选了。他是我认识的最优秀的吉他手。"

第二天，制作人汤姆·威尔森邀请他的一个朋友，年轻的吉他手阿尔·库珀参加录制。虽然仅仅是一名旁观者，但库珀很希望能在某个时候加入这支乐队。然而，当他听到布隆菲尔德弹奏的第一个连复段时，就在录音室的最里面缩成一团，如此精湛的技艺使他灰心丧气。不过，他还是在《像一块滚石》的录制中发挥了重要作用，他没有弹吉他，而是演奏他勉强会弹的哈蒙德管风琴。库珀壮着胆子即兴创作了几段略显粗糙的旋律，但迪伦对此很是满意，随后将这件乐器融入了他的新歌，作为其中的一部分。

在伍德斯托克的乡间田野中写成的《像一块滚石》给迪伦带来了一种驱魔般的效果，他好像突然从一切沮丧中成功脱身。后来，他这样讲述这个具有里程碑意义的过程："它没有标题，只是一段信笔而就的有节奏的东西，是我在某一确切时刻真诚表达出的最纯粹的仇恨。最后，它不再是仇恨，它告诉人们他们不知道的事情，告诉人们他们是幸运的。复仇这个词可能更贴切。我从来没有把它看作一首歌，直到那一天，我坐到钢琴前，它的旋律在纸上自然生成：'那是什么感觉？'……就像喷薄流淌的熔岩，你眼里看到你的牺牲者在其中挣扎，你抱紧桦树枝，你跳着，拍打着树干，你用脚把钉子钉进树里。你看到有人饱受折磨，这是他命中注定的苦难。"①

迪伦的《像一块滚石》是写给谁的？或许他自己也不清楚。可能确实如此，因为在四十年后，他声称这个作品是外部力量强加的结果。"这样一首歌就像是幽灵写的，除非幽灵选择我来写这首歌，否则人们不知道它要表达什么意思。"②《像一块滚石》的主角是一个女人，名字干脆就叫"孤独小姐"。

---

① 于勒·西格尔访谈，收录于《鲍勃·迪伦：1962—1969》。

② 《吉他世界·原声》，2006年2月，罗伯特·希尔本访谈。

人们费尽心思猜测这个让迪伦如此轻视的女人究竟是谁。即便“孤独小姐”可能是一个典型形象而非某个特定的人，许多评论者仍然认为这个堕落天使是一位名叫艾迪·赛德维克的女孩。在与萨拉坠入爱河之前，迪伦曾与这位年轻模特兼女星有过短暂的爱情冒险。赛德维克来自新英格兰的一个古老家族，祖上靠加利福尼亚石油生意发家。她于1964年年末来到纽约，1965年1月，她遇到了安迪·沃霍尔，成为他的灵感缪斯之一。这位波普艺术之王让她拍摄了几部短片，后来终因她沾染毒品（海洛因和安非他明）而与她分道扬镳。此后，她开始日渐消沉，直到1971年离世。《像一块滚石》中的一段叙述的正是这段故事：

你那位花花公子带你骑上哈雷摩托
还有一只暹罗猫伏在肩头
但当你发现他将你的一切尽数偷走
他的心已另有所属
这滋味是否难过①

这是个吸引人的阐释——沃霍尔在其中是个贪婪的花花公子——但真实性几乎为零，因为迪伦的歌创作于1965年春天，也即艾迪·赛德维克堕入地狱般的生活之前。

尽管《像一块滚石》可能与20世纪60年代的这位纽约先锋女性有着某种关联，但从诸多层面而言，它仍是一首传统的歌，这种传统首先体现在它的标题上。与人们的理解相反，这个标题并非来自英国的摇滚乐队，而是取自汉克·威廉姆斯的歌曲《公路迷失》里的句子：“我是一块滚石，孤独而迷失。”这首歌同样动听，借鉴了人们耳熟能详的墨西哥民谣风格音乐《班巴舞》的和声结构。1958年，摇滚歌手里奇·瓦伦斯曾翻唱过《班巴舞》。《像一块滚石》尽管简单，却被

① 《像一块滚石》。

认为是摇滚音乐史上浓墨重彩的一笔，这其实另有原因，主要归功于演奏和乐曲改编。“这是我听过的最硬派的声音，”后来，布鲁斯·斯普林斯如是说，“那声音瘦削，生生出现在那里，我不知该怎么形容，仿佛既年轻又苍老……在我还是个小男孩的时候，这个声音令我兴奋不已，同时又让我害怕。它使我感到一种责任感全无的单纯无辜。迪伦是一个革命者，他解放了我们的精神，就像猫王曾解放我们的身体。”①

---

① 发表于1988年1月20日，迪伦入选摇滚名人堂之际。

犹大，人类历史上最令人痛恨的名字！当你被人冠以一个臭名昭著的名字时，试着心平气和地对待它。为什么这样称呼我？就因为我弹电吉他？

（《滚石》杂志，2012年）

背叛者

14

在听众眼中，迪伦的舞台形象始终是独自站在麦克风后，肩上斜挎着吉他，脖子上挂着一只口琴。他转向电声后，首先出了唱片，现在是时候将其搬上舞台了。这当然是一个痛苦的过程。新港音乐节给他提供了第一个机会，而这次机会引发了一场来龙去脉至今尚不明晰的论战。1965年7月20日，《像一块滚石》四十五转单曲唱片发行。由于时长原因（六分钟），这首歌被一分为二，分别刻录在唱片的两面，以便在唱片机上播放。这一策略带来了显著受益，因为在第二个月，《像一块滚石》就成为迪伦第一首登上美国最畅销流行音乐排行榜的歌曲，仅次于披头士乐队的《救命》，位居第二。

7月24日，迪伦和经纪人亚伯特・格罗斯曼一同奔赴新港，这是他连续第三年在那里演出。他是否打算展示他的新作？或许没有，毕竟他没有为此组织乐队。然而，现场事态使他不得不改变想法。第一天，一些艺术家轮番登上音乐节工作坊的舞台，迪伦也在其中，他献唱了三首原声歌曲：《我心所向》《零下一度的爱》和《要走现在就走》。同天下午登台的是保罗・巴特菲尔德的布鲁斯乐队，这六位来自芝加哥的乐手是电声乐器主宰的摇滚布鲁斯的忠实拥趸。音乐学家亚伦・罗麦克斯对这支乐队做了介绍，他是一个纯粹主义者，曾深入南部寻找原生的布鲁斯音乐，因此无法掩盖自己对这些城市青年的怀疑。他向观众做了一个不大令人愉快的警示：“让我们看看这些来自芝加哥的小伙子知不知道布鲁斯为何物。”这种傲慢态度令格罗斯曼怒火中烧，甚至与罗麦克斯大打出手。迪伦也很气愤，决意在这座民谣圣殿中演绎电声音乐。

他在主舞台上的节目安排在第二天，即7月25日，周日。迪伦临时召集了几个在新港的乐手，陪他上演他的第一场非原声演唱会。人选就在周围产生，保罗·巴特菲尔德的布鲁斯乐队的三名成员——吉他手迈克尔·布隆菲尔德、贝斯手杰罗姆·阿诺德和鼓手山姆·雷伊——组成乐队的骨干，再加上两个键盘手——新歌不可或缺的管风琴手阿尔·库珀，以及钢琴手巴里·格德堡。这五名成员中，只有两个与他有过合作经验。音乐节组织者之一乔治·维恩借给他们一间屋子，迪伦和乐队成员在那里排练了一整夜。直至清晨，只有三首歌大体上磨合好了，还不足以支撑整场音乐会。

闭幕晚会由彼得·西格开场。这位伍迪·格思里的同伴先让观众聆听录在磁带上的新生儿的哭泣，以此作为序幕，强调民谣音乐的政治性意义。他随后解释道，艺术家们今晚正是要为这个孩子唱歌，向他描述他将在怎样一个世界里成长。演出的基调已定，人们正是在这种情况下迫不及待地等鲍勃·迪伦出场，对许多人而言，他仍然是社会的抗议者。奇怪的是，迪伦虽是今晚演出的主要人物，却被安排在演出的中间时段出场，前后是两个最传统的民谣音乐先驱——演奏班卓琴的歌手库森·艾米和非裔美国乐队“海岛歌手乔吉”，这组相邻的歌手只能更加突显他的与众不同。

没有被安排在最后出场在迪伦看来是一种侮辱，上场前，他向音乐节的主持人彼得·亚罗表示，他打算只唱乐队几小时前排练出的三首歌。彼得、保罗和玛丽乐队的主唱是迪伦的好友，他建议迪伦不要给他的观众迎头一击，先唱几首原声民谣，然后再开始电声轰炸。亚罗已经预见到了观众的不满，他这样介绍万众期待的迪伦：“女士们，先生们，下面出场的这位歌手时间有限。他的名字就是鲍勃·迪伦。”话音未落，全场掌声雷动。随后，迪伦穿着黑色皮夹克，挎着一把芬达斯特拉特电吉他[①]登场了，他的电声乐手们分列两侧。迪伦走到麦克风前，没有致以问候，而是直截了当地开始演奏《麦吉的农场》。如今，我们已知道这首歌是他不再积极介入社会的标志，但公众对此并不了解。人群中开始传出一些嘘声，这在迪伦以往的演唱会中从未出现过。

伴着布隆菲尔德愈发尖锐的吉他声，迪伦怒气冲冲地唱着他的歌词，仿佛对喧闹无动于衷。当他唱到当时还不为人知的《像一块滚石》时，嘘声更加强烈。第三首歌《幻影工程师》是后来《伤离别》的早期版本，唱完后，迪伦和他的乐手们离开舞台，再一次引发众怒。“我原以为他要先独唱，”阿尔·库珀说，“然后我们再上去唱这三首歌。但我们直接唱了这三首歌，然后他就说‘晚安’。我们只演了十五分钟，而其他所有人都演了一个小时。这实在太奇怪，因为当时他是主要人物。”[②]

迪伦的演出戛然而止后，彼得·亚罗拿起麦克风试图平息人们的不满，向观众承诺迪伦马上就会带着他的原声吉他独自上台。现场随后陷入长达数分钟的极度混乱。最后，在亚罗的恳求下，迪伦终于让步，一个人回到舞台上唱了《手鼓先生》和《一切都结束了，蓝色宝贝》。已经平息了怨怒的观众重新爆发出欢呼，迪伦就在这欢呼声中以一种与新港诀别的方式唱完了这两首歌。这一事件似乎到此为止，现在需要理清的是最初的反对究竟因何而起。

从迪伦对电声的选择上不难看出，他在民谣界的纯粹主义者面前展示出一种挑衅的姿态，这其中包括观众和艺术家。作为对这一论点的支持，有传言称，彼得·西格在幕后试图用斧头切断音响电缆。对此，他一直表示否认。不过，彼得·西格也意识到自己的反应很糟糕，他后来表示这并非观念不同使然：“我听不到歌词，我想听听歌词。《麦吉的农场》是一首伟大的歌曲，但当时声音都变形了。我对控制台的家伙喊道：‘调一下声音，让我们听见歌词。’他也冲我喊道：‘他们就是要这样的效果。’”[③]事实上，根据亲历者回忆，当晚公众的敌

① 2013年，这件乐器以近一百万美元（七十五万欧元）的价格高价拍卖。

② 《归乡无路》。

③ 《完全之地》杂志，2001年春。

意并非来自迪伦身后的电声乐器，那些了解《满载而归》的人不会对此感到惊讶，而是因为音响系统调节出现了问题，观众听不见歌手的声音，这是早期的户外摇滚音乐会上常见的问题。

另一个导致观众抱怨的原因可能是迪伦在舞台上展现出的态度。观众习惯了一个狡黠的迪伦，开着机敏的玩笑，而现在，他们看到的是一个有距离感的年轻人，寡言少语，只注意他的乐手们，这或许是因为当时没有返送音响能让艺术家们在舞台上听到彼此的声音。然而，尽管外表冷淡，迪伦对他的三首电声歌曲招致的嘘声却并非无动于衷。他根本不明白原因："我想我听到有人大喊：'你和我们在一起吗？你和我们在一起吗？'我不知道。这是什么意思？我不明白他们为什么吹口哨。这些负面的反应不是针对我的歌，他们的不满并不是来自他们所听到的。后来，有人告诉我彼得·西格想切断电缆。我觉得这很荒谬。特别是对于彼得·西格这样的人，我喜欢他的音乐。我那么尊重的人，他想切断电缆。我对自己说：'天哪！'这感觉就像被匕首扎了一刀。每次想起来，我都头昏脑涨。"[①]在这次饱受争议的音乐会上，迪伦第一次被人吹口哨，这让他感到一种苦涩难言的悲伤，彼得·西格本人随后也证实了这一点："后来那天晚上，我又看到了鲍勃，他很沮丧，好像没有成功地让别人理解他。他不想把自己局限在一个风格里。"[②]

即便在新港没有受到太多欢迎，迪伦也不会放弃。1965年7月29日，音乐节结束四天后，他在纽约的工作室召集了包括布隆菲尔德和库珀在内的十几名乐手来完成他的新专辑，这一次全是电声音乐。他更换了制作人，鲍勃·约翰森代替了汤姆·威尔森，因为后者的艺术眼光不再适合他。新专辑一直录到8月4日，这一天，迪伦录制了《第四大街》[③]，这首歌的歌词与他当时钟爱的超现实主义风格形成了鲜明对比。这里没有诗性的闪光，只有对神秘人物"你"的尖酸、残酷

---

① 《归乡无路》。

② 同上。

③ 《第四大街》是在制作《重返61号公路》时期录制的，但并未收入这张专辑，而是随后以四十五转单曲唱片发行。

的讽刺。他一边想着这个“你”，一边喊出：

你多有勇气啊
说你是我的朋友
当我跌落谷底
你就在一旁嘲笑①

歌曲的标题给出了第一个信号，“第四大街”是迪伦1962年至1964年在格林尼治村居住的地方。而后，这一段更加明确了这首歌所指的对象：

我知道为什么
你在我背后嚼舌
我曾是那群人里的一员
你现在仍在其中②

不难猜到，迪伦在此指的是他曾经所属的民谣圈子，那时他住在第四街。同样，我们也可以猜测《第四大街》是对几天前向他发出嘘声的人的回应。更宽泛地说，迪伦是在痛斥那些纯粹主义者，当他不再唱抗议歌曲，甚至当他转向电声音乐时，这些人指责他是个叛徒。迪伦针对的是那些批判他背弃他们的人。戴维·范·容克了解迪伦在说什么：“民谣圈子对迪伦来说就像一位犹太人母亲。鲍勃确实对他们很傲慢，但这是他们的错。他们都想沾这位才子的光，希望从他的荣耀中得到一点点垂怜……我觉得《第四大街》是一首伟大的歌。鲍勃是时候转身看看了，把他和艾文·希贝③以及所有犹太人母亲之间的账好好清算一番。

---

① 《第四大街》。
② 同上。
③ 《放歌》杂志主编，对迪伦的批评尤其多。

这是他写给他们的永别信。”[①]

另一首神秘莫测的歌曲《瘦人叙事曲》也以第二人称写成。这次，被歌手质问的人有了名字——琼斯先生，但这个名字并非单指一个人。这个人是谁，为什么标题里称他“瘦”？看看他的行为和他面对最令人费解的情形时的反应，我们可以得出结论，他的智慧和存在感“瘦”得可怜。虽然他受过良好的教育，有文化修养，却丝毫不明白正在发生的事情。为了展示他对世界的不理解，迪伦让他与不同的角色相遇——赤裸的男人、集会上的怪人、吞剑者——他们之间的对话无异于对牛弹琴。

《瘦人叙事曲》营造的场景像一个噩梦，音乐也堪比恐怖片的配乐，更加渲染了这种令人坐立不安的效果。这首荒谬的歌会令评论家们大费笔墨。这位琼斯先生是谁？批评家和阐释者们思考这个问题，每个人都有自己的解释。和往常一样，迪伦不会为他们指点迷津，他做出的一丁点解释只会使人们更加迷惑。这首歌发行后不久，他在接受采访时说：“这是一个真实存在的人。有一天，我看见他进了一个房间，他看起来像只骆驼。他把他的眼睛放进口袋。我问他是谁，他说：‘琼斯。’然后，我问他的猫：‘他就只会做这个吗，把眼睛放在口袋里？’它说：‘他还把鼻子放在地上。’就是这样。这是个真实的故事。”[②]1965年12月，在旧金山那场著名的新闻发布会上，他先是说：“我不会告诉你们他的名字，我会吃官司的。”后来，他又略带嘲弄地透露了一点此人的身份：“他在保龄球馆工作，负责摆球瓶。他也穿背带裤。”[③]

对于和他关系友好的罗伯特·谢尔顿，他显得更配合一些，但所言亦不明确：“我可以告诉你琼斯先生是谁，但每个人都有自己的理解。所以，事实上，我不能说他对每个人而言都是相同的。琼斯先生的这种孤独很容易被隐藏，以至于他自己都不能意识到自己是孤独的……被硬生生关在一个房间里……所以，实际上，我不能说他对每个人而言都是相同的。琼斯先生和一个侏儒、一个怪物或

① 《鲍勃·迪伦的音乐人生》。

② 《积极的梦想》，1965年。

③ 旧金山KQED电视台新闻发布会，1965年12月。

一个赤裸的人待在一间有三面墙的屋子里，这并不是那么不可理喻的荒谬或者天马行空的想象。再加上一个声音，一个在他的幻想里穿梭的声音。我只是一个说话的声音。每次我在人前唱歌，如果歌曲引人幻想，那就好像我的声音是从他们的幻想里发出来的……”[①]

人们可以从字里行间明白琼斯先生不是某个特定的人，而是一个典型形象，迪伦再一次运用典型来揭露学院派正统知识的错误。和在《没关系，妈妈》中一样，迪伦在这里提出了他脑海中萦绕着的问题之一：真实。琼斯先生这一形象是所有不明世事的人的概括。他具有多重身份：大学教授、知识分子、记者、政治家，如此多的社会类型传达出的是一个错误的现实形象。迪伦用另一个形象来反对他们的可靠性：诗人，或者可以说是利用某些药物解除精神枷锁的人。

同《像一块滚石》一样，《瘦人叙事曲》也是迪伦在整个职业生涯中反复演唱的经典曲目之一。他似乎认为他的言论经年累月始终有效。1986年，他在日本的音乐会上承认了这一点：“这首歌我已经写了有一段时间，是为了回应那些不断向我提问的人。有时候，人真的不想回答问题，这就很让人厌烦了。我想一个人的生活本身就能说明一切，不是吗？所以，这就是我对1963年至1964年间在英国发生的事情所给出的答案。无论如何，歌曲总是有其价值的。人们可能会说，如今这样的人依然存在。所以，我依然要唱。这首歌就是《瘦人叙事曲》。”

《瘦人叙事曲》是1965年8月30日发行的专辑《重返61号公路》中的八首歌曲之一。迪伦之所以选择这个很难被哥伦比亚公司接受的名称，是为了让他的唱片回归布鲁斯的传统。61号公路从他的故乡德卢斯一直通向美国黑人音乐的摇篮——新奥尔良。尽管如此，《重返61号公路》也丝毫不符合一些民谣纯粹主义者的口味。在英文音乐报刊《音乐匠心》上，主张介入社会的苏格兰歌手伊万·麦克科尔写道：“我认为迪伦是我们这个社会里反艺术家的完美象征。他反对一切——他是那些并不真正想改变世界的人的最后避难所……他的诗毫无意

① 《鲍勃·迪伦的音乐人生》。

义，而且已经过时了。”[①]在《放歌》杂志上，艾文·希贝尽管与前者的意见略有差别，但也难以掩饰对这张专辑传达出的虚无主义的不满：“这些歌曲，一首接一首，表达的都是同样的信息：生命是一堆无价值事件的荒谬结合体，被压缩在由生至死的人为虚无中；我们都生活在永恒的死刑之下，现代文明只能使人与他们的同类和本性渐行渐远。”[②]与此相反，摇滚界对这张专辑赞誉有加，称其第一次实现了摇滚和诗歌的完美融合。与两年后披头士乐队的《胡椒中士》一样，《重返61号公路》堪称摇滚史上的里程碑。这张专辑影响深远，直至2003年，《滚石》杂志还不吝赞美之词：“这是使一切翻天覆地的专辑之一。”

从迪伦20世纪60年代的几张专辑中可以看出他作为艺术家的特点之一，即他所做的事情不但前无古人，而且永远不会自我重复。因此，这种持续的演进就带来了诸多误解。《重返61号公路》也不例外。如果说这第五张专辑在音乐上循规蹈矩，那么它歌词中的诗意则具有极强的创新性。为了真实地描述他所观察到的世界，迪伦整体运用了不久前在《满载而归》中尝试过的技巧：创造一出真实和虚构人物并存的戏剧，把这些人物放到荒诞不经的情景中。在《墓碑布鲁斯》中就是如此，开膛手杰克主持商会，施洗者圣约翰折磨一个小偷。这张专辑的最后一曲《荒街》也是如法炮制。

虽然这首具有革命性意义的歌曲在整张专辑中最不具摇滚色彩[③]，但它仍然非比寻常。首先，歌曲的长度就是一个证明：十个乐段，每段十二句，总共长达十一分钟。迪伦需要充足的时间，像个木偶戏演员一样让三十几个角色一一登台亮相。其中一些是真实存在的名人，但都已经去世：女演员贝蒂·戴维斯、作家埃兹拉·庞德和T. S. 艾略特、风流浪子卡萨诺瓦、物理学家阿尔伯特·爱因斯坦。其他的虚构人物来源于文学作品、《圣经》和福音书：灰姑娘、卡西莫多、歌剧院魅影、奥菲莉亚、罗密欧、该隐和亚伯、诺亚、幽灵、好撒马利亚人。还

---

① 《鲍勃·迪伦：1962—1969》。

② 同上。

③ 迪伦后来试图用摇滚节奏录制《荒街》，但效果不佳，他还是偏爱纳什维尔音乐家查理·麦克考伊用电吉他演奏的简单的弗拉明戈复调旋律。

有一些想象出的人物没有名字，人们只知道他们的职业：盲人警察、身体僵硬的钢丝绳演员、算命人、嫉妒的僧侣、卡里普索歌手等。最后，也有一些人没有个人身份，只属于某个群体，比如防暴大队和超人队。

这个微观世界存在于名为“荒街”的场景中。这个名字可能是虚构的，或多或少有意地将两部美国小说的标题相结合：约翰·斯坦贝克的《罐头工厂街》和杰克·凯鲁亚克的《荒凉天使》。不过，这里描绘的人物更像是从耶罗尼米斯·博斯的画或费里尼的电影中走出来的，而非从某部小说里产生。在一切都只是伪装和把戏的暧昧景象中，怪诞人物悉数登场，随着歌曲的进行，人们会逐渐发现，这些角色的外表都经过了乔装改扮。幻象之下掩藏着的是支离破碎的现实世界。荒街的居民是真实存在的。应该由观众来掀开面具，看看后面藏着什么人。这是歌手在最后一个乐段中提出的建议，在这里，歌词突然与一封信的内容混同，收信人这样回答：

所有你提到的那些人
是的，我都认识，他们都伤得不轻
我得重新塑造他们的面孔
并给他们所有人再取一个名字

从许多方面而言，《荒街》看起来都像一个（不好的）梦境，或是一种服用LSD致幻剂后产生的幻象。迪伦声称这首歌是他在纽约搭乘出租车时坐在后座上写成的。这是个合理的解释，因为人们很容易想象出他在致幻剂的精神作用下，透过车窗观察着外面的街道。迪伦始终对吸食毒品一事讳莫如深，他更愿意称自己是受艾伦·金斯伯格的诗歌的影响而“在城市里漫步”。1965年，记者们强烈要求他揭秘“荒街”究竟在哪里，迪伦像往常一样嘲弄地回答：“这是墨西哥的一个地方，在国界线的另一头。那里因为可乐工厂而出名，有装满可乐的自动贩卖机。”[①]2001年，他比以前严肃了许多，解释称“荒街”源自他十分清晰的童年记忆：“这首歌是彻头彻尾的吟游诗人歌曲。我小时候在狂欢节上见过吟游剧团的演出，演员们的脸都画成黑色，给我留下了很深的印象。同样，四条腿的女人也让我记忆犹新。”[②]

1965年8月28日，迪伦在纽约福里斯特希尔斯的网球场演出，为此后将近一年时间的漫长巡演拉开序幕。与他一个月前在新港的做法相反，这次他在让乐队上台之前先演唱了原声歌曲。然而，这种预防措施仍然无法阻止观众中潜藏的敌意。评论家保罗·尼尔森回忆说：“十五个到二十个男孩从音响中间跑上舞台，他们唱每首歌时，都有人跳上舞台，围着乐手们跑。能感受到观众对他们有一种不可思议的憎恶，我第一次在音乐会上有这种感觉。人们甚至有点害怕鼓掌。”[③]音乐会结束后，《综艺》杂志针对这些敌对行为不无讽刺地写道：“迪伦的变化显然太快，他的支持者们还没做好准备，不过他们对所有其他领域的极端转变倒是能够接受。”

来自观众的这种挑衅行为原本可能给迪伦带来阻碍。然而，迪伦丝毫不觉得受到威胁，他认为那是在表达摇滚内在的积极力量。“音乐会结束后，”他的乐手之一阿尔·库珀说，“鲍勃向我们跑来，抱紧了我们。他说：‘真是不可思议，太棒了，像一场狂欢节。’他喜欢那场音乐会。”后来，迪伦自己也证实了阿尔·库珀的感觉：“那些嘘声不是真的起哄……我感觉不一样。要知道，人们的善良也可能杀死一个人。”[④]

在召集了一批临时支持他录制专辑的乐手之后，坚定信念要在舞台上玩电音的迪伦需要组织起一支能够和他一起巡演的乐队。按照常理，他首先想到的是那些在工作室里一同工作过的人，尤其是当时最优秀的吉他手迈克尔·布隆菲尔德。但后者拒绝了他的邀请，不愿离开保罗·巴特菲尔德布鲁斯乐队。于是，在

---

① 旧金山新闻发布会。

② 《今日美国》，2001年10月9日。

③ 《归乡无路》。

④ 同上。

福里斯特希尔斯音乐会上，首次与迪伦合作的布鲁斯歌手小约翰·哈蒙德向他推荐了罗比·罗伯特森，这是一名美洲印第安裔加拿大乐手，多伦多飞隼乐队的成员。不久之后，他又带来另一位离开飞隼乐队的成员，即鼓手列文·海姆。

这个时期匆忙组织起来的乐队不久后就宣告瓦解，因为管风琴手阿尔·库珀和贝斯手哈维·格德斯坦决定退出。他们是仅剩的曾参与录制《重返61号公路》的成员，然而，最近几场音乐会中的暴力气氛令他们感到恐慌。库珀表示："结束了福里斯特希尔斯的演出之后，我又在好莱坞露天剧场里演了一次。然后，我就离开了乐队。当我看到巡演的城市里有达拉斯时，我很害怕，总统不久前才在那里被刺杀。我心想：'如果他们以前不喜欢这个家伙，现在将会怎么看他？'"[①]

迪伦的美国巡演定于9月24日开始，第一站设在得克萨斯州奥斯汀。他必须加快速度。9月中旬，听从了亚伯特·格罗斯曼的秘书玛丽·马丁的建议，迪伦来到多伦多，在永格街上的金鸡小酒馆观看了飞隼乐队的演出。他立刻就明白自己找对了人。飞隼乐队的成员不仅是优秀的乐手，同时，由于在或多或少有些昏暗的摇滚俱乐部里演出了多年，他们有足够的经验应对观众的嘘声和讥讽。

吉他手罗比·罗伯特森、贝斯手瑞克·丹科、钢琴手理查·曼纽埃尔、风琴手加斯·哈德森和鼓手列文·海姆（1965年12月由鲍比·格雷格取代，后者又由桑迪·科诺科夫和米奇·琼斯取代）组成了新乐队，在1965年的最后几个月里伴随迪伦在美国北部巡演：克利夫兰、芝加哥、华盛顿、西雅图，最后到达加利福尼亚。每到一个城市，都是相同的场景。第一部分是纯粹原声的歌曲，一切在安宁的氛围中进行，迪伦最早的追随者们虔诚地聆听，而那些从《像一块滚石》才开始知道迪伦的人，则发现了这位歌手的另一面。幕间休息后，迪伦带着电声音乐上台时，观众群体就一分为二：一边是具有现代眼光的观众鼓掌叫好，另一边则是原教旨主义者们拼命喝倒彩。

对民谣音乐的纯粹主义者而言，使用插电乐器之所以等同于背叛，是因为他们认为这是商业音乐的特权。更糟糕的是，在一些人眼中，艺术家选择的乐器决

---

① 《归乡无路》。

定了他在意识形态上的立场。他们认为摇滚乐从根本上是一种具有反动性质的音乐，不管歌词表达的是什么内容。无论如何，一旦歌词被淹没在电吉他的极度混乱中，就会失去其潜在的颠覆能力。因此，毫无疑问，迪伦选择插电，就意味着改换阵营。他们如今向迪伦喝倒彩是为了告诉他，他是一个叛徒，唯一的动机就是追名逐利。

这些失望的爱慕者被自己的宗派意识蒙蔽，他们没有看到的是，与坚持走民谣之路相比，迪伦转向摇滚使他失去了更多。正如他在明尼阿波利斯结交的朋友托尼·格拉夫所说："从许多方面来看，那时鲍勃就像是从悬崖上往下跳。他违拗民谣乐迷和抗议者们，是在用他的整个职业生涯来冒险。流行音乐领域没有任何事情能保证成功。他的选择丝毫不是求财心切。他不仅完全有可能在竞争激烈的摇滚圈里摔得鼻青脸肿，也会自绝于曾经的追随者。他们更希望迪伦延续以往的风格，然而他说够了那些好话。他必须遵循自己的想法。"①

那么，迪伦为何要冒着断送职业生涯的风险一意孤行？这正是因为他的行为不仅仅是从商业角度出发。像所有真正的艺术家一样，他不在乎自己是否受到喜爱。他自己也声称："我从来不是那种希望贴近观众口味的歌手，我从来没有试图让别人喜欢我。艺术家追求掌声吗？某种程度上是的，但也并非完全如此。这取决于他是什么样的艺术家。比如比莉·哈乐黛，她第一次唱《奇怪的果实》②的时候，没有人鼓掌。我们可以很深地触动一个人，然后……我不知道，当一个歌手站在舞台上面对观众演出时，许多事情就开始了。"③

尽管迪伦不向他的观众妥协，但他相信他们。在这位新晋摇滚信徒某次遭遇嘘声的音乐会结束后，托尼·格拉夫的话就证明了这一点："在后台，我去跟鲍勃、诺伊维特、罗伊和其他人打招呼。迪伦说演出很顺利，观众在一些时候和乐队一起发出嘘声，是因为他们知道需要那样做。另外，有些地方观众很喜欢。他

① 《鲍勃·迪伦现场1966》专辑册页。

② 这是一首反种族主义歌曲，树上挂着的"奇怪的果实"是一次群体性暴力事件中受害者的尸体。

③ 《归乡无路》。

似乎想要证明自己有足够的耐心面对这些反应。他不再像以前那样流露出蔑视的样子。他看起来更像一个信念坚定的人，人们要做好聆听他的准备，为此他愿意等待。”①

1966年年初，在他的上一张专辑《重返61号公路》发行五个月之际，从未如此高产的迪伦已经在考虑录制新歌。和他的新演出团队一起制作似乎在情理之中。1月，他与飞隼乐队来到纽约的工作室录制新专辑。这支乐队后来更名为“乐队”。但奇怪的是，迪伦和他的乐手们很难进入状态。往常效率极高的他这次却平白无故地陷入死循环——《她是你的情人了》历经十九次录制后被放弃，唯一最终采用的《总有一个要知道》则录了二十四次之多——无论怎样都不成功。“我的状态真的糟糕透顶，”迪伦后来对罗伯特·谢尔顿说，“我的意思是，我们录了十场，老兄，最后一首也没成功。但你明白，我那时不知道会这样。我不愿意想这事。”②

1966年2月4日，迪伦的美国巡演在纽约州的白原镇再度启程。十天后，对和飞隼乐队录制歌曲失败一事耿耿于怀的迪伦来到田纳西州的纳什维尔，这里是南部的音乐之都，乡村音乐和摇滚都是这里的宠儿。“如果你再和迪伦说起任何关于纳什维尔的事，你就被解雇了！”亚伯特·格罗斯曼和比尔·加拉格对提出此想法的鲍勃·约翰斯顿如是说。其实，迪伦的经纪人和哥伦比亚唱片公司的董事长是担心去纳什维尔会扼杀他们这匹小马驹的创造力。事实上，如果用无可挑剔的专业眼光来看待，纳什维尔工作室的乐手们有时就像音乐界的公务员，产出的作品大同小异，缺乏灵性。这种精神状态与一个诗人歌手的灵感迸发不可同日而语。在约翰斯顿看来，迪伦到目前为止的所有唱片都是在纽约录制，换一种氛围对他来说或许有好处。迪伦最终也赞成了这个想法。

由于巡演的时间安排，迪伦在纳什维尔只有三天空闲时间。迪伦此次面对的乐手们几乎都是陌生面孔，除了同行的阿尔·库珀和罗比·罗伯特森以及为《荒

① 《鲍勃·迪伦现场1966》专辑册页。

② 《鲍勃·迪伦的音乐人生》。

街》伴奏的吉他手查理·麦克考伊之外。根据后者的回忆，这场录制一开始是最纯粹的即席创作："迪伦第一次走进工作室时……他问我们是否可以稍等一段时间。他到里士满机场的时候，歌还没有写完……于是，我们都出去了，留下他自己在工作室里。他在里面待了六个小时，写歌、谱曲。"

迪伦发现，一旦有了压力，他就恢复了工作速度，这让他着实松了一口气。就这样，从2月15日到17日，他轻轻松松完成了六首歌曲，其中三首未来专辑《金发女郎》中的点睛之作——《约翰娜的幻觉》《塞进后备厢，听孟菲斯布鲁斯》和《低地怨女》至今仍被认为是他的杰出作品。其中最长的《低地怨女》长达十一分二十三秒，录制于凌晨4点。结束后，乐手们都惊愕不已，包括鼓手肯尼·巴特里："迪伦对我们说：'我们来一段主歌和一段副歌，然后我用口琴吹我的部分，看看效果。'于是，我们准备录一段两三分钟长的标准录音，因为在三十三转唱片里，从来不会比这更长……但是，在第二次副歌之后，场景就开始变得疯狂，因为所有人都加快节奏，认为该结束了。我们想着：'是的，好了，这是最后一次副歌，要倾其所有，就在现在。'而他继续吹着口琴，又开始唱一段新的主歌，所以节奏必须再次放慢……就这样持续了十分钟之后，终于停下了。我们都不知道进行到了哪里。我的意思是，我们在每次副歌末尾都加速，演奏了整整五分钟，然后又从头开始。这会把我们带向何处？"①

迪伦这样评价专辑《金发女郎》："这张专辑最贴近我脑海中浮现的声音。纤薄的声响仿佛自然的水银。它有一种金属质感，如金子般闪着光，唤起一连串画面。这是我独特的声音。"②当人们知道这张唱片制作过程中的不稳定因素后，最惊讶的莫过于在聆听的时候丝毫察觉不出仓促的痕迹。相反，这张双碟装专辑（摇滚乐史上第一张）内容密集、精致，1966年5月发行之初，很多人竟以为迪伦用了整整几周的时间在工作室里精雕细琢。没有人能想象，迪伦只录了两场便全部完成，每场持续三天（第二场仍然在纳什维尔录制，从3月9日到11

① 克林顿·海林，《鲍勃·迪伦传：树荫背后》，哈珀·柯林斯出版社，2003年。

② 《花花公子》，1978年3月，收录于《鲍勃·迪伦访谈录》。

日），穿插在他的北美巡演中。

虽然巡演的节奏十分紧凑，但迪伦极少休息。3月26日在加拿大不列颠哥伦比亚省的温哥华上演的是本轮巡演的收官之作。4月12日，他经由檀香山飞往澳大利亚，与飞隼乐队开始在悉尼、布里斯班、墨尔本、阿德莱德和珀斯举行一系列音乐会。他日渐消瘦，脸颊深陷，面色苍白。为了消除疲劳，迪伦服用安非他明，而这令他难以入睡，食欲也有所下降，身体开始透支。在舞台上，他的虚弱感与表演释放出的力量和音响传出的声音形成鲜明对比。评论家保罗・威廉姆斯写道："音乐会气氛炽烈，因为迪伦是为艺术而活，他消耗自己的身体，不是为了取悦公众，当然这也不是他的义务，而是为了纯粹的喜悦，与他勇敢无畏的同伴在美的世界里穿行，照亮未经探索的黑暗区域。"①

迪伦能够坚持下来，固然有这些药片的功劳，但更重要的是有来自乐手们的关怀。他们不仅仅是他的乐队，更是他身边的护卫。同伴们当年的兄弟情谊让迪伦永远铭记于心。他后来不断表示对飞隼乐队的感激，感谢他们对身处逆境的自己无私的支持："我们凝聚在一起，向着艰难险阻步步前行。我钦佩他们，因为他们留在我身边。他们就像我的骑士……"②

4月29日，他出发去斯堪的纳维亚。在斯德哥尔摩和哥本哈根，他第一次面对母语非英语的公众演出。在爱尔兰和威尔士举行了几场音乐会后，迪伦又于5月12日到达英格兰。一年前，他在这里受到热烈欢迎，而这次音乐会上的混乱场面更甚以往。一些观众在乐队上台时起身离开大厅，这还算温和，最糟糕的是，有人直接用言语谴责迪伦。在利物浦，一个男人在观众中大喊："你还是个诗人吗？你的良心怎么了？"迪伦反驳道："这家伙要找一个圣人呢。"每次遭到攻击时，迪伦都保持冷静，表现得循循善诱。他试图告诉观众，区分音乐的好坏是没有意义的。一天晚上，他在嘈杂声中这样解释："我们从十岁起玩的就是这种音乐。民谣只是一段插曲，那时它有它的作用。如果你们不喜欢现在这样，也是

① 保罗・威廉姆斯，《表演艺术家：鲍勃・迪伦的音乐 1960—1973》。

② 《归乡无路》。

很正常的。这不像你们听的英国音乐。事实上，你们还没有听到美国的音乐。现在，我想告诉你们，你们听到的只是歌曲。除了歌词和声音之外，你们没有听到任何东西……”

话音一落，观众中嘘声更甚，始终隐忍的飞隼乐队面面相觑，惊愕不已，不明白如此强烈的攻击究竟因何而起。

罗比·罗伯特森表达了他的不解：“自从我们和他一起演出，情况就是一团糟。我们的工作就是去一个地方，上台演出，被起哄，收拾行李，到下一个地方，再一次被起哄。在全世界到处都是如此。我们都在想：‘把这作为一种谋生方式还真是奇怪。’……迪伦收起了他以前唱民谣时的鼻音，吼声震天，如雷声般轰鸣，带着极度的暴力和极度的兴奋。我们认为这很伟大，但每天晚上，人们都朝我们扔东西。一直保持清醒实在是太难了。我们很想说：‘让他们见鬼去吧……’我们重听音乐会的录音时，一直在想：‘到底哪里让观众觉得差到这个地步？’在我们听来，这简直无比精彩。我们不明白从音乐的角度来看究竟有什么不好，我们以最大的尊重来对待歌曲……迪伦曾多次对我们说：‘伙计们，这样行不通。我还是回归民谣或者换一支不会被嘘的乐队吧。’所有人都建议他，既然行不通，就别再用这些人了。但他没有那样做。这关系到他的信用。”①

在英格兰，迪伦和他的乐手们以寡敌众，还遭到来自媒体的尖刻批评。5月5日，流行音乐杂志《音乐匠心》写道：“迪伦摇摆着他的臀部，试图模仿米克·贾格，并且像他那样唱歌，真是不可思议。整体上来说，当晚的演出让人大失所望。”不久之后，另一篇评论文章怀疑歌手要“把自己埋葬在一座震耳欲聋的电声坟墓里”。新闻发布会上照例如此，一些记者要求他解释不再唱抗议歌曲的理由。迪伦巧妙的回答让所有关心此事的人大跌眼镜：“我所有的歌都是抗议歌曲，无一例外。我只做一件事，就是抗议。”

这次新闻宣传带来了不幸的后果，此后乐队所到之处，演出会场的紧张气氛

---

①《自传》。

都进一步加剧。5月17日，在曼彻斯特自由贸易大厅[①]，《瘦人叙事曲》的最后几个音符刚刚结束，观众席里就冒出一声咬牙切齿的怒吼：“犹大[②]！”迪伦十分尴尬，但仍镇定自若，平静地反驳道：“我不相信你。”停顿了一下，他又说：“你在撒谎。”随后，他转向已经开始演奏《像一块滚石》的乐手们，命令道：“再大点声！”这起标志性事件清楚地反映出迪伦的性情，这次现场演出先是被一张盗版唱片翻录，而后由哥伦比亚唱片公司收入1998年官方发行的双碟装CD中。唱片发行不久，一位旅居多伦多的五十三岁英国人凯斯·巴特勒在报纸上坦言，他就是当年对迪伦恶语相向的人，时隔三十余年，他仍然感觉羞愧不已。那起事件对整个摇滚乐史而言都是一次不小的撼动。

5月24日，迪伦在巴黎庆祝二十五岁生日，并在奥林匹亚音乐厅举行演唱会。演出过程不太顺利，而这次他就难辞其咎了。迪伦上台后，花了超过一刻钟的时间试图给他的吉他调音。当公众开始不耐烦的时候，他直言不讳地说：“别担心，我和你们一样急着想结束，然后赶快走人。”巴黎是这次世界巡演的倒数第二站，此时的迪伦不过是他自己的影子而已。演出后的新闻发布会糟糕透顶，迪伦再一次对人们冷嘲热讽。会后，法国记者们也对他毫不客气。“这个腰缠万贯的流浪汉，这个事不关己的抗议者，他是谁？是大唱片公司最新包装的小混混，还是一位伟大的美国流行诗人？”皮埃尔·拉戴斯在《摇滚&民谣》第一期中这样发问。最后，他总结道：“所以，我们还剩下什么？扭曲的吉他、粗暴弹奏的电子管风琴、《荒街》单调刺耳的音乐带来的绝望、《墓碑布鲁斯》里可怕的诙谐语气，剩下这千篇一律的声音和奇怪的声调，剩下这个荒诞不经的冒失鬼。”

事实上，这是因为迪伦快坚持不住了，他已经极度筋疲力尽。后来，他承认：“我受够了，我已经厌倦了这些事的运行方式。我那时确实是无意识的，但

---

① 而非公众一直认为的那样，发生于5月26日在伦敦皇家阿尔伯特音乐厅的演出中。

② 《圣经》中记载的耶稣十二门徒之一，因贪图三十个银币而出卖耶稣，致使耶稣被处死。后成为“叛徒”的代名词。——译者注

就是想停下来歇歇。”[①]经过几个月的巡演、录音、失眠，连续性地消耗毒品以及他的创造力，迪伦已无法再履行他的承诺，他不再是曾经那个鲍勃·迪伦了。他现在渴望的只有一件事，就是在妻子身边好好休息，远离嘘声和媒体的骚扰。在1966年巡演期间拍摄的纪录片《享受当下》中，一个令人心碎的场景清晰地展现出这种痛苦。演出结束后，在后台，一个同行的伙伴对迪伦说，他们一直在路上，已经很长时间了。歌手面色苍白，噙着眼泪，摘下了他的面具：“我不知道，我不记得了。我想应该是的。我们已经奔波了太久。今晚我撑不住了，我不知道怎么办。这从来没有在我身上发生过，我无能为力。我最好还是不要唱歌了。下周，就让另一个鲍勃·迪伦来吧。帮我再找一个鲍勃·迪伦来替代我吧，让他在我的位置上，看看他能不能坚持得久一点！我想回家。你知道家是什么吗？我不想再去意大利了，不想去其他任何地方。我们会坐在一架私人包机里葬身于田纳西州的山间，或者是西西里岛。我只想回家。”[②]

① 《归乡无路》。

② 《享受当下》，潘恩贝克拍摄。

地下室的歌声

盗版唱片实在是讨厌……你正一个人在汽车旅馆里发呆，就像电话被窃听一样，一会儿就会有人找过来向你贩卖盗版唱片。唱片盒的封面是一张在床底偷拍的你的照片，再配上一个很厉害的头衔，就能卖三十美元。随后，你就会惊奇地发现，大部分艺术家都是妄想症患者……

（《自传》，1985年）

15

1966年7月29日，鲍勃·迪伦早早地离开位于博德克里夫的住所，一个艺术家聚居的街区，去看望经纪人亚伯特·格罗斯曼，后者住在几公里外的熊镇。和往常出行一样，也是为了买点东西，然后在卡斯基尔山丘散散步，他骑上了那辆老版凯旋T100摩托车（气缸容量五百毫升，稍稍逊色于容量六百五十毫升的著名的邦纳维尔型）。产于1955年的摩托引擎已有年头，早上迪伦要把它送到修理厂维修，因此让萨拉开车跟着他，以便放下摩托后送他回家。离开亚伯特·格罗斯曼家几分钟，在行驶到斯特里贝尔路要下坡时，车子失去了控制，他也被重重地摔到地上。

到底发生了什么？这些年来，迪伦在描述这段经历时也语焉不详。听到消息后三天没睡的罗伯特·谢尔顿称，车子在经过一摊油时出现侧滑，从而失控，但他并没在现场发现油迹。十年之后，在与作家兼演员山姆·谢泼德断断续续讨论的过程中，迪伦就这次车祸给出了一个颇具诗意的解释："那天，橘黄色的太阳突然冒了出来，我一下被阳光刺到，瞬间什么都看不见了。记得小时候，我叔叔、我父亲还是家里的谁，不让我盯着太阳看，说那样会让眼睛失明。我小时候一直记着，从不敢看太阳。但那天骑着摩托也不知怎么了，两眼直接望着太阳，当然眼睛立刻就被晃到了。我一惊慌，赶忙捏把刹车，结果后轮抱死，我就被甩出去了。”①

迪伦也不能算是骑摩托的菜鸟了，他青少年时代就在明尼阿波利斯骑起了摩托。十七岁那年，为了模仿偶像马龙·白兰度在电影《野小子》中脚踏机车的造型，迪伦骑着自己的哈雷·戴维森45型摩托，载着小女友爱可儿·海斯托姆，逛遍了希宾的大街小巷。一天风驰电掣时，他撞倒了一个不好好看路就横穿马路的三岁小孩，为此十分难受。不过，他没有就此放弃摩托。他周围的人都知道，尽管对这象征自由的机器情有独钟，他却是个很平庸的骑手。迪伦有几次曾带着琼·贝兹到伍德斯托克附近散步。琼·贝兹回忆道：“他紧紧地握着车把，就像抓着一个面口袋一样。我总觉得是摩托在驾驭他，如果运气好，就老老实实俯身趴在上面，只有这样，在摩托转弯时，才能不被甩出去。”②

迪伦当时并没有戴头盔，出事后，他躺在路上，伤得很重，但意识还算清醒。萨拉把车停在路的另一边。好不容易把丈夫拖到车里，她的第一个念头就是赶紧送他去医院。顾不上迪伦愿不愿意，萨拉直接把他送到了八十公里外的米德屯，丈夫的私人医生艾德·塔勒那里。迪伦在那里休养了整整六周。“他们把我安置在一个阁楼上，萨拉一直陪着我。那会儿，我太想见我的孩子们了。在病床上，我开始思考我这悲惨而又短暂的一生，真是转眼即逝。我平躺在那儿，听到鸟儿在鸣叫，听到孩子在隔壁院子里玩耍，也听到雨水敲在窗上发出的嗒嗒声，我突然意识到自己之前错过了太多。跟着，我听到消防车从门外经过，让我感觉到死神正喘着粗气在我的肩上看着我，然后我就睡着了。”③

消息传开后，谣言四起，传得最邪乎的不是说迪伦已在车祸中身亡，就是说他伤势过重，成为植物人。一些记者还别有用心地暗示，迪伦借此次意外趁机戒毒。大量言论将那时的迪伦塑造成一个有自毁倾向的公众人物。不过，之所以会留下这样的形象，不全然是空穴来风。迪伦的朋友贝纳德·帕图尔提到：“要不

① 山姆·谢泼德，《艰难的日子》，《绅士》杂志，1987年，收录于《鲍勃·迪伦访谈录》。

② 《鲍勃·迪伦的音乐人生》。

③ 《艰难的日子》。

是遇见萨拉，迪伦照这样下去，真活不了几年。”而迪伦自己也含蓄地承认，那段时间身体透支得太厉害。“身体经常疲乏得很，再这样下去，真的吃不消。我现在还能这样，真是个奇迹。话说回来，有些东西只能远观，真的不能离太近去把玩，那时我可能离得太近了。”①

根据诊断，他脸部挫伤，颈椎骨裂。最后，这场差点要了他命的车祸拯救了他。在那个夏天即将结束时，迪伦又回到了他在博德克里夫的住所。因为这场意外，他不得不取消8月在耶鲁体育场举行的音乐会，那块场地紧邻耶鲁大学校园，是标准的美式橄榄球体育场。那年的最后四个月，经纪人亚伯特·格罗斯曼计划展开为期六十天的新一轮环美巡演，以保证新专辑《金发女郎》能够顺利推出。然而，受到这场车祸刺激的迪伦根本没有精力继续这漫长的巡演。更重要的是，他没这个意愿了。而且，由于一直担心伤势恶化，迪伦索性取消了经纪人安排的所有演出。看到手头会下金蛋的鸡离自己越来越远，亚伯特·格罗斯曼心生怨恨，两人走动得越来越少，直到最后见面都不会和对方讲话。

在伍德斯托克，妻子带着两个孩子陪在迪伦床边。他的大儿子杰西·迪伦只有九个月大，还有萨拉第一次婚姻期间生的五岁大的女儿玛丽亚。在这样的环境下，迪伦终于重新掌控自己的生活节奏。他接待访客，比如艾伦·金斯伯格和电影制片人潘恩贝克。后者在1965年的巡演后，又为美国广播公司（ABC）的电视频道制作了一部纪录片，拍下了1966年迪伦在英国巡演的全过程。后来，他向英国音乐周报《音乐匠心》讲道：“迪伦的身体并没有人们说的那么差。不过，这样说可以给他推迟电视节目播出一个借口，很合他的心意。但他确实去看过医生，戴着颈托去看了好几次。除了车祸造成的肉体上的伤痛，他精神上也伤得不轻。他此时需要做的，就是静心恢复。”

尽管在这方面没有经验，在霍华德·亚克的帮助下，迪伦还是决定自己剪一部电影出来。为此，他在接下来的六个月里一直在观看潘恩贝克送给他的电影样片。他所看到的自己让他惊恐不已。就像在镜子里看到的赤裸裸的现实，迪伦

---

① 《花花公子》，1978年3月，收录于《鲍勃·迪伦访谈录》。

看到了几个月前的他：一个活死人，一具时不时痉挛抽搐的干尸，在麦克风前和对着他嘘骂的观众破口对骂。在听到《金发女郎》这张唱片时，他又看到封面上自己死尸般的面孔。他被眼前的一切深深地震动了。他的唱片里到处都有毒品的踪迹，尤其是《雨天的女人们》，歌中有一句话说得很明白："人人都要嗨（Everybody must get stoned）。"他否认这句话写的是毒品，并解释称这句话的意思是"人人都要喝个大醉"。迪伦一直否认在歌中赞扬毒品，在英国举办演唱会时，他还强调："我从没写过，以后也绝不会写哪怕一首有关毒品的歌曲。这首歌根本没有讲恶心的毒品。"

准确地说，迪伦从来都不是一个"瘾君子"，因为瘾君子之所以称为瘾君子，是因为他们完全依赖毒品作为精神寄托，就像吉米·亨德里克斯。"吉米·亨德里克斯真是可惜了。我前不久还见过他……真是让人难受！那时，他坐在布里克街上一辆豪华轿车的后排，我甚至不知道他是死是活。"[①]就算在1964年到1966年，迪伦使用过致幻类药物，比如大麻或迷幻药，也并不是出于享乐目的，而是为了像波德莱尔、兰波或亨利·米绍那样写出更好的诗作。

迪伦对《雨天的女人们》里那句有争议的歌词的解读，让人觉得他从未蛊惑人心宣传毒品，他详细解释吸完大麻烟卷和吸毒后的迷幻之旅间的细微差别，以淡化大麻烟卷与毒品之间的对立关系。他对奈特·亨托夫讲："我不会劝别人吸食普通毒品，更不会让他们碰硬毒品。有的致瘾物品可作为药物，但鸦片和大麻不算致瘾药物，而是兴奋剂：它们会在短时间内激活一个人的思维，有时对人们是利大于弊的。LSD致幻剂则是一种特别的药物，它会让你感受到宇宙的存在，也就是说，人们可以从中体会到事物的虚无。不过，LSD致幻剂并不会对那些墨守成规的老实人起作用，它是给那些心智混乱和满脑子只想着复仇的家伙用的。"[②]

虽然三部曲《满载而归》《重返61号公路》《金发女郎》并不是思维在毒品

---

① 《滚石》杂志，1984年6月21日，科特·罗德访谈。

② 《花花公子》，1966年3月。

激荡下的产物，主题也并不是毒品，但歌词肯定是深受毒品影响的。致幻类药物甚至能使迪伦捕捉到存在于理性谈话内容之外的灵感，从而让他达到一个思维创作高潮。如果没有大麻或致幻药物的帮助，迪伦怎么可能写出“珠宝和望远镜，自骡子头上垂下”（《约翰娜的幻觉》）或是《荒街》里“煤油从城堡中流淌下来，一个保险推销员会去查看，没人能够逃脱，逃往那条荒凉的街道”这样的不朽诗作？真不一定能。

在将电影上映列入日程之前，迪伦一次次地观看潘恩贝克在英国拍下的录像。这些他在飘飘欲仙时写出的歌，既让他着迷，又让他恐惧。就像被这场摩托车事故惊醒的梦游患者一样，他看到了他那时写的诗歌到处透着想让人自杀的眩晕。他也意识到自己之前苦苦探求的是错乱、疯狂，甚至是死亡。他明白该和这段荒唐的经历说再见了，他也明白自己再也不能创作出这样的歌曲了。或者，他之所以这样做，只是在讽刺自己。摆在他眼前的是一道双选题，一个是生存，另一个是创作。

在这个面临抉择的关键时刻，迪伦只有二十五岁，此时的他已创作出不少作品。就像年轻的兰波一样，兰波最凄美也最让人心碎的呐喊全都在短短四年内爆发出来。就像《彩图集》和《地狱一季》之后的那个来自阿登的通灵师①一样，迪伦走得如此之远，又如此之快，现在已经到了一条死胡同。为了走出死胡同，兰波最终放弃诗歌，远走埃塞俄比亚。迪伦则找到了没那么激进的办法，在1978年，他和罗恩·罗森鲍姆吐露了自己的心声：“无论它们是被揭露出来的还是自己领悟到的，生活中的一切都让我很感兴趣。清晰的思维可以写进歌里或是成为新的信息。而且，我在这方面做得更好了。我还没写过什么让我不想再动笔的东西。总之，我还没到兰波想要封笔罢写，跑到非洲卖军火的地步。”②

吉勒斯·德勒兹写道：“艺术家都像哲学家……他们身体都不怎么样，不是因为他们的身体有病或是神经上出问题，而是因为他们都有过对任何一个人

① 指兰波。——译者注

② 《花花公子》，1978年3月。

来说都难以承受的经历，这经历在他们身上悄悄留下了死亡带来的不可磨灭的印记。”[①]迪伦就是这样，在阳光普照的7月的一个早上，他在纽约州的那条小路上差点见到上帝。事故之后，他完全变了一个人，他不再做人们眼中的那个迪伦：天才、先知，光彩照人。取而代之的是成为一个正常人，甚至是平凡的人。他不再做一个叛逆者——他以前就是吗？——他想做一个丈夫和父亲，过上规规矩矩的生活。他的邻居也是他的好友哈皮·托姆说道：“他变得这么普通无趣，甚至去找他时，都觉得很没意思。”[②]

1967年5月，迪伦接受了来自《纽约每日新闻》的记者迈克尔·亚彻塔的采访。这也是他出车祸后首次面对记者。其间，他描述了出事后他的生活以及他的计划：“我和几个好友聚聚，外面的事不怎么关注，看的都是些不入流的作者写的书。我也想过接下来的路该怎么走，为什么要跑来跑去，自寻烦恼。我做得最多的，还是努力从车祸的阴影中走出来，试着做出更好的音乐，因为音乐就是我的全部。”

这就是车祸之后的鲍勃·迪伦要做的，也是他一直想做的：成为一名音乐家、作词人，尽可能把音乐这份事业做好，仅此而已。目标不算宏伟，也不渺小。他仍身处一流艺术家行列，并继续创作，但质量再也比不上1963年到1966年巅峰时期的作品了。对那些希望在新专辑里再度欣赏到他的才气的听众来说，这实在是让人沮丧。

纽约的飞隼乐队等得实在不耐烦了，他们在格拉梅西公园酒店期待着找回状态的迪伦。为了打发时间，他们努力写歌谱，想要自己做出一张自己的专辑，而仅仅两年之后，他们就真的做成了。但整天待在排练室里，并不能真正实现愿望。他们需要找一个合适的地方进行创作，这个地方要能够无论白天黑夜，想什么时候演奏就什么时候演奏，还不会打扰别人。他们找到了身在纽约时住在隔壁的亚伯特·格罗斯曼，后者建议他们到伍德斯托克去找卧居静养的迪伦，还说那

① 吉勒斯·德勒兹、费利克斯·瓜塔里，《何为哲学？》，子夜出版社，1991年。

② 《鲍勃·迪伦：1962—1969》。

里到处都是独栋房屋，完全满足他们的要求。

大家一致同意这个建议，一起出发去找迪伦。自从远离毒品和酒精，迪伦的体重增加了几公斤，看起来就像一位躬耕只求消遣的犹太神父。看到他的追随者，迪伦也很高兴，尤其欣赏他们所属的“草根阶层”。亚伯特的妻子莎莉・格罗斯曼说：“他们和成长在中产阶级家庭的鲍勃真是不一样，罗比已经退了学，瑞克来自一个烟草种植家庭，列文这个傻乎乎的胆小鬼来自阿肯色州。他们这些小伙子可不会假装师承伍迪・格思里。”[①]

最开始，从1967年3月至5月，飞隼乐队住在迪伦家旁边的一家汽车旅馆里，每天到迪伦家一起即兴演奏。在移师后来找到的大平克之前，迪伦曾将一栋红屋改为音乐工作室。罗比・罗伯特森回忆道：“有人在西索格蒂斯出口处找到了这栋粉不拉几的丑屋子，就在伍德斯托克边上。这块地有四十多公顷，光秃秃的。我们以很便宜的价格从房东手里把屋子租过来，把乐器设备什么的都放在了地下室。我们在那里只想着做好我们的音乐。我有个朋友是声乐器材方面的行家，对录音技术、话筒调节之类的很精通。我跟他说：‘瞅一眼吧，我们要用这地方，但愿它能入你法眼。’那时候，没人会这么做，如果你想灌张唱片，就得去专业的唱片制作公司。朋友看过之后告诉我：‘实在是糟透了。对我来说，这地下室的布置算得上最差的了：地面是水泥的，墙面是空心砖砌的，还有个大号金属锅炉。录音需要避免的，它一个不落全占。就算你们录着自己玩，也根本不行。’听到这些，别提我有多沮丧了。如果光听就觉得难听得很，哪还会有心思录下来。我说：‘见鬼，铺上块地毯会不会好点？’他回复道：‘一块地毯？一块地毯哪够，你们需要所有设备！’可我们已经租下了这个屋子，也就没有选择了。我自己寻思着：如果住在楼上呢？管他呢，看在老天的分上，也只有这样了。我们拿来一块旧地毯，找来两三个巡演时留下的立体声混音器，还有一台小型卡带录音机。接着，我们就开始为我们的唱片写起歌了。”[②]

① 《滚石》杂志，2014年12月。

② 采访内容参见www.thebluesmobile.com。

大概布置得差不多了。一天，迪伦前来看望朋友时，一下子就被在乡间创立工作室的主意打动了。罗伯特森说："他对我们说：'这是个好主意。反正我得给我的音乐出版商写几首歌，这样别人才会给录。不如一起做点东西出来吧。'我们本来是要一起做巡演的，结果他出了车祸，脖子也骨裂了。不过，我们还能领到薪水，这样也是一种回报。我同意了，要一起做出点属于自己的东西。"[①]

1967年5月到10月期间，迪伦基本每天下午都会到大平克——给这栋粉色大屋子起的外号——在简陋的条件下，和这支乐队一起做音乐。在与迪伦一起创作的过程中，飞隼乐队比其他摇滚乐队更早接触了解到他们一直以来并不熟悉的乡村乐及民谣乐。在即兴演奏时，由于事先并没有计划，他们可以把自己喜欢的歌随意加到演唱歌单上，比如有汉克·威廉姆斯的，约翰尼·卡什的，签约太阳唱片公司时期的猫王的，还有彼得·西格以及加拿大二重唱伊安和西尔维娅的歌。迪伦也会本能地唱起50年代在希宾上高中参加比赛时的演唱曲目，有福利特伍德的《布鲁斯先生》（1959年）、雷伊的《剪影》（1957年）和豪利乌·弗拉姆斯的《滋滋滋》。

既然已经准备做好音乐，就得从头开始了。迪伦计划通过演唱他自己的歌，一点点恢复状态。他现场编曲，有时演奏几分钟前就能编好一首歌。管风琴手加斯·哈德森说："令我震惊的是，从进场坐在钢琴前到写起歌来，他看起来非常轻松。更令我震惊的是，他的每首歌都写得很棒……[②]我们每天能创作出七八首歌，有时甚至能达到十五首。我们几个奏乐，他唱几句歌词，唱完接着写，写完再想接下来的。有时记下的就是嘴边发出的几句声响，甚至几个音节。"[③]

都不知道是怎么想出来的，歌词就飞快但不精确地出现在纸上，正好能伴上乐曲。乐评人同样也是精明的行家——格雷尔·马库斯评论道："那些毫无理由倾泻而来的歌词是不会撒谎的，它们排列在一起，自然得好像能够呼吸。"写出梗概，起个开头，打个草稿，他们可以毫无想法地享受时光，可以在角落里待

---

① 采访内容参见www.thebluesmobile.com。

② 《沿着公路直行》。

③ 希德·格里芬，《百万美元狂欢会：鲍勃·迪伦、乐队和地下室录音》，2007年。

着，也可以把这些草稿留着或扔了。这种带有试验性质的音乐制作和大型正规唱片公司里的流程并不一样。罗伯特森提到：“没有人会苛求音质，我们所做的就是把各自的想法铺开展示出来，像记笔记一样记下来，接着就看能否从中发现什么新东西。这和我们过去录歌的程序不一样，也与之前和迪伦合作时的流程区别很大。”①

事实上，在地下室录制的歌曲和迪伦之前写的歌都不一样。这无拘无束、可笑而又荒谬，彻底放开一切严谨束缚的音乐，就这样被深深地铭记在美国民谣乐传统中。迪伦一直在抗议这个因循守旧的传统，比如他曾向奈特·亨托夫讲道：“传统民谣音乐建立在六音步诗句的基础上，内容多以传说、圣经故事、灾难、生与死为主题。类似讲人的头上长出玫瑰或是一对恋人其实是两只鹅或两只天鹅这样的民谣音乐，是绝不会消失的。它们那么不真实，怎么会消亡呢？它们无须受到特别保护……我觉得，正是它们的实际意思的不明确才突显出它们的神圣。”②

正所谓大音希声，大巧不工。在地下室录音之前，从未以这样的方式录制音乐，也无关任何得失，好比电影里试镜头一样，并不准备面向公众。作为一位歌词至上的歌手，迪伦反复琢磨每句词，把那些不能传情达意的剔除出去，可谓用心良苦。就像他在前一年向奈特·亨托夫所讲的那样：“不可能只凭谁有什么信息要传达就能写出一首歌……他还要尊重别人想要获取自己所需信息的权利。否则，我把市政厅租下来，在那儿安排三十个西联汇款公司③的邮递员，这样倒也能得到消息。人们在这儿能听到的信息，比他们一辈子听到的都多……”④

迪伦坚决地同粗野、下流又淫荡的《金发女郎》中流露出的自杀倾向说了再见，感到很痛快。由于不必再顾及歌词含义带来的束缚，他欢呼着，甚至没头没尾地讲述充斥着酒鬼和前科犯的小故事。下面这首歌里，一个男孩向一位名叫亨利夫人的小地主哀求：

---

① 《鲍勃·迪伦：1962—1969》。

② 《花花公子》，1966年2月。

③ 邮政汇兑网络。

④ 《花花公子》，1966年3月。

我是个好孩子

只是顺走不少鸡蛋

和太多人聊天

喝空太多酒桶

求您了，亨利夫人，亨利夫人，求求您了！

求您了，亨利夫人，亨利夫人，求求您了！

给您跪下了

我手头也身无分文啊①

还有这首歌，讲的是一个想要越狱的蒙哥马利小个子疯癫犯人：

醉鬼之王驾到

快瞧，他还在打喷嚏

小心点，莱斯特

看开点，露露

去当教士吧

到工会也行

跟他们说

蒙哥马利来的小个子

跟他们问好②

用这种让人眩晕的胡言乱语做掩护，迪伦喜欢得不得了，时不时就来一下。

① 《亨利夫人，求您了》，1967年矮人音乐公司版权所有，1995年由矮人音乐公司重新灌制。

② 《小蒙哥马利》，1967年矮人音乐公司版权所有，1995年由矮人音乐公司重新灌制。

别人也不能拿他怎么样，如果有意义，把实际意义说成没意义就好。这样的例子在《狂怒之泪》中最明显，乐评人安迪・吉尔评论此歌带有莎翁的风格："迪伦描写的主人公和《李尔王》里那个失明的国王的独白异曲同工，都被苦楚和悔恨吞噬，二者提到未能实现的诺言和被隐藏的真相，贪婪都毒害了美好的心愿，女儿们也竟都可以如此忤逆父亲的意愿。"[①] 在另一首充满哲学内涵的歌《着火的车轮》中，通过题目所述的古希腊四大预言家之一埃塞西埃尔预言时看到的景象，迪伦从历史中抽取线索，发出这样的警告：

这熊熊燃烧的车轮
在路上滚进
赶紧通知家人
这轮子将要爆炸

可以料想，这着火的车轮暗指他经历的那场摩托车事故，而此时的他已得到解脱，内心平和。

除了从自由自在的音乐创作中获得单纯的喜悦，这次的"地下室录音"[②]也是建立在一定经济基础上的。迪伦提出要"抬起脚"，这就意味着当前不会再出新唱片，也不会进行巡演。亚伯特・格罗斯曼需要想办法弄到资金，他最终通过建立音乐出版公司达到了目的。1966年，迪伦与威特马克的合同到期后，亚伯特・格罗斯曼创建了矮人音乐公司，与迪伦各自拥有一半的股份，还负责打理歌手的作品。此外，只要鲍勃有一首歌能够产生利润，比如能在广播里播放或是由其他歌手翻唱，其中一半的收益也都归这位经纪人。后来，迪伦解释道，之所以会出现这高到惊人的比例，是因为签合同时没有细读，后来才发现。

---

① 《鲍勃・迪伦：1962—1969》。

② 1975年，哥伦比亚唱片公司出版了专辑《地下室磁带》，因其由迪伦和飞隼乐队在大平克地下室内录制而得名。

亚伯特·格罗斯曼的如意算盘是让迪伦写歌，但并不出版，随后他就可以把歌卖给其他歌手。正是因为需要出一份歌单，《地下室磁带》才得以问世，这时的音质问题也就没那么重要了。

1968年1月，迪伦从与飞隼乐队在前一年夏天录制的一百四十多首歌[①]中精选了十四首刻在软盘上，准备交由唱片公司和艺术机构出版。迪伦不仅是无人可以替代的歌手，更被认为是那个时代最有天赋的作词家兼作曲家，照这样看，找到主顾不是什么难事，特别是要出版之前从未出过的专辑，就更是这样。事实上，这批“新货”是为那些真正把它当作宝贝来交易的人准备的。

此时，美国的飞鸟乐队已凭借翻唱的电声版《手鼓先生》雄踞1965年唱片销量榜首，此次携《你哪儿也不去》卷土重来的他们更会大放异彩；彼得、保罗和玛丽组合也通过《太多微不足道的事》打入榜单前十名。在英国，流行乐队曼弗雷德·曼恩向著名演员安东尼·奎因致敬的《伟大的奎因》使这支乐队的唱片登上1968年2月英国最畅销唱片排行榜冠军宝座。还是在英国，朱莉·德里斯克也想借《着火的车轮》火一把；港口公约乐队将通过《百万美元狂欢会》重回榜单前列。

作为一个精明的商人，亚伯特·格罗斯曼采取种种措施，通过专利保护本身对此并不上心的迪伦创作的歌曲。只要没有事先向矮人音乐公司交足专利费，任何人都不能演唱迪伦的歌。令他难以想象的是，在收到他寄去的样品软盘的顾客中，居然有人通过非法途径传播盘上的内容。1968年，黑市上出现了《伟大的白色奇迹》的原声集，里面包含由不知名歌手演唱的那十四首歌。这也是摇滚乐历史上第一张盗版唱片。唱片的商业化成为一项产业，迪伦和他的唱片公司立刻损失严重。据罗伯特·谢尔顿透露，“私藏系列”唱片流传范围很广，“在加利福尼亚，有个叫橡皮筛子的人，他手下有五十四名员工进行制作，另有几百人负责盗版唱片的销售”[②]。

盗版唱片在极广范围内迅速传播，先是在美洲大陆，然后传到了欧洲。高高

① 《地下室磁带全集》在2014年出版，内含六张CD。

② 《鲍勃·迪伦的音乐人生》。

在上的迪伦的歌一下子变得众人皆可听了。而迪伦此时又一次展示出了自己个性的复杂与多变。1967年10月中旬，与飞隼乐队在轻松随意的氛围中完成地下室录音之后，他只身前往纳什维尔录制新专辑，这时的他经常在沉思，不断内省。迪伦从拉伯雷式的人物，又化身为一个神秘的犹太教和基督教教徒。还处于风格重塑时期的他决定换一种声音，更加温和，更加朴实无华，更符合他在乡村及在伍德斯托克生活时的状态。由此，他暂时放弃了摇滚里尖利的声调，这其中的自毁倾向和幻觉色彩与他现在的状态明显不符。此去纳什维尔就是要创作出带有最低限度艺术派风格的歌曲。

为此，迪伦选择了一种之前从没接触过的演唱形式：三重唱。他自己使用吉他、钢琴和口琴，边演奏边唱（口琴在地下室录音之后，又重新成为迪伦主要使用的乐器）。查理·麦克考伊用电贝斯，肯尼·巴特里用架子鼓，彼得·德拉克踩着踏板吉他，在最后两段加入演奏。麦克考伊和巴特里都参与了《金发女郎》的录制，他们认为还会和以前一样：迪伦写好在宾馆里尚未完成的歌曲，别人在外面打乒乓球等着。然而，令他们欣喜的是，迪伦带着已经写好并准备录制的歌曲来了，因此《约翰·韦斯利·哈丁》这张专辑总共只录了三次，而且每次几小时内就录好了（后两次是在11月）。

为了这张睽违已有一年半的唱片，迪伦彻底改变了歌曲风格，甚至连写作风格都改了。在推出专辑后，他解释道：“我现在想要表现的，是无须太多词就可以表达出我的想法。没有一句话需要细细琢磨，也没有一段会有漏洞。没有一个词是为了凑足音节而用的。每行诗都言之有物。”[①]迪伦向诗人艾伦·金斯伯格解释了他写作歌词的新思路：“每行诗更短，每行都没有废话。不会再单纯为了押韵而凑字。每行歌词都要能推进故事发展……多一个词，就得多换一次气，不值。从歌词中引发的图像联想应该更具实用性，而不是单纯的装饰。”[②]

为了做到文辞简练，迪伦在他的电声三重唱中放弃了之前歌词一贯的象征

---

① 《放歌》杂志，1968年10月至11月。

② 吉姆·德莱沃，《关于性、毒品和摇滚的猛犸象故事书》，卡罗尔&格拉夫出版社，2006年。

意义和超现实主义描写手法，着力刻画描写两类传统：美国历史和圣经故事。在博特·卡莱特的《鲍勃·迪伦歌词中的圣经故事》[①]一书中，作者经过统计，发现迪伦在专辑《约翰·韦斯利·哈丁》中化用了超过六十个《圣经》典故，其中十五个都出自《李弗兰和犹大牧师叙事曲》。迪伦对《新约》《旧约》全书开始感兴趣，与他之前遭受车祸差点丧命的经历是绝对分不开的。说迪伦在车祸之后找到了信仰，或许这样推断未免有些武断，但他很可能在《圣经》特别是其中的预言中萌生了新的想法，并给自己找到了新的定位。

像往常一样，迪伦并没有解释专辑《约翰·韦斯利·哈丁》中各首歌曲的象征意义，希望以此激发神秘的灵感，至于源头是什么，他并不关注。为此，他还讽刺道："人们对此小题大做，就像我的歌是个罗夏测试或者什么东西似的。其实就是一张歌曲专辑……"[②]尽管他假惺惺地谦虚，但就像唱片背面写的小故事一样，这张专辑讲的就是迪伦自己。专辑内的十二首歌对应着赫拉克勒斯完成的十二项功绩，像是在点明作者本身也面临着考验。或许是过去的考验，而他已从中恢复过来并吸取了教训；又或是现在他试图通过的一项考验。此时，他的人生观已与1965年至1966年的专辑里体现的差之千里了，但歌曲主题还是很迪伦化的：迪伦与政治，迪伦与公众，迪伦与金钱，迪伦与他的唱片公司，迪伦与他的经纪人，迪伦与妻子，等等。

1967年10月3日，前往纳什维尔两周前，迪伦获悉了伍迪·格思里的死讯。回想起六年前在伍迪枕旁唱他自己创作的歌曲，迪伦知道自己欠他太多太多。伍迪的气息弥漫在迪伦录制的新专辑——《英俊少年弗洛伊德》中。明眼人一眼就能看出来，这是伍迪·格思里最有名的作品。某种程度上，伍迪就是英俊少年弗洛伊德，一个把圣诞大餐分给穷人的热心强盗。迪伦也在歌中把自己塑造成"穷人之友"——约翰·韦斯利·哈丁[③]。但在提到这个法外之徒时，或许是有意识

---

① 《通缉犯》，1985年。

② 《自传》。

③ 约翰·韦斯利·哈丁的事迹被拉乌尔·瓦尔士导演成电影《命运的受害者》，并于1952年搬上大银幕，洛克·哈德森饰演该角色。

地，迪伦把他的名字拼错了。历史上的约翰·韦斯利·哈丁因为谋杀，在监狱里关了十六年，并在1895年在得克萨斯州埃尔帕索市的一家酒馆被当地郡长枪决。这和迪伦在歌曲结尾时写到的美好结局正好相反：

这里可没有人
能够追踪或是围捕他
他从不会
犯低级错误①

将其塑造为正面英雄只有一个目的，将自己想象成 个难对付的不法之徒，挫败别人给他设下的圈套。

在他到现在为止并不长的演艺生涯期间碰到的各类陷阱中，以他的名义由国家紧急民权委员会举行的著名的晚宴将他害得不浅，以至于四年之后，他还在《一天早晨走出家门》这首歌中隐晦地提到此事。倒不是像《第四大街》那样以恼怒的语气算账，而是说明这件事伤他有多深。迪伦在唱这首歌时，声音轻柔祥和，就像两个世纪以前写于英国或苏格兰的叙事曲，歌曲的前奏更是传统得不能再传统：

清晨走出家门
呼吸着汤姆·佩因家周围的空气

汤姆·佩因并不是作者凭空捏造出来的，他是一位美国独立时期的英雄，恰巧1963年12月国家紧急民权委员会颁给迪伦的奖也是以他的名字命名的。紧接着出现了一个年轻的女孩，“从没见过戴着锁链还如此美丽的女孩”可能象征着想把迪伦拉拢过来的正统左派。她拉着他的胳膊，想和他一起走，但被拒绝了，随

① 《约翰·韦斯利·哈丁》，1968年矮人音乐公司版权所有，1996年由矮人音乐公司重新灌制。

后这个散步者隐约看到拒绝带来的后果：

我那时才知道
她想加害于我

在最后一段中，汤姆·佩因本人出场，以引诱者的名义向他道歉，请求他高抬贵手。这是在暗示迪伦从未停止要求他人对自己恶意攻击的赔偿。

在开往纳什维尔的火车上，迪伦为第一次录音写下了《漂流者的港湾》。在这首歌中，他与他的新对手——公众展开了斗争。歌中的主人公是个小混混，恰似此时名声不好的迪伦。就像卡夫卡的小说《审判》里的约瑟夫·K，歌曲里的主人公在不知情的情况下遭人指控，被自己先前的崇拜者钉在了耻辱柱上。不过，在判决前，雷电击中了法官席，被告人得以趁机逃跑。这一颇具圣经色彩的结局同样有不少暗示：雷电象征终结之前一切争端纠纷的那场摩托车车祸，而这场车祸这么看起来，更像是上天的意志。

《约翰·韦斯利·哈丁》可能是迪伦所有唱片中最带有妄想色彩的一张唱片了。其中每首歌的主人公都受到来自各方的迫害，不得不使计、躲闪、逃跑，以保留自己。正如《守在瞭望塔》的开场白，一个小丑对一个小偷说："一定会有办法逃离此地。"随后，他们发现："商人喝我的酒，农夫挖我的地。"迪伦应该是在暗示各形各色的寄生虫正借助自己把他们养得白白胖胖。这寄生虫可以是他的经纪人，也可以是他的唱片公司。随后，他的解释印证了猜想："当我醒来清醒之后才发现，一直以来，我都在为一群水蛭辛苦劳作。"[①]还有一个证据，在《圣经》里灵魂得救那一章，最后一行诗讲了在瞭望塔上看到两名骑士到来，暗示着先知以赛亚关于古巴比伦陷落的预言。

很可能是因为自传性质的写作背景，据注释家推测，从唱片里唯一一首写了三段的歌《李弗兰和犹大牧师叙事曲》和《亲爱的房东》里都能看出迪伦和经

① 《滚石》杂志，1984年6月21日。

纪人亚伯特·格罗斯曼之间的矛盾越来越激化。在这两首歌中，一直服从安排、言听计从的歌手表达出了强烈的独立意愿，一方面是要在收入方面独立，另一方面是在工作节奏的安排上独立。迪伦此举等于通知经纪人（将其讽刺地称为“房东”），自己从此要与他平等共事：

亲爱的房东
请听好我说的每一句话
我们现在都已拥有属于自己的礼物
你知道它们各个都来之不易
假如你不轻视我
我也不会再轻视你①

尽管有这样那样的折磨和圈套，在迪伦第一次独立制作的唱片《约翰·韦斯利·哈丁》的封面上，我们仍能看到他灿烂的笑容。和《时代在变化》封面上阴暗的脸庞或是《满载而归》封面上流露不满的噘嘴相比，这已是很大的差别。与之差别更大的是那个产生幻觉的瘾君子，是饱经折磨而又在纽约民间有颇多追随者的诗人。其中想要表达的意思清楚地传达给了以为迪伦已在墓地或是正在精神病院接受治疗的那帮人。封面上和他站在一起的人也都是单纯质朴的人，分别是来自孟加拉湾人乐队的拉克斯曼和普尔纳·达斯·波尔，以及来自伍德斯托克的木匠兼泥水匠查理·乔伊。像圣·米歇尔一样，迪伦击败了巨龙。不过，还需要等最后两首歌录完，我们才能知道他用的是什么兵器。

在《海湾下》和《今夜，我属于你》这两首带有乡间香水味的爱情歌曲中，迪伦开出了他的幸福处方：他之所以能战胜恶魔，是因为有萨拉的爱。真挚而简单的爱情成就了日常生活的点点滴滴。只要能够让听众认识到那个充满幻觉的诗人已一去不复返，一个全新的甚至有些平凡的迪伦已经到来，他怎样都乐意，甚

① 《亲爱的房东》，1968年矮人音乐公司版权所有，1996年由矮人音乐公司重新灌制。

至把矫情当成了挡箭牌。这张专辑里随处透着这种甘愿平凡、乐得普通的感觉，为听众奏响了家庭生活的赞歌：

关上灯，拉上窗帘
踢掉你的鞋，不用害怕
把那瓶酒拿来
今晚，我是你的宝贝①

① 《今夜，我属于你》，1968年矮人音乐公司版权所有，1996年由矮人音乐公司重新灌制。

我不知道别人梦想着什么，但我梦想着能朝九晚五，能有围着白色栅栏的房子，周围绿树成荫，花园内开满玫瑰。

（《鲍勃·迪伦回忆录》，2004年）

受迫害的先知

BOB
DYLAN

16

迪伦终于可以在1968年好好休息一下了。一向如此高产的他在这一年颗粒无收，没有出一张专辑，没有写一首新歌，甚至连录音室都没进去过。幽居乡间的他这一年忙着生儿育女：从1967年11月女儿安娜莱亚出生，家里就屡添新丁；接着是塞缪尔·艾萨克·亚伯拉罕；一年后，也就是1969年12月9日，雅各布·卢克出生。算上杰西·迪伦和玛丽亚，五个孩子每天围着迪伦在家里玩耍嬉戏。由于包括记者在内，少有人打扰，迪伦很喜欢在伍德斯托克隐居。“就算让他们进来，他们能在这儿找到什么？一堆杂七杂八的东西，积木，推着玩的，拉着玩的，小孩子用的桌椅，大大的空纸箱，少儿化学实验台，智力拼图，玩具鼓……更何况我从来就没想过让他们任何人进来。”①

迪伦年纪轻轻就离家闯荡，转眼间这么多年过去了，他和父母也日渐疏远，以至于最后忽视了他们的存在。直到1968年6月5日，父亲亚伯拉罕·齐默曼在德卢斯去世的消息传来，这个二十七岁的年轻父亲才真正意识到每代人之间交流的难度。“我没想到会在这种背景下回到童年生长的小城，回来见长眠在地下的父

① 《鲍勃·迪伦回忆录》。

亲最后一面……”[①]这可能是他对慈爱父亲严格管教的反应，但已经迟了。为了不限制孩子们的创造力，鲍勃决定给予孩子们最宽容的教育，并且对他们的自由不施加任何干涉。

令人震惊的是，就在迪伦在乡间照顾家人时，美国正处于血与火中。1968年可谓20世纪60年代最动荡的一年。这一年4月4日，马丁·路德·金在田纳西州孟菲斯的旅馆阳台上被杀，顿时在美国多个城市引起骚乱，尤其是在芝加哥和华盛顿，警察甚至在首都枪杀了两名黑人青年。两个月之后，在洛杉矶，前总统约翰·肯尼迪的弟弟罗伯特·肯尼迪也在获得民主党总统初选胜利后不久遇刺身亡。8月22日到30日在芝加哥召开的民主党大会最终推选出休伯特·汉弗莱参加总统竞选。整整一周之内，整个芝加哥成了警察与反对越战的活跃分子之间暴力冲突的角斗场。

总的看来，自这场战争爆发以来，整个美国青年都十分激进。前一年成立了国际青年党（会员为了和嬉皮士唱反调，自称雅皮士），该党信奉绝对自由主义，反对越战，还将迪伦的两位好友诗人艾伦·金斯伯格和歌手菲尔·奥克斯拉拢过来。他们的领导者名叫艾比·霍夫曼，是很有煽动力的学者，也是哲学家赫伯特·马库斯的学生，还写有几部颠覆性著作，光看题目就颇吸引眼球——《偷掉这本书》《该死的制度》。与此同时，一部分黑人团体也决定采用更加强硬的手段。继倡导非暴力的马丁·路德·金牧师之后，于1966年在加州创建的黑人自卫组织“黑豹党”横空出世。

五年前那个为民权运动写电影声带的迪伦这一次沉默了：没有写一首歌、一首诗，也没有就任何事件接受采访。后来稍稍谈论起来，也是为了表达自己对平等自由的美国精神的眷恋，并希望将这些精神传递给孩子们。

1969年1月20日，保守派共和党人理查德·尼克松成为美国新一任总统。这届选举是来自非洲裔美国人的报复，近期已动摇了美国国本的骚动也使黑人群体难以管控。一般的美国白人通常住在乡下，一生紧紧地同家乡联系在一起，他们

① 《鲍勃·迪伦回忆录》。

这辈子听到的来自大奥雷奥普雷[①]的乡村音乐远比纽约自由爵士或是加州迷幻摇滚多得多。然而，迪伦就是要用自己的诠释，通过被进步人士认为反动的乡村音乐，宣告自己再一次的改变。他从小就是乡村音乐的爱好者，汉克·威廉姆斯更是他第一个偶像，但之所以做出这个选择，并不完全是出于音乐方面的考虑。在他的演唱生涯中，他基本不会刻意迎合听众的期待，而这次他更是要和公众的意愿背道而驰。他的目标还是撕下被别人贴在身上的标签："反抗运动老大哥、异见派沙皇、叛逆男爵、寄生虫领袖、变节者国王、无政府主义大主教、头等重要的大人物。这都是些什么乱七八糟的？"[②]

这些头衔他倒也都当得起，不过这些头衔都有一个共同点，都是某个方面的头脑人物，而他比任何时候都讨厌这种称呼。"我代表着一堆我根本不知道是什么的玩意。比如，别人都以为我吸硬毒品。艾比·霍夫曼走上街头搞游行，人们就以为我是其中的主要人物。等等，我只是个搞音乐的。不错，我的歌这个那个的都会涉及点，但那又怎样？只是人们都需要一个领导者。公众对领导者的需要远远超过领导者对公众的需要。其实，只要背后有一群人愿意服从，随便谁都能领导他们。可我并不想要这些啊……"[③]

他担心如果被推举成什么群体的头脑，他失去的将不仅仅是他的自由，甚至还有他的身份和尊严。后来回想起这段岁月，他写道："我觉得自己就像被扔到狗群里的一坨烂肉。"求生的本能迫使他用自己的方式奋起反抗。"我从来没想过任人宰割，捉牛要捉角，得主动换个形象，才能改变别人对我形成的一贯看法……我要来个障眼法，在事态失控前把握住局势，让他们摸不到我的牌。"[④]

1969年2月12日，迪伦前往纳什维尔录制新专辑，这也是继《金发女郎》和《约翰·韦斯利·哈丁》之后，他在这里录制的第三张专辑了。此次距他上一次踏进录音室已一年半有余。他用于反抗的装备包括四首歌，《和你独处》《全然

① 美国最老牌的广播节目，自1925年播出起，为普及乡村音乐做出了重要贡献。

② 《鲍勃·迪伦回忆录》。

③ 《滚石》杂志，1984年6月21日，收录于《鲍勃·迪伦访谈录》。

④ 《鲍勃·迪伦回忆录》。

抛却》《再一夜》和《躺下吧，姑娘》，这四首歌专门为电影《午夜牛郎》所写，但没赶上电影上映。刚听到第一首歌，乐评人都惊呆了。无论是从整个音乐还是从嗓音和歌词来看，这张专辑发生了彻底的转变。迪伦成了一位低音歌手，声音也变得柔和甜美，他通过赞美这乡间的浪漫，再一次表达了对妻子的爱。但比起主题的美妙，歌词就略显平庸了：

只与你
黄昏前
看着你
至天明[①]

随后一段时间，迪伦又写出了几首新歌，完成了整张专辑。整体来说，这张专辑就像当时诸如《嘲笑鸟》和《胖胖的月亮》那样的主流音乐[②]一样，弥漫着一股蓝色小矢车菊糖浆味的小清新情调，和给纯情少女看的青春小说里宣扬的生活哲学毫无二致：

爱就是一切，它让地球转个不停
爱情，只有爱情，它不容你否认[③]

一张专辑听下来，人们感觉，为了内心的平和，迪伦已经完全放弃了诗歌写作。迪伦将专辑的结束曲简简单单地命名为《纳什维尔天际线》，就是要传递一个信息："我一直想写这种歌。比起以前的歌来，这些歌更能表达我的心声；比起《约翰·韦斯利·哈丁》，这张专辑让我回归了音乐的本质。之前，大家都希

① 《和你独处》，1969年广阔天空音乐公司版权所有，1997年由广阔天空音乐公司重新灌制。
② 指面向大众的商业化音乐。
③ 《全然抛却》，1969年广阔天空音乐公司版权所有，1997年由广阔天空音乐公司重新灌制。

望我成为一个诗人，我也朝这个方向努力了。但这张专辑中，哪怕是最一般的歌词，也比之前专辑里的要强。”

是轻率的盲目还是最后的挑衅？从迪伦本身来讲，《纳什维尔天际线》凭借并不隐晦拗涩的内容和他一流的品位尤其光芒四射。这张类型专辑是美国音乐史上最伟大的创新者在风格上的又一次突破：按照事先计划好的风格（制作歌曲），事先不走漏一点风声。就像奥逊·威尔斯按照约翰·韦恩的演绎风格导演了一部西部片一样。

继从民谣转到摇滚之后，迪伦又摇身一变，成了一名乡村音乐歌手。为此，他需要得到乡村音乐大家的鼓舞和音乐方面的指导。2月18日，他邀请约翰尼·卡什到录音棚与他录制最后一部分唱片。后者是当时乡村音乐乐坛的大师级人物，迪伦想和他一同合唱十五个唱段，重奏也是传统的那种。他写民谣歌曲时创作的两首歌《多余的清晨》和《北国姑娘》改成了乡村音乐版，也一并录到新专辑里。不过，只有第二首入选专辑，并成了专辑的第一首歌。

两个流派的领军人物相见，想必会争个高低，然而，相互欣赏的卡什和迪伦早在五年前就是好朋友了。1975年，卡什回忆道：“1963年，我在《放任自流的鲍勃·迪伦》出版后发现了他，那时我就觉得他将会成为最顶尖的乡村音乐歌手。在我们第一次见面之前，我就知道我们有很多共同点，比如他之前也是乡村音乐的追随者。1963年，我在拉斯维加斯写信给他，告诉他我很欣赏他的歌。随后，我们就一直保持着联系。”[①]为了让《纳什维尔天际线》专辑尽快顺利出版，1969年6月7日，卡什还邀请鲍勃到美国广播公司电视台，在自己主持的电视节目中演唱了三首专辑里的歌曲。

回到这张“不明飞行物”似的专辑，迪伦写道：“我没用多久就把那些听起来像是乡村音乐和西部音乐的歌录到一张唱片里，让它们听起来就像马被戴上了辔头，干得漂亮。那些音乐评论者听了，肯定会不知所措。再发现我的嗓音也换了，那些人估计会疑惑地直挠头……”音乐评论界也不知这是怎么回事，对

---

① 《鲍勃·迪伦的音乐人生》。

这张新专辑褒贬不一。保罗·尼尔森在《滚石》杂志里写道："《纳什维尔天际线》在艺术上是很成功的：艺术视角独特，充满人文气息，表现了对快乐的向往。"另一些评论则对歌手表现出的享乐态度持谨慎态度。蒂姆·苏斯特在英国广播公司旗下的《听众》杂志中这样评论："我们还是会感受到这其中缺点什么。田园牧歌式的乡村景象，现实中恐怕没这么美好吧？"艾德·奥克斯在专业音乐杂志《公告牌》中同样持保留态度："歌手醉生梦死，高兴得好像每天都是情人节一样。"

其实，《纳什维尔天际线》专辑并不像我们看到的那样，即使在迪伦自己看来，这张专辑里那个平和淡定的也是他自己想传达出来的形象，也并非他当时真正的状态。九年之后的一次采访中，迪伦第一次承认在车祸后的几年里，他一直担心自己江郎才尽："写出《金发女郎》之后，就不自主地这样了。一天，我正走在路上，突然路灯都熄灭了。从那以后，我就或多或少患上失忆症了……《约翰·韦斯利·哈丁》是我恐惧的产物——整张专辑都在描述恐惧，还以最可怕的方式不断提到魔鬼。我只是想用上那些最恰当的词。我这也真算是勇气可嘉，毕竟那时我可以什么都不做。无论如何都应该读读《纳什维尔天际线》里的歌词。我尝试去弄清那些让我变成我应该变成的东西，我似乎什么都做不了——只能坠落。我不能改变外表，走到这一步，我不知道是怎么回事，或者说我也不愿知道。"①

尽管做出了解释，但还是要很久才能为人们所知。无论迪伦做什么，他都会被人们当作精神导师，指导众人追随的方向。后来他也透露："就像埃德加·爱伦·坡一样。就算别人不停地称呼你为先知或是大救星，你也并非真是人们眼中的那样。我从没想过做一个先知或是救星。我或许想当猫王，我也可以很容易地把自己看作他，但把自己当成先知，快算了吧……我那一套无非就是唱歌，也不是训诫布道啊。如果真有人好好品味我的歌，我觉得不会有人从中读出我是谁谁

① 《滚石》杂志，1978年11月16日，收录于《鲍勃·迪伦访谈录》。

谁的发言人之类的内容。”[①]

和所有先知一样，迪伦也成了被崇拜的对象，以至于被那些想看到他、想摸一摸他、想和他讲话的信徒日夜迫害。“全国各地都能找到去我家的地图，辍学的、吸毒的都跟着纷涌而来……时刻有人企图破门而入……我发现自己和需要得到保护的家人已被逼困在危机四伏的伍德斯托克，这里一片狼藉，已变成我的噩梦。”[②]

很久之前，伍德斯托克曾一度是众多寻求安静的艺术家的避难所，然而，鲍勃·迪伦的到来使这个小村子变成了一个充满神秘色彩的地方，随后因为伍德斯托克音乐节的举办，这里更举世闻名。然而，1969年8月15日至17日，伍德斯托克音乐节在上百公里之外的贝塞尔举行。一群年轻的嬉皮士在此组织音乐集会，是为了筹集资金，以创办一个录音工作室。这个全名叫“伍德斯托克音乐艺术节”的集会吸引了近五十万人，远远超出之前估计的五万人。而二百五十公顷的场地也因为大雨突降而变成了一片泥沼。但这些并没有影响嬉皮文化的三大元素——性、毒品和摇滚——在音乐节期间大行其道。

之所以命名为“伍德斯托克音乐节”，表面上是为了向迪伦致敬，更直接地讲，就是为了提高知名度，筹集更多资金。然而，迪伦谢绝了理所应当的邀请，理由是自己的孩子生病了。而和他很要好的其他艺术家，“乐队”、琼·贝兹、保罗·巴特菲尔德布鲁斯乐队、里奇·海文斯、蒂姆·哈丁，包括伍迪·格思里的儿子阿洛·格思里都前来助阵。每日，不堪破门侵入骚扰个人生活的迪伦只能冷眼忍受打着追随自己旗号的这群疯子。“我跟自己说：小心，并不是所有人都是你的追随者，那是不可能的。而他们仍然络绎不绝地过来。因此，我要从这里脱身。这些大概是音乐节进行时发生的一些小事。很显然，这些都和我、伍德斯托克以及我身后的一切有关。我们真是受不了了。我和我的家人在此待不下去了，没有任何人、任何地方肯帮我。我对此地充满了仇恨，随后举家离开了这

① 哥伦比亚广播公司（CBS），2004年，艾德·布拉德利访谈。

② 《鲍勃·迪伦回忆录》。

里，搬到了纽约城里。然而，这次退让现在看来并不明智。在我之前待过的麦克道格街恰巧有一间空房，而这个地方实在让我颇感亲近，于是我悄悄买下了这间房。可是，刚一搬到纽约，情况更糟了。伍德斯托克的族人又来侵扰这条街了，总会有人堵在我家门前。”①

亵渎神明的人叫嚣着即使先知躲起来也没有用，他不愿意去哪儿，他们就会强迫着带他去哪儿。音乐节结束一个月左右，格雷尔·马库斯在《滚石》杂志里写道：“不管他愿不愿意，迪伦曾被狂热的人群包围三天之久。他曾是最早加入这城市部落的。但现如今，伍德斯托克的那帮人敲着铜锣，将部落的信息传给了迪伦，伍德斯托克原先可是他的避难所，是他的避风港啊……迪伦可以媲美任何广告、促销或是宣传活动，正是他的存在使得二百五十公顷的场地人满为患。”他们的要求愚蠢而又疯狂，对此，无论是嬉皮士还是雅皮士，迪伦觉得和那些整日嚷嚷着要他发挥影响力的人根本没有共同点可言。他既不是公社生活的追随者，也不是什么活跃分子，他只有一个念头：忠于自己。

除了前一年1月在卡内基音乐厅参加送别伍迪·格思里的那场音乐会，到1969年夏天，迪伦已有三年没登台表演。然而，他明白音乐家和歌手的使命是要出现在公众面前表演。当然，要做到像车祸前那样不要命的演出频率，已是不可能了。他在等待时机，一个适合他东山再起的绝好时机。举办地离自己很近的伍德斯托克音乐节留下的阴影还历历在目，这个集会他连名字都不想听。迪伦最后决定，当年8月底参加另一个足够低调也足够遥远的音乐节。1969年，继伍德斯托克音乐节一败涂地之后，三个英国年轻人福尔克兄弟在怀特岛举办起另一个音乐节。为了引起迪伦的注意，他们发布了一条介绍怀特岛和岛上美丽景色的广告，想以此调动迪伦的文学情怀。英国历史上的几位大诗人，如丁尼生、约翰·济慈都曾在怀特岛旅居过，既然如此，当代大诗人来此一游也就再正常不过了。福尔克兄弟还建议迪伦可以和家人来此度假，一同住在海边的农场。也正是最后这一条，打动了迪伦。

---

① 《滚石》杂志，1984年6月21日。

8月13日晚上约10点，“乐队”的四个音乐家登台演出，迎接他们的是现场十五万名忠实的狂热歌迷。约翰·列侬和妻子小野洋子、滚石乐队的凯思·理查德、吉他大师埃里克·克莱普顿、影星伊丽莎白·泰勒、英国影星理查德·伯顿、法国导演罗杰·瓦迪姆、美国影星简·方达等巨星也悉数到场。晚上11点，观众看到上台加入表演的迪伦时，发现都快认不出他了：浅黄色外套，白色衬衫，脸也比以前圆润了许多，一头短发，薄薄一圈络腮胡。这身“很适合他”的新造型也很符合他当晚演唱歌曲的风格。整整一个小时里，他连唱十七首歌，只顾得上和惊呆了的观众说一句“这里太棒了”。这些歌有的出自最近两张唱片，有的则是老歌，不过他对歌曲进行了改造，使之自成一套体系。在用全新嗓音低声吟唱乡村音乐时，他抹平甚至完全舍弃了原先嗓音里的粗粝。法国音乐杂志《最佳》的前方记者写道：“当晚的演唱在音乐上无可挑剔，与他之前的表演风格完全不同。但是，用新嗓唱旧歌真的合适吗？之前《像一块滚石》《宝贝，那不是我》《雨天的女人们》这类歌曲要是也用这种温和甜美的声音演绎，就会失去它们得以广为人知的特色，失去作品中的那种尖刻。”[①]

在演唱了一个小时左右，迪伦结束了演出。以为他还会返场的观众尽管失望，不停地喊着“我们还想听，我们还想听”，但迪伦最终也没有返场表演。从惊愕中反应过来后，特别是听到迪伦将拿到四万英镑[②]的出场费时，人们备感愤怒。对此，举办方回应道，迪伦已履行合同上的约定。不管怎么说，说迪伦来此只是为了出场费，实在是有失公允，也有误导之嫌。这场演出是他展示新风格的机会，并希望得到大众的接受。然而，此次英伦之行让迪伦意识到，人们印象中的他仍停留在三年前那个愤世嫉俗的幻想主义者形象上。误会再起，如此令人失望的经历让迪伦又苦等三年才再次出山，献出一场全新风格的音乐会。至于巡回演出，则是五年之后的事了。

迪伦从岛上离开时十分气恼。很显然，他并没能借助此次表演摆脱过去遗留

---

① 史迪威·迪克森，《最佳》，1969年9月15日。

② 当时的一英镑约合现在的一欧元。

下来的困境。接下来的一年，他做出全新尝试，随随便便推出了《自画像》——这张被评为他职业生涯中水平最差的唱片。尽管可谓前所未有的平庸，但这是迪伦本人乐意看到的结果：“我随便挑出几首歌做了一张双唱片装专辑，录进去的都是最不怎么样的歌。”[①]他的目的很明确，要是一杯饮料实在太难喝，那么，就算最狂热的喜爱者也不想下咽。“那时，有些人关注我是出于不良企图的……我出这张专辑，就是为了让这些人滚得远远的。按说这帮人在听到这张专辑后，就不会再喜欢我了。这也是我做这张专辑的唯一原因：为了让他们不再买我的碟。”[②]

专辑《自画像》就像在抽屉里东拼西凑出来的大杂烩：除了有怀特岛音乐节上演唱的曲目，还有不少风格迥异的传统歌曲，如猫王的经典歌曲《蓝月亮》、保罗·西蒙的《拳击手》、吉尔伯特·贝考的《我属于你》和为数不多的几首原创歌曲。这次，迪伦改变了录制流程，歌曲首先在纽约录好，随后把小样寄到纳什维尔，在那里重新配乐。编曲人查理·麦克考伊说：“这个活很复杂。我们收到的只有吉他伴奏和迪伦的人声，问题在于迪伦并没有注明节拍，所以很难根据这些进行调整。”[③]

迪伦有没有给出任何指示，还是全权委托身在纳什维尔的乐队去处理？总之，尽管其中也有类似描述淘金热的《1949年的日子》这样的佳作，但整张唱片在歌曲安排上缺乏条理，部分改编有些过火，女声合唱部分过多，小提琴伴奏也很一般。格雷尔·马库斯在《滚石》杂志里关于这张专辑的乐评中，开头就是一句：“这都是些什么狗屁？”这一观点得到了很多人的赞同。迪伦这次又搞砸了，因为《自画像》并没有如他所愿引起足够的不满，也没有多少人因此放弃对他的追随。“我对自己说：‘我受够了。为什么这些人不能放过我？’我想做点言之无物的东西，他们听了就再也不喜欢，顶多会说：‘好吧，听听下一首吧。这歌言之无物，我们想要的他分毫没提啊。’这样，他们就不会绕着我转了。但

---

① 《鲍勃·迪伦回忆录》。

② 克林顿·海林，《鲍勃·迪伦传：树荫背后》，哈珀·柯林斯出版社，2003年。

③ 《滚石》杂志，2013年9月9日。

事实证明，这个办法并不奏效。新专辑推出后，那些人会说‘这不是我们想要的’，随后，他们就向你索取更多。”[①]

《自画像》的饱受诟病远不只是迪伦的刻意安排。迪伦之所以想让人们跳出一贯的思维，产生对自己的失望，当然是为了保护他的家庭，还家人以安静，也是因为他能感觉到，来自人们的无休止的骚扰对他的创造力产生了极大的损害。在他看来，创造力的养成仰仗“经验、观察和想象”。然而，他也说：“要是别人不观察我，我都不知道该如何观察别的事物了，无论它是什么。”[②]时隔将近五十年，迪伦在一次采访中提到当时夹在家庭生活和艺术生涯之间的两难境地：

“1966年左右，您曾经历了超过一年的创作衰退期，对于其中的原因，有很多猜测。您所做的都是为了保护您的家人，是吗？”

“当然是这样。”

“我相信人们并不真的这样认为，因为作为一名艺术家，您特立独行的世界观让人们觉得您也是一个特立独行的人。其实，您只是一位试图保护孩子的父亲。”

“是的，我为此暂时放弃了艺术。”

“做出这样的决定很痛苦吗？”

“当然既让人失望又十分痛苦，因为我的音乐天赋已经带着我在艺术之路上走了这么远。我当时只能忍痛做出这样的选择，因为我当时别无选择。”[③]

面对无尽的“迫害”，只有一个办法：逃亡。离开伍德斯托克的迪伦开始频繁更换住所，格林尼治村、长岛，甚至加州的马里布，以求在无人打扰的状态下寻找到有益身心、有益创作的环境。在这期间，他的部分追随者宣称要将他从他自己手中拯救出来。其中最有名的一位名叫亚伦·韦伯曼，绰号“清洁工”。之所以得此绰号，是因为作为“解放迪伦阵线”的组织者，此人甚至翻过迪伦扔的垃圾。“看到他们就想吐。我做梦都能梦到一群人唱着，质问我，朝我号叫：

---

① 《滚石》杂志，1984年6月21日。

② 《鲍勃·迪伦回忆录》。

③ 《美国退休人员协会杂志》，2015年1月22日。

‘跟随我们，找回你自己！’”[①]

甚至连他的旧相识也掺和进来，已与他多年没有联系的琼·贝兹也通过在歌中呼喊着她的“鲍比”让他继续写歌，并将自己对他的思念写在歌中：

你丢下了在街道上进军的我们
还说自己不堪这重担
年头尚短
斗争刚刚兴起
你听到夜中的呼喊声了吗，鲍比
他们满含泪水呼唤着你
我们只是说时光太短
而工作太多
我们仍然会在街道上进军
尽管收获微薄，饱受挫折
但那里有欢乐与希望，那里需要你的加入
你已听到夜中的呼喊声了吧，鲍比
他们满含泪水呼唤着你[②]

没等大量负面评论涌来，他就意识到，东拼西凑的《自画像》让自己坠入了人生的谷底。要想走出这条死胡同，他要么终止音乐生涯，要么就不理会自己在歌迷心中的形象，继续从事他的事业。最终，他选择回到电声三部曲时的精神状态，就算他的创作灵感从那以后受到一定的影响。1970年5月1日，他又踏入了音乐工作室，此时专辑《自画像》尚未发行。与他一起的是前披头士乐队成员乔治·哈里森，也是他现在的好友。自从前一年乐队解散，哈里森一直进行个人演

---

① 《鲍勃·迪伦回忆录》。

② 《致鲍比》。

出。和迪伦一样，他也在寻找自我，寻找合适的演出机会。这一天，他拿着吉他站在迪伦身后，将和另一名低音吉他手、一名打击乐手一起录制至少三十七首歌，大部分是老歌：从卡尔·佩金斯的《拳击手》到山姆·库克的《丘比特》，从艾弗里兄弟的《我要做的只是梦想》到披头士的《昨日》。还有迪伦的老歌，如《给伍迪的歌》《别多想，没关系》《伊甸园之门》，以及专辑《新的早晨》里的新歌《橱窗上的标牌》《时光慢慢消逝》和《如果不是为了你》。

6月初，迪伦与阿尔·库珀和戴维·布隆伯格合作，重新演唱了数首歌曲，如《西边的百合》《长长的黑色面纱》。原则只有一个：将自己现在的演绎和民谣版进行对比。因此，就像指南针指遍所有方向一样，他把所有歌滤了一遍，找出其中十二首原创歌曲，有条理地编排出又一张专辑：《新的早晨》。

这里面的部分歌曲一看就和这张专辑格格不入。几个月前，诗人、编剧阿奇·麦克利什找到迪伦，想请他为自己的新剧《伤痕》写几首歌。迪伦听后并不十分高兴："我猜都能猜出来这根本不是为了我而来的……他的剧一向令人忧郁，讲的总是些充满妄想、罪孽、忧虑的世界，小到原子大到棺木，一切都被黑化。这真是不正经又恶心。他的剧没什么可说的或可加的了。"[①]不过，在拒绝之前，他还是答应会试试，写几首不错的歌，就算这部剧用不上，也可以放到自己的专辑里，也就是未来的《新的早晨》和《黑夜中的父亲》。这两首最重要的歌写出来后，他又随意写了几首。

和《自画像》不同的是，尽管新专辑里的歌曲种类也很庞杂，尤其是第一次加入了爵士乐，主题也不十分明确，但《新的早晨》仍保持了一定的整体性。因为它具备前两张唱片不具备的特点：表达自由，能够按自己的想法虚构、创新或是改编。当然还有歌词，迪伦将《纳什维尔天际线》留下的旧印象抛到九霄云外，再次通过文字重塑现实。比如《三个天使》开头描述的场景，完全称得上优秀的少儿故事：

① 《鲍勃·迪伦回忆录》。

从蒙大拿来的野猫一溜烟跑开
一位身着亮橘色短裙的女士走来
一辆拖车前面的卡车没有轮子
第十大道的公交车将向西开
狗儿和鸽子振翅乱拍[①]

《新的早晨》并非一张背离自己之作。即使迪伦放弃了之前演唱乡村歌曲时的低吟，他仍赞美他的新生活。“在高高的山上，时光慢慢消逝”[②]，在心爱的女人旁边唱出“如果没有你，再也听不到百灵鸟的鸣叫”[③]。但他这么写并不代表他就是这么想，他不会再对万物的单纯备感惊奇，只是满足于描写自己周围的环境，就像在纽约居住时描绘这座城市一样。对包括迪伦在内的大多数艺术家来说，作品中经常会反映出带有自传性质的最近经历的奇遇或不幸，只是他的新意在于会用坦率明朗的笔触描写。《蚂蚱的一天》就是这样写出来的，那时的他正参加普林斯顿大学名誉博士授予仪式。

对此，一向对报酬奖励不感兴趣的迪伦理所当然地拒绝了。还好有妻子的一再坚持，歌手戴维·克罗斯比[④]讲道：“迪伦并不想去领奖，我跟他说：‘去吧，鲍比，这也是人家给你的荣誉啊。’萨拉和我花了好一阵工夫，才让他最终接受了名誉博士这个称号。我的那辆豪华轿车停在外面，他看了很不高兴。在路上，我们来了根大麻烟卷。我注意到鲍比对这事真是有点犟。刚到普林斯顿大学，有人把他带到一间小屋里，要他穿上斗篷和学士服，但遭到了他的断然拒绝。别人跟他说：‘如果您不穿这身衣服，别人就不能给您颁发学位证书。’对此，他答道：‘正好，我又没求你们给我发这玩意。’还好最后劝他穿上了

① 《三个天使》，1970年广阔天空音乐公司版权所有，1998年由广阔天空音乐公司重新灌制。
② 《时光慢慢消逝》。
③ 《如果不是为了你》。
④ 前飞鸟乐队成员，此后分别加入克罗斯比乐队、静止乐队、纳什乐队和青春乐队。

那身行头。”[1]这个悲喜交加的仪式给了迪伦新的灵感，他依此创作出《新的早晨》里的《蚂蚱的一天》。在这首歌里，他从前的活泼和厚脸皮再次体现得淋漓尽致。

《自画像》出版仅仅四个月后，专辑《新的早晨》就在1970年10月横空出世，如此短的间隔让人感觉迪伦是在赎罪。自从新专辑问世，所有人都长出了一口气，最开始是来自《滚石》杂志的记者，他用响亮的声音向读者宣告：“鲍勃·迪伦回来了。我已记不清他原地不动沉寂了多久，我没问过他。我想这不是我们要操心的。简而言之，《新的早晨》真的很棒。这是迪伦的歌迷在《自画像》后苦苦等待所能祈盼到的最好的结果了。”[2]多年之后，迪伦在提到这段经历时，不无讽刺地写道：“对很多人来说，《新的早晨》就是我的回归之作了——这倒是真的。这也不是最后一个。”[3]

---

① 参见网站www.folkmusic.about.com。

② 《滚石》杂志，1970年11月。

③ 《鲍勃·迪伦回忆录》。

吟游诗人

在我还很小的时候，有乐队到我居住的小镇巡演。我始终觉得，我以后就是要走这样的路。我唯一要做的，就是坐上公共汽车离开家乡……

（《摇滚快报》，1978年）

17

鲍勃·迪伦始终是一个流浪者，或者不如说他永远有一颗游子之心。他是个异常活跃的人，但他也明白万物稍纵即逝的道理。纵观他的一生，他始终在逃避重复和庸常。他的技艺一直在不断演变，无论是变好还是变坏。录制专辑从来都无法满足他。相比这种能让时间失去意义的无味工作，他更愿意不断对音乐进行再创作，使之焕发全新的魅力。与几个志同道合的音乐人一起演奏，或者向听众随机呈现的才是即兴的音乐，它们只属于当下这一瞬间。他说："我很高兴有听众在场，否则我会完全不知所措。如果我走到台前，却没有人潮涌动，那一切都完了。如果是那样的话，我保证自己再也不会去录唱片了。对我而言，出唱片就是因为大家会来现场看我本人的演出。"[①]是的，正是在舞台上，在陌生人面前，一向腼腆而专注于自己内心世界的鲍勃·迪伦才能感受到生命的激情。"站在聚光灯下让我痛苦，但在内心深处，那是我唯一可以感受到的幸福。只有在那里，我才能变成梦想中的样子。在日复一日的平凡生活中，这是不能实现的生活方式，无论是谁，都避免不了被日常生活磨去棱角。但是，我有我的解药：走上

① 《西木一广播》，1984年11月19日。

舞台。这就是为什么艺术家总要来到聚光灯下的原因。”①

鲍勃·迪伦很早就开始在现场表演中磨炼。十八岁时，他仍然住在位于希宾的父母家中，从那时起，他就活跃在非正式的摇滚乐队中，在街角咖啡馆或学校组织的才艺大赛上演出。后来，在明尼阿波利斯和格林尼治村的民谣俱乐部演出时，他带着自己的吉他和口琴，独自面对数量有限的听众，与他们近距离互动。这是一段艰难的经历，也正是这段经历让他真正明白如何在观众面前歌唱。在小型舞台上，听众端着酒杯坐在桌边，他唱歌的时候，人们只顾着喝酒聊天。他们近在咫尺，但又遥不可及。如何让听众被音乐吸引，或者至少引起他们的注意？幽默是他的秘密武器。利用近距离的优势，他用一种卓别林式的姿态与人们开玩笑，用笑话和滑稽的模仿圈粉。但这只是权宜之计，他并不是兰尼·布鲁斯式的喜剧演员。吸引人们的注意力只是第一步，更难的还在后面——让人们用心聆听他的歌唱。

他明白，问题的关键在于声音。他知道关于音乐的一切，所有那些能让人连续听上几个小时的歌手——汉克·威廉姆斯、伍迪·格思里、马迪·沃特斯——教会他的一切，都在他身上得到了升华，衍变出一种全新的演唱风格，并且很快广受欢迎。说起鲍勃·迪伦，人们首先想到的是他的声音。当他聚精会神地演唱时，他会雕琢自己的声音，使其展现出无穷的微妙变化，同时兼顾音调和音准。在这些美妙的时刻，他注意到了音乐现场的氛围，这让他深感震撼。然而，并不是每一次都能达到这样的效果。为了让声音完全成为情绪的载体，他必须倾尽所有，调动整个身体为音乐服务，甚至最轻微的呼吸也要慎重处理。艾伦·金斯伯格在第一次看到鲍勃·迪伦的演唱时说道：“让我吃惊的是，在唱歌的时候，他的气息就是一切。有时，鲍勃·迪伦仿佛化为一股空气，整个身体和灵魂都萦绕在他呼出的那一缕气息中。在听众面前，他举手投足简直像个萨满巫师。他的才华、他的心灵，都凝聚在他的呼吸之间。”②

---

①《纽约时报》，1997年9月28日。

②《归乡无路》。

鲍勃·迪伦是一位具有知识分子气质的歌手，他总是能够恰到好处地把控现场的氛围。对他而言，真正触动听众的并不是歌词，而是吟唱歌词的方式——“一切奥秘都在于此。歌词的作用其实相当有限，人们或许觉得歌词很重要……但那仅限于唱片。在舞台上，节奏、力度、歌唱的方式，这些才是真正重要的。歌词当然要有，但是……就拿埃及歌手乌姆·库勒苏姆来说，我认为她是迄今为止非常伟大的歌手之一，至于她究竟唱了什么，我连半个字都听不懂”[①]。同样，鲍勃·迪伦也凭借自身的魅力，征服了很多听不懂英文歌词的听众。

任何看过鲍勃·迪伦现场表演的人都会在这一点上达成共识：每一次演出中的鲍勃·迪伦都不同，让人永远猜不透。他可能在某个夜晚活力四射地与观众互动，在另一个夜晚又拘谨得像个自闭症患者。这种反复无常可能会让与他一同登台的人非常不舒服，琼·贝兹就是其中一位。在1963年和1975年，琼·贝兹与鲍勃·迪伦经常合作演出，据她回忆，鲍勃·迪伦是个很折磨人的搭档：“一个成功的音乐现场所要具备的基本条件是：大家必须掌握好平衡。而我得小心揣摩鲍勃今天的心情怎么样。如果他情绪不错，兴致高昂，那将会有一个精彩的夜晚。而在他情绪低落的时候，谁都别想接近他。那样的时候，他似乎谁都看不见。千真万确，我亲眼见过他情绪不好的时候，他就那样转过身去，背对大家，唱上一两首歌。他会在舞台上捣鼓设备，根本不看观众。然而，他总是有一种磁石般的吸引力。观众对他而言似乎像并不存在一样，他想做什么就做什么——即兴做出种种改编，随便增减东西，升调……随心所欲。有一天晚上，他表演了一首华尔兹，第二天表演时却临时改成了2/4拍的节奏，不为别的，就是为了惹我们生气……和这样难以捉摸的人相处……现在回想起来，我依然很确定他就是个了不起的人，但是和他一起工作真的很烦人。对不了解他脾气的人来说，更是如此。”[②]

从1963年开始，迪伦的演唱地点逐渐由酒吧转移到面积更大的厅堂，如纽

① 《西木一广播》，1984年11月19日。

② 同上。

约市政音乐厅（内有一千五百个座位）。1964年2月，他首次在美国国内进行巡回演出。其间，他第一次来到美国最南部，此行也成了他的“入教之旅”[①]。从青少年时期起，他就十分崇拜杰克·凯鲁亚克和其他垮掉派诗人，后来又加上那个“无业游民”伍迪·格思里。可以说迪伦对旅途眷恋深厚，对四处闲逛情有独钟，而定期的巡演正好给了他这个机会。他说：“很多人不喜欢踏上旅程，可这对我来说就好像呼吸一样，不管我喜不喜欢它，我根本离不开它。”[②]

迪伦最早的专辑中有一首《日升之屋》，歌曲讲的是一个“唯一的生活乐趣就是穿梭于城市之间”的传统男人。这个人说的就是迪伦自己，而这个形象也深深地铭刻在美国文化中。迪伦的头衔很多，什么支柱，什么先驱，投机商还有掘金狂，之所以得到这些称呼，都是因为一个朴素的愿望在支撑：“想到处去看看”，而并非那些耳熟能详的“拥有财富”“得到爱戴”……童年的迪伦就对那些民谣传说中的人物角色十分熟悉，他发现之前崇拜的民俗大师笔下也会出现这些喜欢在城里逛来逛去的角色。在他们身上，他找到一张旅行邀约：“如果你回到古时，事情也毫无二致。狂欢节在城里表演完又离开，你就想跟着它一起离开，过去你就会这样，而不是要别人给你一块金表或是在背后给你一掌（威逼利诱），你才会被迫随它走。”[③]

1965年，迪伦第一次离开美国进行巡演。在英国，他第一次见识到人们对他的大肆赞美。这极大地改变了他对外界的态度。被讨好的迪伦感觉良好，从此，就像纪录片《别回头》里那样，迪伦学会了在公众和媒体面前保护自己，但他的多疑和妄想症也愈演愈烈。这一点在第二年“插电风波”时表现得尤为明显。自从他有了伴奏，音乐风格变得夸张起来，他好像离公众越来越远。民谣歌手昔日的平易近人逐渐让位于摇滚歌手的高高在上。除了被认为是蔑视，也有人会将这种距离感当作一种冷漠，在1966年全球巡演期间，迪伦头一次遭到了来自部分歌

① 见第十一章。

② 《纽约时报》，1997年9月28日。

③ 《滚石》杂志，2012年9月。

迷的敌视，他们指责他为叛徒[1]。一晚接一晚的演出中间，他都要面对来自台下的嘘声和辱骂。作为一种变相的辩护，两首歌之间他很少讲话。在这场考验中，他不仅筋疲力尽，更伤痕累累，整整七年半没有登上舞台。

1974年1月3日，就在新年之后，迪伦又踏上了旅程。自从1966年他上一次巡演以来，摇滚乐已经发生了巨大的变化，成了真正的音乐工业，其中最著名的商人是策划举办了一系列乐坛盛事的加州人比尔·格雷汉姆。声乐器材也得到了升级：威力强劲的音响能同时让现场几千人欣赏到歌手的歌声。共有一万八千五百名歌迷前往芝加哥体育场，观看此次巡演的开场秀。对于这次规模盛大的复出巡演，迪伦请来老搭档飞隼乐队相伴，他们后来改名“乐队”，继续他们的音乐事业。

在两个小时里，迪伦和“乐队”时而轮流上阵，时而同台演出。演出的歌曲中，除了几个月前刚刚录制的专辑《行星波》中的《永远年轻》之外，少有新歌。在这场演出中，迪伦直接来了个老歌大串烧，从《答案在风中飘荡》到《守在瞭望塔》，从《像一块滚石》到《就像一个女人》，但演出时通过自己的加工，给人感觉全是他的原创。因为担心被诟病打情怀牌，迪伦将老歌进行了彻底的改造，从节拍到曲调甚至到歌词，最后人们都认不出来了。已经三十多岁的迪伦的老牌歌迷在场下听了都一脸难以置信，而那些来目睹传奇的年轻人甚至不知道该做何感想。迪伦对此发表过一个评论：“我不知道他们为什么来，可能是出于好奇吧……”[2]

1974年2月14日，巡演在英格尔伍德广场落下帷幕，那是一座离洛杉矶市区不远的带顶棚的体育场。无论如何，巡演是引人注目的。在六周内，迪伦和他的团队从美国的一端走到了另一端，还“入侵”了加拿大。沿途经停二十多个城市——费城、蒙特利尔、多伦多、纽约、休斯敦等，共为几十万观众举办了四十多场演唱会，而且多在巨型音乐厅进行。艺术上获得成功之余，商业上也赚得盆满

---

① 见第十四章。

② 《华盛顿邮报》，1974年1月。

钵盈，举办方和参演方从中赚得至少五百万美元[①]。

然而，有人问迪伦对这次“美洲”巡演有何印象，他仍是一贯的含混不清：“这只不过是一场大型表演，没什么特别的，就是音响和灯光，到处都是音响和灯光……这已经成了摇滚乐的一切。人们嘴里只知道嚷着：‘这个真带劲，那个真带劲。’这次巡演过程中，你能得到的最高赞扬就是：‘哇，哥们，这个爽到爆啊！’我听了都想吐，这也太荒唐了，什么东西越大越强劲，人们就觉得它越带劲。”[②]

不过随后，迪伦承认自己也陷入了比拼音量的怪圈中，这在很大程度上削弱了歌曲的情感表达。“乐队”的吉他手罗比·罗伯特森后来提到：“鲍比和乐队一起演出时，听起来就像山顶的滚雷在向上天发出怒吼，现场声响又高又尖又响。但如果我们能把这些处理好，其他问题就不算什么，1974年那场巡演就不会那样了。不过，我觉得以他当时既害怕又紧张的状态而言，他也根本无法演唱轻松愉快的歌曲。”[③]

过度强调音乐的响度使得歌手很难表现歌曲中细微的情感变化，但这还不是迪伦失望的主要原因。很快，他了解到人们来看这场巡演，只是想借机回味他60年代的那些演出。事后，他进行了如下分析：“这次巡演里，我们都在扮演一个角色，我演的是60年代的那个鲍勃·迪伦，‘乐队’演的是60年代的‘乐队’。这样安排实在是没过脑筋。大部分观众此次之所以来观看我们的演出，是因为他们错过了我们第一次的演唱会。他们早早听说了演唱会，也买了唱片，到现场看演唱会时，却发现这和之前的一点也不一样。”[④]尽管离开舞台已有近八年，但误会仍未消除。

就算部分歌迷一直沉浸在迪伦的过去中也无所谓。迪伦70年代中期的复出并不是为了讨好他那些积习难改的歌迷，而是为了找寻自我。先是1966年那场有过

---

① 1974年的1美元约合2016年的0.92欧元。

② 《自传》。

③ 《私藏系列第5辑：鲍勃·迪伦现场1975》。

④ 同上。

自杀念头的巡演，随后又发生了摩托车车祸，他需要数年时间慢慢恢复，然后再放下包袱，重新做音乐。1974年，迪伦再次踏上旅途，这次他不用再被自己打造的神话拖累，也就能够重新拥有更多的创作自由。1977年，他曾说道：“我不担心我自己的光环，我又不是在这光环的庇护下工作，我打造的神话也不会写歌，会写歌的是神话背后那个有血有肉的我。”①

说起血，不得不谈起1975年1月发行的专辑《血与迹》。可以说，这张专辑标志着顶级诗歌在迪伦笔下的复活。《血与迹》是迪伦充满痛苦的60年代后第一张重返一流艺术水平的专辑。在《鲍勃·迪伦回忆录》中，迪伦坚称这张专辑并未涉及自己与妻子萨拉关系破裂带来的悲痛，歌曲内容只是改编过的安东·契诃夫小说里的情节。这个说法貌似真实，但通过歌词来看，可信度不高，更像是他将那段艰难往事用云烟包裹起来掩盖掉。

迪伦并未掩藏他才华的再次迸发。要是他会在艺术舞台上复出，直接的表现就是他也会在街上重新露面。1975年夏天，人们又能够经常在格林尼治村的街上看到他的身影了，就像十四年前刚到纽约时一样。一天晚上，他又一次走进布里克街上那家民俗音乐酒吧“苦涩结局”，与几位音乐家朋友即兴演唱起来，惊呆了酒吧里的一众顾客。如果说之前的退隐是为了生存，那么现在的迪伦模模糊糊地明白，是时候与外界多接触了。

不经意的空闲酝酿着新的相逢，他时刻准备迎接各种各样的经历，无论是艺术上的还是生活中现实存在的。1974年冬的巡演最终让他明白自己为了一直和“乐队”合作，走了不少弯路。他需要换个搭档了。出于对直觉的无比信任，尽管对未来的搭档并没有什么具体想法，他还是开始了寻找。又是在“苦涩结局”酒吧的一个晚上，他结识了戏剧导演雅克·列维，后者也在为民谣摇滚乐队——飞鸟乐队的前主唱兼吉他手罗杰·麦克基写歌。喝了几杯之后，两人聊起了音乐。迪伦给列维展示了几首尚未完成的歌词，列维对此很感兴趣，并提出了自己的意见。突然，一个想法涌上迪伦心头：两人合作写词怎么样？听起来有点不可

---

①《自传》。

思议，但这个想法确实很有吸引力。为什么不立刻试试呢?

快11点的时候，两人悄悄离开酒吧，一同来到位于街区一间工作室的列维家。迪伦站在钢琴旁，列维端来几杯喝的，顺手拿来个笔记本。就这样，两人花了大半夜时间一起推敲《伊西斯》，这首几个月后迪伦准备演唱的有关婚姻的歌曲。第二天凌晨，歌词终于写好。迪伦非常高兴，又返回“苦涩结局”酒吧，把新鲜出炉的歌词念给几位朋友听。感觉到两人合作很是默契，他建议列维与他一同到乡下继续合作。

两人来到长岛西北位于汉普顿的一栋住所，在三周内创作了十五首歌曲，其中七首被收录到专辑《欲望》中。作为一名剧作家，列维建议一直对讲故事情有独钟的迪伦将歌词剧本化，这也催生出一颗颗精美的诗词珠宝：《乔伊》讲述的是黑手党成员乔伊·伽罗，《飓风》讲述的是在迪伦看来被错判谋杀而含冤遭到监禁的黑人拳击手鲁宾·卡特。两首歌的歌词颇具电影色彩，这也引导了迪伦之后歌曲内容的戏剧化。列维说道：“这些歌最妙的是给了鲍比一个作为演员把歌唱出来的机会。”①

刚结束勤奋工作的休息状态，迪伦就想着把和列维共同劳动的果实录下来。这次，他初步确定要用比较新的方法制作伴奏。在1975年7月28日第一场唱片录制时，哥伦比亚唱片公司的录音棚里十分拥挤。里面有二十多位歌手或合唱团成员，其中不乏新人，比如斯嘉丽·里维拉几天前在街上时，只是因为背着吉他盒，就被迪伦拉了过来。也有乐坛名人，如乡村音乐女歌手艾米路·哈里斯和英国“吉他英雄”（即吉他高手）、滚石乐队成员埃里克·克莱普顿，后者后来说：“令我震惊的是，鲍勃居然想和一伙新人做音乐。他开着车走遍市里的大街小巷，碰到搞音乐的，就带过来录唱片。最后，录音棚里一共塞了二十四个音乐人，各自的乐器放在一起演奏也不相协调：手风琴、小提琴……这可行不通。迪伦想将各种乐器都组合起来试试，但他的歌个人色彩那么鲜明，有那么多人在录

---

① 《私藏系列第5辑》。

音棚里，他也会很别扭的。我得出去喘口气，里面这帮人简直是胡闹。”[①]

各种乐器搭配试验两天之后，迪伦不得不承认，这种随意扩充队伍的办法并不太可行。最简单的办法就是重新搭建一支更加精干的团队，当然其中肯定要有贝斯手罗伯·斯托纳和打击乐手霍华德·维斯。不过，迪伦还是想有所创新，他在其中一张唱片中加入了女声和小提琴伴奏（斯嘉丽·里维拉做小提琴手），合唱成员包括顶级歌手艾米路·哈里斯和在罗伯特·亚特曼导演的新片《纳什维尔》中崭露头角的女演员兼歌手罗内·布莱克利。

7月30日，迪伦开始了和新团队合作的第一场录音，从录制第一首《伊西斯》起，迪伦和制作人唐·德-维托就都很明白这些人确实各个技艺非凡。他们彼此之间磨合得极好，仅仅两次就录好了专辑《欲望》中的主要歌曲——这个专辑名字，迪伦觉得合适得不得了。然而，录一张唱片对迪伦来说从来都不是终点，那个把众多音乐人聚集起来共同做音乐的梦想一直在他心头萦绕。他也很清楚，在录音棚里完成不了的，并不意味着不能在自己巡演期间实现。在经历了前一年大型巡演带来的失落之后，迪伦想在人与人的层面同公众互动。比起高分贝下淹没在数千观众中，他还是想在相对小一点的音乐厅内演出，这样能够和观众近距离接触，使之更容易发现演唱过程中的细微变化。

想法在他脑海中逐渐成形。他想到了儿时来到希宾表演的马戏团演员令他多么着迷。和他们一样，迪伦将按照令他备感亲近的吉卜赛民族的迁徙方式，坐着旅行挂车从一个城市赶到另一个城市，甚至都没有必要在广告牌或是广播、电视上通告这些江湖艺人的到来。演出几天前，表演途经城市的居民就会接到马戏团分发的传单。

在接受《滚石》杂志记者拉里·拉索·斯罗曼的采访时，迪伦讲述了自己是如何想到用这个传统的法子进行巡演的：“这还得追溯到1975年。我那时在科西嘉，坐在一片葡萄田上。天空泛着粉红，夕阳西斜，薄月还带着蓝宝石的色泽挂在天的另一边。我坐在摇摇晃晃的驴车上进了城，一回头看到驴车的后部。那

① 《私藏系列第5辑》。

时，我有了这个念头。回到美国后，我开始认真做我应该做的事。因为放在那时，人们并不知道我在做什么，而现在，除了看过我演出的观众，大部分人也不知道我到底在干什么。其他人只满足于想象。”①

为了实现组织一支全明星巡演团队的理想，迪伦首先要把新结识的同人拉过来。因此，他把列维找来做舞台导演，后者在受他嘱托负责拍摄一部非比寻常的纪录片的同时，还向他引荐了年轻作家，同时身兼编剧、演员的山姆·谢泼德，由这个年轻人拍摄行程中的突发事件。要顺利完成他这个有些疯狂的计划，迪伦还需要一些不仅完全信任自己，而且在人格和艺术上都与自己很投机的伙伴。因此，他与那些过去联系并不紧密并在退隐时期彻底失去联络的人恢复联系。其中一位就是鲍勃·诺伊维特，此人在1964年到1966年期间曾与迪伦默契合作，此次将担任演唱会的主持人并组建管弦乐队。考虑到《欲望》是当时最受欢迎的歌曲，迪伦还敏锐地找来了当时著名的音乐人戴维·鲍伊和出色的吉他手米克·罗森来共同表演这首歌。

1975年夏天，迪伦重返格林尼治村之行好似回归青春之旅。在“苦涩结局”酒吧，他又见到了歌手兼画家诺伊维特以及杰克·艾略特。十年前迪伦曾几乎每天相伴左右的可爱的老杰克，现在仍致力于搜集隐于酒吧的民谣歌曲，并将伍迪·格思里与西斯科·休斯敦的歌曲发扬光大。杰克的艺名是“爱闲逛的杰克·艾略特”，要是说有人在波希米亚巡演中占有一席之地的话，那个人肯定是他。这比迪伦预想的还要合适，有他在，就好比马戏团有一位能向观众表演几个小时节目的杂耍演员。在调整演出节目时，他很清楚艾略特一定要出现在名单上。接到邀请的艾略特很痛快地答应了，游唱四海对他来说就是第二天性。前飞鸟乐队成员，另一个“苦涩结局”酒吧的常客罗杰·麦克基也被吸纳进队伍。同样是在这家酒吧里，迪伦发掘了一位深受兰波影响的年轻女朋克，这一点让迪伦印象深刻。这个姑娘名叫帕蒂·史密斯，正准备发行她的第一张专辑《马》。迪伦认为她身上的现代气息会像鸡尾酒里独特的饰品一样给巡演带来活力，因此极

① 《私藏系列第5辑》。

力邀请她加入自己的队伍。尽管十分仰慕迪伦，女歌手还是拒绝了他，决定继续她的独唱生涯。

在犹疑很久之后，迪伦还是联系了十多年未见的琼·贝兹。1965年英国巡演那次，琼被迪伦狠狠羞辱了一番，此后再也没有受邀在他的演唱会上演唱过。而要找到能与迪伦搭配二重唱的女歌手，也只有琼了。她是已经原谅了自己，还是会指着自己破口大骂？电话里，迪伦结结巴巴地问她这个秋天是否有安排，她回复说自己那时有几场演唱会要办。听罢，有些羞恼的迪伦本想放下电话，但为了问心无愧，他还是咬着牙向她描述了自己希望她加入这个宏伟计划的意愿。沉默了很久之后，从电话的另一端传来一句："那好，我这就把所有演唱会取消，到时候和你们一块儿走。"

贝兹、艾略特、麦克基、诺伊维特和罗内·布莱克利是整个巡演队伍的核心。为了不让人们以为此次巡演还是什么怀旧民谣音乐会，迪伦还请来先锋文化的发言人——垮掉派诗人，也是为言论自由与同性恋合法化大声疾呼的艾伦·金斯伯格。作为凯鲁亚克和格雷高利·科索的朋友，金斯伯格不仅将迪伦视为小自己十五岁的弟弟，还一直把他当作一位大诗人，在1973年甚至赋诗一首向他致敬：

既然本是尘灰
既然生得一副皮囊
献于你，鲍勃·迪伦
小诗一首，同庆加于你身之荣光
最真诚之恭维
据说就是模仿
折断我长诗
仿你赋歌一首
光芒四射的连串影像

夜间朝你闪现
这是农场男孩最崇高之白日梦想
那是他瞥见的天使的光芒
即使智慧的渣滓
为你倾泻满地
是否还记得天使
呼喊灵魂要你重生
毒品不能给你真相
偷到的钱也无力帮忙
是主让那光辉进入你圣洁的灵魂[①]

金斯伯格在1965年就跟随迪伦巡演，十年之后，他再次和他的秘书兼情人彼得·奥罗斯基踏上巡演之路。两人就像演出中自由的电子，通过朗诵诗歌，给整个巡演带来文学气息。

剩下的就是给这次“江湖卖艺”式的巡演起个名字了。最后定的是“滚雷马戏团”巡演，这个名字因何而得已经不清楚了。有人讲，这是一本命名手册中的印第安巫师的名字。还有一种说法，这个名字影射了即将辞职的尼克松总统所下达的大规模轰炸柬埔寨命令的行动代号。如此多的猜测都遭到了迪伦本人的否认，在他看来没那么复杂：“我有一天老老实实地坐在屋外面，寻思着给这次巡演取个什么名字好。突然，我抬起头，听到轰隆隆的雷声，紧接着，东边天空的雷声也轰隆隆地响起。于是，名字就这么定了。”[②]尽管听起来这样简单，但迪伦随后十分满意地了解到，他所起的“滚雷”这个名字在印第安传统中代表着“说出真相”。

10月末，全明星巡演团准备启程。在七十人的队伍中，有十五人是山姆·谢

① 艾伦·金斯伯格，《品读迪伦作品》，1973年。

② 《私藏系列第5辑》。

泼德的拍摄团队。由于正值庆祝美国《独立宣言》发表二百周年前夕，巡演开场秀选在了新英格兰地区，以表达追随清教徒祖先、美国开国革命者足迹的愿景。为了运送演出人员和技术人员，负责整个巡演后勤的迪伦的童年好友卢·肯普专门租用了弗兰克·扎帕的一辆大客车。整个团队在演出开始前住在位于马萨诸塞州的北法尔茅斯的一家汽车旅馆里，进行为期一周的彩排。彩排期间，现场混乱而又欢乐。负责监督彩排的诺伊维特为了排好演出顺序，要对每个人的发挥进行考量。一会儿独自演唱，一会儿集体上台，其实只有在真正演出时才能调好节目的排序。

开场秀定在万圣节前夕（10月30日），在拥有一千八百个座位的普利茅斯战争纪念礼堂举行。晚上8点20分，管弦乐队登场，主持人随后登场，诺伊维特演唱了几首歌。随后，杰克·艾略特手持班卓琴，同罗杰·麦克基登台演唱。近四十五分钟后，终于轮到迪伦上场。当时主持人是这样介绍的："下面，欢迎我们的老朋友。"当晚，迪伦身着黑皮衣，灰色的帽子紧紧扣在蓬乱的头发上，比起上一场巡演来轻松许多。他先是演唱了激昂版的《亲爱的，那不是我》《大雨将至》，随后在斯嘉丽·里维拉的小提琴伴奏下，又先后演唱了《伊西斯》和《杜兰戈罗曼史》。公众还是第一次听到这两首歌，毕竟第二年1月，专辑《欲望》才得以发行。

在场下，人们十分惊诧。金斯伯格向全程跟随的拉里·斯罗曼解释道："迪伦能对节奏进行精准又充满弹性的操控，唱起来越来越像平时说话，我从没听过他如此用力地唱歌。"[①] 山姆·谢泼德在他的《与鲍勃·迪伦同行》中写道："这家伙到底怎么弄的，哪儿来的使不完的劲？什么人会把身体扭成这样？他的脖子必须绷紧才能托好口琴架，身体从右摆向左，只有这样才能时刻保持一只脚平稳地撑在地上。和身体相比，他的脑袋显得很不成比例。他涂着白色的妆，两肩耸起，好像一个轻量级拳击手……场下的观众都惊呆了。他的孤独的勇气通过歌声传出，令人胆寒。声音所及，能穿透整个灵魂，能令屋瓦翻起，直接将这股

① 《私藏系列第5辑》。

好似岩浆的人声直直地射入冰冷的夜空。”①

第一幕结束后，是十五分钟的幕间休息。雅克·列维趁机为第二幕快速搭建了一套舞台装置。幕布低垂时，人们就从远处听到迪伦的声音渐渐升高，一点点地，他的声音中加入了女声。所有人都伸长耳朵仔细听，终于认出女声来自琼·贝兹。有过那段经历的老歌迷的脑海中顿时涌现出关于这对60年代魅力非凡的情侣的一幅幅画面：在纽波特音乐节上，在华盛顿大游行上……幕布缓缓升起，突然男女合唱声响起。两人几乎挨着，共同用一个话筒，共同起音唱起令人动容的《答案在风中飘荡》。山姆·谢泼德写道：“贝兹像运动员一样系着头发，穿着黑绒上衣，她那墨西哥裔的卷曲的头发比做民谣歌手时要短很多。两人近近地站着，好像融为一体，没有其他人曾经或以后会站得离迪伦那么近……贝兹无须盯住迪伦的嘴唇，就能知道同伴何时要换拍子。她对他身体的每一个部分都了如指掌。”②

两人时而合唱，时而分开独唱。之后，迪伦和乐队演唱。最后，所有人一起上台。如此多的演出组合使得这次演唱会内容丰富、看点十足，而超过三个小时的超长演出时间更让它不同寻常。演出进行中，还会时不时突然出现特邀嘉宾，如加拿大的约尼·米切尔、戈登·莱福特或伍迪·格思里之子阿洛·格思里。

11月2日，演出团队来到马萨诸塞州的一座小城洛厄尔。这里长眠着《在路上》的作者杰克·凯鲁亚克，迪伦和金斯伯格决定在他墓前默哀。山姆·谢泼德记录下了这一幕：“迪伦给他的马丁吉他调音，金斯伯格修改着乐谱。不一会儿，一支平淡无奇的布鲁斯渐渐有了模样。两人交换了诗句，艾伦就现场写了一首诗，里面的内容包罗万象：大地、天空、白昼、凯鲁亚克、生命、音乐、蛆、骸骨、旅程、美国……”③

迪伦也正是在这座小城演出时，把脸涂成了白色。乐评人对此摸不到头脑，不知他葫芦里卖的什么药。有人觉得他是在和公众保持距离，而罗内·布莱克利

① 山姆·谢泼德，《滚雷：与鲍勃·迪伦同行》，那伊夫出版社，2005年。

② 同上。

③ 同上。

的解释则十分简单：迪伦想以此突出他的那双明眸，他脸上最富表现力的部分。尽管歌手本人对此并未有过清晰的解释，就是搪塞一句“我在电影里见过”，人们还是认为这妆跟一段尘封的记忆有关。孩童时期，迪伦曾在希宾观看过最后几场“吟游诗人秀”，这些巡回表演中的白人演员和乐师都把脸涂成黑色，而通常这些脸涂黑的演员扮演的角色都有近似种族主义的家长作风，以此象征美国黑人，也不知是害怕他们还是嘲笑他们。著名的反种族主义斗士迪伦反其道而行，将脸涂成白色，化身为一位新型吟游诗人，一个再次改变典型美国传统的白奴。

11月21日，演出团队来到新英格兰地区的波士顿。同一天，迪伦和他的搭档在能容纳四千二百人的剧院演出两场。他的妻子萨拉·迪伦也在此加入演出。这对夫妇早已疏远，就像《血与迹》里所暗示的一样。迪伦之所以在此次巡演中请来妻子，是为了借机再续前缘。迪伦对着萨拉唱起那首以她为名的歌《萨拉》，表示自己的歉意。萨拉与琼相遇，两人对视，相互尊敬，默契也在两人心中萌生。五天之后，在缅因州的奥古斯塔，迪伦的母亲贝蒂·齐默曼来到台上。山姆·谢泼德写道：“奥古斯塔那场演唱会释放了我所有的能量……在侧面高高的台阶上，迪伦的母亲和孩子们坐在一起看着他。贝兹也坐在那儿……这次乡间家庭聚会，主角是一位古怪的世界巨星，他为来自农场的孩子们跳踢踏舞。”①

11月底，“滚雷马戏团”来到位于美、加边境的缅因州，随后穿过边境在加拿大举行了四场演唱会：魁北克一场，多伦多两场，蒙特利尔一场。其中，莱昂纳德·科恩参加了蒙特利尔那场演唱会。考虑到预算超标问题，巡演放弃了中等规模以上的音乐厅，转而在冰球场进行。12月8日，最后一场演唱会在纽约麦迪逊广场花园这一拳击赛事的圣地举行，偌大的场地座无虚席。当年，黑人拳击手“飓风”鲁宾·卡特曾被错判谋杀而含冤入狱，为了筹集善款，以期早日使尚在狱中的他被释放，迪伦将这场演出命名为“飓风之夜”。此前一天，“滚雷马戏团”已在囚禁这位拳击手的新泽西州州立监狱进行了一场演出。1975年夏，在读过他的自传《第十六回合》后，迪伦决定站出来支持卡特，并对罗伯特·谢尔顿

① 《滚雷：与鲍勃·迪伦同行》。

吐露："我觉得我和'飓风'是一路人。这个人这么出众，是我见过的最真诚的那类人。不管怎么说，他都是一位无可挑剔的好公民。我珍爱他就像珍爱我的兄弟一样。他所遭受的对他来说太不公平了，应被释放。我从没有怀疑过他，他不可能是凶手，他不是这样的人。"[①]而这位含冤的拳击手说道："鲍勃·迪伦来监狱看我时，我得以见到这个热爱生活并珍视生命的人，他的存在不是为了死亡或带来死亡。"[②]

幕间休息时，卡特从监狱电话里听到世界重量级拳王卡修斯·克莱（即拳王阿里）的声音："当有人请我今晚来这儿时，我在想这个鲍勃·迪伦到底是谁。到达现场后，我看到不少人花着高价来此观看演出，我又在想：'那个叫鲍勃·迪伦的人一定在这儿。'之前，我还以为只有我才能让这体育场座无虚席！"[③]演唱会结束后，迪伦邀请所有演出人员到曼哈顿的一家餐厅，给每个人颁发了一枚纪念章。在场所有人都能看出来，在宣布本轮巡演结束时，他是很不舍的。在一个半月前准备出发时，记者拉里·斯罗曼曾问过迪伦："为什么要去巡演呢？"迪伦听了，有些出乎意料。犹疑了一会儿，他回答道："为什么？因为这就是我要做的，它已融在我的血液里。"[④]

---

① 《鲍勃·迪伦的音乐人生》。

② 同上。

③ 《滚雷：与鲍勃·迪伦同行》。

④ 《私藏系列第5辑》。

我们所做的就是勾勒出现实的轮廓，让它变得更加真实。
从摄影师到送水工，从服装师到音效师，每个人都在电影制作中扮演着重要角色……
关于电影，我没什么观点需要推销。
我做这一切只是为了我自己，
所以我不在乎。
我不为任何人工作。

（《滚石》杂志，1978年）

雷纳多、克拉拉和白衣女子

18

1987年，在接受《绅士》杂志的一次非正式采访时，迪伦向他的朋友山姆·谢泼德谈起了20世纪60年代初离开明尼苏达州的原因："我之所以想来纽约，只是因为詹姆斯·迪安曾在这儿生活过。"[①]他的回答令山姆·谢泼德备感意外，于是，这位编剧问起他欣赏这位传奇演员的原因。当1955年詹姆斯·迪安去世的时候，年轻的鲍比·齐默曼只有十四岁。"我一直喜欢他，"迪伦说道，"我觉得这跟人们喜欢某个人的原因一样。因为我们在他身上能看到自己的影子。"[②]

迪伦和山姆·谢泼德相谈甚欢，两人在这场非正式的讨论中谈天说地，最终又回归同一主题，就电影和演员的艺术展开了一场非凡的对话：

鲍勃：我有时候会思考，詹姆斯·迪安为什么如此才华横溢？是因为他自己，还是他身边的某个人？

山姆：不，是他自己。

① 山姆·谢泼德，《短暂的麻烦》，收录于《鲍勃·迪伦访谈录》。

② 同上。

鲍勃：你这么认为？

山姆：是的，想想《青春的迷茫》里他和萨尔·米涅奥在法院台阶上的场景。萨尔·米涅奥就在那儿被人用枪打中。

鲍勃：普拉图。

山姆：是的，他把普拉图抱在怀里，一手拿着子弹。

鲍勃：是的。

山姆：他说了句“这不是真的子弹”还是什么……不对，那句话是怎么说的？

鲍勃：“子弹在我这儿！”

山姆：没错。（他突然像詹姆斯·迪安一样张开手臂大喊一声）“子弹在我这儿！”我想说这个场景太令人震撼了。现在有哪个演员能给我们带来这种感觉？

鲍勃：没有谁能做到。但他也不是一上来就能做到这么好，他真的下了很多功夫。

山姆：我相信。

鲍勃：他是怎么做到如此与众不同的呢？比如子弹的那个场景，是什么让那个场景如此令人难以置信？

山姆：是他表现的纯洁性。

鲍勃：表现什么？

山姆：一种情感，但又超越了情感，升华成一种更为深刻的东西。这个舞台上的大部分演员只让人们产生同情心，但他的表演能令人的良心受到责备。[①]

迪伦被詹姆斯·迪安迷得神魂颠倒一点也不稀奇。从某种意义上说，迪安启发了迪伦。电影《青春的迷茫》原名《无因的反叛》，由尼古拉斯·雷伊执导，主

① 《短暂的麻烦》。

演詹姆斯·迪安打破了好莱坞电影的规则，以一种激动人心的方式将未成年人的反叛搬上银幕，它既充满纯洁性，又不失复杂性。迪安最令人着迷之处在于他从不给人一种刻意表演的感觉。在电影中，他通过手势、撇嘴、眼神和烦恼将角色彻底演活了，以至于成了这代人的缩影。迪安令虚构角色与真实人物之间的界限消弭于无形，这一现象几年后又在迪伦身上重现了。

20世纪60年代初，迪伦进军演艺界，他将以娱乐大众为职责的表演者身份与生活中真实的自己合二为一。在他之前，猫王曾因挑逗的电臀舞和涉及犯罪的题材一度成为反叛的化身。当他在舞台上打滚时，这个古怪之人的做法很可能引得年轻人纷纷效仿，但无论如何，这种行为都不能表达一种真正的反叛。在表演的范畴内，迪伦虽然没有表现出反叛之意，但他本人就是反叛的象征。

迪安在死后成为别人崇拜的对象，而迪伦活着的时候便受到了众人的追捧，确切来说，这是因为他们二人存在的空间维度不同。詹姆斯·迪安在二十四岁时去世，只拍摄了三部电影。[①]如果他那时没有死去，是否也会步入中规中矩的职业生涯，表现出不同于激烈反叛的其他东西呢？这可不一定，因为他的个性完全碾压他所饰演的角色。同样，当迪伦开始拍电影时，无论在台前还是幕后，他永远只能是他自己。

1965年4月，迪伦到英国进行巡回演出，陪同这位新近加冕的年轻王者前往英国的随行者中，有一位刚刚年过四旬的电影导演，他特意一道前来，便是为了忠实拍摄巡演的实况。那时潘恩贝克已经拍摄了几部纪录片，其中一部是关于约翰·肯尼迪的，另有一部是关于作家诺曼·梅勒的。潘恩贝克导演以前是一位工程师，他调试了一台十六毫米的超轻摄像机，其易操作性和一部普通照相机不相上下。潘恩贝克是“真实电影”的忠实信徒，这在当时是一股新兴的艺术潮流，与故事片截然不同，因为在故事片中，现实是由编剧和导演安排出来的，“真实电影”则意图捕捉瞬间发生的真实情况。在这种情况下，导演所要做的不再是按

---

① 伊利亚·卡赞导演的《伊甸园之东》、尼古拉斯·雷伊导演的《青春的迷茫》以及乔治·史蒂文斯导演的《巨人传》。

照预定的计划去指挥演员，而是在不知道现实人物即将说什么或做什么的情况下进行纪实拍摄。

真实电影与狗仔队散播的偷拍照没有丝毫关系，电影的主角是完全知情同意的，并且拍摄的成功在很大程度上取决于此。“为了拍摄这些人，为了走近他们，和他们待在一起，”擅长拍摄这类影片的魁北克导演米歇尔·布劳说道，“应当让他们知道我们在那儿，接受摄像机拍出来的东西……被拍摄者和拍摄者之间心照不宣的约定是令拍摄过程合法化的唯一途径，也就是说，双方都要接受彼此的存在。”①

迪伦平时格外注重形象，他竟然允许别人将他最微小的举动拍摄下来，置于好奇的目光下，这一点足以令人感到惊讶。他之所以会同意这个计划，是因为计划出自他当时最信任的两个人之手：亚伯特·格罗斯曼和萨拉·朗兹，前者是他的经纪人，同时也是这部电影的联合制作人，后者是他即将迎娶的女人。萨拉曾和潘恩贝克在美国时代生活出版公司共事，因此她向迪伦强烈推荐了这位导演。然而，最重要的一点还在于，当人们向迪伦解释了拍摄的计划安排后，他信心满满地认为自己可以把控全局，全然忘记了“真实电影”导演的首要才能便是隐身于无形。

事实上，对于拍摄巡演中的演唱会、采访和歌迷见面会，迪伦完全无法掌控，这也导致他此后对电影产生疏远之心，甚至强烈否定：“《别回头》是别人的电影。因为之前和电影公司签了一份合同，所有才有了这部电影，但我没有在其中真正扮演任何角色。当我在放映厅看到它的时候，我被之前所做的事情震惊了。后来我才发现，摄像机始终是对准我的。这部电影是一位脱离现实的导演拍摄的，他的个人观点印证了这一点。电影不是真实的写照，而是一种宣传手段。我认为电影对我求学那几年的表述是不正确的，它仅仅呈现出了一个方面。电影让人觉得我除了懒洋洋地待在酒店房间里，用打字机敲几个字，跟记者开几场新闻发布会，就没有别的什么事情可做了。这一切都是真的。电影中出现了喝酒的

① 加拿大广播档案。

镜头，琼·贝兹也一同出镜，但这显然是以偏概全的。别再固执己见了。简单来说，它根本无法代表60年代发生的事情。”①

尽管被称为“真实电影”，但它只展现出了某一种观点，即导演的观点，他对拍摄和剪辑的选择将电影引向他所希望的方向。潘恩贝克承认他的视角具有主观性，但一直强调他的善意与真诚。1968年，他谈及拍摄的情形时说道：“那是一场复杂的游戏，双方都不完全了解规则。摄影师（我自己）只能拍摄随机发生的事件。我从未试图操纵或控制某些行为。人们只说他们想说的，做他们想做的，行为的选择权永远属于被拍摄者。当然，我按照我认为恰当的方式组装了设备，但我完全相信，任何试图歪曲事件和话语的举动都能被一眼看穿，也必将引起他人的怀疑。场景的顺序几乎完全遵照时间顺序，没有出于电影的需要进行任何组织或调整。我的本意不在于赞美迪伦，也不想揭露他或解读他。这部电影只是如实记录过去发生的事情。”②

在音乐电影尚未盛行的年代，迪伦本以为潘恩贝克会将镜头主要对准演唱现场。然而，导演更倾向于拍摄巡演的后台，演唱会的片段大多十分简短，而且数量不多。电影名为《别回头》，根据潘恩贝克的说法，片名取自棒球冠军萨奇·佩吉的一句座右铭“别回头看，他人会从中得利”。这部电影伴随歌手走过人生与职业生涯的转折点，他的名气开始变得越来越大。迪伦无处不在，但偶尔他又离奇缺席，他端坐于宫廷正中的宝座上，吸引着所有人的目光，闲杂人等和知己密友往来穿梭，其中就包括诗人艾伦·金斯伯格。在这些人中，我们还能看到迪伦的经纪人亚伯特·格罗斯曼、艺术总监汤姆·威尔森和巡演经理人鲍勃·诺伊维特，他们为巡演保驾护航，负责解决所有细枝末节。

然而，迪伦和前两个人很少交流，至少在公开场合是这样的，但他和诺伊维特十分投契，诺伊维特也是唯一令他平等相待的人。二人年纪相仿，默契十足，不仅有着相同的音乐理念，还都有着强烈的精神意识和独树一帜的犬儒主义。

---

① 《花花公子》，1978年3月，收录于《鲍勃·迪伦访谈录》。

② 转载自潘恩贝克所拍摄电影的同名书籍《别回头》。

他们的嘲讽艺术在《别回头》中表现得淋漓尽致，潘恩贝克猛然觉得他们十分相似："当我遇到迪伦和诺伊维特时，我立刻明白了，他们同我们一样，觉得自己投身于某场对抗全世界的战役中，把别人觉得一文不值的东西当成战利品带回来，而我们知道如何让它发挥价值。"①

在《别回头》中，潘恩贝克以最敏锐的视角捕捉到了迪伦的矛盾心理，他一方面享受"明星"的身份，一方面又不想落入这个圈子的陷阱。对待歌迷，他亲切又礼貌；对待记者，他挑衅又不屑。他的态度在不同场合摇摆不定，就像走在钢丝上的杂技演员，随时要小心翼翼，以免从高处跌落。电影同样展示了艺人创作的情形。即便在巡演过程中，即便人们在他的房间里走来走去，他也没有停止在打字机上润色歌词，或是在钢琴上调整旋律。"动物"乐队的前风琴手阿兰·普利斯、杰克·艾略特的搭档德罗·亚当斯，还有英国的"鲍勃·迪伦"多诺万，歌手和音乐家们络绎不绝地来到他的化妆间，多诺万更是对近距离接触他的导师感到手足无措。显而易见，当迪伦和这些真正的家人在一起时，才是最真实的他。

除了迪伦，我们在电影中见到最多的且听到唱歌最多的人就是琼·贝兹。他们二人之间的隔阂显而易见，摄像机也毫不留情地捕捉到了这一点。她越是满怀柔情与崇拜地望着他，他越是带着消遣的心思和优越感去看待她。琼是个理想主义者，带有一种令人无法生气的天真，她默默承受着迪伦和诺伊维特的恶语中伤而毫无怨言，徒劳地期待着这个她曾大力推崇的男人能让她登上舞台。琼还是迪伦的爱人，但她未曾想到，几个月后，鲍勃的生活中将会出现另一个女人。

亚伯特·格罗斯曼原本希望电影的发行更加商业化，但令他遗憾的是，电影最终只在艺术实验影院上映。而在这一范畴内，它却颇受评论界的好评。《新闻周刊》这样评价道："电影对声誉名望以及它如何对艺术构成威胁进行了探讨。它还呈现出了媒体是如何给迪伦这样独特的创作人贴上标签，令他束手束脚，失去创作的激情，从而变得平庸乏味，而事实上，媒体对他本人的了解十分粗

① 《鲍勃·迪伦：1962—1969》。

浅。”[①]其他较为谨慎的报刊媒体则表达了他们的失望之情。“这部电影是不完整的，”《生活》杂志如此评论道，“迪伦内心所想我们既没有看到，也没有感受到。他的身上和周围发生了一些事情，他对此做出反应……迪伦擅长向大众隐藏他的生活和个人情感，在电影中，他也没有流露出更多的东西。”[②]

至于迪伦自己，虽然他对这部脱离他掌控的电影持否定的态度，但这次与电影的初次接触还是令他产生了想要了解电影的念头。而直到十多年后，他才真正开始拍摄电影。

渐渐地，几乎是不着痕迹地，迪伦走近了电影世界。1965年9月，他结识了青年时代的一位偶像——马龙·白兰度。在白兰度身上，他不仅看到了一位伟人的演员，也看到了一位像他一样同整个体系抗争的独立男性。“我崇拜白兰度，”迪伦对罗伯特·谢尔顿说道，“他用他自己的方式摆脱媒体和公众对他的恶语中伤。”[③]这次会面时，白兰度原本打算邀请迪伦在他的下部电影中出演某个角色，但最终不了了之。

在1966年从英国开始首演的世界巡演中，潘恩贝克再次踏上旅途，随行拍摄迪伦与飞隼乐队插电演唱的初试。与上次不同的是，这次是以彩色电影的方式拍摄。迪伦确信这次拍出的影片与《别回头》十分相似，虽然还是个新手，但他仍决定自己重新剪辑制作，这也显示出他对电影愈加浓厚的兴趣。美国广播公司电视台此前曾订购这部纪录片，但后来由于认为影片过于前卫，无法为大众所接受，故而拒绝。所以，这部电影从未正式公映，但名为《享受当下》的盗版电影传播开来，如今在网上便可找到。虽然电影缺乏连贯性，但迪伦在电影领域的初试啼声在很多方面仍可圈可点，尤其是迪伦与罗比·罗伯特森合作创作新歌的镜头，其中就包括那首未曾发表的好歌《我不能离开她》。

迪伦在遭遇摩托车事故后的几年里，他所担心的不再是如何站在阳光下，而是如何躲在阴影里。1972年，在他疲于躲避那些厌恶者和崇拜者时，他接到了克

---

① 文章发表于1967年5月17日，电影在旧金山普雷西迪奥剧院上映之际。

② 同上。

③ 《鲍勃·迪伦的音乐人生》。

里斯·克里斯托弗森的电话。多年前，克里斯托弗森还是哥伦比亚唱片公司录音室的一名清洁工，二人那时在纳什维尔城有过一面之缘。1970年，克里斯托弗森在发行首张专辑《我和鲍比·麦克吉》后一举成名。1971年，他又因外表年轻英俊，被导演丹尼斯·霍珀选中拍摄《最后一场电影》，从而开启了演员生涯。克里斯托弗森建议迪伦到墨西哥的杜兰戈找他，他正在那里拍摄山姆·裴金帕导演的最新电影《比利小子》。值得一提的是，曾因极度暴力引起争议的西部片《日落黄沙》（1969年）也出自同一导演之手。

酗酒、嗑药、偏执，裴金帕是一位极端的、特立独行的人物。这位完美主义者经常令剧组的演员们苦不堪言。迪伦起初对电影兴致缺缺，因为他不想屈从于这位独裁者的心血来潮。克里斯托弗森要怎么应付这件苦差事？他想尽办法引诱迪伦上钩："来吧，这儿有许多厉害的人物。你不但能学到东西，还能拿到报酬。"[①]这些厉害的人物里就包括曾出演《豪勇七蛟龙》的詹姆斯·柯本，他在影片中饰演帕特·加列特，这个人物原是一名野牛猎手和酒吧老板，后被任命为司法长官。克里斯托弗森饰演美国西部的亡命之徒比利小子（1881年去世），迪伦对这个人物始终颇有好感，以至于将他写进了歌曲《她是你的情人了》（1966年）中。克里斯托弗森打算让迪伦以观察者的身份进入摄影棚，以便为电影创作歌曲。这个提议十分诱人：现场旁观电影拍摄而无须参与其中，这对迪伦来说再合适不过了。而且，这里认识他的人不多，正是个躲清闲的好机会。

1972年至1973年冬，迪伦出发前往杜兰戈，许多西部片尤其是约翰·韦恩参演的影片都是在这片神秘之地拍摄的。迪伦是一个人去的，萨拉正等着他的消息，准备不久后与他会合。克里斯托弗森在片场把迪伦介绍给裴金帕，后者似乎并不知道迪伦是谁。自从发行了专辑《新的早晨》之后，迪伦已经有两年没写过歌了，但身临其境时，灵感总是来得特别快。他没用多长时间就创作出了《比利1》这首歌，这首歌后来也成了电影的主题曲。晚上，迪伦拿起吉他，为裴金帕唱起了这首歌的第一乐段：

---

① 《鲍勃·迪伦的音乐人生》。

河对岸的枪口对准了你

警察在追踪你的脚步，他想要逮捕你

赏金猎人也想抓住你

比利，他们不想让你那么自由自在[①]

导演没有料到迪伦的歌词与电影是如此契合。这个新来之人是如何在这么短的时间里理解他所要表达的内容的？迪伦因此被导演视为一员福将。导演顺便邀请迪伦为整部电影创作音乐。渐渐地，人们又建议迪伦在电影中扮演一个角色。编剧鲁迪·伍利策于是赶紧为他量身打造了一个名叫阿里亚斯的小角色，这位年轻的印刷工学徒始终追随比利左右，并最终用匕首救了比利一命。克里斯托弗森将这个神秘的角色比作《李尔王》中的疯子："他看穿一切，他知道所有传说，还知道一切将如何终结。"[②]由于阿里亚斯的性格沉默寡言，迪伦在电影里说话不多，但他讲出的几句台词总让人觉得这就是迪伦本人。当帕特·加列特问他如何称呼时，他简练地答道："这是一个好问题。"过了一会儿，他终于把名字告诉了帕特·加列特。"阿里亚斯，你姓什么？"帕特·加列特再次问道。"你愿意怎么叫就怎么叫吧。"

迪伦承认在演绎这个少言寡语、高深莫测的角色时遇到了许多麻烦，导演也很少给他建议指导。"这个角色让我感到十分痛苦，这个非常规的角色没有任何维度可言。随着时间的推移，我越来越觉得被困在了墨西哥这处偏远的角落，一个疯子像小国王一样在这里发号施令。我整天扮演成一个头脑简单的人。我心想：'好吧，达斯汀·霍夫曼会怎么演呢？'这就是我戴上眼镜的原因……我看他在《巴比龙》里就是这么做的。简直疯狂至极，所有那些彩排都要求你跳到毒蚁里，朝着火鸡开枪，或是喝龙舌兰酒喝到昏厥。但无论如何，山姆都是个极其

① 《比利 1》，1972年由兰姆角音乐公司发行，2000年由兰姆角音乐公司发行新版。

② 《滚石》杂志，1973年3月15日，切特·福力泊撰文。

出色的男人。他是个亡命之徒，一匹真正的‘野狼’。他是个守旧派，很多事我们早就不那么干了。我终于明白了演员们为什么愿意为他赴汤蹈火。”①

虽然表演颇具难度，但大家一致认为迪伦能够找到恰当的演绎方式，走进阿里亚斯这个格外低调的人物的内心世界。为此，他只需做他自己就足够了。同许多美国电影演员尤其是西部片演员一样，迪伦呈现出了一种“自然状态”。克里斯·克里斯托弗森证实了这一点：“真令我难以置信。他有着查理·卓别林式的表演风格……人们在银幕上看到他，所有目光便聚焦在他身上，他带着某种磁性。他甚至不需要移动。这是一种本能……有场戏，他需要挥动匕首，对他来说确实挺难的。大约十分钟过后，他已经能做到完美自如了。他做了我们从未想过他会做的事情。”②

1973年夏天，《比利小子》上映后，一位英国记者在《泰晤士报》上撰文称，迪伦是“一个极富魅力的剪影”，这一评价十分精辟地总结了人们观影后的感受。迪伦在影片中的出场虽然十分短暂，但令人印象深刻。毋庸置疑，这可能成为开启他真正的演员生涯的序幕。这并不会发生。在迪伦自己看来，《比利小子》之所以十分重要，主要是因为这部影片的插曲《敲响天堂之门》，这首歌时至今日仍是他较为知名，也是被翻唱较多的歌曲之一。而从电影的角度来看，迪伦通过观察裴金帕导演的工作状态，学到了许多对他今后自己执导电影大有裨益的东西。尽管如此，他仍将这段拍摄经历当成记忆中一段不太真实的插曲：“大部分时间，我像是一个梦游者，因为我没有理由待在那里。它让我离开纽约的家，它才是最重要的。但是，压力无处不在。所以，我的妻子几乎立刻就厌烦了。她对我说：‘冷静，但我们在这里做什么？’这不是个容易回答的问题。我为什么要做这件事？我觉得是因为我对比利小子有种热爱。但无论如何，都不是为了钱。”③

在《比利小子》拍摄期间，迪伦目睹了山姆·裴金帕和米高梅公司之间的一

① 《自传》。

② 《滚石》杂志，1973年3月15日。

③ 《自传》。

场争执，双方对电影的成本和时长各执己见，导演最终不得不按照公司董事长詹姆斯·奥伯里的要求，将时长缩短十八分钟。也正是这次争吵，令迪伦意识到电影人在制片公司的挟制下毫无自由可言。他于是暗下决心，有朝一日自己制作电影时，绝不能从好莱坞的制片公司受这种奇耻大辱。从1966年起，想要亲自制作电影的念头始终徘徊在他的脑海，当在看片机上看到《享受当下》的样片后，他开始按照自己的想法重新剪辑影片。“我从被剪掉的大卷胶片中发现了美，”他后来回忆道，“这或许是最显著的，我发现了其他人没有看到的美。这就是我与电影结缘的过程。我对电影的看法也形成于那个久远的时期。”[①]

显而易见，迪伦是个电影发烧友。他在作品中以暗示甚至直接引述的方式提及电影，他的铁杆粉丝古姆·林伍德一一列举整理，数量多达六十余处。[②]但奇怪的是，他在音乐方面的视角是偏美式的，而在电影方面，他所提及的大多是欧洲电影。路易斯·布努埃尔是他最欣赏的电影人，他还时常从费里尼的电影中寻找灵感。60年代初，《甜蜜的生活》在第12号路的艺术实验影院上映，或许对《荒街》这首歌产生了影响：“镜头中的生活仿佛倒映在扭曲变形的镜面中，普普通通的人最终形似市井的恶魔。”[③]而出乎人们意料的是，迪伦所倚仗的并不是西班牙和意大利的电影，而是法国电影。

1975年秋，迪伦即将踏上旅途，开启一场名为“滚雷”的巡演。他在出发前联系了山姆·谢泼德，邀请其拍摄巡演和筹备的过程。迪伦突然问起山姆·谢泼德是否看过马赛尔·卡尔内的《天堂的孩子们》和弗朗索瓦·特吕弗的《枪击钢琴师》。“我看过，这就是你打算拍的那种电影？”山姆·谢泼德反问道。“差不多吧。”迪伦支支吾吾地回答道。在六周的巡演中，山姆·谢泼德拍摄了上百个小时的影像资料，但他和迪伦两个人都不清楚究竟要用它们做什么。迪伦在旅行札记中写道，这种向未知前进的方式最终将他们引入了死胡同：“拍摄陷入混乱的窘境，它令电影丧失了一切形式与意义。哪怕是前一天拟好了计划也无济于

① 《花花公子》，1978年3月。

② 参见网站www.dylanfilm.atspace.com。

③ 《鲍勃·迪伦回忆录》。

事。一切都任凭最肆意的冲动支配，受那些毫无结果的念头摆布。我们讨论如何拍摄演唱会，如何令‘剧本更加紧凑’，如何增加迪伦在影片中的戏份，还有萨拉、约尼·米切尔和琼·贝兹……才华横溢之人简直多得没有道理，我们完全招架不住。”①

山姆·谢泼德是否会沦为这项马基雅维利式计划的牺牲品？当迪伦提早知晓自己才是真正的电影导演时，或当他不得不将影片从灾难的边缘拉回来时，他是否已经策划了这一切，只打算把山姆·谢泼德当成一个普通的摄影师？这个问题无法回答。唯一确定的是，迪伦无法同时出现在台前与幕后，没法既当运动员，又当裁判员，所以他需要一个人来摄像。无论如何，最终坐在剪辑室里的还是迪伦，他用山姆·谢泼德拍摄的样片剪辑成片。跟他十年前剪辑《享受当下》时一模一样，唯一的区别在于，他这次自己当了制作人，拥有了绝对的自主权。

这部名为《雷纳多和克拉拉》的电影时长约四小时，既没有剧本，也没有情节，由三个彼此交织的段落构成：演唱会的片段、即兴表演的场景以及事先设计的镜头。角色安排令人颇感意外，全部演员阵容大致如下：鲍勃·迪伦饰演雷纳多，萨拉饰演克拉拉，琼·贝兹饰演白衣女子，罗尼·霍金斯饰演鲍勃·迪伦，罗内·布莱克利饰演迪伦的妻子，杰克·艾略特饰演龙格罗·德卡斯特罗，哈利·迪安·斯坦顿饰演拉夫奇奥，鲍勃·诺伊维特饰演蒙面塔蒂亚，艾伦·金斯伯格饰演神父，山姆·谢泼德饰演罗迪奥。此外，“飓风”鲁宾·卡特、斯嘉丽·里维拉、罗杰·麦克基、戴维·布鲁、菲尔·奥克斯和约尼·米切尔则在电影中本色出演。

迪伦和萨拉演绎虚构的角色，而他们本人却由其他人扮演，他们有意借此举重新洗牌。“身份”这一主题是电影的核心，也是迪伦的拿手好戏。超现实主义的场景中，一位裹着毛皮长披肩的过气女主持邀请鲍勃·迪伦来到话筒前，并把他误认成了另一个人，因为迪伦对她说自己不是迪伦，真正的迪伦戴着一顶帽

① 《滚雷：与鲍勃·迪伦同行》。

子。于是，头戴帽子的罗尼·霍金斯（“乐队”曾为其伴奏）走到了台前。当女主持问他是不是鲍勃·迪伦时，他给出了肯定的答案。于是她又让霍金斯解释鲍勃·迪伦是谁，后者郑重其事地回答道：“一位无与伦比的英雄。”

德国哲学家尼采曾说过，“每一个深沉的精神都需要一副假面具”。在《雷纳多和克拉拉》中，迪伦自始至终遵循了这一行事准则，例如开场镜头中，他和鲍勃·诺伊维特唱起《创作我的杰作》时，脸上就罩着一副面具……虽然是半透明的。同《天堂的孩子们》这部影片一样，面具和伪装在《雷纳多和克拉拉》中也占据着主宰地位。对卡尔内电影的参考不只于此，玫瑰花多次出现在镜头中，尤其是萨拉的手中，对迪伦而言，玫瑰花是“繁殖力的象征”。

记者乔纳森·科特在《滚石》杂志上撰文对影片进行了概括，这是一次值得称赞的尝试，他写道：“戴着面具和帽子的人物通常是可以相互替换的，他们坐在餐厅里交谈，消失不见，而后再次出现，交换鲜花，彼此争吵，参观公墓，演奏音乐，乘火车和卡车旅行。在一个令人惊讶的场景中，他们甚至手挽着手，像印第安人或印度人一般唱起歌谣，在风景秀丽的海边跳舞……”①视角忠实地记录了事实，但没有刻画出人物的细节。

与此相反，在为宣传电影接受的数次采访中，迪伦大部分时间都以一种极为隐晦的方式谈论人物，令笼罩在他们身上的神秘感愈加浓厚。对于他所饰演的雷纳多，他说道：“雷纳多不堪重负。他之所以不堪重负，是因为他生而为人。我们不知道究竟谁是雷纳多，我们只知道他不是谁。他不是蒙面塔蒂亚（鲍勃·诺伊维特饰演）。雷纳多戴着帽子，而他没有。我告诉您这部电影是什么：它和生活别无二致，但不是生活的翻版。它高于生活，和生活并无雷同。”②谈到克拉拉时，迪伦显得既含糊其词又精准犀利：“克拉拉代表雷纳多对物质世界的一切追求。雷纳多的需求很少，他在那个特定时刻也不知道自己想要什么。他需要的只有两样东西，一把吉他，因为他热爱音乐，还有一条昏暗的小路，因为他需要

① 《滚石》杂志，1978年1月26日。

② 同上。

隐藏心中的恶魔。”①

在影片中，迪伦遇到了生命中的两个女人，他在十年前离开了其中一位（琼·贝兹），另一位（萨拉）正准备和他分道扬镳。虽然她们换了名字——克拉拉和白衣女子，但仍能看出迪伦将真实生活的片段搬上了银幕。1978年，电影上映后，他直截了当地否认了这一点，那时他和萨拉的关系已经走到了尽头：“这和我婚姻的失败没有任何关系。这场婚姻已经结束了，我离婚了。电影就只是电影。”②

如果说电影中的某些片段纯属幻想，如萨拉和琼·贝兹打扮成妓女出现在妓院中，那么其他一些指向性更为明确的片段则令他无法否认影片与真实生活的联系。于是，在这场虚实交织的即兴表演中，琼·贝兹向她的前任情人吐露出内心的想法，而后者只能以人物的二重性作为唯一的自卫手段推三阻四。山姆·谢泼德在书中还原了这次拍摄：“当琼·贝兹大胆发问时，摄像机仍处于拍摄状态。她问道：‘你为什么总是撒谎？’‘我从没说过谎话，那是另外一个人。’‘你现在还在撒谎。’胶片卷轴正吱吱作响。所有人都踮起脚走路，暗自窃笑这一刻的荒诞可笑。此时，琼·贝兹继续发动攻势：‘你不停地叫我过来，对我撒谎。’‘啊，别这么说……你啊，你把这一切都当成花言巧语了。好吧，我承认有些东西确实是，但不全是……’‘别再撒谎了，鲍比。你想让他们停止录像，是吗？’琼·贝兹怒视着他，‘鲍勃，如果当初我们结婚了会怎么样？’‘我已经和心爱的女人结婚了。’”③

迪伦将惯用在歌曲中的拼接技术运用到《雷纳多和克拉拉》这部实验电影中，多重现实的重重叠加令影片变得晦涩难懂，大部分影评人都提及了这一缺点。杰奈特·马斯林在《纽约时报》上写道：“迪伦先生总有种方式能暗示那些没有抓住电影全部精髓的人智商不足或是欠缺判断力，他觉得拍一部没人能完

① 《花花公子》，1978年3月。

② 《滚石》杂志，1978年1月26日。

③ 《滚雷：与鲍勃·迪伦同行》。

全看懂的电影才是好的。”[①]迪伦对这样的批评之声予以反驳，他说：“无论如何，我不应也没有办法阐释这部电影，就像我无法解读《荒街》一样……这就如同一幅立体主义绘画……或许全世界只有两三个人才能看懂。”[②]

为了让自己的话语显得更加晦涩难懂，导演放出重重烟幕，然而在这背后，抛开角色可以互换的特性，某些影评人认为自己找到了电影真正的内核：以一种伪装的洒脱去描绘迪伦与他的妻子间的爱恨纠葛。“作为演员，”杰奈特·马斯林说道，“迪伦先生的特点在于他给人一种对游戏不屑一顾，却又不停参与其中的感觉。雷纳多作为角色并没有实际作用，但他的出现令人们关注到迪伦对自身情感那种强迫式的隐藏方式……影片中只有两个中心人物，一个男人和一个女人，然而他们的身份是碎裂成片，分散在不同角色中的。”[③]

如果《雷纳多和克拉拉》的导演不是一个活着的传奇，那么这部电影也难逃被忽视的命运。然而，像所有尝试跨界的知名艺人一样，迪伦也期待转型。对媒体而言，这不失为一次绝佳的报仇机会，迪伦此前始终对他们不屑一顾。整个评论界对迪伦予以尖锐的抨击，只有《纽约客》除外，它把迪伦当作一个脏兮兮的小孩子，能原谅他的任何任性淘气，它以一种和蔼宽容的语气写道：“虽然戴着面具和伪装，但他仍旧喜欢捉弄别人，喜怒不定又神神秘秘。他的存在彰显着绝对的权力，因此从不与我们直接接触。他邀请我们睁大双眼……在他那捉摸不透又冷淡疏远的个性中寻找奥秘。”[④]

迪伦对《雷纳多和克拉拉》倾注了许多心血，投入了大量时间和金钱（六十多万美元），但影片没能得到观众和影评人的认可，以至于影片在上映几周后便匆匆下档。面对这次惨痛的失败，为了给影片一次重生的机会，迪伦在1978年年末做出让步，他拿出一份“只有”两个小时的电影删减版，集中表现演唱会的片段。这次徒劳无益的妥协只是坐实了他的窘境，他的“电影人”身份没有得到认

---

① 《纽约时报》，1978年1月26日。

② 《麦克林》杂志。

③ 《纽约时报》，1978年1月26日。

④ 《鲍勃·迪伦的音乐人生》。

可。失败给他带来了极深的伤害，以至于此后他拒绝任何形式的商业发行，无论是院线放映还是发售DVD，不遗余力地想让这部令他蒙羞的电影消失。

《雷纳多和克拉拉》上映十年后，我们才重新在银幕上见到迪伦的身影。20世纪80年代末，他开始陆续接拍一些小成本电影：理查德·马昆德的《火之心》（1987年）、丹尼斯·霍珀的《赤面煞星》（1990年）和罗伯特·克拉普萨德的《天堂湾》（1999年）。《蒙面与匿名》的拍摄周期虽然仅有二十天，却是一部野心之作，迪伦首次在电影中担纲主角，同时还担任电影的联合编剧。“我想拍一部和鲍勃·迪伦的歌曲十分类似的电影，”导演拉里·查尔斯说道，“一部包含许多层次的电影，其中不乏诗意和超现实主义，既暧昧不明，又难以理解，像一场拼图游戏。”①迪伦在影片中饰演准备在出狱后举办一场慈善演唱会的摇滚乐标志性人物“杰克·命运”，这个角色仿佛就是为他量身打造的。电影在荒谬怪诞的外表下隐藏着明确的政治指向，“杰克·命运”预言了世界的衰落与混乱，预示中隐含着警告：“我只是一个歌手，我没有任何解决办法。”迪伦自60年代起，便一直秉承这种态度。

《蒙面与匿名》的标题虽然充满讽刺意味，但它还是一部不折不扣的音乐片，让我们有机会听到迪伦和21世纪初最优秀的乐队共同演唱，其中包括吉他手查理·塞克斯顿和贝斯手托尼·加尼耶。电影上映后，只得到了业内人士的赏识，而如今它已经成为众多电影爱好者眼中真正值得崇拜的影片。2012年，当人们问迪伦对影片是否满意时，他给出了一个了悟的回答：“无论我对电影有怎样的看法，它都永远不可能搬上银幕。当我们想拍一部电影，并且从外部得到资金来源时，就要听命于很多人。我很高兴有人喜欢这部电影，我知道会有的。电影中不乏优秀的演员。约翰·古德曼不就是一位天才演员吗？杰西卡·兰格也是。事实上，所有人都很好，除了我。”②

2000年年初，迪伦出演了两部电影，一部是纪录片，另一部是故事片。2005

① Suicidegirls.com，2007年4月6日。

② 《滚石》杂志，2012年9月。

年，马丁·斯科塞斯导演的纪录片《归乡无路》正式发行（仅DVD版本）。这部纪录片时长三个半小时，耗时十年制作而成。1995年起，迪伦的朋友、制作人杰夫·罗森开始收集音频和视频档案，并将和迪伦身边亲近之人的访谈录制成视频材料，接受采访的有艾伦·金斯伯格（1997年去世）和戴维·范·容克（2002年去世）。伊泽·扬也提供了许多素材，他讲述了1961年年轻的迪伦来到民谣中心的情景。彼得·西格回忆起1965年新港音乐节上，迪伦首次插电演唱所引发的群愤。琼·贝兹坦率地谈及了她和迪伦之间复杂的关系，她将迪伦形容成一个喜欢拐弯抹角的人。苏西·罗托洛①第一次吐露60年代初在格林尼治村时，她与迪伦之间的情愫。

2000年，罗森同迪伦本人录制了一段长达十余小时的访谈，迪伦毫不掩饰地提起他在明尼苏达州的童年和歌手生涯最初的时光。最后只需要找到一位电影人，将这些零散不一的元素整合成一个协调的整体。曾执导《出租车司机》《愤怒的公牛》和《下班后》的斯科塞斯虽是一位故事片导演，但他还是个地道的“迪伦迷”，于是他决定接手这项工作。他从中抽离出一部激动人心的电影，回顾了迪伦从希宾的求学生涯到1966年发生摩托车事故前的生活轨迹。《归乡无路》刻画了迪伦青年时代的形象，影片不想打造一部圣徒传记，而是试图让观众更好地理解一个美国传奇的诞生历程。

迪伦的生活如此浪漫与神秘，迟早会被当作故事片的主题搬上银幕。2007年，别具一格的传记片《我不在那儿》上映。同《归乡无路》一样，这部电影也是筹备许久才和观众见面。2000年，年过四旬的导演托德·海因斯萌生了为迪伦拍摄一部传记片的想法。他知道没有迪伦的同意，这项计划是无法实现的，这可不像取得歌曲使用权那么简单。为了达到目的，导演抛出了诱饵。他先是同时联系迪伦的长子、电影人杰西·迪伦，以及迪伦颇为信任的制片人杰夫·罗森。杰西·迪伦提出建议，如果想接近他的父亲，就永远不要把“天赋”一词用到他身上。罗森对海因斯的计划显示出了极大的兴趣，甚至还要求他撰写一份计划概述

① 罗托洛于2011年2月24日去世，享年六十七岁。

给迪伦本人。

在向迪伦介绍他的想法前，海因斯反复设想最具说服力的方法。他知道迪伦永远不可能接受一个过着线性生活的扁平化人物，他仔细打磨准备用来说服迪伦的理由。在先前的《雷纳多和克拉拉》中，迪伦曾大胆尝试将个人分裂到不同角色中，于是他决定以兰波的格言“我就是别人”作为开场白。然后，他继续阐述核心理念：将迪伦的个性分割成七个人物，分别由不同的演员演绎（共六位，其中一位演员分饰两角）。海因斯的想法是正确的。在回信中，他被要求用一句话来描述迪伦的每个化身。

看过海因斯之前执导的《安然无恙》（1995年）、《天鹅绒金矿》（1998年）和《远离天堂》（2002年）三部电影后，迪伦经过一年的犹豫，最终同意了拍摄计划。“‘这真是莫大的荣幸，’我得知这一消息后对罗森说道，‘我觉得应该呈现出世人眼中的迪伦，我希望以最精准的视角用心做好这一点。’杰夫坦率地对我说：‘托德，您不该这么想。这部影片应该呈现您对迪伦独辟蹊径的解读，这才是您唯一需要关心的。’我刚刚得到神庙主人亲自授予的许可，让我可以自由自在地探索，无拘无束地创作。”①

事实上，《我不在那儿》的创新之处在于，作为一部传记电影，它将真实事件与虚构情节混合在一起，这样做是为了更多地赋予迪伦一种主观的解读，而非墨守成规地遵循历史事实。海因斯创造的每个人物都代表着迪伦的某一面，因此他们经常以迂回婉转的方式侧面体现迪伦的性格。影片的讲述人和主人公名叫阿尔蒂尔，他以兰波的形象现身银幕，口中说着迪伦说过的话，或恰恰相反。导演也对这一选角做出了解释：“1965年，迪伦开始接受采访，他以同一种略带讽刺、荒诞幽默、诗意盎然的风格回答提问，这种风格同样体现在他同期创作的歌曲中。起先我们以为他是想逃避媒体的问题，所以干出了一些关于西瓜、雨伞和电灯泡的蠢事。但后来我们意识到，他是真的在回答那些问题，只不过是将其置于另一个层面上。因此在电影中，打扮成兰波的阿尔蒂尔在接受神秘政府官员的

① 《我不在那儿》。

询问时，他的回答完全出自迪伦自1965年后的惯用语。”[1]

为了在角色万花筒中表现出迪伦对面具的运用，海因斯抱着碰运气的心态试图呈现出表象下的另一种真相，有时甚至将这种原则推向了荒谬的极端。伍迪这个角色由一个十二岁的黑人小男孩扮演，他在影片中乘着货运火车跑遍美国，象征着渴望成为伍迪·格思里的少年迪伦。而后，《金发女郎》中雌雄莫辨、具有自杀倾向的迪伦，以及1966年和“乐队”一起巡演的迪伦，是由女演员凯特·布兰切特扮演的。导演如此安排，是为了重现公众当时体会到的怪异感。

希斯·莱杰（2008年去世）是电影中唯一一位分饰两角的演员，他饰演生活在两个不同时代的迪伦：抗议歌手和传教者。据海因斯所言，这两条平行线缺一不可：“这是给出答案的两个时期。虽然给出的答案和时机截然不同……”理查·基尔饰演西部片时期的迪伦，时间线在《比利小子》刚刚结束拍摄后，这个角色同时突出了迪伦乡村风格的渊源以及他对亡命之徒的关注。除迪伦本人外，与迪伦关系密切的几位朋友也戴着不同面具出现在电影中，其中就包括亚伯特·格罗斯曼，他以粗暴的保护者姿态出场，而迪伦的两位缪斯女神苏西·罗托洛和萨拉·朗兹则融合成一个人物，由夏洛特·甘斯布扮演。

托德·海因斯为电影取名《我不在那儿》，它出自迪伦《地下室磁带》专辑中一首名不见经传的歌曲，这一做法显然不是随意为之。导演希望借此强调电影“主人公”那捉摸不透的性格。但迪伦巧妙地装出只选取标题字面含义的样子，“我不在那儿”于他而言意味着：我不在电影里，那不是我。至少他在2012年《滚石》杂志发表的一篇采访中是这样说的。

“您觉得《我不在那儿》怎么样？”

“我对这部电影一无所知。我只知道他们得到了我的授权，能在影片中使用我的三十多首歌。”

“您对这部电影满意吗？”

“是的，我觉得还不错。您觉得导演是否关心人们有没有看懂这部电影？我

---

① 《我不在那儿》。

觉得根本不关心，我认为他所想的只是如何拍一部好电影。我觉得电影还不错，演员的表现也令人惊喜。”

“听说这部电影对您不同时期的生活和身份进行了长期细致的观察体会，最终才得以成形……”

“我不这么认为。但这重要吗？这只是一部电影……”①

① 《滚石》杂志，2012年9月。

被耶稣拯救？

在上帝走进我的生活前，
我对宗教一无所知。
我也会愤怒叛逆，对此我从未多想。
那些募集捐赠的布道者向我们讲述即将到来的世界，
我对他们从不多加关注。
“活在当下”是伴随我成长的唯一准则，
直到耶稣于我而言成为一种现实。

（帕特·克罗斯比访谈，
KDVA 电视台，1980年）

19

1965年英国巡演期间拍摄的《别回头》中有个简短的场景，一位女歌迷上前与迪伦攀谈，在他耳边悄悄说了一句："您有信仰吗？"这个问题出乎迪伦的意料，他支支吾吾地说道："呃，好吧，我不知道。信仰是指什么？是指崇拜某位偶像还是每周日去教堂，或是类似的一些东西？"年轻女孩对迪伦的回答并不满意，于是继续追问道："您是否信……"他打断了她："我不信任何东西。不，我为什么要信某样东西？这不是厚颜无耻。我只是没有发现任何值得人们建议我去信的东西，任何值得我交付信仰的东西。没有什么是神圣的……"①

几个月后，他在接受芝加哥一家报纸的采访时谈及了这一主题，并再次强调与信仰相对的自由意志："坦率地说，我既没有宗教信仰，也没有哲学思想。我对两者都知道得不多。许多人会遵循某种准则，这非常好。我不打算做任何改变。我不喜欢人们跟我说我应该做什么或信仰什么，或是我应该怎么生活……在我们国家，涵盖一切的最高原则是隐而不见的。这是源自中国的古老哲学或宗教思想。中国有本叫《易经》的书，我并不想维护它，也不想谈论它，但这是唯一

① 《别回头》。

完全正确的东西，而且不只对我一个人而言……”[①]

这些话表达着双重含义。一方面，迪伦公开声称自己“无宗教信仰”，这在当时那个年代，在那个钞票上印着“我们信仰上帝”的国度，简直是不可思议的，甚至是引起众怒的。另一方面，迪伦更喜欢引用中国的典籍，而非本国的传统文化，这在当时的嬉皮士群体中极为盛行。媒体两年前曝光了他的犹太血统，这一做法更加印证了他想隐瞒这一点的企图。

迪伦是在犹太教的氛围中长大的，他在很久之后才提及这一文化根基。20世纪80年代中期，他首度公开讲述了1954年在明尼苏达州的一座小城举行成人礼的情形，那一年他刚满十三岁。“希宾没有太多犹太人，我和他们大部分人都有联系。希宾也没有拉比，而那时马上就要到我的成人礼了。短短一年间，一位拉比突然毫无征兆地出现了，他和他的妻子在隆冬时节走下大客车。我那时恰巧准备开始学习一切知识。拉比是一位来自布鲁克林的老先生，他留着雪白的胡须，头戴一顶帽子，穿着黑色衣服。他们将他安置在一家咖啡馆楼上，那是街区里所有人聚集的地方，也是我常去的一家摇滚乐咖啡馆。每天放学后或是晚饭后，我走上楼梯，学习应该学习的东西。我和他学一个小时左右，然后我再伸伸腰，走下楼梯。拉比主持了我的成人礼之后，又教给我应该学会的东西，然后就消失不见了。人们对他颇有不满，他不符合一个拉比的形象，他让人们感到不舒服。当地所有犹太人都刮胡子，而且在我看来，他们每周六都工作。我之后再也没有见过他。他就像一个幽灵，来去无踪。后来我才知道，他是正统犹太教徒。”[②]

在明尼苏达州的青年时代，犹太文化对迪伦而言是再熟悉不过的东西，正如1968年他的父亲亚伯拉罕·齐默曼去世前所说的那样：“鲍比会说希伯来语。他认识四百个希伯来语单词，我觉得他应该已经都忘了，但只有他能把希伯来语说得像以色列人一样。拉比劳本·迈尔为他感到骄傲，每周五晚上都对他赞赏有加。拉比用英语讲道，然后让迪伦翻译成希伯来语。”[③]即便如此，对迪伦

---

① 《芝加哥每日新闻》，1965年11月27日。

② 斯科特·科恩访谈，1985年。

③ 《鲍勃·迪伦的音乐人生》。

而言，犹太籍身份似乎始终是一个难题。几年间，他在这个问题上摇摆不定，时而确认他的犹太人身份，时而又近乎否认。“我很想知道犹太人是什么样子的，以及犹太人是谁。”迪伦有一天坦言道，“犹太人是闪米特人，就像巴比伦人、赫梯人、阿拉伯人、叙利亚人和埃塞俄比亚人一样，我对这一点很感兴趣。但犹太人又是不同的，因为很多人仇视犹太人。发生的很多事情都难以解释。”①

职业生涯初期，迪伦隐藏起了他的犹太血统。某些人会想，这种隐瞒是否和反犹太主义的痛苦经历有关。他很快驳斥这一猜测：“录制了几张专辑后，各处开始出现‘鲍勃·迪伦是犹太人’这样的字眼。我暗自思量：‘我的天哪，我根本没有意识到。’然而，攻击仍在继续。说这些话对人们来说好像很重要，举个例子，这就像他们说‘那个街头歌手只有一条腿’一样。于是，过了一段时间，我思索道：‘好吧，我要走近它去仔细观察。’我在其他艺人身上没见过这种情况，我想说像是芭芭拉·史翠珊或是尼尔·戴蒙德那样的艺人，但它发生在了我身上。您知道吗，即便如此，我也从来不必和聚在学校操场上的人打架。”②

1978年，在皈依基督教不久前，迪伦彻底疏远了犹太教。“我从来没觉得自己是犹太人，”他肯定地说道，“我从来没有真正想过自己是不是犹太人。我也从来没有深入地接受过犹太式教育。我没有任何信仰，我信一切，又什么都不信。虔诚的基督教徒或伊斯兰教徒可以像虔诚的犹太教徒一样能干。”③迪伦始终抱着疏远乃至否定犹太血统的念头，他甚至对他的家族谱系产生了质疑：“听着，我不知道我和犹太人的渊源有多深，因为我有双蓝色的眼睛。我的祖父母是俄罗斯人，如果追溯得更远的话，那些女人哪个没有被哥萨克人玷污过？所以，我身上有许多俄罗斯元素，我非常确信这一点。否则，我就不会是现在的样子。”④

---

① 《电视指南》杂志，1976年。

② 《滚石》杂志，1984年6月21日，科特·罗德访谈，收录于《鲍勃·迪伦访谈录》。

③ 《花花公子》，1978年3月。

④ 《滚石》杂志，1978年11月16日。

无论迪伦说什么，他都没有停止对犹太身份和犹太人命运的思考。在六日战争（1967年）和赎罪日战争（1973年）之间的六年，迪伦曾于1969年夏、1970年和1971年春三次前往以色列。虽然他希望旅行不为人所知，但难以掩藏行踪。1971年4月6日，他被人拍到现身耶路撒冷，头上戴着基帕小圆帽，站在哭墙前。不久后，照片传遍世界各地，这为他打上了犹太复国主义的标签。还是在这次旅行中，迪伦在萨拉的陪伴下参观了锡安山的犹太教神学院[①]，罗森茨威格拉比为他们充当向导，他问迪伦为何从不公开声明自己属于犹太民族。“这算不上什么问题，”迪伦反驳道，“我是犹太人。这个事实以一种我无法描述的方式影响着我的诗歌和生活。我为什么还要强调一个已经如此显而易见的事实呢？”[②]

的确如此，迪伦的歌曲总是充满对《旧约》的暗示。尤其是在《船来时》（1963年）这首歌中，他提到了摩西分开红海，令希伯来人逃离埃及的故事，还提及了大卫和歌利亚之间的战斗。在《约翰·韦斯利·哈丁》（1967年）这张专辑中，暗示的意味则更加明显。迪伦在伍德斯托克的家中创作了这张专辑，手边的阅览架上始终摆着一本翻开的《圣经》。《圣经》不仅是所有美国人的遗产，也是犹太人的财富。然而，对迪伦而言，在很长一段时间内，《圣经》与其说是一部宗教著作，不如说是一个文学宝库，他从中挖掘出了许多诗歌意象。当人们和他谈论宗教时，他更喜欢拿一种不属于任何特定传说的泛神论概念做挡箭牌。于是，1976年，当人们问他想象中的上帝是什么样子时，他回答道：“我能在一朵雏菊中看到上帝，我能在夜晚的风和雨中看到上帝。歌曲最崇高的形式便是祷告，所罗门国王的祈祷，或是郊狼的呻吟，抑或是大地的轰鸣……”

对于上帝这种内在的、未分化的视角没有完全掩盖迪伦的精神追求，他花了很长时间才意识到这一点。时机和际遇给他的人生道路带来了新的转折，并将他慢慢地引上基督教的道路，皈依宗教的过程大抵如此。1975年秋，与迪伦关系密切的艾伦·金斯伯格也参与了“滚雷”巡演，虽然他醉心于佛教和东方玄学，

---

① 《圣经》与犹太教法典研习中心。

② 《鲍勃·迪伦的音乐人生》。

但仍和先祖信奉的犹太教保持着联系。1961年，艾伦·金斯伯格的母亲去世，诗人在毒品的作用下创作了一篇卡迪什（犹太教哀悼亡者的祈祷文），于是便诞生了这篇充满诗意的默祷文。巡演之初，金斯伯格在马萨诸塞州的一家酒店给一群前来打麻将的犹太老妇人朗诵了这首诗作，这个听众组合简直令人大跌眼镜。当金斯伯格在众人面前诵读这篇因“垮掉的一代”而再次流行的老式祈祷文时，山姆·谢泼德仔细地观察迪伦，试图捕捉他的反应：“裹挟着元音的波浪在挽歌中翻转搅弄，威势不断增强。迪伦倚靠在房间尽头的墙壁上，帽子遮着眼睛，一动不动地静静听着。由于出身新教徒阶层，我无法确切地说出房间里涌动着的是什么，但是它有着一种堪比火山喷发的强度。它与几代人、母性、犹太人身份、犹太教育、卡迪什、祈祷，甚至美国、诗人、语言都有关系。但它和迪伦没有什么关系，他将自己塑造成一个摒弃宗教的人物，虽然出生在宗教环境中，但最终成了一个吟游诗人。在这一刻，迪伦开始正视自己最为隐秘的血脉根基。”[①]

在生命中的这个时刻，虽然迪伦还没准备好加入某种宗教，无论是他父母还是其他人所信奉的宗教，但他还是认真倾听其他人讲述自己的信仰。在当时那些乐手中，吉他手博耐特以一种与以往截然不同的方式第一个向迪伦讲起耶稣。博耐特参与了“重生”基督徒的福音运动，他用简单的话语向迪伦讲起了他与耶稣的相遇，那次真正的相遇拥有至高无上的力量，令他重获新生。怀着对宗教的热忱，博耐特告诉迪伦，耶稣就是一位救世主，他值得人们热爱，他将赋予信仰之人以新生。迪伦既不相信也不怀疑，他静静地听着，偶尔提出一些问题，没说任何嘲笑讥讽之语。

1978年2月20日，迪伦在日本武道馆开启了世界巡演的第一站，他将在东京的这座体育馆举行八场演唱会，其中两场后来被收录到一张现场专辑中。他将在路上度过这一年中大部分的时间，乘坐飞机走遍十个国家，在墨尔本、伦敦、巴黎和鹿特丹短暂落脚。9月15日，他在缅因州的奥古斯塔开启了巡演的美国之旅。八位乐手组成的乐队已经陪伴迪伦有半年之久，其中包括吉他手史蒂文·索

① 《滚雷：与鲍勃·迪伦同行》。

雷思和小提琴手兼曼陀林演奏者戴维·曼斯菲尔德。这两位都加入到“重生”运动中。演唱会期间，出现了这样一场对话：如博耐特之前所做的那般，两位乐手向他们的头儿讲述耶稣如何改变了他们的生活。他们还提及了知名的“重生”基督徒约翰尼·卡什和杰克·艾略特，这两人都是迪伦的朋友。当然，其中最著名的一位还没有提到，那就是时任美国总统吉米·卡特。

11月17日，巡演在加利福尼亚州的圣迭戈落下帷幕。虽然迪伦看上去精神不错，但他刚刚从一场重感冒中恢复过来，身体上早已疲惫不堪了。“演唱会结束时，”他接着说道，“观众中有人已经感觉到我不太舒服了。我觉得这能看出来。于是，他们朝我扔了一枚银质十字架到舞台上。一般来说，我不捡这种东西。但那一次，我看着十字架，然后思索道：‘我应该把它捡起来。’于是，我捡起十字架，放到口袋里。我把它带回后台，一直保留到了下一个城市——亚利桑那州的图森。在图森，我觉得情况比在圣迭戈的时候更糟。我想道：‘今晚，我需要某样东西。’我不知道是什么。我试了一大堆东西。我又想：‘我需要一样之前没有的东西。’然后，我在口袋里看到了这枚十字架。”①

在这间普通的酒店房间里，迪伦像圣保罗一般找到了通往大马士革的道路：“于我而言，耶稣是万王之王，万主之主。房间里有着某种存在，那绝对是耶稣，除此之外，不可能是别人……耶稣将手放在我的身上。那是一种有形可感的事物。我能感受到他就在我身边，我感到我的整个身体都在颤抖。主的荣耀降临到我身上，一下子震撼住了我。”②

自从前年春天和萨拉离婚后，迪伦便和玛丽·爱丽丝·亚特雷斯保持着情人关系。亚特雷斯也是一名“重生”基督徒，同时还是加利福尼亚州葡萄园团契的成员。这位三十岁的年轻黑人女演员在迪伦信教的过程中扮演着主要角色，她对他解释道，他刚刚经历了上帝的启示。为了表达对她的感激之情，迪伦甚至为她创作了一首名为《心爱的天使》的歌曲：

---

① 克林顿·海林，《鲍勃·迪伦传：树荫背后》，哈珀·柯林斯出版社，2001年。

② 同上。

心爱的天使，在阳光下

我是如何知道你将会是那个人

向我揭露我的盲目，我的不复存在

告诉我所立足的基础是多么脆弱不堪？①

第二个月，迪伦将这首新歌加入到带有宗教色彩的《慢车开来》专辑中，这首歌是对神秘灵感最真实直接的写照，他在其中预言了最后审判的来临。12月16日，在彭布罗克派恩斯（佛罗里达州）举行的巡演终场演唱会上，他演唱了另一首新歌《宝贝，请对我好》，歌曲取材自《马太福音》的一个片段："所以，无论何事，你们愿意人怎样待你们，你们也要怎样待人，因为这就是律法和先知的道理。"②

1979年年初，在玛丽·爱丽丝·亚特雷斯的带领下，迪伦第一次走进了位于洛杉矶市郊的葡萄园基督徒团契教堂。他在那里遇到了修会会长肯·加里森。这位牧师完全没有意识到出现在他面前的就是鲍勃·迪伦，亚特雷斯只是托他照顾一下自己这位想要了解耶稣的朋友。这次会面后，迪伦与加里森的两位助手保罗·埃蒙德和拉里·米尔斯约定了碰面的时间。"我试图从历史和正统派神学的角度清楚地表述耶稣究竟是谁，"米尔斯说道，"和一个真心实意想要了解《圣经》的人对话总是那么巧妙睿智。不存在任何说服、操纵或以各种方式向他施压的企图。上帝用他的话语，即《圣经》，向一个多年来始终寻寻觅觅的男人发出召唤。在我看来，事情就是这个样子。"③

1979年1月至4月，迪伦每日都到葡萄园基督徒团契教堂研习《圣经》，他从摩西五经中的《创世记》学起，一直学到《圣经》正典中最后一部由使徒约翰执

① 《心爱的天使》。

② 《马太福音》第七章：12。

③ 参见网站www.expectingrain.com。

笔的《启示录》。在《约翰福音》中，他发现了一处段落，可为“重生”运动信徒们的行为提供依据。犹太公会（即犹太立法议会）的成员法利赛人尼哥底母前来聆听耶稣的教诲。当谈到如何进入神的国度时，耶稣阐释道：“我实实在在地告诉你，人若不重生，就不能见神的国。”尼哥底母反问道：“人已经老了，如何能重生呢？岂能再进母腹生出来吗？”耶稣回答道：“我实实在在地告诉你，人若不是从水和圣灵生的，就不能进神的国。从肉身生的，就是肉身；从灵生的，就是灵。我说，‘你们必须重生’，你不要以为稀奇。风随着意思吹，你听见风的响声，却不晓得从哪里来，往哪里去；凡从圣灵生的，也是如此。”①

“重生”的确切含义是什么？《约翰福音》使用了希腊语中的“Guénétéanotèn”一词来描述这一过程，它的字面意思是“从天而生”，言下之意即由上帝而生。因此，重生应当是一种灵性上的改变，如果一个人表明对救世主耶稣的信仰，他便作为上帝之子获得了重生，而非父母之子。耶稣会叫一切信他的都得永生。

在与耶稣相遇，意识到他的爱，接受他的力量后，个体便获得了重生，涤净了一切罪恶和不幸，以前的那个人已经不复存在。于是，需要重新学习如何生活。据迪伦所说，这个学习的过程并不简单：“重生是一件艰难的事情。您是否曾见过母亲如何生下孩子？痛苦不言而喻。我们不喜欢抛弃已经习惯的态度和情结。皈依宗教需要时间，因为学会走之前，要先会爬。在学习吃肉前，要先学会喝奶。我们重生后，就如同一个婴孩。婴孩对世界一无所知，当我们重生时，也是如此。我们对这个世界十分陌生，一切都要从头学起。于是，上帝出现了，告诉我们应当知道的一切。”②

不久后，迪伦在接受新西兰记者卡伦·休格的采访时，再次谈到了上帝的召唤，同时还说起大部分人不愿听从它的原因：“我觉得耶稣基督一直在召唤我。当然，我是如何得知的呢？的确是耶稣基督在召唤我。我从前一直以为那会是一个容易辨别的声音。其实，耶稣基督向所有人发出了召唤，只是我们拒绝了它。

---

①《约翰福音》第三章：3-8。

②《新西兰自治领报》，1980年5月21日。

我们不愿听到它，仅此而已。我们认为它会给我们带来不幸，它会令我们做出违背个人意志的事情……但上帝有他自己的境域，有属于他的时间。对一切事物皆是如此。他知道我何时会回应他的召唤。”[①]

面对这种对真相的抵抗，迪伦不断地试图令那些盲目之人睁开双眼。三年间，他做了此前一直拒绝去做的事情——向听众宣讲布道。1979年4月20日至5月11日，他录制了年初学习《圣经》时创作的几首歌曲。这几首近乎祷告的歌曲毫不掩饰地表明迪伦已经皈依基督教，他不顾一切地想要捍卫他的信仰：

> 我相信你，虽然我势单力孤
> 噢，即便我的朋友们疏远我
> 噢，即便这会让我没有退路
> 我知道我能挺住
> 因为我相信你[②]

迪伦一心要和他的听众分享这一神启。“你们什么时候才能觉醒？”他愤怒地问道。在另一首歌中，他又扮演起了讲道者的角色，劝导每个人都服从于主的意志。他在下面这首歌中预示了基督再临：

> 将你的王冠扔在染血的土地上，摘下你的面具
> 他看到你的所作所为，他在你宣之于口前便知道你的所求
> 你还能继续篡改和否定现实到何时
> 世间人类所知的一切计划，他都毫不关心
> 他有办法建立起他的权威

---

① 《新西兰自治领报》。

② 《我相信你》，《歌词：1962—2001》。

当他再次降临[①]

由于担心关于耶稣的预言过于激进而招致评论界和某些歌迷的批评，迪伦原本打算让合唱团中的另一位女歌手，也是他未来的妻子卡洛琳・戴尼斯[②]来演唱这些歌曲，他本人只匿名担任制作人的角色。“我不希望和这些歌扯上关系，”他对传记作家克林顿・海林说道，“我不想自己唱这些歌，因为我知道这可能招来骂声。这也就意味着更多的压力。我当时不希望发生这样的事情。”[③]而最终他还是决定亲自演唱这些歌曲，因为他坚信应当坚持将入教的步伐走到最后。“我是上帝的信徒，”他清清楚楚地说道，“所以，如果我的歌迷追随我，他们也会间接成为上帝的信徒，因为我只唱上帝赐予我的歌曲。”[④]

为了宣布“好消息”（“福音”一词的最初含义），福音音乐这种形式成了迪伦的不二之选。福音音乐是美国黑人发明的一种宗教音乐，时常被用来表达对宗教的虔诚。抱着这种想法，迪伦联系了制作人杰瑞・威克斯勒（1917—2008年），后者曾在亚拉巴马州马斯尔肖尔斯市的录音室中为许多知名灵歌（福音音乐的世俗形式）歌手录制过唱片，如阿雷萨・富兰克林、山姆&戴夫和威尔森・皮科特。除此之外，他还邀请了两年前成立的英国“困境”乐队的知名吉他手马克・诺夫勒前来助阵。

马克・诺夫勒完全不知道他即将演奏的乐曲中包含宗教元素。当录制了几段纯乐器演奏的乐曲后，他赫然发现所有歌曲都与上帝有关，这令他感到十分为难，但还不至于到抽身离开的地步，因为对他而言，鲍勃・迪伦算得上一位导师。至于威克斯勒，他是个见多识广的老手了。但当他发现迪伦试图说服他皈依基督教时，他变得怒不可遏。“我和迪伦本来打算在马斯尔肖尔斯录制唱片，但我们最终还是决定在他居住的洛杉矶进行筹备。也就是那时，我才知道这些歌曲

① 《当他再次降临》。

② 1986年，迪伦和戴尼斯秘密结婚。夫妇二人育有一女：德斯蕾・加布里埃尔・戴尼斯・迪伦。

③ 《鲍勃・迪伦传：树荫背后》。

④ KMEX电台（亚利桑那州图森），1979年12月7日。

讲了些什么：‘重生’基督徒以及‘啦啦啦’的副歌。流浪的犹太人意图恢复上帝的灵，我欣赏鲍勃对我展现出的这种讽刺。但当他开始向我宣讲福音时，我才意识到他已经走上了‘重生’基督徒的道路。我对他说：‘听着，鲍勃，你正在向一个不信神的六十二岁犹太人布道。这不会有任何结果。咱们还是老老实实地录唱片吧。’”①

1979年8月，专辑《慢车开来》正式发行。精良的制作、高水平的乐手以及真挚、充满力量的歌词令这张专辑广受好评，某些报纸甚至认为这是迪伦自《血与迹》之后最好的一张专辑。《滚石》杂志毫不吝惜赞美之词，杰恩·温拿以充满诗意和洞察力的笔触写道：“鲍勃·迪伦又有了急于分享的东西，要唱给人们听。他重返可能之国、命运之境和不可思议的复苏之地。《慢车开来》建立在一系列艰难晦涩的变化累积上，历时良久才最终诞生，它承载着一种严密的观点，这种观点来源于激动人心、突如其来地进入超验状态。这就是它如此令人无法抗拒的原因。迪伦的新歌展现了力量与简洁，歌词可以和先前的经典曲目相媲美。他的用词充满艺术的模糊性……迪伦将末世论观点和《圣经》的象征主义与构成了他作品根基的抗议歌曲或‘醒世歌曲’完美融合。我们还能辨认出那些曾在他先前创作的乐曲中出现的人物和幽默：小偷、富人和穷人。虽然银行家替代了侏儒，但房东始终都在……”②

迪伦没有受到批评的影响，他坚持将《慢车开来》的歌曲搬上舞台。1979年10月18日，迪伦在电视节目《周六夜现场》中试探性地唱了三首出自新专辑的歌曲。两周后，他在旧金山（加利福尼亚州）的福克斯战场剧院剧场开启了“福音之旅”的首演，这次漫长的巡演总共包含十四场演唱会。演唱会一开场，观众便惊呆了：相较于娱乐表演，这更像是一场以演奏或歌唱的方式进行的布道。幕布拉起，女歌手雷吉娜·哈维斯拿起话筒，喋喋不休地宣讲基督教信仰。随后，女歌手海伦娜·斯普林斯也加入其中。钢琴师泰利·扬与妻子蒙娜丽莎·扬合唱了

① 参见《杰瑞·威克斯勒谈鲍勃·迪伦的〈慢车开来〉》，www.youtube.com。

② 《滚石》杂志，1979年9月20日。

《我见到了主》和《啊！自由》等六首经典福音歌曲。

短暂的幕间休息结束后，迪伦和乐手们入场演唱了十七首歌曲，其中大部分出自专辑《慢车开来》，此外还有一些尚未录制的歌曲。这正是关键所在：迪伦决定在这次“福音之旅”巡演中跳过那些大众熟知并期待的世俗歌曲，而只专注于宗教歌曲。某些评论家认为这一决定不可原谅，他们的文章时常摆出一副要和迪伦算账的架势。这些中规中矩的演唱给迪伦留下了苦涩的回忆：“有人评论说完全不明白支撑起表演的那些概念，于是他写了一篇反迪伦的文章。无论如何，虽然他说曾经很欣赏我，但我认为并非如此。其他许多人也写过类似的东西：‘过去，他改变了我们的生活，而如今，他如何做到这一点？’但事实上，这只是一个借口。他们的期待值过高，没人能够满足。连他们自己都无法满足，所以才会寄希望于他人。我不介意对我的批评，但极深的个人恩怨除外，因为那是另外一码事。巡演似乎从第一天起就被评论葬送了。这篇文章影响了大家的判断，而且还被巡演之处的报纸不断转载，以至于人们在售票前读到文章，便决定不去看演出了。”①

如同十五年前转向电子音乐一样，迪伦再次与大众逆向而行。在“福音之旅”的大部分时间里，虽然媒体提前披露了演唱会的宗教性质，但观众仍不停地要求迪伦演唱以前的老歌，从《答案在风中飘荡》到《像一块滚石》。哪怕是面对观众的嘘声，迪伦也从不妥协。他像是被赋予了一项使命，仍旧坚持只唱基督教歌曲。“我很清楚为什么这会让他们抗拒，”他谈起观众的愤怒时说道，“因为在主走进我的生活前，我同样对宗教一无所知……人们想听老歌，但那些歌没法拯救他们。他们可以整夜扭动身体，但这毫无用处。我自己也喜欢那些老歌，但当我再次听到时，我惊讶于当时是如何写出和唱出它们的……”②

《启示录》又名《约翰默示录》，使徒约翰在书中预言了末日的到来，这是人类进入神的国所必经的阶段。末日来临的紧迫感萦绕着耶稣所有的布道说教。

① 《自传》。

② KDKA 电视台，1980年5月15日。

在“重生”基督徒看来，基督（希腊语意为“默西亚”）再临人间，一系列灾祸也随之而来，为建立神的国与新人类的诞生拉开了序幕。在这个意义上，迪伦视耶稣基督为救世主，完全没有背弃犹太人身份，反而履行了一个犹太人的责任。在哈尔·林赛的《消失的伟大地球》中同样能见到这种预言性的末世论观点，这本书是20世纪70年代的畅销书，也是“重生”基督徒们的床头书，迪伦为传播福音，从中汲取了不少灵感。林赛曾说过，由于犹太人民重回以色列，《圣经》中的预言，尤其是以西结、丹尼尔和约翰的预言即将实现，耶稣将在此后四十年间降临人间（最迟在1988年）。

起初迪伦冷淡又疏远，他在“福音之旅”巡演过程中逐渐习惯和观众直接交流，他和观众谈论宗教，向他们预言即将到来的凄惨未来。于是，1979年秋的演唱会上，他发出了这样的示警：“大家都知道，我们正朝着时间的尽头走去……《圣经》写道：‘你该知道，末世必有危险的日子来到。因为那时人要专顾自己。’看看中东的局势吧，人们正在走向战争。我曾对你们说：‘时代变了。’这就是当下发生的事情。我曾说答案‘在风中飘荡’，而事实上也的确如此。现在我对你们说耶稣再临人间，这就是真相。这是我们获得救赎的唯一方式。耶稣降临人间，为了在千年内于耶路撒冷建立起神的国度。”

巡演中反复出现令人不安的预言，再加上《启示录》的意识形态通常与极端反动右派的伪神秘主义错乱观念联系在一起，加剧了迪伦与听众间的隔阂。如同1966年在演唱会上被指责为犹大时一样，冗长的福音说教惹恼了观众，他们再次向迪伦发出愤怒的斥责。虽然饱受诟病，但迪伦依然毫不动摇，他像对待撒旦的帮凶一般回击他的反对者们。在亚利桑那州坦佩市举行的那场乱哄哄的演唱会上，他说道：“嗯，今晚的观众相当缺乏教养。你们知道怎么干那些真正缺乏教养的事。你们知道敌基督的思想[①]吗？有人听说过吗？啊，敌基督的思想在这一刻被释放出来了……你们回去和老师们讨论一下我说的东西。我知道你们接受教育得付出不小的代价，但或许你们还是应该接受一下教育。”

---

① 此处暗示《启示录》。

“福音之旅”巡演开始于1979年11月，1980年5月21日在俄亥俄州的代顿落下帷幕，在美国和加拿大各地总共举行了近八十场演唱会。虽然引发了不小的争议，媒体也进行了颇多负面报道，演唱会仍旧场场爆满。但迪伦的形象在不断恶化，一部分听众，尤其是那些对60年代的迪伦颇为怀念的老乐迷，他们觉得自己受到了欺骗。迪伦似乎对信教带来的负面影响毫不在意，他在第二张带有宗教意味的专辑中重申了对耶稣的信仰。1980年2月，迪伦利用“福音之旅”巡演中短暂的间隙，在马斯尔肖尔斯市的录音室录制这张名为《得救》的专辑。迪伦和乐手们在巡演途中不断完善《得救》中的歌曲，这些为他伴奏的乐手显然已经筋疲力尽了，他只用了短短四天就完成了专辑的录制，恶毒的诽谤者则批评他“敷衍了事”。评论界对《慢车开来》给出了比较积极的评价，但几乎一边倒地对《得救》加以抨击，作为迪伦忠实支持者的《滚石》是唯一试图“拯救”它的杂志。批评或许是因为迪伦给人留下了原地打转的印象，只会一首歌接一首歌地反复诉说着对救世主基督的感激之情：

是的，我是如此幸福
我是如此幸福
我想要感谢你，主
我只想感谢你，主
谢谢你，主[①]

1981年，迪伦“缓缓”走出那段曾令他得罪许多支持者的狂热基督教时期，逐渐在现场表演和唱片的宗教歌单中重新加入世俗作品。同年春，迪伦放弃亚拉巴马州，转而在洛杉矶录制唱片，这就是后来被人们称为“基督教三部曲”中的最后一张唱片。相较以往，这张转型期的新专辑标志着一次明显的变化，不仅因为宗教元素消失不见了，还在于迪伦似乎将宗教融入了个人世界，而非一再说服

① 《得救》。

听众选择和他一样的道路。专辑同名歌曲《爱的子弹》如实地反映了这一观点。他用简单质朴的歌词讲述了情感和心灵历程，十七次提到了他当下的期待与诉求："我需要爱。"这句话是对谁说的？他又需要怎样的爱？与《慢车开来》和《得救》中的一语道破不同，迪伦刻意不揭开谜底，他的渴望可能是向上帝发出的，也或许是向某位女性发出的。为了令歌曲显得更加扑朔迷离，他运用了"注射"这一隐喻，在歌曲最后建议他所求之人像医生那样为他注射一针爱的药剂。迪伦对这首歌投入了大量的心血，不久后，他在谈到这首歌时说道："音乐的目的在于提升和启发灵魂。那些关心鲍勃·迪伦近况的人应该听听《爱的子弹》这首歌。这是我最完美的歌，它定义了我在精神上、音乐上、情感上以及其他领域的位置，它展示出我对何人抱有好感。所有东西都包含在一首歌里。"[①]

从许多方面来看，专辑《爱的子弹》构成了迪伦的一幅自画像。从皈依宗教的欣快感中醒悟过来后，迪伦带着自己的积习、痛苦与希望，毫不掩饰地描绘这幅画像。在取材于《罗马书》的《死人啊，死人》一歌中尤为明显，迪伦展现出了一种自我贬低的恶俗趣味：

> 一个堕落的灵魂高声说出毫无意义的话语
> 紧抓古怪的誓言不放，中途夭折幻灭
> 从来没有能力去分辨善恶
> 噢，我再也无法忍受，我再也无法忍受

迪伦在专辑的最后一首歌《每一粒沙尘》中把这种自省之意推向极致。与以往的习惯不同，这次，他将目光投向了过去：

> 经历深夜苦痛，我从乞丐变成了富翁
> 夏梦暴虐，冬阳冰冷

① 《音乐随身听》，1983年。

在了无痕迹的孤苦乱舞中

更在每张旧日容颜的童真碎片中

“这或许是他最杰出的作品，”传记作家克林顿·海林极富诗意的评价令人印象深刻，“对一系列的尝试加以概括来表达赎罪承诺对他本人的意义。这是他最具个人风格，同时也是最能引起共鸣的一首歌。”①

《莱尼·布鲁斯》这首歌在《爱的子弹》这张以迪伦为主的自传体专辑中显得格格不入，它的出现令人颇感诧异。这首歌是为纪念一位名叫莱尼·布鲁斯的酒吧演员而创作的，他那过激的幽默和粗俗的语言在当时引起了公愤。在与美国司法部门发生多次争执后，他不明不白地去世了。迪伦和莱尼·布鲁斯并不认识，二人只在纽约共乘过一次出租车。迪伦在歌曲中将他塑造成一位殉道者，因为说出真相而失去生命。布鲁斯的命运肯定令迪伦联想到了基督，甚至预示了他本人的命运。然而，在这张宗教气息依旧十分浓郁的专辑中，《莱尼·布鲁斯》的主要作用在于将迪伦重新引回世俗歌曲的世界。随后举行的美国和欧洲巡演（1981年11月21日）也印证了这一趋势，宗教歌曲和世俗歌曲在巡演歌单中交替出现，《我信上帝》紧挨着《像一块滚石》，《人为万物命名》接着《麦吉的农场》。迪伦似乎又和他“重生”前的生活握手言和了。

录制《爱的子弹》专辑时，迪伦曾邀请林格·斯塔（原披头士乐队成员）和罗恩·伍德（滚石乐队成员）共同演绎《我的心》这首歌。迪伦在乐手和歌手间很有威望，或许是为了不走老路，此后他和流行乐与摇滚乐大咖们的合作愈加紧密。迪伦曾试图说服戴维·鲍威、弗兰克·扎帕和埃尔维斯·科斯特洛与他合作，但无功而返。最终，迪伦再次找到了马克·诺夫勒，后者身兼吉他手和艺术总监双重角色，帮助迪伦制作了《异教徒》这张专辑（1983年发行）。《异教徒》也被视为迪伦“后基督教时代”的首张专辑。

耶稣的存在与福音预言始终贯穿《慢车开来》《得救》和《爱的子弹》这三

① 《鲍勃·迪伦传：树荫背后》。

张专辑，《异教徒》则出人意料地重新回归犹太教，歌词中不乏对《旧约》的暗示，尤其是大卫王，“一位在月光下书写诗篇的正直国王”（《我和我》）。迪伦在专辑中忠于他的民族根源，忠于前年因军事入侵黎巴嫩（“加利利和平”行动）而饱受指责的以色列。他为此创作了一首针砭时弊的歌曲，却将犹太复国主义表露无遗，他为被敌人诋毁成“流氓国家”的以色列发声：

他连活着都要受人批评，受人谴责
不允许他反抗，他本应扛下这一切
当人们闯入他的家门，他本应躺下，等待死亡
他就是邻居恶霸[①]

《异教徒》令评论界眼前一亮，他们对迪伦这次在宗教信仰上的新转变一头雾水。是什么让迪伦做出了这次出人意料的调整？“我从来没说过我是‘重生’基督徒，这只是媒体使用的一种表达方式。我从不认为自己是不可知论者。我始终觉得存在一种至高无上的力量，觉得这不是真实的世界，另一个世界即将到来。”[②]我们能否根据上述言论得出迪伦已经放弃基督教信仰的结论？某些人对此确信不疑，尤其是当90年代，迪伦与卢巴维特奇哈西德运动[③]保持密切关系的时候。现实情况或许更加复杂。最有可能的是，迪伦将自己的精神生活暴露在公众的视野中后，将自己的才华投入到“重生”基督徒的事业后，将艺术信誉置于险地后，决定在这一主题上谨言慎行，甚至一言不发。此后，他不再声称自己属于某个特定的宗教派别，他更愿意让人们以为他将所有外在影响融合起来，锻造出了属于他自己的信仰。1997年，罹患组织胞浆菌病（心脏感染）的经历令他与死神擦肩而过，他开始对所有教条主义表示出怀疑态度：“你们想知道我对宗教的态度。这就

① 《邻居恶霸》。
② 《滚石》杂志，1984年6月21日，科特·罗德访谈。
③ 哈西德运动是一场犹太教复兴运动，18世纪时兴起于波兰。

是事实真相，毫不掺假：宗教情感和哲学思想我都可以在音乐中找到，我不会到其他地方去寻找。我不会加入拉比、传道者、福音传教士和其他群体中。我在歌曲中学到的东西比在其他任何地方学到的都要多。”[①]

虽然迪伦与神职人员刻意保持着距离，但70年代成为“重生”基督徒的这段经历还是给他留下了深刻的印记。2012年9月，《滚石》杂志记者米卡乐·吉摩尔拜访七十一岁的鲍勃·迪伦。在交谈中，迪伦起身找来一本名为《地狱天使》的书，递给了吉摩尔。作者索尼·巴格在书中讲述了一位西海岸地狱天使鲍比·齐默曼之死，主人公是在1964年发生的一起摩托车事故中丧生的。对迪伦而言，毫无疑问，当两年后他本人也遭遇摩托车事故时，这位同名者的灵魂早已转移到他的身躯中。吉摩尔一脸惊愕，他试图理解迪伦所说的话。迪伦向他解释说，这是一种十分著名的现象，福音书称其为“显圣容”[②]。换句话说，迪伦经历了人们口中所说的“重生”。他从1966年7月起，变成了另一个人。迪伦于是向吉摩尔说道：“当您向我提出某些问题的时候，您其实是在问已经死去多时的另一个人。然而，人们总将错误怪罪到我身上。我经历了许多事。耶稣显圣容可以使人消除混沌，跨越阻碍。正因如此，我才能继续做我应做之事，创作、演唱，一路向前。”[③]这些荒诞古怪的言论证明，迪伦从未放弃过基督教信仰。

---

① 《新闻周刊》，1997年5月10日，戴维·盖茨访谈。

② 参见《马太福音》第十七章：1-9，《马可福音》第九章：2-9，《路加福音》第九章：28-36。显圣容是指耶稣在与摩西和以利亚会面时改变容貌并且发光的事迹，三部福音书中均有记载。

③ 《滚石》杂志，2012年9月。

在舞台上，我已经存在了很久。我还会继续存在下去，直至另一个人到来……我会一直唱，直到最后一丝火光熄灭之时……我找不到任何想坚持却无法坚持的理由。

（《摇滚快报》，1978年）

坚持到底

“回想过去的十年，我感到失败，疲惫不堪。很多时候，我在演唱会开始前走近舞台，都会惊讶地发现，我没有遵守自己的诺言。巡回演出这台庞大的机器不停运转，逼得人喘不过气来，几近窒息……有个人在我身上消失得无影无踪，我需要找到他。我曾经试图强行把他拉出来，但是没有用。我感到绝望，一无所有，我走到了穷途末路。太多干扰聚集在我脑海里，难以去除。”二十年后，迪伦在他的自传《鲍勃·迪伦回忆录》里写下这些文字。拉开了这段时间的距离，他便能以冷静的姿态清晰地描述自己在80年代中期经历的深刻危机。在漫长的艺术生涯中，这几乎是迪伦第一次在灵感和创造力上遇到瓶颈。他第一次发觉自己已经无法创新。更糟糕的是，他与自己的歌丧失了联系，就连那些最著名的歌曲，他都不再能理解其中的歌词。

不过，迪伦虽然感到灵感枯竭，却仍旧继续发专辑，到各地演出，几乎是习惯使然。对迪伦洞察得细致入微的人之一，美国记者格雷尔·马库斯这样分析：“他签了合同，有义务，即便这段时期对他来说乏善可陈，没有任何内部需求推动他发布新内容，各种各样的原因也促使他必须出书、出专辑、拍电影。有时，他自己的声音反而成了他的障碍，成为阻止他前行的拦路虎。艺术家对自己说：‘以前，我有话要说，那些话非说不可。但如今，情况已经不同了，我不在乎了，没有什么一定要说的事情。但我也不会做任何别的事，唱歌是我的职业、我的存在方式，所以我选择继续，也许继续下去，灵感的火花还会重新点燃。’……灵感危机是很常见的现象。许多乐队或歌手一旦没有任何东西要表达，就从此销声匿迹了。当情感上的意义消失时，公众就不再对艺术家感兴趣，艺术家对公众亦然，而后他们就渐渐淡出公众视野。很少有人能在一生中始终保持充沛的创造力。”①

专辑《烂醉如泥》中的八首歌就是这种灵感枯竭的标志。这张专辑录制于1986年春季，其中三首歌是翻唱，还有三首是与他人联合创作（其中《布朗维尔的姑娘》是与山姆·谢泼德合作写成），其余两首是迪伦独自创作。在以往的专辑中，除了1970年令人遗憾的《自画像》之外，从未出现过这种情况。60年代的迪伦可以在一天之内一气呵成写出十首歌，如有神助，而今这样的他似乎已不复存在。正是在那段时期，迪伦写出了他最伟大的作品——《手鼓先生》《约翰娜的幻觉》《荒街》——而后，灵感中涌动的诗意就逐渐消失了，他不得不学着用另一种方式有技巧地写作。“不刻意地写作就意味着跟随最初的直觉，而这挖空了我的心思。我脑子里什么都没有了，空无一物。”1978年，他这样向乔纳森·科特袒露心声，“我发现，有意识地写作是更明智的选择，这样写出的作品更有力度。”②

迪伦知道这种按部就班进行写作的意愿会消磨他的灵感，因此总是谨慎地对所有歌曲的灵感来源缄口不言。“我不会写一个特定的主题，”他说，“我不知道这些歌曲从哪里来。有几次，我想到的是我人生中的一段时期。所有这些歌曲，我都应该切身经历过，因为有时我也不清楚我写的主题。时隔数年，在我看来，它们才逐渐清晰起来。”③

虽然有意识的写作取代了半自觉的写作，但迪伦总是能够成功创新，至少

① 法国《摇滚杂志》，2013年11月。

② 《滚石》杂志，1978年11月16日。

③ 《摇滚快报》，1978年4月1日。

有所进步。但是，到了80年代中期，迪伦感到灵感开始消退。他平生第一次需要“迫使”自己创作。在这一时期的一些采访中，迪伦偶尔会提及这一点。“我睡觉的时候，有些东西会从脑海里闪过，我就把它们记下来。我写歌，是因为我需要有歌可唱。有时候很痛苦，我要花几天几夜的时间，兜兜转转，试着完成一个文本，找到合适的词句，我没法信手拈来。创作总会有高潮和低谷。60年代末，我改变了（我的写作风格），然后70年代末，又有变化。我不认为80年代末还会是这样。现在这个时候，我已经厌倦了改变。”①

1985年，迪伦又和作家比尔·弗拉冈纳详细谈起了这种“完成一个文本”的困难：“写歌最难过的事情在于，当我们找到了一些真正好的东西时，把它们放下一段时间，重回文本的时候，我们相信最初的灵感始终都在那里。就是在这个时候，应该有意识地深入分析灵感，才能明白它到底是什么。一般来说，有一部分内容很好，另一部分不那么好。而最终，后者总是把前者消磨得干干净净。”

迪伦大约从1961年开始创作自己的歌，他曾说，这是因为当时没有他想听的歌。三十年后，或许是为了解释自己在写作新歌方面的困难，他对写作的必要性抱以完全相反的态度，悲观地承认：“这个世界不再需要歌曲了。现在的歌已经足够，甚至太多。事实上，如果从现在开始没人再写歌了，这对全世界而言也算不上什么不幸。就算我们给地球上的每个男人、女人和孩子各寄去一百多张唱片，也永远不会有重复。现在的歌够多了。除非有人带着一颗纯洁的心降临，有什么话要说……”②

当成功、财富和舒适的状态逐渐冲昏人们的头脑时，如何保持本真，找回最初的这颗“纯洁的心”？任何艺术家都会被问到这样的问题，迪伦的回答是：调整状态，把自己置身于能激发创造力的情景中。“环境对我来说很重要。我有许多歌是在日落之后写成的。我喜欢暴风雨，喜欢在暴风雨中独自站立。我经常陷入沉思。”③“环境会让我内心的一些有价值的东西显现出来，需要屏息凝神，

① 《摇滚的孩子》，1984年6月30日。

② 《谈谈歌曲》，1991年，保罗·佐罗访谈，收录于《鲍勃·迪伦访谈录》。

③ 《纽约时报》，1997年9月28日。

静静思考。我的写作不能说是依靠感觉，我不写谎言。这一点是有明证的：许多人说‘我爱你’时，其实是口是心非。所以，爱情可以产生许多歌曲，可能比其他主题要多得多。不过，我不想让爱情对我的歌曲产生某种影响，就像爱情无法影响查克·贝里、伍迪·格思里或者汉克·威廉姆斯的创作。他们的歌不是爱情歌曲，那样归类是对他们的贬低。他们的歌源自生命之树。”[①]

迪伦自己创作歌曲，灵感的丧失显然会对他在舞台上的行为产生影响。在音乐会上，他多数时候显得与同伴缺乏默契，似乎总是分心。“在一场演出之前，我总会有些游离的感觉，通常在一两首歌后才能醒来，有时需要更长的时间。有时候，这种状态甚至持续到返场。这与乐手们不无关系。我曾经与很笨拙的乐手合作过，我不得不与他们一直争执到演出结束。这样就很可笑了。”[②]更严重的是，迪伦的声音一直是他出色的资本之一，而今由于缺乏动力，他的唱功也大不如前。格雷尔·马库斯评论说：“这些年来，这个声音失去了感染力，失去了曾经的细腻和表现力，它的色彩日渐单调，不再那样富于变化，无法再将每个词都变成振聋发聩的诘问，或者时时都能把一首歌演绎得捉摸不透，也不再能阻止他人简单化的解读。原因很简单：在很长一段时间里，迪伦不再信仰他所唱的东西，他知道他的歌曲不过是一些幌子，没有必须存在不可的理由。所以，他在毁掉他的歌，创作变差了，唱功自然也不会好。”[③]

1986年，迪伦在将要停止唱歌之际做了最后一次尝试，试图通过招聘知名乐队为他伴奏来走出泥潭。从2月开始，他与汤姆·佩蒂和“没良心”乐队合作，在新西兰、澳大利亚和日本举办一系列演唱会。这次名为“忏悔之旅”的巡演令人大失所望。汤姆·佩蒂1950年出生于佛罗里达州，是听着迪伦黄金时期的歌长大的一代。1976年，汤姆·佩蒂和“没良心”乐队发行了第一张专辑。他们与鲍勃·西格和布鲁斯·斯普林斯一样，也属于中心地带摇滚流派，追求回归最初纯粹朴实的摇滚，远离70年代初音乐的繁复矫饰。

---

① 《谈谈歌曲》。

② 《西木一广播》，1984年11月19日。

③ 法国《摇滚杂志》，2013年11月。

迪伦与这支乐队相遇时，正值后者顺风顺水的时期，因此迪伦希望他们能够帮助自己重整旗鼓。乐手们都对迪伦的歌谙熟于心，热心地建议他试着在巡演计划里加入几首老歌。这个建议使迪伦感到恐慌，再度陷入江郎才尽的悲伤中。“我自己的歌对我来说变得陌生了……我还能唱的不过二十多首，其他歌都太神秘，仿佛有隐流穿过，晦暗不明，我难以改变它们……镜子转向我，我看到了未来——一个老演员在见证了他无限荣光的剧院门口翻捡垃圾。”[①]

尽管在艺术上萎靡不振，迪伦还是在佩蒂和他的乐队的鼎力相助下，在1986年2月至1987年10月期间举办了至少九十场音乐会，几乎所有大陆都有他的身影。“我告诉自己，没有多少人是来听我唱歌的，”他坦言，“他们是来听汤姆·佩蒂和‘没良心’乐队的。从前，我的演出都是靠我的名字在撑场面。我的名字和声誉，这就是我的所有。我像是得了某种健忘症……我感觉我已经不知道曾经舞台上的我是谁了。”[②]在这段时期里，1987年夏天时，他做了另一项尝试，一连六场演唱会都与另一支名为“感恩而死”的乐队合作，后来他从中选择了一些歌曲，制作成《现场》专辑。“感恩而死”是一支1965年成立于加利福尼亚的迷幻摇滚乐队，和汤姆·佩蒂的乐队几乎毫无关联。与前者合作是一段超出所有计划的插曲，清晰地反映出迪伦正处于何等艰难的境地。不过，他们仍有一个共同点，就是都欣赏60年代的迪伦。1987年6月，迪伦来到旧金山北部的圣拉斐尔，与这支他从未合作过的乐队排练。然而，最令他惊讶且不快的是，他正打算再度演绎他一年多来与汤姆·佩蒂辛勤工作的成果，“感恩而死”的队长杰瑞·加西亚却建议他回顾一下全部歌曲，唱一些以前很少在舞台上唱的歌。

这可把迪伦吓住了。该如何向乐队解释，他们要他唱的歌已经从他的记忆中消失了？迪伦走投无路，只有一个办法：逃跑。他以有东西落在了酒店房间为借口，飞快地离开了排练地点前端俱乐部，打算永远不再回去。他绝望地在街上游荡，漫无目的。正深陷迷思之时，他听到远处传来一段熟悉的旋律。他立刻打起

① 《鲍勃·迪伦回忆录》。

② 《洛杉矶时报》，1997年12月14日，收录于《鲍勃·迪伦访谈录》。

精神，循声而去。

这是一家普通的酒吧，在美国的小城镇里极为常见。像是被一块磁铁牢牢吸引住似的，迪伦走进去，点了一杯金汤力。在酒吧角落里的一个小舞台上，一支只有贝斯、钢琴、架子鼓的小爵士乐队正在演奏。舞台中间，一个不再年轻的歌手衣着优雅，正唱着普通的大众歌曲。吧台上的迪伦目不转睛地看着他们。

这个不知名的歌手投来的视线仿佛按下了一个开关。“突然，没有任何预兆地，这个人在我的灵魂中打开了一扇窗。他好像在对我说：‘你也应该这样做。’……我心想，我从前就是这样的呀。当然，那是很久之前的事了，但它自然而然地出现了。在那以前，没有人教过我。怎么能把如此简单、基本的方法都忘记了呢？”①

刹那间，迪伦明白了该如何弥补这种断裂。为了找回他一路走来丢失的东西，他要从头开始，回到原点。这不是一朝一夕可以完成的事，但路线已经清晰起来。虽然老爵士歌手让他隐约看见的出路使他心中安定，但他还没有准备好将其付诸实践。那年夏天，迪伦最终还是完成了与“感恩而死”乐队的演出，而后便在9月5日与佩蒂和“没良心”乐队会合，继续进行自前一年开始的欧洲巡演。此后一个月，他尝试让那些歌曲复活，努力找回当初创作时的感觉和活力。他对达到目的的方法谙熟于心，这方法他已使用了多年：“要与曾经创作的东西保持联系，就必须铤而走险。要么它还是保持着原样，要么就相反。许多艺术家说：‘我不能再唱这些老歌了。’我能理解，因为现在的他不是当初写作时的那个他了。但是，归根结底，一个人始终是他自己，无法将过去的他从自身去除。所以，歌手始终可以唱这些歌，只要他能与当初创作这些歌的那个自己重新建立联系。”②然而，现在这个方法行不通了。迪伦必须经历一次致命打击，才能挣脱禁锢着他的枷锁。像朋友们用宗教譬喻的那样，让他“复活”。

10月5日，他在瑞士洛迦诺广场露天演出。这次也不例外，他机械性地演唱

---

① 《洛杉矶时报》，1997年12月14日，收录于《鲍勃·迪伦访谈录》。

② 《洛杉矶时报》，1980年5月21日。

着计划中的曲目，不加思考。演出进行到一半时，突然，仿佛情感的燃料耗尽一般，这架唱歌的机器停止运转了，口中再发不出一点声音。似乎是在无意间，他不再允许自己继续这种欺骗。“我真的领悟到了该如何重拾这些歌曲，用一些我以前从来没用过的方法。后来，在瑞士的一天晚上，我发现这些方法是不够的，我不得不马上找到另一种方法。那一刻，我改变了主意，对自己说：‘我可以的。’我意识到我可以毫不费力地做到。我可以每夜都唱歌，丝毫不感到厌倦。我可以用完全不同的方式来演唱。”①

在《鲍勃·迪伦回忆录》中，迪伦回顾了他艺术生涯的重生阶段。通过其中详细的叙述，人们就能明白从1988年起，他是如何改变了方法，同时兼顾歌曲和舞台。就在他日复一日地继续了无生气的巡演并准备退休时，洛迦诺广场演出一事使他如梦方醒，他决定，自己现在反而应该多出现在舞台上，尽可能多地在同一个场地演出，如果可能的话，一年三次都不为过。他要培养一批更年轻的新观众，不像老歌迷那样对曾经的自己只剩怀旧式的追忆。总之，他希望人们能够喜欢当下的他，而不是因为他已非曾经的迪伦而厌恶他。迪伦意识到这种转变需要时间，他知道自己又将面对经年累月的演唱会，但他丝毫不担心这种动力有朝一日会停止。

为了实现他的目标，他还必须从头到尾重新编排他的歌曲，旧瓶装新酒。为了让他的歌曲重新适应需求，找回唱歌的兴致，他需要改编旋律，遵循音乐高于歌词的原则。其实，他一直在做这项工作，但仅仅是表面上的改动，因此多数时候只是小修小补而已。而这次，他寻求的是一种更彻底的改变，需要改之有方。他的方法来自将近四分之一个世纪之前的记忆。

1964年，迪伦在向摇滚转型之前，在一家俱乐部里认识了罗尼·约翰森，一位30年代出道的黑人歌手和吉他手。约翰森1899年出生于新奥尔良，他同时掌握布鲁斯和爵士乐（曾与艾灵顿公爵合作演出）的行话，这在美国音乐人身上是极为罕见的。这位老乐手曾经抱着吉他向迪伦讲解一种转换方式：“我给你看一

① 《滚石》杂志，2001年12月22日，收录于《鲍勃·迪伦访谈录》。

些东西，有一天你可能会用到。”年轻的迪伦当然没有明白约翰森的意思，那时几个基本和弦对他来说已经够用，于是他很快忘记了这种当时看来毫无用处的技巧。

二十三年后，出于生存的本能，当时的场景又在他眼前浮现。他全神贯注地回忆，终于成功地复原了约翰森的方法，抓住了一根救命稻草。这个方法是纯粹数学性的，把流行音乐最常用的两拍转换为三拍。这种节奏变化的结果之一就是在旋律上打开了新的视角。

迪伦把这个模式应用到几乎所有歌曲中，有了一种彻底改头换面的感觉。他好像终于停止了不断重复的状态。渐渐地，他又开始写歌。他甚至想回到录音室，那个最终让他难以忍受的地方。“录歌让我觉得厌烦，”有一天，他如是说，“就像在矿场工作。最后，我们就不再往地下钻得那么深。但我们可以把自己一关就是几个月。然后，你觉得正确的内容不再正确，听着那些声音，你的世界就只剩下磁带……在那里，我从来没真正感到过自在。我第一次录音时，不过是走进录音室，录下我的歌，完成。那时的过程就是这样。这已经是过去的事了，如今我无法再这样做……必须在工作室待更长的时间。技术把一切都搞乱了。”①

除了录音方法之外，与60年代相比的另一个不同是，现在迪伦在来到录音室之前就已经对想要的东西有了相当明确的想法，汤姆·威尔森和鲍勃·约翰森曾经担任的制作人一角成了一个没有多少指导意义的助手。迪伦走出自我怀疑的阶段后，需要完全依靠一个能够帮助他创作的人。但是，应该找谁呢？爱尔兰U2乐队的歌手波诺向迪伦大力推荐他合作过的加拿大制作人丹尼尔·拉诺瓦。在他看来，拉诺瓦是一个能够为艺术家的作品锦上添花的魔术师。

迪伦与拉诺瓦的第一次见面是在新奥尔良，当时后者正为当地艺术家纳威兄弟制作唱片。一直以来，迪伦都很欣赏新奥尔良。“我有很多喜欢的地方，但新

---

①《西木一广播》，1984年。

奥尔良比其他地方更胜一筹……这座城市是一首长诗。”[①]为了向迪伦展示自己的能力，拉诺瓦给他听了纳威兄弟翻唱的《上帝与我们同在》[②]。这个改编的版本让迪伦印象深刻，于是他明白自己找对了人。然后，他坐到钢琴前，给这位制作人弹了几首已具雏形的歌。初次沟通十分顺利，他们约定之后再次见面。“我很喜欢拉诺瓦。他不会过分地强调自我，他很自律——他不会把一切大包大揽，他对音乐有着非凡的热情。如果说有谁天赋过人，那可能就是他了，我想他或许可以才思如泉涌。”[③]

几个月后，1989年年初，迪伦回到了新奥尔良，并在那里租了一间房子，与这位加拿大制作人一同制作专辑。拉诺瓦后来表示，他感觉自己对心目中这位“国宝”级人物担负起了巨大的责任。“我心想：‘鲍勃·迪伦这样的人需要的是什么？’他什么都有了，什么都完成了。他需要一个朋友和一个保护者……我想确保他的声音被有力地捕捉、真诚地传达，让人们比以往任何时候都更加认同它的伟大。我希望它的中心丰富、充实。这就是深藏在我脑海中的挑战。鲍勃是一个埋头苦干的人，他的生活中没有太多躲躲闪闪。他着手工作了。他明白，如果自己不开始行动，就更不要指望周围的人。我知道，我存在的意义只是把他所做的事变成现实价值，我就像他的音乐保镖。”[④]

迪伦与拉诺瓦合作发行了专辑《哦！慈悲》。从名称来看，它很像是一张与宗教有关的新专辑，然而如果这样认为，就大错特错了。即便这张唱片中不时会出现上帝的影子，它更多关注的也是现实生活而非精神修行。因此，在这张专辑较出色的作品之一《敲响钟声》中，迪伦意外地摒弃了他的尖酸刻薄，转而表达对不幸之人的同情，带着与1964年《自由的钟声》相仿的语气：

为这些盲人和聋子敲响钟声

---

① 《鲍勃·迪伦回忆录》。

② 《上帝与我们同在》是迪伦的第三张专辑《时代在变化》（1963年）中的一首歌。

③ Musicradar.com。

④ 同上。

为我们这些被遗弃的人敲响钟声

为消逝的时光，为哭泣的孩子在纯真死去时敲响钟声[①]

在《敲响钟声》中，拉诺瓦将他的才能展现得淋漓尽致。他懂得如何在歌手的声音周围创造空间，从而打造一种气氛，迪伦此前的歌曲从未经历过这种润色。拉诺瓦能够制作一个有价值的宝盒，这既需要感性，也需要技巧。因此，迪伦谈到这位制作人录制《敲响钟声》的方法时，不吝其赞美之词："丹完美地抓住了时机……这首歌从头到尾一气呵成。多亏有了他，这首歌才有了意义，整体效果热烈、和谐。"[②]

人们曾以为迪伦的辉煌年代一去不返，他自己就第一个这么认为。《哦！慈悲》证明了事实并非如此。在拉诺瓦的帮助下，迪伦似乎从灰烬中涅槃重生了。八年后，二人借专辑《时光慢慢消逝》之机再度相遇，这张专辑被批评家喻为"黄昏之作"。"这显得我像一个长期残废的人，或者在用带血的膝盖往前爬，"迪伦讥笑着说，"但从来都不是这样。"[③]"他的歌词有时被死亡占据，"他身边的拉诺瓦这样评论这张专辑，"许多歌都站在一个经历过多重人生的人的视角写成。我很佩服他能用如此锐利的眼光看待自己的人生状态……除了苦涩之外，我还在他身上感受到一种遁世之意，但同时也有内心的平静。"[④]90年代初，迪伦努力想续写《哦！慈悲》带来的荣耀，而这也证实了拉诺瓦确实对唱片的成功起到了关键作用。1990年，为自己交出了一张乏善可陈的专辑《红色天空下》后，迪伦似乎再次迷失方向，他又停止了写作。于是，他竭尽全力克服危机，又恢复了最初简单至极的模式：一人独唱，一把吉他，一只口琴。由于没有新的歌曲，他就从源头汲取灵感，录制了两张翻唱民谣老歌的专辑，即《还好遇见你》（1992年）和《疯狂的世界》（1993年）。在格雷尔·马库斯看来，这

---

① 《敲响钟声》，收录于《歌词：1962—2001》。

② 《鲍勃·迪伦回忆录》。

③ 《滚石》杂志，2006年9月7日。

④ 《世界报》，1997年10月15日。

是一个决定性的时刻，预示着2000年后迪伦创造力的回归："他转向了他在少年时期知道和发现的那些歌曲。他不得不对自己说：'我在1959年、1960年唱这些歌时，我想我和其他人一样，知道它们的含义。但现在我意识到，我从来没掌握过领会这些含义的关键。我太年轻了，无论是在旋律、态度还是写作方面，我都无法表现出这些歌曲深不可测的内涵。我唱这些歌，但一点也不理解它们。现在，我想让它们告诉我那些我不理解的事，唯一的方法就是再演奏一次，再唱一次。'因此就有了《还好遇见你》和《疯狂的世界》。迪伦的创造力就像患了二十五年重感冒，这两张专辑帮他清了清喉咙。喉咙清通了，感冒治愈了，他就一连创作出《时光慢慢消逝》《摩登时代》和《风暴》等多张专辑。迪伦的人生剧本动人心弦。这位艺术家丧失了写作和歌唱的理由长达几十年，而最终将它们重新找回。"①

2001年，回顾过去十年的波澜起伏，迪伦说他那时已经计划不再出专辑，要在舞台演出上倾注所有精力："我不想再录专辑了，我更喜欢亲自出现在公众视野中。显然，我要唱的歌足够多了。"②实际上，自1988年以来，他每年都在世界范围内举办超过一百场演唱会，一位记者称之为"不散的筵席"。迪伦在《疯狂的世界》的专辑内页里这样嘲弄道："不要被'不散的筵席'这种闲话迷惑了。我确实有过那么一段巡演，但它在1991年吉他手G. E. 史密斯离开时就终止了。它已经结束很久了，不过自那之后，还有更多其他巡演：'从不缺钱'（1991年秋）、'南部同情者'（1992年年初）、'为什么你们这么奇怪地看着我？'（1992年欧洲巡演）、'可怜的悲伤啜泣者'（澳大利亚和西海岸，1992年）、'良心爆发'（1992年）、'别让你的交易落空'③（1993年）等，以及其他数不胜数的巡演。"

是什么因素促使迪伦坚持巡演将近三十年，几乎把人生三分之一的时间都贡献出来？为什么他明明可以拉长演出的间隔，却偏偏安排得如此规律，按部就

① 法国《摇滚杂志》。

② 《滚石》杂志，2001年12月22日。

③ 名称取自弹班卓琴的歌手查理·普尔的歌曲《别让你爱的人失望》。

班？许多记者耗费笔墨探究迪伦内心的动机，对此，迪伦颇为不快地回答：“人们会把亨利·福特叫作永远的汽车制造商吗？有人说过艾灵顿公爵是一个永远在巡演的乐队队长吗？如今这个时代，人们能有一份工作是很幸运的事情，不论什么工作。也许这就是评论家们看到我拼命工作就感到不自在的原因。任何有职业的人都可以想工作多久就工作多久，这是他的权利。一个木匠、一个电工都是如此，他们不一定非要退休。”①

为了让“不散的筵席”作为一种生活方式存在下去，迪伦必须首先与三个方面和解：观众、歌曲和乐手。“我喜欢今天来听我唱歌的人，”1997年，他这样说，“他们不了解最初的我，但我对此很满意。这样我就不必遵照这张或那张专辑的原样来演唱。根据风向不同，歌曲每次在演唱时都会有所变化，尽管它们瞄准的最终目标是相同的。我需要知道我在唱一些真实的东西。我的歌与其他歌不一样。有的艺术家因声音和风格而获得成功，但我需要的是广度。我把歌曲正确地按照歌词唱出来就已经足够，之后它们自有其方向。”②

人们经常说迪伦与观众保持距离，甚至带着一种轻蔑的态度。这或许是因为他不是美国那种所谓的“艺人”，不会面向公众讲话，带他们唱歌并且要求他们拍手。在他看来，他的工作是自足的，不需要来自现场的参与。“我的歌曲是个人的音乐，不是集体的。我不想让人们和我一起哼歌，这很滑稽。我不是在营地的篝火前唱歌。我不记得有谁会跟着猫王、卡尔·佩金斯或小理查德哼他们的歌。要让人们感受到自己的情绪。一个舞台艺术家如果真正履行他的本职，自己是感觉不到一丁点情感的。”③

在永不停息的巡演过程中，迪伦在不同乐队身上成功找到了从前和乐队合作时的默契，在许多迥异的情况下都是这样。和迪伦同台不是一件轻松的差事，不仅要是出色的乐手，而且要具备很强的适应能力。法国吉他手弗雷迪·柯爱拉曾于2003年4月至2004年4月陪同迪伦演出，他这样说道：“迪伦是一个非常敏感的

---

① 《滚石》杂志，2009年。

② 《纽约时报》，1997年9月28日。

③ 《滚石》杂志，2012年9月。

人，创意丰富。他让我想起一个爵士乐手，他们有同样的方法和思维方式，希望乐手们表达个人的想法。我们要能读懂这种本能，并始终保持关注……在音乐方面，我们可以说他有些蹩脚，但我们无法想象他能分配给你多少工作。这是他的慷慨之处。他不是为了赚钱才和现在活跃在舞台上的乐手们一起工作。有时候，他不那么友善，比如当他的心情差到极点的时候，但这是我们应当承担的风险。这总比每天晚上只重复同样的内容要好得多。”[①]到了21世纪初，迪伦已经和他的乐手们打成一片，在后来的专辑中按部就班地起用他们，比如斯杜·金巴尔（节奏吉他）、多尼·海容（踏板钢棒吉他）、查理·塞克斯顿（吉他独奏）、托尼·加尼耶（贝斯）和乔治·李切利（鼓）的五重奏组合，迪伦称他们是他“有史以来遇到的最好的乐队”，在专辑《摩登时代》中就能听到他们的演奏。“当你每年都和一些人磨合上百次后，你就知道了他们能做什么，不能做什么，了解了他们的优点以及可以要求他们做的事……至于这张专辑，我没有教他们任何东西。现在，我乐队里的小伙子们面对任何事物都能即兴创作，他们让我自己都感到惊讶。”[②]

2006年《摩登时代》发行时，迪伦六十五岁。出人意料的是，这张专辑很快占据了畅销榜的头把交椅，这还是自三十年前的《欲望》之后的第一次。最令人惊讶之处在于，十几年来，录制专辑已经不再是迪伦的目标。对此，他这样解释：“从1997年的《时光慢慢消逝》起，我就开始为每晚来看我演出的观众录专辑。他们是彼此不同的人，有着不同的生活方式，年龄和生活环境也迥然各异。不能让这些新观众总听我三十年前的歌，那时我的写作目的和现在不一样。如果我想继续下去，就得唱一些新歌，于是我不得不写，不一定是要录制专辑，而是要为观众演出。”[③]

但凡有一丝洞察力的人都能从这些话语中听出“不散的筵席”系列巡演的确是存在的。迪伦能够在跌入谷底后浴火重生，完全是舞台的功劳，它也从此决

① 《世界报》特刊，2011年。

② 《滚石》杂志，2006年。

③ 《滚石》杂志，2012年9月。

定了迪伦在艺术上的发展方向。《摩登时代》这张专辑之所以间接地让迪伦收获了比演唱会更广泛的受众，大概是因为人们可以听出这张专辑出自一位依旧活跃的、充满生气的艺术家，而并非一位仅仅活在自己过去的成就中的老兵。这张专辑如同它的名字一般意味深长，迪伦既在其中影射了一些当代的事件，例如“9·11”事件和卡特里娜飓风，同时也忠实于他的创作传统。专辑里的歌曲都有意无意地参考了过去的一些著名布鲁斯、爵士、乡村或民谣风格的歌曲，其中包括琼·克里斯蒂①、孟菲斯·米妮②、威利·迪克逊③和斯坦利兄弟④。如今流行音乐的趋势正是民谣出身的歌手们大量借鉴其他风格的作品，因此迪伦的做法也无可指摘。但是，在文字上，人们对这种借鉴便不再那么宽容了。因此，许多人指责迪伦在这张专辑中不仅使用了拉丁语诗人奥维德的诗句，甚至抄袭了活跃于南北战争时期，已被大众忘却的美国诗人亨利·蒂姆罗德的作品。

迪伦已经不是第一次在职业生涯中因为抄袭而受到指责了。1963年，为了回应这一指责，他不得不将组诗《十一首简略墓志铭》中的一首印在《时代在变化》这张专辑的封底上，他在这首诗中反驳了从零开始进行艺术创作的原则：

对，我是一个思想的窃贼
或者，我更希望成为盗取灵魂的小偷
我在人们的期待上
不停地创造和重构
正如用沙滩上的沙子
可以堆砌出许多不同形态的城堡
我的创造和重构也建立在那些
在我出生前就已存在的事物的基础上

---

① 琼·克里斯蒂（1925—1990年），冷爵士乐歌手。

② 孟菲斯·米妮（1897—1973年），布鲁斯歌手、吉他手。

③ 威利·迪克逊（1915—1992年），布鲁斯歌手、低音提琴手。

④ 斯坦利兄弟，蓝草音乐二人组。

一个词语，一段旋律，一个故事，一行诗句
都是可以打开我思绪的钥匙
我不该坐在那儿冥思苦想
浪费时间去思寻那些从未被考虑过的想法
以及从未被做过的梦和从未被写过的新观点
还有能配上我作的曲子的新歌词[①]

同时，他也向罗伯特·谢尔顿诉说了自己的不安："'我到底窃取了什么？'鲍勃这样问我，'是"这个""一个"还是"因此"？'事实上，人们也常常在其他地方看到鲍勃的歌词。即便是伍迪·格思里，他的作品中也没有几段旋律是完全原创的，但从来也没有人会指责他抄袭。"[②]21世纪初，这些指责再次卷土重来。2001年，他的新专辑《爱情与偷窃》中的几首歌被指抄袭了默默无闻的日本作家佐贺纯一的著作《浅草博徒一代》。同时，"这张专辑中的音乐也是抄袭自他人"这一传闻也不胫而走。为了表示诚意，迪伦选择了说出事实。他向大众讲述了他的创作过程，承认了他的作品应当属于再创作而并非原创："要知道，我并非工于旋律的作曲家。我创作的歌曲都建立在旧日的新教赞美歌、卡特家族[③]的作品以及不同形式的布鲁斯音乐的基础上。在创作的时候，我会选择一首我听过的歌，然后在脑海中重新演奏它。这是我独特的思考方式，虽然一般人可能会注视着墙上的裂缝或者数羊、数天使甚至数钱……我不会采取这些方式进行思考，我是通过演奏歌曲来进行思考的……无论是在开车、和别人说话还是坐在某个地方，我的脑中无时无刻不在演奏歌曲。人们觉得他们在和我说话，我也回应他们了，但实际上并不是这样，我在听脑海中的歌曲。突然，有些歌词发生了变化，我便就此开始创作一首新歌。"[④]

① 摘自《十一首简略墓志铭》。
② 《鲍勃·迪伦的音乐人生》。
③ 活跃于1927年至1956年间的乡村音乐组合。
④ 《洛杉矶时报》，2004年4月4日。

迪伦对创作方法的解释并不足以平息一切流言蜚语。接下来，许多人报复的时刻到了。2010年4月，迪伦的老朋友、加拿大女歌手约尼·米切尔在接受《洛杉矶时报》采访时说："鲍勃一点都不真诚。他就是个剽窃者，他的名字和声音都不是真的。关于鲍勃的一切都是一场骗局，我和他水火不容。"[①]面对这一致命的抨击，迪伦始终沉默不语。两年后，《滚石》杂志又旧事重提，在采访时问迪伦在创作时是否刻意盗用了别人作品中的语句。"不完全是吧。"迪伦先是这样回答，随后又承认道，"即便我在创作时意识到了这一点，也只会听之任之。我不会限制自己的话语权，也觉得对待歌曲应当真诚。这是我独有的创作方式，它有它自己的规则。我所有的创作都源于传统的民谣。不过，在流行音乐界，情况就截然不同了。"[②]

来自外界的恭维和诋毁自迪伦出名至今一直都如影随形，他始终无法理解人们对他的看法为何一直如此极端且两极化。同样的情况在2015年2月6日音乐关怀协会的年度人物颁奖礼上再次重演，这个协会致力于资助生活困难的音乐人。按照惯例，迪伦上台领奖后发表了长达半小时的致谢演讲，追溯了他的整个职业生涯。他首先感谢约翰·哈蒙德发掘了他，并追忆了他的第一位发行人卢·列维，随后向彼得、保罗和玛丽组合以及欧蒂塔致谢，感谢他们最先诠释了自己的作品。然后，他试图在美国流行音乐的背景下重新定位自己的作品，并再一次反驳了音乐创作的灵感会自然产生的观点。"我的创作并非凭空而现，"他坚持道，"它们并不是被凭空捏造出来的。我在不断聆听和演奏民谣歌曲的过程中学会了创作……过去，我从未演唱过除民谣外其他风格的歌曲，而正是它们让我领会了创作其他广受大众欢迎的乐曲的法则。"毫无疑问，这最后几句话让他再次因为抄袭问题而面临指责。此外，为了证明他的理论，他还引述了《约翰·亨利》这首传统劳动民谣中的几句歌词：

---

① 《洛杉矶时报》，2004年4月22日。

② 《滚石》杂志，2012年9月。

约翰·亨利是个钢钻工
死前铁锤仍紧握手中
约翰·亨利说，男人就该做顶天立地的汉子

随后，他对在场的听众说："如果你们像我一样不停地反复唱这首歌，你们也能写出'一个男人要走多少路，才能成为真正的男子汉'[①]这样的歌词。"

结尾时，他再一次质疑了人们对他的激烈抨击："我总是被各种批评包围着，这大概是对我的特殊对待吧。许多音乐评论家说我根本不会唱歌，他们不是说我唱歌像乌鸦叫，就是说我唱歌像青蛙叫。他们为什么不去对汤姆·威兹说这些话？他们说我的嗓子已经坏了。他们为什么不这么说莱昂纳德·科恩？……我到底做了什么，以至于要受到这样的特殊对待？上帝啊，为什么是我？"

发表这番言论十天前，迪伦发行了他的第三十六张录音室专辑《暗夜阴影》。专辑中的十首歌全部翻唱自弗兰克·辛纳屈20世纪40年代至50年代的杰出作品，如《迷人的夜晚》《满月与空怀》《我还要做什么》等。迪伦想试着靠近这位低吟歌手之王，可他在《像一块滚石》之后就再没有尝试过这类歌曲。他为什么要在七十三岁高龄时，发行这样一张与他的音乐世界相去甚远的翻唱专辑？"我觉得是时候了，"他解释说，"我从70年代末听到威利·纳尔逊的《星尘》那张专辑起，就动了这个念头。这么多年来，那张专辑被许多人翻唱过，我也一直想这样做。我想，也许会有其他人和我有一样的想法。"[②]

那些总是蔑视迪伦的人将《暗夜阴影》这张专辑视为迪伦灵感再次枯竭的信号。或许他们是对的，但也不尽然。人们不应该过早地下结论，因为迪伦可能只是在翻唱这些绝不会过时的老歌时，纯粹地享受着用自己的方式进行阐释的乐趣。"这些歌曲绝不会过时，"他大声说道，"因为它们唱的是人们的情感。它们丝毫没有不自然之处，歌里没有一个字是不确切的。它们会永远流传下去……

---

① 《答案在风中飘荡》的第一句歌词。

② 《美国退休人员协会杂志》，2015年1月22日。

从某种意义上来说，我很庆幸这些歌不是我自己写的。因为别人写的歌，只要是我喜欢的，我都能唱得很好。因为我已经知道了歌曲是如何创作出来的，这让我更加自由。”[①]

即便迪伦曾经说过他永远不会退休，会一直坚持活跃在舞台上，直到离开这个世界，像法国评论家塞尔日·卡冈斯基这样的旁观者还是察觉到了这张永不过时的专辑的背后，掩藏着日渐衰老的迪伦对大众优雅的告别：“这些歌曲曾在他小时候安慰他的心灵，而如今它们再次被低声吟唱出来，他依旧觉得万分触动。这种感觉就好像他回到了明尼苏达，回到了他在希宾的家，躲在他房间的被窝里，或是坐在客厅的收音机前。这些歌曲曾经唤起了他对生活、对音乐的认识，而现在又有了另一重完全不同的含义：它们是他在晚会的尾声，帷幕落下之前，疲惫至极之时的最后一次爆发。在午夜的钟声敲响前，酒杯已空，烟已燃尽，灯光行将熄灭，他虽然疲累，但仍留下了这些遗世之作。它们也是他最后的回光返照，是丧钟敲响前最后的总结。”[②]

---

① 《美国退休人员协会杂志》。

② 法国《摇滚杂志》。

大事年表

1907年

鲍勃·迪伦的祖父齐格曼·齐默曼从俄罗斯敖德萨移民美国。

1941年

5月24日，罗伯特·亚伦·齐默曼出生于美国明尼苏达州德卢斯。

1947年

与父母搬到明尼苏达州北部的矿山小镇希宾。

1954年

5月，鲍勃·迪伦成年礼。

1955年

秋季，在“金色和弦”乐队担任钢琴手。

1957年

10月，与希宾的高中同学爱可儿·海斯托姆相识。

1958年

首次参与业余录音。

1959年

夏季，离开明尼阿波利斯。

9月，在明尼苏达州的明尼阿波利斯大学报到。

10月，开始在明尼阿波利斯咖啡馆做驻唱歌手。

1960年

2月，与另一位吉他手在明尼阿波利斯的波希米亚街区丁基镇的咖啡馆定期演出。

夏天，在科罗拉多州丹佛市度过。

秋天，阅读伍迪·格思里的自传《荣光之路》，很快将格思里奉为偶像。

继续在明尼阿波利斯的咖啡馆演出，尤其是“十点学者”咖啡馆。开始学习口琴。

11月8日，约翰·肯尼迪被选为美国总统。

12月，离开明尼阿波利斯，到达芝加哥，而后又到了纽约。

1961年

1月24日，抵达纽约。开始在哇咖啡——格林尼治村的一家酒吧演出。

1月下旬至2月上旬，在新泽西州东奥兰治的鲍勃·格里森家中首次见到伍迪·格思里。

2月14日，在布里克街的研磨酒吧创作了第一首歌《给伍迪的歌》。

4月11日，在热尔德民谣城与约翰·李·胡克合作演出，获得第一笔报酬。

4月29日，西斯科·休斯敦因胃癌在加利福尼亚州的圣贝纳迪诺去世。

5月，搭乘顺风车前往明尼阿波利斯，在邦尼·比彻那里录歌。

6月，在马萨诸塞州剑桥镇的47号俱乐部表演。

7月，在纽约“煤气灯”酒吧表演。

7月29日，通过亚伦·罗麦克斯的合作者卡拉·罗托洛认识了苏西·罗托洛。二人开始交往，在西四街同居。

9月29日，《纽约时报》发表第一篇关于鲍勃·迪伦的文章，署名罗伯特·谢尔顿。

10月26日，在约翰·哈蒙德的引荐下与哥伦比亚唱片公司签约。

11月4日，第一次在卡内基音乐厅（卡内基音乐厅小厅）举办演唱会。

11月20日至22日，录制首张专辑。

1962年

3月19日，发行首张专辑《鲍勃·迪伦》，销量为五千张。

4月，在麦克道格街的“普通人”咖啡馆创作《答案在风中飘荡》。

6月8日，苏西和母亲前往意大利，在欧洲生活了六个月。苏西在佩鲁贾大学报到。

8月2日，正式更名为鲍勃·迪伦。因苏西不在身边陷入抑郁。

8月，寄居在明尼阿波利斯，与托尼·格拉夫录歌。

10月14日至28日，古巴导弹危机。

12月至次年1月，第一次去欧洲。当时苏西已经回到美国，二人错过。旅欧期间在意大利创作了《北国姑娘》《西班牙皮靴》，遇见歌手欧蒂塔。

12月18日，寄居在伦敦，在城堡街疯人院剧院演出，由英国广播公司播出。

1963年

1月21日，在热尔德民谣城创作《战争之王》。

4月12日，在纽约皇家市政厅举办演唱会。

5月12日，由于演唱《约翰·柏奇会布鲁斯》的要求被否决，拒绝参加电视节目《苏利文秀》。

5月18日，参加加利福尼亚州蒙特雷的民谣节。

5月27日，第二张专辑《放任自流的鲍勃·迪伦》发布。

7月2日，与西奥多·比凯尔和彼得·西格在密西西比州的格林伍德演唱《游戏中的棋子》，支持民权运动。

7月28日，应琼·贝兹的邀请，参加新港民谣音乐节。

夏天，《答案在风中飘荡》被多名艺术家翻唱。彼得、保罗和玛丽三人组翻唱的《答案在风中飘荡》登上热门单曲榜首位。

8月28日，参加华盛顿大游行。

9月，苏西离开第四街的公寓，去了姐姐卡拉家中。迪伦不久之后也搬到那里。

10月26日，在纽约卡内基音乐厅演唱。这是他的第一场大型演唱会。

秋天，在加利福尼亚卡梅尔的琼·贝兹家中暂住，其间创作了大量歌曲。

11月22日，肯尼迪总统在得克萨斯州达拉斯被李·哈维·奥斯瓦尔德刺杀。

12月13日，在纽约亚美利卡娜酒店获得国家紧急民权委员会颁发的汤姆·佩因奖。在颁奖仪式上自称为李·哈维·奥斯瓦尔德的同类，引发公愤。

12月26日，结识“垮掉派”诗人艾伦·金斯伯格，二人成为好友。

1964年

1月13日，发布专辑《时代在变化》。

2月，与彼得·卡曼、保罗·克莱顿和维克多·梅穆兹搭车环游美国。参加新奥尔良狂欢庆祝活动。在旅途中创作《手鼓先生》《自由的钟声》。旅行的最后，鲍勃·诺伊维特取代了彼得·卡曼，他是迪伦的朋友和未来的经纪人。

3月的最后一周，与苏西爆发激烈的争吵，二人分手。

5月17日，在伦敦皇家节日音乐厅举办演唱会，门票销售一空。

5月24日至6月初，在巴黎居住。拜访休格·奥弗里，后者第二年用法语翻唱了迪伦的专辑。

6月9日，在夜里录制《鲍勃·迪伦的另一面》。

7月26日，受邀以特约嘉宾身份参加新港音乐节。

8月8日，发行专辑《鲍勃·迪伦的另一面》。

10月31日，在纽约爱乐厅举办音乐会，演唱了《手鼓先生》《伊甸园之门》和《没关系，妈妈》。

1965年

3月22日，专辑《满载而归》问世。

4月26日，最后一次在英国拍摄、录音，拍摄了纪录片《别回头》。与琼·贝兹分手。

6月15日和16日，录制《像一块滚石》，由汤姆·威尔森发行。

7月25日，新港音乐节上，第一次与电音乐队同台演出，评价不佳。

7月29日，录制专辑《重返61号公路》，鲍勃·约翰斯顿担任发行人。

8月30日，《重返61号公路》发行。

8月至12月，与飞隼乐队环游美国，这支乐队后来更名为“乐队”。

9月，《像一块滚石》获得全美单曲销量排名第二的成绩。

11月25日，与萨拉·朗兹秘密结婚，后夫妇二人共生育了四个孩子。

12月，发布四十五转唱片《请爬到你的窗前》。与歌手菲尔·奥克斯决裂。

1966年

2月至4月，与飞隼乐队游览美国和澳大利亚。

4月23日，《雨天的女人们》单曲销量排名全美第二。

5月16日，《金发女郎》专辑发行，这张专辑是在田纳西州纳什维尔录制的。

4月至5月，与飞隼乐队在欧洲巡演，巡演歌曲录制成专辑《现场1966》，该专辑于1998年发行。

5月17日，在曼彻斯特自由贸易大厅举办演唱会。其间，一名因迪伦转向电音风格而不满的观众称他为“犹大”。

5月24日，在巴黎奥林匹亚音乐厅举办首场法国演唱会。

7月29日，在纽约州伍德斯托克的别墅附近发生摩托车事故，预定的美国巡演取消。

1967年

4月至10月，在伍德斯托克附近的索格蒂斯，“乐队”租下了大平克别墅，在地下室录制了很多歌曲。其中一些歌曲并未打算公开发行销售，却为摇滚史上第一批盗版唱片提供了素材。这些歌曲在1975年集为《地下室磁带》，正式发行。

5月17日，潘恩贝克拍摄的纪录片《别回头》上映。

10月3日，伍迪·格思里因舞蹈症去世，享年五十五岁。

12月27日，专辑《约翰·韦斯利·哈丁》发行。

1968年

1月20日，沉寂二十个月之后，迪伦在伍迪·格思里追思音乐会上首次亮相。

4月4日，马丁·路德·金在田纳西州的孟菲斯遇刺。

5月29日，迪伦的父亲亚伯拉罕·齐默曼去世。不久后，萨拉·迪伦生下了第二个儿子，取名为塞思·亚伯拉罕·艾萨克。

6月5日，罗伯特·肯尼迪遇刺。

8月22日至30日，美国民主党全国代表大会期间，芝加哥街头发生暴力冲突。

1969年

1月20日，理查德·尼克松就任美国总统。

2月，与约翰尼·卡什录歌。

4月9日，乡村音乐专辑《纳什维尔天际线》发布。

6月7日，在美国广播公司电视广播中与约翰尼·卡什上演二重唱。

8月15日至17日，迪伦没有参加伍德斯托克音乐节。

8月31日，英国怀特岛音乐节，迪伦复出。

1970年

6月8日，专辑《自画像》发行。

10月21日，专辑《新的早晨》发行。

1971年

2月8日，1966年英国巡演时拍摄的纪录片《享受当下》首次上映。

4月6日，在耶路撒冷哭墙前拍摄照片，戴着圆顶小帽。

5月，《狼蛛》一书出版。

8月1日，与乔治·哈里森、埃里克·克莱普顿前往孟加拉举办演唱会。

1972年

11月，在墨西哥开始拍摄山姆·裴金帕的电影《比利小子》，为电影创作原声配乐，其中包括歌曲《敲响天堂之门》。

1973年

11月16日，哥伦比亚公司不顾迪伦的反对发行了他的专辑。

1974年

1月3日至2月14日，时隔八年，再次与“乐队”举行美国巡演。

1月17日，专辑《行星波》发布。

春季，向画家诺曼·拉本学习绘画，对其写作方式产生了明显的影响。

6月20日，现场专辑《洪水之前》发行。

8月9日，尼克松总统因水门事件辞职。

1975年

1月17日，专辑《血与迹》发行。

夏季，回到格林尼治村，在街区小俱乐部里演出。结识雅克·列维，与之共同创作了专辑《欲望》中的好几首歌曲。

10月30日，与琼·贝兹一起开始“滚雷”巡演，一同参与巡演的还有约尼·米切尔、罗杰·麦克基、米克·罗森等。

11月2日，前往马萨诸塞州的洛厄尔拜访杰克·凯鲁亚克墓。

12月8日，在纽约麦迪逊广场花园，为声援被判入狱的拳击手鲁宾·卡特举办“飓风之夜”慈善音乐会。

1976年

1月16日，专辑《欲望》发行，其中收录了歌曲《飓风》。

4月18日，开始第二次“滚雷”巡演。

7月4日，美国独立二百周年纪念。

9月10日，现场专辑《大雨》发行。

11月25日，与“乐队”举办“最后的华尔兹”告别演唱会，被马丁·斯科塞斯拍进了电影。

1977年

6月29日，与萨拉离婚。

1978年

1月25日，拍摄于1975年至1976年巡演期间的电影《雷纳多和克拉拉》发行，遭到评论家的恶评，票房惨淡。

2月20日，在日本东京武道馆举办演唱会，开始世界巡演。

6月15日，专辑《法律街》发行。

6月至7月，时隔十二年再次举行欧洲巡演，在巴黎举办了五场演唱会。

11月22日，现场专辑《武道馆》发行。

1979年

1月，改信基督教。参与“重生”福音运动。

1月至4月，经常前往洛杉矶附近的葡萄园基督徒团契教堂，在那里研读《圣经》。

5月，受洗。

8月18日，《慢车开来》发布，这是“基督教三部曲”中的第一张专辑（在亚拉巴马州马斯尔肖尔斯，在杰瑞·威克斯勒的指导下录制）。

11月1日，开始“福音之旅”巡演，其间只演唱基督教歌曲。

1980年

8月18日，专辑《得救》发行，这是“基督教三部曲”中的第二张专辑。

11月，开始新的巡演，演唱内容包括基督教歌曲和更古老的歌曲。

1981年

6月，开始新的巡演，演唱的基督教歌曲有所减少。

8月12日，《爱的子弹》发行，这是“基督教三部曲”中的最后一张专辑。

1982年

3月15日，入驻创作人名人堂。

6月6日，在琼·贝兹的演唱会上作为神秘嘉宾演出。

1983年

6月，频繁接触犹太卢巴维特奇教派。

11月1日，专辑《异教徒》发行，该专辑为与马克·诺夫勒联合制作发行。

1984年

5月，与前滚石乐队吉他手米克·泰勒一同举行欧洲巡演。

12月3日，专辑《真·现场》发行。

1985年

6月8日，专辑《滑稽帝国》发行。

10月28日，唱片集《自传》发行，其中收录了迪伦职业生涯中的五张主要唱片。

1986年

1月31日，德斯蕾·加布里埃尔·戴尼斯·迪伦出生，她的母亲是唱诗班歌手卡洛琳·戴尼斯。

2月，与汤姆·佩蒂和“没良心”乐队前往新西兰、澳大利亚和日本巡演。

6月4日，与卡洛琳·戴尼斯秘密结婚，后于1992年离婚。

6月，与汤姆·佩蒂和“没良心”乐队在美国巡演。

8月8日，专辑《烂醉如泥》发行。

1987年

7月，与“感恩而死”乐队举行了六场小型巡演，巡演内容之后收入1989年发行的专辑《迪伦与死者》。

9月7日，与汤姆·佩蒂和“没良心”乐队在以色列举行演唱会。

9月10日，与汤姆・佩蒂和“没良心”乐队开始欧洲巡演。

10月5日，在瑞士洛迦诺广场举办演唱会，这次演出彻底改变了他的歌唱方式。

1988年

1月20日，入驻摇滚名人堂。

5月，鲍勃・迪伦、乔治・哈里森、杰夫・林恩、洛伊・奥比森和汤姆・佩蒂组成威尔伯里旅行者乐队，开始录制第一张专辑。

5月31日，专辑《沉寂》发行。

6月，开始“不散的筵席”系列巡演，直到今天仍未结束。

1989年

5月27日，欧洲巡演。

7月，北美巡演。

9月22日，专辑《哦！慈悲》发行，它是在加拿大制作人丹尼尔・拉诺瓦的指导下在新奥尔良录制的。

1990年

1月，在北美和南美举办小型巡演，之后在巴黎和伦敦举办了一系列演唱会。

1月30日，荣获法国艺术与文学勋章“司令勋位”（最高等级）。

4月至5月，录制威尔伯里旅行者乐队的第二张专辑。

9月11日，专辑《红色天空下》发行。

10月30日，录制威尔伯里旅行者乐队的第三张专辑。

1991年

3月26日，之前未发行的歌曲辑录为《私藏系列：1～3辑》发行。

1992年

10月16日，为庆祝职业生涯三十周年举办演唱会，演唱会内容之后收入专辑《三十周年音乐庆典》。

11月3日，收录旧日民谣的个人专辑《还好遇见你》发行。

1993年

8月31日，琼·贝兹发行专辑，其中包含三首之前未发行的与迪伦的二重唱歌曲。

10月26日，专辑《疯狂的世界》发行，与《还好遇见你》一脉相承。

11月16至17日，在纽约晚餐俱乐部举办了三场表演，表演内容之后录制成专辑，并拍摄为电影。

1994年

2月，第一次前往远东地区巡演。

5月22日，在交响乐团伴奏下表演了三首歌曲。

8月14日，在伍德斯托克音乐节上演唱。

1995年

3月1日，专辑《疯狂的世界》获得格莱美最佳传统民谣专辑奖。

5月2日，专辑《MTV不插电》发行。

11月19日，在弗兰克·辛纳屈八十周年诞辰纪念演唱会上献唱《伤离别》。

1996年

6月29日，在伦敦海德公园与谁人乐队、埃里克·克莱普顿和阿兰妮·莫利塞特举办演唱会。

9月28日，获得诺贝尔文学奖提名。

1997年

5月25日，因心脏感染住院。

8月19日，在向吉米·罗杰斯致敬的唱片中献唱《蓝眼睛珍妮》。

9月27日，在博洛尼亚世界圣体感恩大会上演唱了三首歌曲，教皇若望·保禄二世也在现场。

9月30日，由丹尼尔·拉诺瓦制作的专辑《时光慢慢消逝》发行。

12月7日，在白宫受到克林顿总统的接待，获得总统颁发的肯尼迪中心演艺奖。

1998年

2月25日，为专辑《时光慢慢消逝》参加格莱美颁奖典礼。

4月，与滚石乐队在南美举办演唱会。

5月，与约尼·米切尔和范·莫里森在北美巡演。

6月，专辑《私藏系列第4辑：鲍勃·迪伦现场1966——皇家阿尔伯特音乐厅演唱会》（曼彻斯特演唱会，没有伦敦演唱会）发行，遭到疯狂盗版。

6月至9月，与范·莫里森举办世界巡演。

1999年

4月，为电影《奇迹小子》录制歌曲《一切都改变了》，2000年发行。

6月至7月，与保罗・西蒙举办北美巡演。

10月12日，参与美国电视系列节目《老公老婆不登对》。

10月至11月，与前“感恩而死”乐队成员菲尔・莱什举行北美巡演。

2000年

5月，在瑞典获得极地奖。

6月至7月，与前“感恩而死”乐队成员菲尔・莱什举行北美巡演。

9月至10月，欧洲巡演。

2001年

1月，歌曲《一切都改变了》为电影《奇迹小子》赢得金球奖最佳配乐奖。

3月5日，专辑《现场：1961—2000——三十九年伟大演唱会》在日本地区独家发行。

9月11日，专辑《爱情与偷窃》发行。该专辑被指抄袭日本作家佐贺纯一的作品《浅草博徒一代》。

2002年

2月27日，在格莱美颁奖晚会上演唱歌曲《哭一会儿》。《爱情与偷窃》获得当年的最佳民谣专辑奖。迪伦参与创作的致敬汉克・威廉姆斯的专辑《永恒》获得最佳乡村专辑奖。

4月至5月，美国巡演之后，在巴黎和伦敦举行了一系列共四场音乐会。

7月，在洛杉矶拍摄拉里·查尔斯的电影《蒙面与匿名》，迪伦是电影的男主角和联合制片人。

11月，专辑《私藏系列第5辑》发行，其中收录了两张1975年“滚雷”巡演的现场CD。

2003年

7月，《蒙面与匿名》在美国上映。

10月至11月，欧洲巡演。在伦敦举行最后三场演唱会时，迪伦又开始演唱多年前的歌曲。

2004年

3月30日，专辑《私藏系列第6辑：现场1964——爱乐音乐厅演唱会》发行。

7月，欧洲巡演，在法国圣艾蒂安和蒙托邦举办了两场演唱会。

10月，《歌词：1962—2001》出版，其中记录了迪伦出道以来所有歌曲的歌词。《鲍勃·迪伦回忆录》在美国出版，这本回忆录的文学价值广受评论家认可。

11月，歌曲《像一块滚石》被《滚石》杂志评选为“有史以来最伟大的歌曲”。

2005年

6月，鲍勃·迪伦的专辑在世界范围内再版发行，《时代在变化》更换封面重新发行。

8月，《私藏系列第7辑》发行，收录了两张未发行的1959年至1966年的CD。同时发行的还有《鲍勃·迪伦剪贴簿：1956—1966》，书中收录了歌词手稿和其他罕见资料，其中一张CD还收录了此前未曾发行的单曲。

9月，马丁·斯科塞斯执导的纪录片《归乡无路》在英国和美国电视台播出，同时发行了DVD版本，这部影片讲述了迪伦的早年岁月。

10月至11月，欧洲巡演，以在伦敦的五场演唱会收尾。

2006年

5月，XM卫星电视台开始播出系列节目《电台主题时光》，共五十期。

7月，欧洲巡演，包括在法国的四场演唱会。

8月29日，时隔五年，再次发行录音室专辑《摩登时代》，该专辑被指抄袭。

2007年

2月，《摩登时代》获得两项格莱美大奖：最佳当代民谣和最佳美洲专辑。歌曲《宝贝，有一天》获得独唱摇滚歌手演艺奖。

3月至5月，开始新的欧洲巡演，表演了新专辑的歌曲。

6月，获得阿斯图里亚斯亲王基金会表彰。获得蒙特利尔爵士音乐节精神偶像奖。

10月2日，《迪伦2007》发行。由DJ马克·罗森混音的《各走各的路》发行。

11月21日，获得迪伦授权的传记电影《我不在那儿》由托德·海恩斯执导拍摄，六名演员演绎迪伦一人，包括凯特·布兰切特、理查·基尔、克里斯蒂安·贝尔和希斯·莱杰等。

2008年

3月，十年之后再次前往南美巡演。

4月，获得普利策奖，获奖评语是：“他对流行音乐和美国文化做出了卓越贡献，他非凡的诗意有着深远的影响。”

10月，《私藏系列第8辑：诉说迹象》发行，包括1989年至2006年间被淘汰的歌曲、电影配乐和歌曲的不同版本。

2009年

4月28日，与“感恩而死”乐队词作者罗伯特·亨特合作的专辑《一起走过生命》发行。

10月13日，圣诞节专辑《心中的圣诞》发行，所得收入捐给慈善机构。

2010年

2月10日，在白宫为美国总统奥巴马演唱《时代在变化》。两周后，在白宫获得“白宫艺术奖”。

9月4日，迪伦的绘画作品在丹麦国家美术馆展出。

10月18日，《私藏系列第9辑：威特马克小样》发行，收录了1962年至1964年间录制的歌曲小样。

2011年

2月13日，在格莱美颁奖仪式上，与芒福德父子和艾未特兄弟演唱《麦吉的农场》。

4月，专辑《鲍勃·迪伦演唱会：1963年布兰代斯大学》发布。

9月20日，亚洲系列画作在纽约加戈西安画廊展出。

10月3日，收录汉克·威廉姆斯未发行歌曲的《失落的笔记》发行，迪伦在其中演唱了《消失的爱》。

2012年

1月12日，在第十七届评论家选择奖颁奖礼上，为马丁·斯科塞斯献唱《盲眼威利》。

2月6日，国际特赦组织五十周年纪念，世界范围内的著名艺人演唱了鲍勃·迪伦的歌曲，收录为四张CD的唱片集。

3月6日至7月15日，鲍勃·迪伦展在巴黎拉维莱特音乐城举办。

5月29日，美国总统奥巴马向鲍勃·迪伦颁发总统自由勋章。

7月，在数场法国音乐节上演出，如“富维耶之夜”“卡尔艾的老犁车”等。

9月10日，专辑《风暴》发行。

2013年

3月13日，迪伦成为第一个考上美国文学艺术学院的摇滚音乐家。

8月26日，专辑《私藏系列第10辑：另一幅自画像》发行，收录了1969年至1971年的歌曲，以及1969年8月31日怀特岛音乐节歌曲的特别珍藏版。

11月13日，法国文化部部长奥雷莉·菲莉佩蒂授予迪伦荣誉勋章。

2014年

4月14日，迪伦被法国社区和机构的代表委员会以“煽动种族仇恨”的罪名指控，巴黎大区法院经审判宣布其无罪。

11月3日，《私藏系列第11辑：地下室磁带全集》发行，收录了1967年录制的一百三十八首歌曲，其中许多歌此前从未发行。

2015年

2月3日，专辑《暗夜阴影》发行，收录了弗兰克·辛纳屈在20世纪40年代至50年代的成功歌曲。

2月6日，获得音乐家援助组织音乐关怀协会颁发的奖项。在一个半小时的获奖感言中，迪伦回顾了自己的整个职业生涯。

10月18日和19日，在巴黎举行两场演唱会。

11月6日，《私藏系列第12辑：前沿》发行，收录了1965年至1966年的歌曲小样和录音室试录版本。

2016年

3月，迪伦的秘密档案被俄克拉何马州塔尔萨大学以一千五百万美元的价格购买。

4月4日，开始在日本的巡演。宣布将发行新专辑《堕落天使》，并计划进行北美巡演。

译后记

有幸翻译这部传记，是一个与鲍勃·迪伦对话的契机。虽然迪伦拒绝被符号化，但他身上从不缺乏各种标签——“民谣之王”“抗议歌手”“摇滚诗人”，等等。而《鲍勃·迪伦：诗人之歌》这部传记，则是了解他生平的一部绝佳作品，作者用简洁、平实的笔触带我们探索他曲折而精彩的一生，寻找被忽略的细节和被掩盖的真实。通过这本书，我们得以真正接近一个去标签化的鲍勃·迪伦。

在本书中，作者在展现不同阶段迪伦的心路历程变化时，引用了大量歌词：有的偏向口语化，却处处隐藏机锋；有的运用隐喻的手法和丰富的意象，颇具象征主义意味；有的视角独特，包含对社会和时代的敏锐观察……因此，如何传神地翻译歌词，对译者来说是一大挑战。此外，对于书中引用的采访片段，译者在翻译时也努力重现迪伦当时的情绪和心境，试图还原另一时空的对话场景。

所以，在翻译过程中，译者常常觉得自己成了另一段人生的见证人，并为之兴奋和感动。一边听着迪伦的音乐，一边打磨笔下的字句，参差的时光常有微妙的交会。翻译至第十二章末尾时，“看到”迪伦抱着吉他在录音室里给萨拉·朗兹唱起了刚刚写好的歌曲《萨拉》，耳机里恰好也在单曲循环着这首歌，那一刻，译者突然意识到：与“鲍勃·迪伦”这个名字相羁绊的，不仅有他传世的作品，还有他完整、鲜活而有趣的生活，那也是嘹亮且动人的。

虽然过程中有诸多辛苦，但能与鲍勃·迪伦的传奇人生有一场奇妙的同行，并能将故事讲述给更多愿意聆听的人，此行实在不虚。本书虽为一本单人传记，但涉及鲍勃·迪伦人生的方方面面，更几乎可说从一个侧面勾勒了美国民谣、摇滚音乐的发展史，内容颇为厚重，翻译工作也比较复杂。因此，译者“文蕴”事实上是一个团队的名字，我们怀着共同的目标，为读者献上这部心爱的作品，并希望今后能在翻译这条艰苦但神圣的道路上走得更远。我们的团队成员包括孔德伦、田梦、刘舒怡、戴欣怡、周延以及组长陈阳，有初出茅庐的年轻译者，也有经验丰富的资深译者和编辑，我们共同努力，希望可以把这部优秀的法语著作以最好的面貌呈现给中国读者。

也希望读到这里的各位，无论是迪伦的忠实粉丝，还是希望通过这本书了解他的人，都能与我们一样，看到“鲍勃·迪伦的另一面”，有惊喜，有感动，有回味，也不虚此行。

图书在版编目（CIP）数据

鲍勃·迪伦：诗人之歌 /（法）让－多米尼克·布里埃著；文蕴译．
—长沙：湖南文艺出版社，2017.3
ISBN 978-7-5404-7926-8

Ⅰ．①鲍… Ⅱ．①让… ②文… Ⅲ．①鲍勃·迪伦－生平事迹
Ⅳ．① K837.125.76

中国版本图书馆 CIP 数据核字（2017）第 005356 号

著作权合同登记号：图字 18-2016-251

©中南博集天卷文化传媒有限公司。本书版权受法律保护。未经权利人许可，任何人不得以任何方式使用本书包括正文、插图、封面、版式等任何部分内容，违者将受到法律制裁。

Copyright © 2016 by Editions de l'Archipel
Copyright licensed by Editions de l'Archipel
arranged with Andrew Nurnberg Associates International Limited

上架建议：传记·艺术家

BAOBO DILUN：SHIREN ZHI GE
鲍勃·迪伦：诗人之歌

作　　者：［法］让－多米尼克·布里埃（Jean-Dominique Brierre）
译　　者：文　蕴
出 版 人：曾赛丰
责任编辑：薛　健　刘诗哲
监　　制：于向勇　秦　青
策划编辑：张　卉
文字编辑：郑　荃　王　蕾
版权支持：文赛峰
营销编辑：刘晓晨　罗　昕　刘文昕
装帧设计：利　锐
出版发行：湖南文艺出版社
（长沙市雨花区东二环一段 508 号　邮编：410014）
网　　址：www.hnwy.net
印　　刷：北京京都六环印刷厂
经　　销：新华书店
开　　本：700mm × 995mm　1/16
字　　数：370 千字
印　　张：24.5
版　　次：2017 年 3 月第 1 版
印　　次：2017 年 3 月第 1 次印刷
书　　号：ISBN 978-7-5404-7926-8
定　　价：48.00 元

质量监督电话：010-59096394
团购电话：010-59320018